Andreas Eschbach

Aquamarin

Weitere Bücher von Andreas Eschbach im Arena Verlag:

Black*Out
Hide*Out
Time*Out
Perfect Copy
Die seltene Gabe
Gibt es Leben auf dem Mars?
Das Marsprojekt – Das ferne Leuchten (Band 1)
Das Marsprojekt – Die blauen Türme (Band 2)
Das Marsprojekt – Die gläsernen Höhlen (Band 3)
Das Marsprojekt – Die steinernen Schatten (Band 4)
Das Marsprojekt – Die schlafenden Hüter (Band 5)

Andreas Eschbach

AQUA
marin

Roman

Arena

1. Auflage 2015
© Arena Verlag GmbH, Würzburg
Alle Rechte vorbehalten
Dieses Werk wurde vermittelt durch die
Literarische Agentur Thomas Schlück GmbH, 30827 Garbsen
Einbandgestaltung: Frauke Schneider
Gesamtherstellung: Westermann Druck, Zwickau GmbH
ISBN 978-3-401-60022-2

www.arena-verlag.de
Mitreden unter forum.arena-verlag.de

www.andreaseschbach.de

1

Sie warten auf mich, das sehe ich sofort. Wie sie da stehen, am Ende des langen glitzernden Fischbeckens vor Thawte Hall, kann es überhaupt keinen anderen Grund geben.

Am liebsten würde ich mich umdrehen und weglaufen. Alles in mir schreit danach, genau das zu tun. Aber das wäre der größte Fehler, den ich machen könnte, denn dann wüsste Carilja, dass sie mich besiegt hat.

Also gehe ich weiter, als wäre nichts, gehe direkt auf sie und ihr Gefolge zu.

Es ist ein Donnerstag, kurz nach halb elf Uhr – oder 44 Tick, wie man außerhalb unserer Zone sagt. Donnerstag, der 4. November 2151, um exakt zu sein. Der Himmel ist strahlend blau. Es wird ein heißer Tag werden, Vorbote eines grandiosen Sommers, der vor uns liegt. Ein Geruch nach Algen erfüllt die Luft. Vom Hafen her hört man das Quietschen der Ladekräne und die Rufe der Männer, die dort arbeiten, doch in diesem Moment unterstreichen diese Geräusche nur das unnatürliche, bedrohliche Schweigen, dem ich entgegengehe.

In mir verkrampft sich alles. Sie werden gemein zu mir sein, wie immer. Ich weiß noch nicht, was genau mich heute erwartet. Ich weiß nur, dass es mir nicht gefallen wird.

Es gibt keinen anderen Weg, den man nehmen könnte. Das Schulgelände erhebt sich wie eine Trutzburg auf dem Felsvorsprung, der den Hafen vom Stadtstrand trennt, und das Tor ist der einzige Zugang. Das Tor und der Plattenweg dahinter, der zwischen der Strandmauer links und Thawte Hall rechts zum Schulhof führt, wo ich in Sicherheit wäre.

So gehe ich an dem Becken entlang, das mir seit meinem ersten Tag an der Schule unheimlich ist. Ich erspähe eine Gruppe Clownfische darin, rot, schwarz und weiß gestreift, die wirken, als verfolgten sie gespannt, was nun gleich geschehen wird.

Vielleicht geschieht gar nichts. Ich tue so, als sei es das Selbstverständlichste der Welt, dass Carilja mit ihren ergebenen Freunden hier herumlungert, werfe ihnen nur einen superkurzen Blick zu und versuche, ohne ein Wort an ihnen vorbeizugehen. Wenn ich den Hof erreiche, bin ich gerettet, denn dort sind jetzt gerade alle anderen und auch die Lehrer, die Aufsicht führen.

Aber natürlich klappt das nicht. Carilja stellt sich mir in den Weg und fragt: »Na? Gut geschlafen?«

Was soll ich darauf sagen? Sie fragt das ja nicht, weil sie sich um mein Wohlergehen sorgt – nichts läge ihr ferner –, sondern weil sie und die anderen donnerstags in den ersten drei Stunden Sport haben, und zwar Schwimmen oder irgendetwas anderes, das mit Wasser zu tun hat und von dem ich aus medizinischen Gründen befreit bin. Ich hätte bis zehn Uhr ausschlafen können, wenn ich gewollt hätte. Tatsächlich stehe ich donnerstags aber auf wie jeden Tag und hole in der freien Zeit irgendwelche Lektionen nach. Heute habe ich für den Chinesischtest gelernt, der uns kommende Woche erwartet.

In einem letzten Versuch, der Konfrontation zu entgehen, murmle ich »Ging so« und will mich links an ihr vorbeidrücken.

Sie versperrt mir den Weg ein weiteres Mal. »Bleib gefälligst stehen, wenn ich mit dir rede, Fischgesicht!«

Nicht *Saha*. Nur die Lehrer nennen mich bei meinem Namen. Meine Schulkameraden nennen mich *Fischgesicht*.

Falls sie mich überhaupt zur Kenntnis nehmen. Mir ist es lieber, sie tun es nicht.

Ich trete einen Schritt zurück und presse meine Tafel gegen die Brust, obwohl ich natürlich weiß, dass mich das vor nichts schützen wird. Aber ich habe nichts anderes.

Was ist überhaupt los? Warum ausgerechnet heute? Ist Carilja neidisch auf mich, weil ich freihatte und sie nicht? So dumm ist sie nicht, dass sie ein ganzes Schuljahr braucht, um das zu merken.

Zwei der Jungs aus ihrem Gefolge treten neben sie. Brenshaw, ihr Lover. Und Raymond, ihr treuer Diener.

Die anderen umringen mich von hinten. Keine Chance zu entkommen.

»Was willst du?«, frage ich.

Carilja verzieht den Mund. »Was ich will? Dein hässliches Gesicht nicht mehr jeden Tag sehen müssen. Das will ich.«

Wenn irgendjemand anderes das gesagt hätte, es hätte lächerlich geklungen. Aber es ist Carilja Thawte, die das sagt, und deswegen klingt es bedrohlich. Ihr Großvater hat Thawte Hall gestiftet, ihr Vater ist so etwas wie der König von Seahaven, folglich sieht sich Carilja als Kronprinzessin und denkt, dass ihr die Stadt gehört. Mindestens.

»Wenn dir mein Gesicht nicht gefällt«, sage ich trotzdem, »dann schau halt woandershin.«

Carilja ist nicht nur die Tochter reicher Eltern, sie ist auch schön wie ein Engel, mit blonden Haaren bis zur Hüfte und einem Körper, der alle Jungs in den Wahnsinn treibt. Sie war zweimal Schönheitskönigin von Seahaven, und bis auf Weiteres haben andere Mädchen nur dann eine Chance, wenn Carilja nicht antritt.

Das alles lässt ihr Haifischlächeln nur umso bedrohlicher wirken. »Das würde ich ja gern, stell dir vor«, sagt sie. »Aber ich muss einfach zu oft mit dir im selben Raum sein. Und außerdem, wenn ich woandershin schaue, kann es sein, dass ich deine komische Tante sehe.« Sie hebt die Hände und äfft etwas nach, was sie für Gebärdensprache hält.

Sie hat einen wunden Punkt bei mir getroffen, und das weiß sie genau. Ich weiß auch genau, dass sie das weiß, trotzdem kann ich nicht anders, als zu fauchen: »Lass meine Tante aus dem Spiel!«

Sie fuchtelt weiter mit den Händen. Ihr Gefolge lacht. »Normale Leute lassen es reparieren, wenn sie taubstumm sind.«

»Das geht bei meiner Tante nicht«, sage ich, obwohl ich weiß, dass das nicht das Geringste bringen wird. »Ihr fehlen die zugehörigen Nervenbahnen. Es ist ein Geburtsfehler.«

Carilja lässt die Hände sinken. »Oh. Ein *Geburtsfehler*«, macht sie mich nach. »Die scheinen bei euch in der Familie zu liegen, Geburtsfehler.«

Das Gelächter nimmt zu. Ich weiß immer noch nicht, was das alles soll.

In dem Moment wird Carilja übergangslos ernst. »Pass auf, Fischgesicht«, sagt sie. »Wir werden dieses Problem lösen, und zwar ein für alle Mal.«

Sie zieht ihre Tafel aus der Tasche, sucht etwas darin und macht dann die Wischbewegung in meine Richtung, mit der man Dokumente überträgt. Meine Tafel, die ich immer noch vor die Brust gedrückt halte, gibt jenes klackernde Geräusch von sich, das ihren Eingang anzeigt.

Ich nehme sie herunter und schaue darauf. Carilja hat mir zwei Formulare geschickt.

»Was soll das?«, frage ich.

»Das sind Anmeldeformulare für die Fachschulen in Weipa und Carpentaria«, sagt Carilja. »Man kann nach der zweiten Stufe Aufbauschule abgehen. Das machen viele. Als Qualifikation für eine Fachschule reicht das. Die werden dich nehmen, gute Noten hast du ja.« Sie sagt das geringschätzig, so, als seien gute Noten nichts Wichtiges. Was sie in ihrem Fall ja auch nicht sind. Carilja könnte das ganze Jahr ausschlafen, solange sie will, und würde die Schule trotzdem mit einem Abschluss verlassen, den sie nie im Leben brauchen wird.

»Warum sollte ich das tun?«, frage ich verdutzt. Was Carilja nämlich lässig unterschlägt in ihrer Zukunftsplanung für mich, ist, dass ich mir damit die Chance verbauen würde, je im Leben auf eine Hochschule zu gehen. Das kann man nur, wenn man alle vier Stufen der Aufbauschule absolviert hat.

»Warum du das tun sollst?« Carilja bringt ihr engelhaftes Gesicht dicht vor meines. »Weil ich es dir sage. Weil ich dein Fischgesicht nicht mehr länger sehen will. Weil *wir alle* dein Fischgesicht nicht länger sehen wollen.« Sie rümpft die Nase. »Weil du dir auf die Weise eine Menge Ärger ersparen wirst.«

Ohne dass ich es kommen sehe, stößt sie mich von sich weg.

Ich pralle gegen Raymond, der mich ebenfalls wegstößt, und im Nu werde ich von einem zum anderen gestoßen, ohne dass ich etwas dagegen machen kann. Alle lachen und johlen.

Und dann stolpere ich plötzlich, ist auf einmal kein Boden mehr da, wo ich hintrete. Ich falle, falle ins Leere, falle ins Wasser. In das Wasser, das ich unbedingt meiden muss.

Kalt und nass umschlingt es mich, zerrt mich unbarmherzig in die Tiefe. Der blaue Himmel über mir weicht kochendem Silber, das höhnische Gelächter geht in dumpfem Rauschen und Gluckern unter. Ich kann nicht schwimmen, rudere nur hilflos mit den Armen, spüre Luftblasen aus meinem Mund aufsteigen. Ein jäher Schmerz an meiner Seite, als sei etwas gerissen, lähmt mich, während ich auf den Grund sinke. Über mir sehe ich die wild hin und her zuckenden Konturen von Gestalten, die sich über das Becken beugen – und sich dann abwenden und verschwinden.

Sie lassen mich im Stich. Sie wissen genau, dass ich nicht schwimmen kann, doch es kümmert sie nicht.

Ich sollte Todesangst haben, aber ich habe keine. Mir ist, als könnte ich unter Wasser atmen. Ein paar der Clownfische tauchen vor meinem Gesicht auf und beäugen mich neugierig. Ich will etwas sagen, was eine schlechte Idee ist, denn mit einem Schlag strömt Wasser in meinen Mund und meine Nase, und dann wird alles schwarz um mich herum.

Als ich wieder erwache, liege ich in einem Bett und sehe eine blaue Zimmerdecke über mir. Der Raum ist seltsam kahl, hat Milchglasfenster und kommt mir bekannt vor. Doch es dauert eine Weile, bis mir einfällt, dass dies die Ambulanz ist, in einem Seitenbau von Thawte Hall, vom Hof wie von den Sportanlagen her schnell zu erreichen.

Ich liege unter einer dünnen weißen, chemisch sauber riechenden Decke. Darunter bin ich nackt. Unwillkürlich ziehe ich mir die Decke bis zum Kinn hoch. Wer hat mich ausgezogen? Und wo sind meine Sachen?

Ich suche in meiner Erinnerung, die noch nicht so richtig aufgewacht zu sein scheint. Ich war offenbar bewusstlos, aber ich habe keine Ahnung, wie lange. Außerdem erinnere ich mich daran, wie mich starke Hände packen und emporziehen, wie jemand schreit – ich selbst womöglich – und wie jemand sagt: »Ups, das war wohl zu viel.« Und wie ich erneut in Dunkelheit versinke.

Ich taste mich ab. Alles noch da. Das Laken hat ein paar nasse Stellen und einer meiner Verbände hat sich gelöst. Ich drücke ihn fest, was natürlich keine Lösung ist; ich werde ihn zu Hause erneuern müssen.

Da öffnet sich die Tür. Es ist Doktor Walsh, der seine beträchtliche Gestalt hereinschiebt. Er trägt einen weißen Kittel und lächelt wohlwollend.

»Na, Saha Leeds«, sagt er und schaltet an der Wand über mir irgendein Gerät aus. »Wieder unter den Lebenden?«

Doktor Walsh ist kein besonders guter Arzt, sonst hätte er eine andere Stelle bekommen als diese. Aber er strahlt zuverlässig blendende Laune und Zuversicht aus, was bei fast allem, was an einer Schule passieren kann, heilsam genug ist.

»Wie lange war ich weg?«, frage ich, die Decke immer noch am Kinn.

»Weg?«, fragt er amüsiert. »Du warst nicht weg. Du warst die ganze Zeit hier.«

»Ich meine, wie lange war ich bewusstlos?«

»Du hast nur geschlafen. Ich habe dir ein Beruhigungsmittel gespritzt, auf das du stärker reagiert hast als erwartet.« Er zieht ein Stethoskop aus der Tasche. »Ich hab schon viele aus den Fluten ziehen müssen, aber so viel Wasser wie du hat mir noch niemand über die Schuhe gespuckt, das kann ich dir sagen. Das war richtig beeindruckend.« Er winkt mit seiner fleischigen Hand. »Ich möchte nachsehen, ob etwas dringeblieben ist. Setz dich mal auf.«

»Ich hab nichts an«, erwidere ich mit einer Stimme, die in meinen Ohren kläglich klingt.

»Natürlich nicht«, erwidert Doktor Walsh und die Spitzen seines rotblonden Schnurrbarts zucken amüsiert. »Du warst ja klatschnass. Frau Alvarez hat dich ausgezogen und deine Sachen in den Trockner gesteckt.«

Ich schlucke unbehaglich. »Und wer hat mich gerettet? Herr Alvarez?« Herr und Frau Alvarez sind die Hausmeister der Schule. Beide sind, nun ja, eher unheimliche Erscheinungen. Man möchte ihnen ungern sein Leben verdanken.

Doktor Walsh blinzelt kurz. »Er hat dich herausgezogen. Aber dein Glück war, dass ein Junge gesehen hat, wie du reingefallen bist, und den Notruf ausgelöst hat.«

»Ein Junge?«, hake ich nach. »Wer?«

»Ich hab den Namen vergessen.« Doktor Walsh setzt die Ohrbügel ein. »Darf ich jetzt bitten? Den Rücken.«

Schicksalsergeben setze ich mich auf, mir die Decke vor den

Körper haltend, und befolge seine Anweisung, kräftig durch den Mund ein- und auszuatmen. Er hört meine Lungen gründlich ab, was so lange dauert, dass mir von der ganzen Atmerei schwindlig wird. Ich bin erleichtert, als er endlich sagt: »Gut. Alles frei.« Erleichtert vor allem, weil ich ihm nicht auch noch meine Brust entblößen muss.

Wobei es bei mir im Grunde nichts zu sehen gibt. Mein Busen ist nicht der Rede wert, und Tante Mildred meint, wenn er mit sechzehn nicht größer ist, dann wächst er auch nicht mehr wesentlich.

In dem Punkt hat Carilja recht: Ich bin ziemlich hässlich.

Doktor Walsh nimmt die Ohrbügel heraus und tippt auf einen der Sprühverbände, die meinen Oberkörper zieren und jetzt aussehen, als klebten mir lange glasige Würmer auf der Haut. »Das da«, sagt er. »Sind das diese Wunden, die in deinem Attest erwähnt sind?« Er steckt das Stethoskop wieder ein. »Ich habe vorhin deine Akte gelesen.«

Das Thema ist mir unangenehm. Ich wäre auch ohne diese Dinger unansehnlich genug. Ich nicke und sage »Ja«.

»Und die heilen nicht?«, fragt Doktor Walsh neugierig.

»Nein. Ich muss sie nach jedem Duschen mit einem Sprayverband abdecken.« In Wirklichkeit mache ich das nur an den Stellen, an denen er sich löst, denn diese Sprays sind schrecklich teuer.

»Lass mal sehen.«

Widerwillig hebe ich den linken Arm und lüfte die Decke so weit, dass er die ganze Pracht vor sich hat: fünf Schlitze, jeweils zwei Fingerbreiten voneinander entfernt, die sich vom Rücken schräg bis nach vorn ziehen, leicht nach unten gerichtet.

»Auf der anderen Seite sieht es genauso aus«, erkläre ich. »Symmetrisch.«

Tatsächlich dürften meine Brüste gar nicht größer sein, als sie sind, sonst kämen sie mit den Schlitzen in Konflikt. Und wie das dann aussähe, das will ich mir lieber nicht ausmalen.

»Im Attest steht, dass es ein Unfall war«, sagt Doktor Walsh. »Wie muss man sich das vorstellen?«

Ich nutze die Gelegenheit, mich rasch wieder zuzudecken. Ich hasse es, diese alte Geschichte zu erzählen, aber ich muss wohl. »Ich bin als Baby einem Gartenpflegeroboter in die Quere gekommen. Meine Mutter hat mich gerade noch rechtzeitig weggerissen, sonst hätte der mich wahrscheinlich in Scheiben geschnitten.« Ich habe keine wirkliche Erinnerung daran, aber man hat mir das alles so oft erzählt, dass es mir vorkommt, als würde ich mich erinnern. »Der Roboter hatte Klingen aus Kobaltstahl. Verletzungen damit heilen praktisch nicht.«

»Kobaltstahl?«, wiederholt Doktor Walsh beeindruckt. »Das hab ich ja noch nie gehört.« Er lacht gutmütig auf. »Eine faszinierende Geschichte. Hat man denn nie versucht, die Wunden zu vernähen?«

»Doch«, sage ich. Wenn man genau hinschaut, sieht man entlang der Schlitze in meiner Haut feine weiße Punkte, die davon zeugen. »Aber das hat nichts gebracht. Da hat sich dann innen etwas entzündet. Mein Kinderarzt damals hat gemeint, es ist besser, ich mache es so. Mit dem Sprayverband. Und nicht ins Wasser gehen.«

Die Tür öffnet sich erneut. Frau Alvarez kommt herein, hager, lautlos, ganz in wehendes Schwarz gekleidet. Unheimlich eben.

Sie bringt meine Sachen, getrocknet und ordentlicher zusammengelegt, als ich es je hinbekäme. Oben auf dem Stapel liegt meine Tafel.

Frau Alvarez bemerkt meinen Blick. »Die lag auch im Becken«, sagt sie mit ihrer dünnen Stimme, die klingt, als hätte sie Stimmbänder aus Eisendraht. »Ich habe sie mitgetrocknet. Sie funktioniert noch.«

»Danke«, murmele ich.

»Wie ist das passiert?«, will sie wissen. Ich sehe Doktor Walsh blinzeln; wahrscheinlich fällt ihm gerade ein, dass er völlig vergessen hat, das zu fragen.

Mir ist das ganz recht. Auf diese Weise habe ich genug Zeit gehabt, mir darüber klar zu werden, dass es vollkommen zwecklos wäre, Carilja Thawte anzuschwärzen. Deswegen sage ich nur: »Ich weiß es nicht mehr. Ich bin halt irgendwie reingefallen.«

»Was heißt irgendwie?«, hakt Doktor Walsh streng nach. »War dir schwindlig? Machst du womöglich eine von diesen Diäten, die gerade in Mode sind?«

»Nein«, versichere ich wahrheitsgemäß. Mir ist völlig klar, dass ich durch Abnehmen nicht schöner werden kann.

»Bestimmt nicht? Das erleben wir hier ständig. Mädchen denken, sie seien zu dick, essen so gut wie nichts mehr und fallen im unpassendsten Moment ohnmächtig um.«

»Meine Tante meint, ich fresse ihr noch die Haare vom Kopf«, behaupte ich.

»Gut«, sagt Doktor Walsh. Er und Frau Alvarez sehen einander an und nicken einträchtig, als müssten sie bekräftigen, wie gut sie das finden. »Dann würde ich mal sagen, wir lassen dich jetzt alleine, damit du dich in Ruhe anziehen kannst. Danach gehst du nach Hause und ruhst dich aus.«

Ich nicke nur. »Heißt das, ich hab Chinesisch und Mathe verpasst?«

Doktor Walsh lächelt so wohlwollend, wie es niemand sonst kann. »Ich habe deine Lehrer über den Unfall informiert und dich entschuldigt. Deswegen brauchst du dir keine Sorgen zu machen.«

»Danke«, sage ich und mache mir trotzdem welche.

»Ach ja – falls dir heute Nachmittag schlecht oder schwindlig werden sollte, rufst du mich bitte sofort an. Klar?«

Ich verspreche es, dann gehen die beiden. Im Hinausgehen dreht sich Doktor Walsh noch einmal um und fragt: »Kobalt, richtig?«

»Was?«, erwidere ich verdutzt.

»Es waren Klingen aus Kobaltstahl?«

Ach so. »Ja«, sage ich.

Er nickt, lächelt. »Wieder was gelernt.« Dann zieht er die Tür hinter sich zu.

Es ist kurz vor Schulschluss, als ich das Gelände verlasse. Noch zwei Minuten, ehe sie aus dem Hauptgebäude strömen werden, lachend und schreiend, tausend Schüler, die hier tagsüber zusammengepfercht sind. Viele von ihnen sind mit Fahrrädern oder Swishern da, die in dichten Reihen unter einem Blechdach beim Tor geparkt stehen. Überall in der Stadt werden sie unterwegs sein, schneller als ich, und ich habe keine Lust, auch nur einem von ihnen zu begegnen. Also wende ich mich unmittelbar nach dem Tor nach rechts, steige über die niedrige Brüstung entlang der Strandstraße und schlage mich in das Gestrüpp, das zwischen der Mauer um das Schulgelände und dem Felsabhang zum Stadtstrand hin wächst.

Dort suche ich mir einen Platz, wo man mich nicht sieht und wo ich trotzdem Sicht auf den Strand habe. Ich darf zwar nicht ins Wasser, aber das heißt nicht, dass ich nicht gerne aufs Meer schaue. Das mache ich sogar außerordentlich gerne. Obwohl man mir beigebracht hat, das Meer zu meiden, mag ich es. Zu sehen, wie die Wellen kommen und gehen, und dabei die Brandung zu hören, ist etwas, das eine geradezu magische Wirkung auf mich hat. Es beruhigt meine Seele, und das ist genau das, was ich jetzt brauche.

Ich finde einen Fleck, auf dem ein bisschen Gras wächst und nichts von dem Abfall liegt, den manche trotz ausdrücklichen Verbots über die Mauer werfen, und setze mich hin. Ich merke jetzt erst, dass ich zittere. Der Schock kommt mit Verspätung. Das Entsetzen, dass Carilja und ihr Gefolge mich meinem Schicksal überlassen haben, obwohl sie genau wissen, dass ich nicht schwimmen kann. Wie lässt sich Feindschaft deutlicher demonstrieren? Carilja hätte offensichtlich nichts dagegen, wenn ich tot wäre.

Ich berge meinen Kopf in meine Arme und schließe die Augen. Mein ganzer Körper zittert, und eigentlich warte ich darauf, dass mir die Tränen kommen. Es wäre nicht das erste Mal, dass ich mich nach einer Attacke irgendwo verkrieche und in mich hinein weine. Aber heute passiert das seltsamerweise nicht.

Stattdessen muss ich wieder an den Moment denken, kurz bevor ich unter Wasser das Bewusstsein verloren habe. An den Moment, in dem ich dachte, ich könnte das Wasser atmen. Und daran, dass ich in diesem Moment ganz friedlich war, geradezu heiter. Dass ich das Gefühl hatte, nun könne mir niemand mehr etwas anhaben.

Mir wird unheimlich, als ich daran zurückdenke. War ich dem Tod schon so nahe, dass ich Halluzinationen hatte? Oder habe ich den Tod in diesem Moment womöglich willkommen geheißen? War das so etwas wie ein Ruf? Eine Sehnsucht?

Ich erschrecke über meine eigenen Gedanken, hebe den Kopf und atme scharf ein. Nein! Diesen Weg werde ich auf keinen Fall wählen. Das könnte Carilja so passen.

Ich reibe mir die Augenwinkel, aber da sind immer noch keine Tränen. Stattdessen entdecke ich Doktor Walsh, der beschwingt die Strandstraße hinabspaziert, in seinem leinenweißen Sommeranzug, einen geflochtenen Sonnenhut auf dem Kopf. Doktor Walsh ist nicht verheiratet, und er scheint diesen Zustand zu genießen, wie er überhaupt sein ganzes Leben genießt. Um diese Zeit geht er in seinen Club, wo er jeden Tag zu Mittag isst und sich anschließend eine Zigarre genehmigt, wie man riechen kann, wenn man ihm nachmittags begegnet.

Sein Club ist der Princess Charlotte Club, benannt nach dem alten Namen der Bucht, auf die Seahaven blickt. Früher, als Australien noch ein sogenannter »Staat« war und ein König im fernen England dessen Oberhaupt, hat die Equilibry Bay so geheißen: Princess Charlotte Bay.

Man kann das Clubhaus von hier aus sehen. Es ist ein unscheinbares Gebäude über dem Strand, auf dunklen Stelzen errichtet gegen Fluten, die schon lange nicht mehr kommen. Die Terrasse steht voller Sonnenschirme in den Farben Weiß, Blau und Rot, den Farben der Fahne Großbritanniens. Der Club legt sehr viel Wert auf Traditionspflege. Tradition ist in unserer Zone zwar generell ein großes Thema, aber im Club sind sie regelrecht besessen davon. Das fängt schon damit an, dass das Clubhaus älter ist als die Stadt selbst: Es ist ein ehemaliger Außenposten aus Zeiten, als diese Gegend hier noch Top North Queensland hieß und so gut wie unbewohnt war, ein unwegsames Dschungelgebiet voller Sümpfe und Moskitos. Bevor sich das Klima im letzten Jahrhundert so drastisch gewandelt hat, natürlich.

Ich habe nur eine verschwommene Vorstellung davon, wo Großbritannien überhaupt liegt und wie es aussieht. Das Thema Europa haben wir nur flüchtig behandelt. Mir fällt dazu vor allem ein, dass die Jahreszeiten auf der Nordhalbkugel der Erde genau umgekehrt sein sollen wie bei uns. Dass die Menschen dort im Dezember Winter haben, manche sogar mit Eis und Schnee! Das kommt mir irgendwie unglaublich vor, obwohl ich natürlich schon Fotos davon gesehen habe. Und Sommer ist dort im Juli, wenn hier Regenzeit ist.

Das Clubhaus sieht unscheinbar aus vor dem Hintergrund all der prächtigen, schneeweißen, in der Sonne leuchtenden Villen auf dem Middle Cap, der Landzunge auf der gegenüberliegenden Seite des Stadtstrands, die allgemein nur »der Goldberg« genannt wird und an deren äußerster Spitze das feudale Anwesen der Thawtes liegt. Trotzdem ist der Club das Herz und Zentrum der Gegend, denn eine Villa auf dem Goldberg kann man kaufen, eine Mitgliedschaft im Club nicht: Dafür braucht man Empfehlungen anderer Clubmitglieder. Doktor Walsh ist sehr stolz darauf, zu den Auserwählten zu gehören.

Er ist zwar nicht reich und schön auch nicht, aber er gehört dazu.

Ich gehöre nicht dazu. Nirgends. Das ist mein Problem.

Mittlerweile ist es still geworden. Sie sind alle weg, über dem Schulgelände liegt unwirkliche Ruhe. Mein inneres Zittern ist verschwunden. Ich stehe auf, klopfe mir den Staub von der Hose. Es hat gutgetan, hier zu sitzen, dem Rauschen des Meeres zuzuhören und meinen Gedanken nachzuhängen. Aber jetzt wird es Zeit, nach Hause zu gehen.

2

Tante Mildred wuselt in der Küche herum, als ich ankomme, und ist ganz aufgekratzt vor guter Laune. Ihre Handzeichen sind so wuschig, dass ich sie kaum verstehe.

Heute scheint jeder guter Laune zu sein, nur ich nicht.

Schließlich stampfe ich mit dem Fuß auf und schreie: »Was ist denn los, verdammt?« Sie kann mich zwar nicht hören, aber das Vibrieren des Bodens spürt sie. Sie hält inne, schaut mich an und ich wiederhole mit den Händen: *Was ist los?*

Ich habe uns Lammbraten gemacht, erklärt Tante Mildred in Gebärdensprache. *Mit Kartoffeln und Wildlimonen. Und einen Nachtisch!*

Jetzt rieche ich es. Lammbraten? An einem ganz normalen Wochentag? Wir leisten uns selten öfter als ein-, zweimal im Monat Fleisch, und wenn, dann kein Lamm.

Hat jemand Geburtstag?, frage ich.

Tante Mildred schüttelt lächelnd den Kopf. *Nein. Aber es gibt etwas zu feiern.*

Was denn?

Heute vor sechs Jahren sind wir in Seahaven angekommen.

»Oh«, entfährt es mir. Na großartig. Da hat sich Carilja ja genau den richtigen Tag für ihre Attacke ausgesucht.

Mir graut davor, Tante Mildred zu erzählen, was passiert ist. Irgendwann werde ich es tun müssen, daran führt kein Weg vorbei, denn Frau Alvarez wird sie bestimmt darauf ansprechen, wenn sie sie das nächste Mal sieht. Und das nächste Mal, das kann schon heute Abend sein, wenn meine Tante wieder alle Toiletten der Schule putzt, wie sie es an jedem einzelnen verdammten Wochentag dieser sechs Jahre getan hat.

Aber nicht jetzt. Nicht wenn sie sich gerade so freut.

Weißt du noch?, fängt sie an zu erzählen, als wir am Tisch sitzen. Ihre Finger tanzen geradezu. *Wie wir umhergezogen sind? Diese Woche hier, nächste Woche woanders? Du hattest einen Rucksack und ich einen Koffer. Mehr nicht. Du warst in so vielen Schulen, immer nur kurz. Aber du hast trotzdem gute Noten. Ein Wunder.*

Ich zucke mit den Schultern. Für mich ist das kein Wunder. Mir ist die Schule nie schwergefallen, und das, was man draußen in den freien Zonen für Unterricht hält, ist nur ein schlechter Witz.

Endlich hebt Tante Mildred den Deckel. Es hat schon gut gerochen, aber es sieht noch besser aus. Sie ist eine tolle Köchin, im Gegensatz zu mir, und vor allem versteht sie es, aus wenig viel zu machen. Der einzige Mangel, den ich erleide, ist der, dass Tante Mildred keinen Fisch mag. Auch keine Krustentiere, keine Algen, keine Muscheln, nichts, was aus dem Meer kommt. Während ich an manchen Tagen sterben könnte für ein gutes Sushi.

Wie immer häuft Tante Mildred mir die größten und besten Stücke auf den Teller. Ich muss irgendwann die Hände über den Teller halten und behaupten, sie wolle mich mästen, damit sie sich auch was nimmt.

Tante Mildred ist zu gut für diese Welt. Das ist ihr Problem. Außerdem ist sie der einzige Mensch, den ich habe. Der einzige Mensch, der mich so akzeptiert, wie ich bin, und zu dem ich gehöre.

Irgendwie ist es nicht richtig, dass es nach dem, was heute passiert ist, so ein Festessen gibt. Aber ich habe auf einmal Hunger wie ein Bär nach einer Fastenkur. Ich haue rein und esse, und dass mir dabei ein paar Tränen in die Augen steigen, kann ich auf die scharfen Gewürze schieben.

Meine Tante sorgt für mich, seit meine Mutter gestorben ist, also schon ziemlich lange. Wenn ich sie mit einem einzigen Wort beschreiben müsste, würde ich sagen: müde. In jeder x-beliebigen Gruppe von Leuten wäre sie diejenige Frau, die am erschöpftesten aussieht.

Sie ist schlank, fast mager, und nur einen halben Kopf größer als ich. Und ich bin schon nicht besonders groß. Sie trägt ihre Haare mittellang, unauffällig geschnitten und so, dass sie nicht oft zum Friseur muss. Früher waren ihre Haare dunkelbraun, inzwischen ist die Hälfte von ihnen grau. In ihrem Gesicht haben sich tiefe Furchen eingegraben, die nicht mehr verschwinden werden. Sie ist irgendwas in den Vierzigern, aber sie sieht viel älter aus.

Nur in ihren Augen liegt manchmal ein glückliches Leuchten, das sie wieder jung wirken lässt. Jetzt gerade zum Beispiel.

Ihr Trick ist, sich zu weigern, zur Kenntnis zu nehmen, dass die meisten Leute von Seahaven auf sie herabsehen und sie praktisch keine Freunde hat. Was völlig verrückt ist, wenn man drüber nachdenkt: Putzfrauen sind sagenhaft schwer zu finden und sehr begehrt – trotzdem werden sie schlecht bezahlt und schlecht angesehen sind sie außerdem. Und das hier, in Seahaven, mitten in der größten neotraditionalistischen Zone Australiens, wo alle ständig von Menschenwürde, Menschenrechten und vom Leben nach menschlichem Maß schwafeln!

Leute wie wir wohnen natürlich nicht in der Nähe der Strände. Man hält uns abseits, damit die an Reichtum und Schönheit gewöhnten Bürger Seahavens unseren Anblick nicht öfter ertragen müssen als unbedingt erforderlich. Unser Zuhause ist ein keilförmiges Gebiet, das nur »die Siedlung« heißt und aus ein paar Reihen zweistöckiger Billigbauten besteht, versteckt hinter einem Waldstreifen aus Palmen und dichtem Gebüsch. Wir hören den Verkehr auf der Hauptzufahrtstraße. In südlicher Richtung liegt die Kläranlage, was bedeutet, dass man bei Südwind die Fenster geschlossen halten muss, egal wie heiß es ist. Und im Westen trennt uns ein Plastikdrahtzaun vom Naturschutzgebiet, aus dem uns immer wieder mal Ratten, Schlangen und ähnliche Tiere besuchen.

Ich schätze, dass kein einziger meiner Mitschüler je in der Siedlung war. Sie denken alle, es sei schrecklich, hier zu leben. Aber das stimmt nicht, tatsächlich sind die Reihenhäuser ganz gemütlich. Oder können es jedenfalls sein: Tante Mildred hat unsere Wohnung so kuschelig eingerichtet, dass es ohne Schule gar keinen Grund gäbe, sie zu verlassen. Da wir nur zu zweit sind, hat jeder von uns ein eigenes Zimmer. Was will man mehr? Ja, mein Zimmer ist winzig, aber es ist meines, und das allein zählt.

Die Nachbarn sind auch in Ordnung. Wahrscheinlich, weil sie

alle in derselben Lage sind wie meine Tante: Hilfskräfte eben, von den Bürgern Seahavens benötigt, aber nicht geschätzt.

Mit Tante Mildreds Job an der Schule hat alles angefangen. Sie hat auf eine Annonce geantwortet und man hat sie engagiert. Die Toiletten zu putzen, das ist eine Arbeit, die sich weder Herr noch Frau Alvarez antun wollen. Solange Tante Mildred das übernimmt, darf ich die Schule besuchen, die als eine der besten gilt. Das ist der Deal.

Außer der Schule hat Tante Mildred noch private Kunden, bei denen sie tagsüber putzt. Donnerstag ist der einzige Tag, an dem sie mittags kocht und ich nicht in der Mensa essen muss, worüber ich heute sehr froh bin.

Ich habe eine neue Kundin, erzählt Tante Mildred, als wir beim Dessert ankommen, Schokoladenpudding. *Frau Brenshaw hat sie mir vermittelt, heute Morgen.*

Ich muss tief durchatmen. Ja, richtig. Donnerstagvormittag putzt sie immer bei Brenshaws, die eine der größten Villen auf dem Goldberg bewohnen. Tante Mildred ist äußerst begeistert von den Brenshaws. Wie traumhaft deren Anwesen ist. Wie großartig die Aussicht auf beide Strände. Wie gepflegt der Geschmack. Wie vornehm die Umgangsformen.

Die Umgangsformen. Na klar. Jon Brenshaw hat heute zusammen mit fünf anderen eine Mitschülerin, die nicht schwimmen kann, in ein Fischbecken geworfen und sich dann vornehm entfernt. Sehr vornehm.

Ich versuche zu lächeln. *Schön.*

Sie heißt Nora McKinney. Sie ist neu in Seahaven. Wohnt in der Straße am Stadtpark.

Ich nicke. Sie meint die Julia-Gillard-Road, will sich nur die Mühe mit dem Namen ersparen. Namen muss man buchstabieren, wenn man Handzeichen benutzt, das ist aufwendig.

Sie wird ab Januar die Hafenmeisterei leiten. Stell dir vor – sie spielt Go!

Jetzt verstehe ich ihre Begeisterung. Das chinesische Brettspiel ist Tante Mildreds ganze Leidenschaft. *Hast du ihr gesagt, dass du auch Go spielst?*

Na klar. Wir haben uns zu einem Spiel verabredet. Samstag.

Toll. Ich freue mich für meine Tante. Vielleicht wird sie damit endlich so etwas wie eine Freundin finden.

Im selben Moment fällt mir Carilja wieder ein. Es ist wie ein Stich in die Seite. Was soll ich nur tun? Seahaven verlassen zu müssen, würde Tante Mildred das Herz brechen, das ist klar. Auf der anderen Seite würde sie mich nie im Leben alleine in eine andere Stadt gehen lassen.

Also muss ich bleiben.

Ich weiß bloß nicht, wie ich die zwei Jahre, die noch vor mir liegen, überstehen soll.

Das Spülen nach dem Essen ist wie immer meine Sache. Tante Mildred würde das zwar auch noch übernehmen, wenn ich sie ließe, aber sie putzt schon genug; das könnte ich nicht mit ansehen. Deswegen tue ich so, als spülte ich rasend gern.

Und das Komische ist: Seit ich angefangen habe, so zu tun, als ob, macht es mir manchmal tatsächlich Spaß.

Heute genieße ich es sogar richtiggehend. Es hat etwas Beruhigendes, Teller, Besteck und Töpfe ins heiße Spülwasser zu tauchen und sauber zu schrubben; man kann dabei in aller Ruhe nachdenken. Und ich habe heute viel nachzudenken. Vor allem, wie ich Tante Mildred die Geschichte mit dem Fischbecken beibringen soll, ohne dass sie ausflippt.

Ich bin gerade an Schmortopf und kratze an festgebrannten Resten herum, als sie in die Küche tritt und erklärt: *Ich muss heute früher los. Die Alvarez' sind heute Nachmittag nicht da. Sie kommen erst morgen früh wieder. Ich muss die Flure und Klassenzimmer mit übernehmen.*

Ich streife den Seifenschaum von den Händen und frage zurück: *Weg? Wo denn?*

Sie besuchen seine Mutter, in Cooktown, glaube ich. Und sie können unter der Woche ja nur donnerstags weg.

Das stimmt. An allen anderen Nachmittagen ist immer etwas, AGs meistens. Doch am Donnerstagnachmittag bleibt die Schule geschlossen. Eine Tradition, deren Herkunft im Dunkeln liegt, die aber trotzdem aufmerksam gepflegt wird. Zur Freude der Schüler.

Alles klar, signalisiere ich. Zwei Gedanken schießen mir durch den Kopf: Erstens, dass Tante Mildred für die zusätzliche Arbeit bestimmt keinen Cent extra bekommen wird. Alle wissen, dass man sie ausnutzen kann, und nutzen sie deshalb aus. Zweitens bin ich erleichtert, weil das bedeutet, dass ich es ihr heute noch nicht sagen muss. Ich rede mir ein, dass das eine glückliche Fügung ist, um ihr nicht die Freude an diesem Jahrestag zu verderben. Aber tief innen weiß ich, dass ich einfach feige bin.

Danach setzt sich Tante Mildred auf die winzige Terrasse vor der Haustüre, in den brüchigen Liegestuhl, den ich voriges Jahr vom Sperrmüll in der Oberstadt gerettet habe. Er füllt den Platz fast vollständig aus. Ich gehe auf mein Zimmer, Hausaufgaben machen.

Ich schalte meine Tafel ein und rufe die Aufgaben ab. In Mathematik haben wir nichts auf, aber Herr Black hat mir eine Notiz eingestellt, welche Kapitel ich lesen soll, um den Stoff von heute nachzuholen. Es geht immer noch um Logarithmen, die habe ich längst kapiert. Das ist in zehn Minuten erledigt.

In Chinesisch dagegen erwartet mich ein ganzer Berg an Aufgaben. Ich seufze. Chinesisch ist eine wichtige Sprache, unerlässlich für Handel, Politik und so weiter, klar. Aber warum machen sie es einem so schwer? Es könnte die einfachste Sprache der Welt sein – eine Sprache, die praktisch ohne Grammatik auskommt –, wären da nicht zwei Dinge: die seltsamen Betonungen der Silben, mit deren Nichtbeherrschung nach fünf Schuljahren wir Frau Chang regelmäßig in den Wahnsinn treiben – ja, und natürlich diese schrecklichen Schriftzeichen. Und die, die wir lernen, sind schon die reformierten! Ich will gar nicht wissen, wie schwierig das alles noch vor hundert Jahren gewesen sein muss.

In den anderen Fächern achte ich darauf, nicht zu gute Noten zu schreiben, um nicht als Streberin zu gelten. Doch in Chinesisch muss ich mich anstrengen. Zu schlechte Noten wären ein Grund, mich von der Schule zu werfen. Und das darf ich Tante Mildred nicht antun.

Aber einen Vorteil hat das Ganze: Die Aufgaben nehmen mich so vollständig in Anspruch, dass ich alles um mich herum vergesse, auch das, was heute Vormittag vorgefallen ist.

Erst als Tante Mildred an der Tür klopft und hereinschaut,

schrecke ich hoch. Sie hebt die rechte Hand und signalisiert mir, dass es Zeit für sie ist aufzubrechen.

Alles klar, gebe ich zurück.

Sie lächelt, offenbar immer noch glücklich darüber, schon sechs Jahre in Seahaven zu leben, der Stadt der Schönen und Reichen. Der Stadt, von der Carilja denkt, dass sie ihr allein gehört.

Hast du heute Abend Lust auf eine Partie?, fragt Tante Mildred. *Ich muss trainieren für Samstag!*

Klar, erwidere ich, obwohl wir beide genau wissen, dass ich kein Gegner für sie bin. Wollte sie wirklich trainieren, würde sie gegen das Go-Programm auf ihrer Tafel spielen.

Als ich unten die Haustüre zufallen höre, spüre ich ein Ziepen an der rechten Seite. Ich hebe das Hemd hoch, um nachzuschauen, und bin irgendwie nicht überrascht, dass sich ein weiterer Sprühverband gelöst hat. Wahrscheinlich gehen sie jetzt der Reihe nach ab. Da hilft nur, zu duschen und alle Verbände zu erneuern, sobald ich wieder trocken bin.

Ich gehe in unser Bad, das so winzig ist wie ein größerer Wandschrank, ziehe mich aus und pule die Verbände ab. Das ziept nicht wie sonst, im Gegenteil, die fleischfarbenen Klebstreifen kommen mir fast von selbst entgegen.

Ich betrachte mich im Spiegel und streiche über die Spalten an meinem Brustkorb. Sie fühlen sich eigentlich gar nicht wie Wunden an. Sie tun nicht weh oder so etwas, und ich kann mich auch nicht daran erinnern, dass sie je wehgetan hätten. Abgesehen von diesem Versuch damals, sie zuzunähen. Das war wirklich schmerzhaft, auch danach noch, als man die Nähte wieder aufgeschnitten und den Eiter oder was es war, herausgewaschen hatte.

Aber das ist lange her. Damals hat meine Mutter noch gelebt.

Ich betrachte mich im Spiegel und versuche, meine Erinnerung daran, wie meine Mutter ausgesehen hat, mit dem Bild zusammenzubringen, das ich sehe. Ich glaube, ich habe ihre Haare. Sie sind braun und fallen mir locker auf die Schultern, genau wie bei ihr. Außerdem glaube ich, dass ich ihre Augen geerbt habe. Ich erinnere mich an dieses seltsame dunkle Grau, das ich auch habe. Auf den Fotos von ihr sieht man das nicht so genau, aber ich erinnere mich daran.

Aber der Rest? Diese platt gedrückte Nase? Dieser plumpe, muskulöse Körperbau? Inzwischen wüsste ich schon gerne, wen meine Mutter sich damals ausgesucht hat, aber sie hat niemals darüber gesprochen. Auch Tante Mildred, ihre große Schwester, zuckt nur verlegen mit den Schultern, wenn ich nach meinem Vater frage.

Ich trete unter die Dusche, spüle die Schlitze durch und wasche dann den Rest. Das Wasser, das über mein Gesicht läuft, ruft die Erinnerung an heute Morgen wach. Auf einmal ist es wieder ganz stark, dieses Gefühl, ich könnte das Wasser atmen. Ich drehe die Brause ab, steige klatschnass aus der Dusche und lasse das Waschbecken volllaufen, bis an den Rand.

Ich schaue mir im Spiegel noch einmal in die Augen und versuche zu erkennen, ob man mir ansieht, dass ich allmählich durchdrehe. Aber ich sehe aus wie immer.

Dann tauche ich den Kopf ins Becken, so tief es geht. Es läuft über, das Wasser platscht mir auf die Zehen, doch ich kümmere mich nicht darum. Stattdessen versuche ich, unter Wasser zu atmen.

Was natürlich nicht klappt. Das eindringende Wasser beißt in der Nase, erstickt mich halb, und ich komme prustend und keuchend wieder hoch.

Schwer atmend, die Arme auf den Beckenrand gestützt, bleibe ich stehen, bis mir nicht mehr schwindlig ist. Wieso mache ich das? Was ist nur los mit mir?

Ich trockne mich ab, wische den Boden auf. Dann hole ich die Dose mit dem Sprayverband aus der Schublade und verklebe die Schlitze an meinem Oberkörper wieder, ganz besonders sorgfältig.

Am nächsten Morgen steht meine Strategie fest: Ich muss noch unsichtbarer werden als bisher. Ich will so unauffällig werden, dass die anderen ganz vergessen, dass ich überhaupt da bin. Dann kann mir nichts mehr passieren.

Dieses Ziel verfolge ich, seit ich in Seahaven lebe. Mir fällt keine andere Strategie ein. Wenn sie nicht funktioniert, heißt das nur, dass ich sie besser verfolgen muss.

Ich habe ein Bild dafür, wie ich sein möchte: wie Rauch. Ich will mich bewegen wie sacht dahinziehender Rauch, unaufhaltsam, unauffällig, lautlos.

Heute ergänze ich diese Strategie durch den Entschluss, früher zu kommen, vor den anderen. In den oberen Klassen machen sich alle einen Sport daraus, möglichst erst in letzter Minute im Klassenzimmer einzutreffen; das kommt mir entgegen. Heute früh stehe ich schon eine halbe Stunde vor Unterrichtsbeginn am Schulgelände, in meiner unauffälligsten grauen Hose und meinem schlabberigsten schwarzen T-Shirt, und warte, bis ein schwatzender, aufgedrehter Pulk Mittelschüler an mir vorbeizieht. Dann trete ich aus dem Schatten der Palme, bei der ich gewartet habe, und folge der Gruppe in ihrem Kielwasser. Ich bin Rauch, ich gleite dahin, niemand nimmt Notiz von mir.

Nachher, im Schulhof, halte ich mich abseits, in den dunklen Ecken. Ich mache keine großen Bewegungen, sage nichts, meide den Augenkontakt mit anderen. Man kommt gut ohne Augenkontakt durch den Tag, man braucht sich nur auf seine Tafel zu konzentrieren. Lehrer sehen das gern.

Allerdings sollte man auch damit nicht auffallen, sonst gilt man als Streber.

Es ist nicht leicht, unsichtbar zu sein.

Aber ich gelange ins Klassenzimmer, ohne dass mich jemand dumm anmacht, ohne dass jemand auch nur etwas zu mir sagt, vielleicht sogar, ohne dass mich jemand zur Kenntnis nimmt. So, wie es sein soll.

Mein Platz ist ganz hinten, außen am Fenster, wo mittags die Sonne hereinknallt und niemand gern sitzen will. Ich bin Rauch, mir macht das nichts.

Freitags haben wir in der ersten Stunde GKG, Gesellschaftskunde und Geschichte, bei Frau Dubois. In den Schulen der neotraditionalistischen Zonen ist es Brauch, jeden Tag zu Beginn der ersten Stunde die Prinzipien des Neotraditionalismus aufzusagen. Die meisten Lehrer erledigen das kurz und schmerzlos, aber Frau Dubois, die ihr Fach sehr ernst nimmt, nimmt es auch mit den Prinzipien sehr genau. Wie nach dem Lehrbuch stellt sie die klassischen Fragen und ruft jeweils einen Schüler auf in der Erwartung, dass der- oder diejenige antwortet wie aus der Pistole geschossen.

»Was ist Tradition?«, beginnt sie in jenem schwülstig-pathetischen Ton, in den sie bei dieser Zeremonie immer verfällt. »Moran?«

Tradition ist die Summe aller Erfahrungen einer Kultur. Brant Moran weiß es nicht, stottert rum. Carlene Hardin, die Klassensprecherin, die neben ihm sitzt, hilft ihm aus der Klemme.

»Was heißt es, Tradition zu bewahren? Moreno?« Lisa Moreno antwortet bedächtig, aber korrekt: *Nicht die Asche zu hüten, sondern die Flamme zu nähren.*

Mich ruft Frau Dubois nicht auf. Sie weiß, dass ich alle Antworten geben kann. Außerdem glaube ich, es irritiert sie, weil man mir dabei wohl anhört, wie scheißegal mir ihre blöden Prinzipien sind.

»Warum müssen wir die Tradition bewahren? Stevenson?« *Damit nicht jede Generation alle Fehler von Neuem macht.* Lucinda antwortet mit geweiteten Augen. Sie hat immer große Angst, Fehler zu machen.

»Was ist Technik? Linwood?« *Teil des menschlichen Lebens, seit der erste Mensch nach einem Stein gegriffen hat.* Ich weiß sie alle, die Antworten, die im Lehrbuch stehen, und finde sie alle nichtssagend, belangloses, schwülstiges Blabla. Linwood fällt nur der erste Teil der Antwort ein, vermutlich, weil er noch bekifft ist von gestern Abend.

»Was heißt es, das menschliche Maß zu halten? Orr?« Danilo Orr antwortet endlich so zackig, wie sie es sich wünscht. Danilo

befolgt die neotraditionalistische Lehre bis aufs i-Tüpfelchen.
Das menschliche Maß ist gehalten, wenn die Technik dem Menschen dient, nicht umgekehrt.

»Wo verläuft die Grenze, ab der Technik uns nicht mehr dient?«
Da, wo sie uns verändert, anstatt unser Werkzeug zu sein, damit wir so sein können, wie wir sind.

Meine Gedanken schweifen ab. Ich schaue aus dem Fenster, hinaus aufs Meer. Unser Klassenzimmer liegt im dritten Stock, ganz am vorderen Ende, von wo aus man nicht nur den Goldberg sieht, sondern auch das Westkap, das den Großen Strand auf der anderen Seite begrenzt und gleichzeitig den Beginn des Schutzgebiets markiert.

Und man sieht das Wrack.

So nennen es alle nur: das Wrack. Es hat, nachdem ich in Seahaven angekommen bin, drei Jahre gedauert, ehe ich zum ersten Mal jemanden den Namen des Schiffes sagen hörte: PROGRESS hieß es, ein riesiges kalifornisches Kreuzfahrtschiff, das vor über vierzig Jahren vor Seahaven auf ein Riff gelaufen und gekentert ist. Rund fünfzig Menschen sind dabei ertrunken.

Man hat danach erst einmal gestritten, ob man das Wrack heben kann und wenn ja, wie, und vor allem, wer für die Kosten aufkommen muss. Das zog sich ungefähr zehn Jahre lang hin, lange genug jedenfalls, dass sich der unter Wasser liegende Teil des Schiffes derweil in einen dicht bevölkerten Lebensraum für Korallen und Fische verwandelte. Nach den Regeln der neotraditionalistischen Zonen hieß das, dass das Wrack bleiben musste, wo es war. Seither ist es eine Art Insel aus Stahl, die da draußen vor sich hin rostet, ein riesiger metallener Fels, umschwärmt von Vögeln, die in den bis zu vierzig Meter hoch aufragenden rostigen Überresten brüten und die braunen, zerfallenden Streben vollkacken.

Wenn man allerdings unsere Lehrer reden hört, könnte man meinen, das Schiff sei eigens für uns dort installiert worden, als Mahnmal dafür, wie es einem ergeht, wenn man die Prinzipien des Neotraditionalismus missachtet. Es vergeht kaum eine Woche, ohne dass ein Lehrer auf das Wrack zeigt und uns daran erinnert, dass das alles nur passiert ist, weil das Schiff übertrieben groß war und von einer lächerlich kleinen Besatzung geführt wurde, die zudem zum Zeitpunkt des Unfalls total zugedröhnt war. Der Kapitän, sein Steuermann und alle anderen hatten ein damals neues Mittel genommen, um ohne Schlaf auszukommen – auf Befehl der Reederei, was ihnen allen eine Gefängnisstrafe erspart hat. Man hatte sie gezwungen, 96-Stunden-Schichten zu arbeiten, nonstop, und dabei waren sie eben durchgedreht.

In den Metropolen, sagt man, werden solche Mittel heutzutage immer noch genommen. Sie sind nur besser geworden. Die Leute drehen nicht mehr durch, und sie können auch hundertzwanzig Stunden am Stück wach sein und arbeiten, wenn es sein muss.

Was mit menschlichem Maß in der Tat nichts mehr zu tun hat.

Frau Dubois lässt immer noch Prinzipien aufsagen. Inzwischen geht es schon darum, welche technischen Mittel abzulehnen sind und warum. Gut, das heißt, das Ende des Rituals ist in Sicht. Judith Cardenas erklärt gerade umständlich, dass technische Implantate und genetische Manipulationen, die nicht zum Ziel haben, Krankheiten zu beseitigen oder zu lindern, explizit verboten sind. Was sie nicht sagt, ist, dass wir aus diesem Grund von Besuchern aus den übrigen Zonen weitgehend verschont bleiben. Wer solche Implantate hat – Brain-Netz-Schnittstellen etwa, Haut-Screens oder was sonst so in den Metropolen gang und gäbe ist, der darf die Grenze erst gar nicht passieren. Das Gleiche gilt für Leute, die mit blauer Haut, Federn statt Haaren oder Katzenohren ankommen.

Drogen sind komplizierter. Alkohol, Tabak und Marihuana gelten als traditionelle Rauschmittel, weil sie die Menschheit seit Jahrtausenden begleiten, und sind deshalb erlaubt, wenn auch nur für Erwachsene. Alle anderen Drogen, insbesondere die synthetischen, sind verboten. Nicht einmal Sensotanks – also die Dinger, in denen der Körper wochenlang liegen kann, während man in virtuellen Räumen unterwegs ist – darf man einführen; man streitet allerdings noch, warum nicht.

Dann ist es endlich überstanden und Frau Dubois wendet sich dem aktuellen Stoff zu. Es geht um die Rolle des Naturschutzes im Neotraditionalismus. Hausaufgabe war, einen Aufsatz darüber zu schreiben, fünfhundert Worte mindestens. Ich habe fünfhundertzwanzig.

Als Frau Dubois die Tafeln abfragt, stellt sie fest, dass Myron Carter nicht einmal zehn Worte geschrieben hat. Die Überschrift und dann nichts mehr.

Das gibt Ärger.

»Jetzt bin ich mal gespannt«, beginnt sie ihre Tirade. Ihr Tonfall hat jenen Klang angenommen, bei dem man besser in Deckung geht. Myron tut nichts dergleichen, sondern lümmelt weiter hinter seinem Tisch, als sei nichts.

»Ich hatte ja gehofft, dass du dich wenigstens zum Ende des Schuljahrs ein bisschen anstrengst. Aber anscheinend war diese Hoffnung vergebens.« Frau Dubois ruft das Protokoll von Myrons Tafel ab. »Schauen wir doch einmal nach: Du bist in der Surf-AG. Das heißt, du hattest am Mittwochnachmittag frei. Und am Donnerstagnachmittag sowieso. Zwei komplette Nachmittage, an denen du etwas hättest schreiben können. Oder wenigstens diktieren, falls dir das Schreiben zu mühsam gewesen wäre. Stattdessen warst du die ganze Zeit am Großen Strand, hast Musik gehört, abends zwei Filme gesehen – und nein, ich frage jetzt nicht ab, welche; das will ich lieber gar nicht wissen. Dein Schulbuch dagegen hast du nur fünf Minuten geöffnet, an deiner Hausaufgabe hast du sagenhafte zwei Minuten lang gearbeitet. *Zwei Minuten.*« Sie knallt ihre Tafel vor sich auf den Tisch. »Und jetzt sag mir, warum ich dir dafür keine Fehlnote eintragen soll?!«

Doch Myron Carter, der immer von sich behauptet, er sei ein Glückspilz, wird einer Antwort enthoben, denn genau in diesem Moment geht die Tür krachend auf und Frau Van Steen, die Direktorin der Schule, stürmt herein.

Sie ist aufgebracht, das sieht man. Sie ist oft aufgebracht, weswegen sie auch gerne *Full Steam* genannt wird.

Aber heute steht sie unter mehr als Volldampf. Heute ist sie kurz davor zu platzen.

»Entschuldigen Sie die Störung, Frau Kollegin«, beginnt sie, wobei man den Eindruck hat, dass ihr gleich Dampfwolken aus der Nase quellen. »Ich würde es nicht tun, wenn es nicht einen schwerwiegenden Anlass dafür gäbe.«

»Selbstverständlich, Frau Van Steen«, erklärt Frau Dubois beflissen. Sie wirkt selbst erschrocken.

Frau Van Steen tritt vor uns und lässt ihren zornigen Blick schweifen. In der Klasse ist es totenstill geworden. Alle sind gespannt, was jetzt passiert.

Ihr Blick trifft mich – und bleibt an mir hängen.

»Leeds!«, bellt die Direktorin. »Saha Leeds!« Ich erstarre zu Eis.

»Wie kommst du dazu zu behaupten, Mitschüler hätten dich in das Fischbecken vor Thawte Hall geworfen?«

3

Alle starren mich an. Auf einmal scheint die ganze Welt aus Augen zu bestehen. Ich weiß nicht, was ich sagen soll, also sage ich gar nichts. Ich würde gerade auch kein Wort herausbringen. Frau Van Steen nimmt ihren durchdringenden Blick von mir, stemmt die Hände in die ausladenden Hüften und sieht in die Runde, während sie tief Luft holt. »An dieser Schule«, säuselt sie auf einmal, »herrscht der Geist des Neotraditionalismus, das heißt, der Geist der Brüderlichkeit und der gegenseitigen Achtung. All unsere Anstrengungen dienen dem Ziel, die Lebensqualität aller zu heben und auf bestmöglichem Niveau zu halten. In diesem Sinne erziehen wir alle Schülerinnen und Schüler. Wir lehren vom ersten Tag an Hilfsbereitschaft und Achtung vor dem Wert des menschlichen Lebens. Und mit Erfolg, wie man an der Zahl der Schüler sieht, die sich im Sanitätsdienst oder in der Seerettung engagieren.«

Das Pathos in ihrer Stimme tropft geradezu. Würde es Flecken machen, der Fußboden wäre ruiniert für alle Zeiten.

»Natürlich kommt es hin und wieder zu Rangeleien«, räumt sie salbungsvoll ein. »Die Jugend ist nun einmal eine Zeit des Ungestüms und der hormonellen Umwälzungen, mit denen fertigzuwerden nicht leicht ist. Dennoch möchte ich meinen, dass es zum allgemeinen Umgang an dieser Schule gehört, Konflikte im Dialog beizulegen, nicht mit Gewalt.«

Sie hat keine Ahnung. Aber auch gar keine.

Ihre Augen richten sich wieder auf mich, unheilvoll funkelnd. »Angesichts dessen zu behaupten«, fährt sie nun mit Donnerstimme fort und kommt dabei Schritt um Schritt auf mich zu, »von Mitschülern ins Wasser geworfen und hilflos seinem Schicksal überlassen worden zu sein ... eine solch *infame* Unterstellung in die Welt zu setzen ... Das ist ungeheuerlich. Un-ge-heuerlich. Niemand an dieser Schule ... ich wiederhole: *niemand!* ... würde so etwas tun.«

Sie baut sich vor mir auf. »Was hast du dazu zu sagen?«, blafft sie mich an.

Ich bin immer noch schockgefroren, aber irgendwie gelingt es mir, den Mund zu öffnen. »Ich habe so etwas nie behauptet«, bringe ich heraus.

»*Was?*« Ihre Augen quellen vor. »Die Geschichte kursiert in allen Klassen. Angeblich bist du gestern ins Fischbecken gestoßen worden, von Mitschülern, die genau wussten, dass du nicht schwimmen kannst.«

»Ich habe nichts dergleichen gesagt«, erkläre ich noch einmal.

»Und woher stammen dann diese Gerüchte?«

»Das weiß ich nicht.« Ich weiß es wirklich nicht.

In diesem Moment meldet sich eine helle Stimme, die sagt: »Ich war es. Ich habe das erzählt.«

Alle fahren herum. Die Direktorin, Frau Dubois, die anderen, ich. Alle starren wir den Besitzer dieser Stimme an. Es ist Pigrit Bonner, ein schmächtiger Junge, dessen Haut die Farbe von Schwarztee mit Milch hat. Er ist erst seit knapp einem halben Jahr in der Klasse, seit Ende der Winterferien, und ist bisher vor allem dadurch aufgefallen, dass er oft Kleidung aus modernen Synthostoffen trägt, die hier in der Zone nicht gern gesehen sind. Außerdem ist er ein Jahr jünger als wir, weil er eine Stufe übersprungen hat, und schreibt trotzdem die besten Noten von allen.

Aber eigentlich war er bisher vor allem jemand, der nicht viel redet.

»Du?«, vergewissert sich die Direktorin. »Wie kommst du dazu, so etwas zu erzählen?«

»Weil es die Wahrheit ist«, erklärt Pigrit und reckt den Kopf. »Ich habe es gesehen.«

Ich habe keine Ahnung, wie er das, was passiert ist, gesehen haben will. Da war niemand. Niemand außer Carilja und ihrer Bande. Und mir, natürlich.

Aber die Direktorin hat jetzt ein Problem. Pigrit ist nämlich der Sohn von James William Bonner, dem berühmten Historiker, auf dessen Zuzug aus der Melbourne-Metropole sich Seahaven eine Menge einbildet. Pigrit ist ein komischer Vogel, aber er ist auch tabu.

Frau Van Steen atmet geräuschvoll aus, während sie angestrengt nachdenkt, was sie jetzt tun soll. Es klingt, als würde eine Dampfmaschine entlüftet.

»Wir reden in meinem Büro weiter«, entscheidet sie schließlich. »Ihr beide kommt mit.«

Die Direktorin stürmt uns voraus und sieht dabei aus wie ein wütendes Nashorn, das ich einmal in einem Video über ausgestorbene Tiere gesehen habe. Niemand kommt ihr in die Quere, die Flure und Treppen sind menschenleer. Pigrit und ich haben Mühe, mit ihr Schritt zu halten.

»Wieso hast du das gemacht?«, zische ich ihm zu.

»Was?«

»Davon erzählt.«

Er sieht mich von oben bis unten an. »Weil es die Wahrheit ist«, sagt er dann, als erkläre das alles.

Ich merke, wie Ärger in mir aufsteigt. »Wenn du alles gesehen hast«, fahre ich ihn an, »wieso hast du mich dann nicht rausgeholt?«

Er hebt die Augenbrauen. »Das hab ich versucht«, sagt er. »Aber du warst zu schwer. Ich hab's nicht geschafft, dich rauszuziehen.«

Frau Van Steen bleibt abrupt stehen, fährt herum. »Ruhe! Ich will nicht, dass ihr euch absprecht!«

Ich bin geschockt. Plötzlich ist mir, als könnte ich mich an den Griff von Händen erinnern, an jemanden, der ächzt und schnauft, während er an mir herumzerrt.

Mein Ärger ist wie weggeblasen. Ich würde Pigrit gern wissen lassen, dass es mir leidtut, ihn so angefahren zu haben, aber ich wage nichts mehr zu sagen. Schweigend folgen wir der Direktorin in ihr Büro und setzen uns auf die Stühle, die sie uns anweist.

»Also, Pigrit Bonner«, beginnt sie ohne Umschweife. »Erzähl. Was hast du angeblich gesehen?«

Pigrit wirkt immer noch nicht so, als beeindrucke ihn ihr finsterer Blick. Er berichtet gelassen genau das, was tatsächlich passiert ist: wie Carilja, Brenshaw und die anderen mich am Fischbecken abgefangen, verspottet und schließlich angefangen haben, mich hin und her zu schubsen, bis ich ins Wasser gefallen bin.

»Moment«, unterbricht ihn die Direktorin. »Von wo aus willst du das beobachtet haben? Du hattest Pause. Du hättest im Schulhof sein müssen.«

»Ich war in der Ausstellung der medizinischen Exponate. Ich habe mir gerade die Raucherlunge angeschaut, als ich durch die offenen Fenster zur Strandseite Geschrei gehört habe –«

Er hält inne, offenbar irritiert, weil sowohl die Direktorin als auch ich ihn anstarren wie ein Wesen von einem anderen Stern. Der Ausstellungsraum im ersten Stock von Thawte Hall ist den ganzen Tag zugänglich, jedes Rundschreiben der Schule lädt dazu ein, ihn zu besichtigen, aber niemand hat je von einem Schüler gehört, der tatsächlich aus freien Stücken dorthin gegangen wäre.

Pigrit räuspert sich. »Ich will später mal Arzt werden«, erklärt er.

Frau Van Steen richtet sich auf, blinzelt, schüttelt kurz den Kopf. »Verstehe«, sagt sie unwillig. »Und dann?«

»Dann ist Saha untergegangen«, sagt Pigrit. »Irgendjemand hat gesagt: ›Mann, die kann echt nicht schwimmen.‹ Daraufhin hat Carilja den Kopf geschüttelt und gemeint: ›Ach was, die will uns nur Angst einjagen. Es gibt niemanden in Seahaven, der nicht schwimmen kann. Los, wir hauen ab.‹ Und dann sind sie gegangen.«

Die Direktorin atmet geräuschvoll ein und furcht ihre Brauen noch mehr. »Das hat sie gesagt? Genauso?«

»Ja.«

»Das sind schwerwiegende Anschuldigungen, die du da erhebst, ist dir das klar?«

Pigrit hält ihrem Blick stand. »Es ist die Wahrheit.«

»Für die wir nur dein Wort haben«, wendet die Direktorin ein.

Pigrit schüttelt den Kopf. »Nein. Ich habe alles aufgenommen.« Er holt seine Tafel hervor, lässt die Aufnahme ablaufen und reicht sie ihr über den Tisch.

Die Augen der Direktorin weiten sich, während sie dem Geschehen auf der Tafel folgt. Ich recke den Hals, erhasche einen Blick auf die Szenerie vor dem Becken, von oben aufgenommen und ziemlich wackelig. Ein mächtiges Platschen ist zu hören und mehrstimmiges Johlen, das rasch verstummt. Als Cariljas Stimme ertönt, hält die Direktorin die Aufnahme an.

Schweigen senkt sich herab. Sie denkt nach und keiner von uns beiden gibt einen Laut von sich.

»Das ist ein Problem«, erklärt Frau Van Steen schließlich. »Das ist *wirklich* ein Problem.«

Sie starrt auf die Tafel wie hypnotisiert. Ich wechsle einen Blick mit Pigrit. Sein Gesicht bleibt reglos, verrät nicht, was er denkt.

»Was soll ich da jetzt machen?«, überlegt die Direktorin schließlich halblaut und so, als habe sie ganz vergessen, dass wir vor ihr sitzen. »Carilja Thawte ist die Tochter von James Thawte, dem wichtigsten Sponsor unserer Schule. Ihr Großvater hat Thawte Hall gestiftet. Ihre Familie hat Seahaven *begründet*, verdammt noch mal!«

Das ist übertrieben. Ich habe die Geschichte der Stadt nachgelesen. Die Thawtes sind nur eine von elf Familien, die nach der Ausrufung der neotraditionalistischen Zone hergezogen sind und angefangen haben, Straßen und Häuser zu bauen und natürlich vor allem den Hafen.

Allerdings sind die Thawtes von den Familien, die von damals noch übrig sind, mit Abstand die reichste. Das ist der Grund, warum Frau Van Steen ein Problem hat.

»Und die anderen ...«, fährt sie fort, wedelt mit der Tafel. »Jon Brenshaw! Unser Sport-Champion! Wie kommt er dazu, so etwas zu tun? In so einer Situation einfach zu gehen?«

Ich frage mich, ob ihr das wirklich unklar ist oder ob sie nur so tut, als ob. Brenshaw ist Cariljas Lover und ihr völlig ergeben, geradezu hörig. Sie könnte ihm sagen, er solle eine Bank für sie ausrauben, und er würde es tun.

Bloß hat keiner von beiden so etwas nötig. Den Brenshaws gehört die Flotte, die die Arbeiter in den unterseeischen Minenfeldern draußen vor Kap York versorgt und das Erz von dort an Land transportiert; sie sind fast genauso reich wie die Thawtes. Dass Brenshaw und Carilja zusammen sind, kommt einem vor wie eine Verbindung zwischen zwei Königshäusern.

»Ich muss darüber erst nachdenken«, erklärt die Direktorin schließlich. »Ich muss nachdenken, was ich tun werde.« Sie sieht Pigrit scharf an. »Wer hat diese Aufnahme schon alles gesehen?«

Pigrit presst kurz die Lippen zusammen, ehe er antwortet. »Nur Sie und ich«, sagt er. Ich habe den Eindruck, dass es ihm schwerfällt, das zuzugeben, weil er ahnt, dass das nicht gut für den weiteren Verlauf der Dinge sein wird, aber offenbar ist ihm auch jetzt die Wahrheit wichtiger als alles andere.

Sogar wichtiger als Gerechtigkeit.

»Auf jeden Fall nehme ich die Aufnahme erst einmal unter Verschluss«, erklärt die Direktorin prompt. Sie holt ihre eigene Tafel heraus, wischt die Aufnahme herüber und löscht sie dann kurzerhand von Pigrits Tafel. »Wie gesagt, ich muss darüber nachdenken, was nun zu geschehen hat.«

Sie reicht Pigrit die Tafel zurück und macht noch einmal fast dieselbe Wischbewegung. »Ihr könnt zurück ins Klassenzimmer gehen.«

Auf dem Rückweg wirft mir Pigrit einen Seitenblick zu. »Weißt du, was jetzt passieren wird?«

Ich zucke mit den Schultern. »Nein.«

»Nichts«, sagt er.

Es passiert tatsächlich nichts, jedenfalls nicht mehr an diesem Tag. Wir kehren zurück ins Klassenzimmer, werden komisch angeguckt, aber niemand fragt uns etwas, auch Frau Dubois nicht. Sie tut, als sei nichts gewesen, und verteilt am Ende der Stunde die Hausarbeit, die wir bis zu Beginn des neuen Schuljahrs schreiben müssen. Ich schaue mir mein Thema nicht mal an, als sie es mir auf die Tafel wischt, ziehe das Dokument nur in eine der Ablagen.

Der Rest des Vormittags vergeht wie einer dieser seltsamen, absurden Träume, aus denen man ewig nicht aufwachen kann. In der Pause stehe ich reglos da, esse mein Pausenbrot und versuche, mir nicht allzu sehr leidzutun, denn auf keinen Fall will ich heute oder irgendwann in Tränen ausbrechen. Ich hätte heute tot sein können – aber irgendwie scheint das niemanden zu interessieren.

Carilja ignoriert mich. Ich sehe sie drüben an ihrer üblichen Stelle sitzen und Hof halten: ein Stein direkt neben dem Brunnen, der aussieht wie ein Thron, zumindest, wenn sie darauf sitzt. Sie wirkt völlig unbekümmert, lebt ihr Leben weiter, als gäbe es weder mich noch Pigrits Anschuldigungen und als hätte sie nicht das Geringste zu befürchten.

Was sie, realistisch betrachtet, auch nicht hat. Schließlich ist sie eine Thawte, das einzige Kind des mächtigen James Thawte, sein Augapfel und seine Erbin: Niemand wird ihr irgendetwas tun.

Ich würde sie gern ebenfalls ignorieren, aber irgendwie bringe ich es nicht fertig. Immer wieder muss ich hinschauen, wie sie da sitzt, eine Prinzessin inmitten ihres Hofstaats. Die Mädchen, die darum wetteifern, wer sich ihre beste Freundin nennen darf, versuchen unentwegt, einander in modischer Extravaganz zu übertreffen. Keine von ihnen trägt die Stoffe, die der Neotraditionalismus schätzt – Baumwolle, Seide, Leinen und dergleichen. Keine von ihnen begnügt sich mit knielangen Kleidern, schlichten Hosen, T-Shirts oder Blusen. Nein, sie reisen alle so oft wie möglich in eine der Metropolen und tanzen mit den ausgefallensten und spektakulärsten Klamotten an, die sich in den freien Zonen finden lassen: grellbunte Streifenkleider, Milchhautwesten, Federhemden, Blusen mit Knochenträgern, elektrische Gürtel, kristallene Schultertücher, leuchtfarbene Umlegekragen, die bis zur Hüfte reichen, Drahthosen, animierte T-Shirts, Overalls aus flexiblem Holz und was weiß ich alles. Carilijas Clique verdanken wir es, dass die Kleidervorschriften an unserer Schule inzwischen umfangreicher sind als alle anderen Vorschriften zusammengenommen.

Wie gesagt, ich kann nicht anders, als immer wieder hinzuschauen. Deswegen kriege ich es mit, als sich Brenshaw aus der Gruppe löst und sich in Bewegung setzt, direkt auf mich zu.

Ich bin wohl doch nicht unsichtbar.

Und es gibt kein Entkommen. Ich stehe in der hintersten Ecke zwischen Strandmauer und Geräteschuppen; von hier aus kann ich nirgendwohin.

Was will er von mir? Mir drohen? Ich schlucke den letzten Bissen meines Pausenbrotes hinunter, atme tief durch, versuche, mir nichts anmerken zu lassen. Die neuen Verbände um meinen Brustkorb ziepen auf einmal, keine Ahnung, warum.

Schließlich steht er vor mir, schaut auf mich herunter und sagt: »Hallo, Saha.«

Ich würde auch gerne etwas erwidern, etwas locker Leichtes, dem man anmerkt, dass mich seine Erscheinung nicht im Geringsten beeindruckt, aber ich kriege kein Wort heraus. Weil mich seine Erscheinung eben doch beeindruckt. Und zwar ziemlich.

Also nicke ich nur. Starre ihn an. Er ist nicht nur groß und stark, er sieht auch verdammt gut aus. Seine Mutter ist Halbkoreanerin, deswegen hat er leicht mandelförmige Augen, was seinem Blick etwas Mysteriöses und irgendwie Anziehendes verleiht. Seine leicht gewellten Haare sind perfekt frisiert und haben die Farbe dunklen Goldes.

Alle Mädchen an der Schule schwärmen mehr oder weniger insgeheim für ihn. Wahrscheinlich schauen einige davon jetzt her und platzen schier vor Neid, weil Brenshaw, der schöne Brenshaw, gerade nur Augen für mich hat.

Er räuspert sich. »Das mit gestern ... also, weißt du, das war eigentlich ein Missverständnis«, erklärt er. Er druckst fast ein bisschen herum. Oder bilde ich mir das nur ein? »Du musst das verstehen. Carilja ist hier geboren und aufgewachsen – sie hat sich einfach nicht vorstellen können, dass jemand, der in Seahaven lebt, wirklich nicht schwimmen kann. Sonst hätte sie anders reagiert.«

Ach, so ist das. Er versucht, seine arme, missverstandene Carilja in Schutz zu nehmen. Sie hat es sich nicht vorstellen können, aha. Und was ist mit den anderen? Konnten die sich das auch alle nicht vorstellen? Oder geschieht sowieso nur das, was Carilja will?

Ich kriege immer noch kein Wort heraus.

Was ist mit meinem Attest? Jeder weiß, dass ich aus medizinischen Gründen vom Schwimmunterricht befreit bin. Hat Carilja gedacht, dass das nur ein Trick war, um drei Stunden weniger Schule zu haben?

Das würde sogar zu ihr passen.

Dann wird mir auf einmal klar, was das Fiese ist an Brenshaws scheinbar so versöhnlichen Worten: Er hat nicht gesagt, dass es ihm *leidtut!*

»Ich habe das nicht zu entscheiden«, erkläre ich. »Das liegt jetzt alles bei der Direktorin.«

Er nimmt seinen Blick nicht von mir. »Ich wollte es dir bloß sagen.«

Ich spüre Wut in mir aufsteigen. Er würde anders reden, wenn er selbst in so einer Lage gewesen wäre.

Was natürlich nie passieren wird. Jon Brenshaw ist der beste

Freitaucher, den die Schule von Seahaven je hatte. Wenn er seine Wunderlungen richtig füllt, kann er sagenhafte sechs Minuten unter Wasser bleiben und wirkt, wenn er wieder hochkommt, nicht einmal übermäßig angestrengt.

Klar, dass so jemand sich nicht vorstellen kann, wie es ist, wenn man Angst vor Wasser hat.

Ich wollte es dir bloß sagen.

Ich blicke ihn unversöhnlich an. »Hast du jetzt ja«, erwidere ich kühl.

Er wirkt irritiert, wenigstens das. Er überlegt kurz, sagt aber nur: »Also.« Dann dreht er sich um und geht wieder.

Leider ist der Tag noch nicht zu Ende: Nachmittags muss ich in die Tanz-AG. Deswegen esse ich freitags immer in der Mensa.

Normalerweise ein Lichtblick. Heute hoffe ich nur, dass ich meine Ruhe habe.

Das Meer ist an unserer Schule ständiges Thema. Alle Räume sind nach Fischen benannt, viele Wände sind blau grundiert und mit Algen, Korallen und Seegetier bemalt. Von der ersten Klasse an gibt es Tauchkurse. Die Medaillen, die Mitschüler bei Tauchwettbewerben gewinnen, hängen in den Klassenzimmern an der Wand und werden wie Heiligtümer behandelt. Und ab der dritten Stufe Aufbauschule wird man uns in Kurse drängen, die im Grunde fast Ausbildungen für künftige Submarin-Techniker und -Ingenieure sind. Der Wohlstand von Seahaven kommt aus dem Meer, aus den unterseeischen Minen auf dem Schelf und den Methankraftwerken draußen am Rand des Festlandsockels.

Kein Wunder also, dass es ständig irgendwie um das Meer, den Ozean und so weiter geht.

Aber in der Mensa drehen sie, was das anbelangt, völlig durch. Dass die Wände hier auch blau und mit Motiven aus der Unterwasserwelt verziert sind, ist nur der Anfang. Die Decke ist aus Glas, auf dem eine dünne Schicht Wasser steht, die der Wind ständig in Bewegung hält: Das lässt das einfallende Sonnenlicht hin und her tanzen, als befänden wir uns am Grund eines Beckens. An allen Wänden stehen Aquarien, die Wandlampen haben die Form von Quallen, und die Säulen, die das Glasdach tragen, sind mit etwas verkleidet, das sie aussehen lässt wie ein Stück vom Korallenriff.

Aber: Es gibt jeden Tag Fisch. Deshalb gehe ich gerne hin. Ich bedaure es sogar, dass ich es mir nur ein- bis zweimal pro Woche leisten kann.

Heute gibt es Lachs, leider in einer scharfen indischen Soße, die nicht mein Geschmack ist. Doch die Alternative ist eine rötliche Spaghetti-Pampe mit Tofu, bei deren Anblick sich mir der Magen umdreht, also fällt mir die Wahl leicht.

Mein Stammplatz ist ein kleiner Zweiertisch, der in einen unattraktiven Winkel gequetscht wurde und an dem so gut wie nie jemand sitzt. Ich habe es mir gerade gemütlich gemacht und bin dabei, die Chilis aus der Soße zu fischen, als ein Schatten auf mich fällt. Ich sehe auf. Es ist Pigrit, der mit seinem Tablett vor mir steht. Er deutet auf den Platz mir gegenüber und fragt: »Ist da noch frei?«

»Ja, klar«, sage ich verblüfft und weil mir auf die Schnelle keine Ausrede einfällt, mit der ich ihn losgeworden wäre. Er setzt sich, und das war es dann mit in Ruhe gemütlich essen.

Auch er hat den Lachs genommen. »Das ist eins meiner Lieblingsgerichte«, erklärt er genießerisch.

»Ist ganz brauchbar«, sage ich halbherzig und ärgere mich. Was wird das? Glaubt er, er hat jetzt irgendwelche Rechte auf meine Aufmerksamkeit, weil er mir gegen die Direktorin beigestanden hat?

»Du bist nicht so oft in der Mensa, oder?«, fragt er und häuft sich die Chilis auf seinen Lachs.

»Ab und zu«, sage ich und überlege, ob ich ihm meine Chilis auch noch anbieten soll; er scheint auf die Dinger zu stehen. »Ich hab Tanz-AG, deshalb.«

Er mustert mich. »Tanzt du gerne?«

Ich schüttele den Kopf. »Ich hasse es. Aber es ist die einzige AG, die übrig bleibt, wenn man nicht schwimmen kann.«

»Verstehe.« Pigrit schaufelt sich die erste Ladung in den Mund, genug Chilis, um seine Geschmacksnerven für eine Woche abzutöten. Er kaut genussvoll, schluckt endlich und meint: »Ich schätze, wenn man nicht schwimmen kann, hat man es nicht leicht an einer Schule, die so vom Meer besessen ist wie die hier.«

Dass er das genauso sieht wie ich, überrascht mich. Schlagartig wird mir klar, dass ich auf meine Weise gerade genauso verbohrt bin wie Brenshaw und dass Pigrit nicht das Geringste dafür kann. Tatsächlich hat er noch nie zu irgendjemandem irgendetwas Gemeines gesagt; er ist nur manchmal etwas direkter, als man es in Seahaven gewöhnt ist.

»In welcher AG bist du?«, frage ich. Ich bin völlig ungeübt darin, Konversation zu machen, und komme mir blöd vor.

Aber er scheint nichts dagegen zu haben, ausgefragt zu werden. »In gar keiner«, erklärt er. »Ich bin in der Sanitätsgruppe. Wir üben am Mittwochnachmittag, parallel zum Tauchkurs.«

Ich nicke. »Sanitätsgruppe. Weil du mal Arzt werden willst.«

»Genau.« Er schiebt die nächste Kampfladung Chilis zusammen. »Außerdem – seh ich aus wie jemand, der was auf einem Surfbrett verloren hat? Und in der Segel-AG werfen die Typen wie mich einfach über Bord, wenn sie draußen sind. Tauchen ginge zur Not. Eher als Tanzen auf jeden Fall.« Er schüttelt sich und isst die Chilis. Er schwitzt nicht mal dabei.

»Übrigens«, fällt mir ein, »vielen Dank, dass du mich ... na ja, gerettet hast. Und gegen die Van Steen verteidigt.«

Er zuckt mit den Schultern. »Hätte ich bei jedem gemacht, ehrlich gesagt. Außer bei Brenshaw vielleicht. Aber der kann ja gut auf sich selbst aufpassen.«

Mir fällt noch etwas ein. »Stimmt es wirklich, dass du ins Becken gesprungen bist, um mich rauszuholen?«

»Hab ich doch gesagt.«

Ich muss schlucken. »Danke«, sage ich. »Dass du es versucht hast.«

Er zuckt mit den Schultern, als sei das nicht der Rede wert. Dann sagt er: »Weißt du, was mich gewundert hat? Wie lange du unter Wasser warst. Dass du das überlebt hast.«

Ein heißer Schreck durchzuckt mich. »Wieso? Wie lange war ich denn unter Wasser?«

Pigrit überlegt. »Weiß ich nicht genau. Ich hab ja nicht vorher und nachher auf die Uhr geschaut. Aber es war ziemlich lange.«

»Das kann täuschen«, sage ich. »Wenn ich zusehe, wie Brenshaw taucht, denke ich immer irgendwann, jetzt kommt er nicht mehr hoch. Und dann sind doch nur vier oder fünf Minuten vergangen, wenn er wieder auftaucht. Fünf Minuten sind verdammt lang, wenn man nur dasitzt und aufs Wasser schaut.«

Pigrit nickt. »Ja, schon klar. Aber ich hab ja nicht dagesessen und aufs Wasser geschaut. Ich bin reingesprungen und hab versucht, dich rauszuholen. Du warst so schwer, unglaublich. Ich hab deinen Kopf einmal kurz an die Oberfläche gebracht, und da ist dir das Wasser überall rausgelaufen, Mund, Nase – ich dachte echt, es ist passiert, du bist schon ertrunken. Da hab ich dich losgelassen und bin raus, hab meine Tafel angemacht und einen Notruf abgesetzt. Der ist aufgezeichnet. Das war genau um zehn Uhr, sechsunddreißig Minuten und eine Sekunde.« Daran, wie er das sagt, merkt man, dass er die außerhalb der Zone übliche Unit-Zeitrechnung mehr gewöhnt ist als das alte System mit den vierundzwanzig Stunden zu je sechzig Minuten zu je sechzig Sekunden. Das ja zugegebenermaßen ziemlich merkwürdig ist. »Dann ist der Hausmeister aufgetaucht und Doktor Walsh, und als dich Alvarez endlich auf dem Beckenrand hatte und der Doktor angefangen hat, deine Lungen abzusaugen, hat gerade die Glocke zum Pausenende geschlagen.« Er hebt die Gabel. »Zehn Uhr fünfzig also. Mit anderen Worten, von dem Moment an, in dem ich Alarm geschlagen habe, sind noch einmal fast fünfzehn Minuten vergangen!«

Ich sehe ihn entsetzt an. »Das kann nicht sein.«

Er zuckt wieder mit den Schultern. »Sag ich mir auch. Schließlich sitzt du gesund und munter vor mir. Aber nach allem, was wir in der Sanitätsgruppe gelernt haben, dürftest du das nicht überlebt haben.«

Der Schrecken, der mich erfasst hat, fühlt sich an, als wolle es mein Herz erdrücken und das Innere meiner Knochen gefrieren.

»Die Schiffsanlegeglocke«, fällt mir ein. Hastig erkläre ich: »An manchen Stellen auf dem Schulgelände hört man die Geräusche vom Hafen besonders deutlich und die Glocke dort klingt so ähnlich. Das verwechselt man manchmal.«

Pigrit mustert mich. Er wirkt nicht überzeugt.

Ich bin es auch nicht. Und das macht mir Angst.

4

Die Tanz-AG am Nachmittag ist, wie immer, superpeinlich, denn ich bin völlig unmusikalisch und bewege mich ungefähr so graziös wie ein Walfisch. Irgendwann im Verlauf der zweieinhalb Stunden, die die Qual dauert, wünsche ich mir fast, ich wäre am Vortag in aller Ruhe ertrunken.

Wir üben einen Tanz für das Gründungsfest am 27. November ein. Und es ist eine einzige Katastrophe.

Die meisten, die an der Tanz-AG teilnehmen, tun es aus ähnlichen Gründen wie ich: weil sie nicht in eine der anderen AGs wollten. Deswegen sind wir eine Menge Leute, die sich in der heißen, stickigen Turnhalle bewegen, aber nur eine Handvoll davon sind wirklich *Tänzer*. Vier der Mädchen vielleicht, die meisten davon aus der dritten oder vierten Aufbaustufe. Und die Jungs.

Jungs gehen nur dann in die Tanz-AG, wenn sie wirklich tanzen wollen – oder weil sie hoffen, hier leichter eine Freundin zu finden. Aber in letzter Zeit hat sich herumgesprochen, dass man eine Freundin leichter in der Segel-AG findet (die Nähe auf dem Boot, das Aufeinander-angewiesen-Sein, die Notwendigkeit des Körperkontakts und so weiter), deswegen sind nur zwei Jungs geblieben. Und die tanzen beide, dass einem die Kinnlade herunterfällt. Als würde die Schwerkraft ihnen zusehen und sich sagen, *hmm, für die mach ich mal eine Ausnahme.*

Allen voran Pedro, der in der neotraditionalistischen Zone Ecuador geboren ist und diese ganzen südamerikanischen Rhythmen im Blut hat, auf die unsere Tanzlehrerin, Frau Blankenship, so abfährt. Mir wird nur schwindlig, wenn ich ihm lange zusehe.

Diese sechs richtigen Tänzer führen den eigentlichen Tanz auf, und alles wäre gut, wenn es dabei bliebe. Aber unsere Lehrer halten unerbittlich an der fixen Idee fest, dass alle, die an einer AG teilnehmen, am Ende des Schuljahres auch zeigen sollen, was sie können. Deswegen bilden wir anderen den Hintergrund für die anderen, vollführen eine Abfolge von einfachen Bewegungen wie Hände nach links schütteln, Hände nach rechts schütteln, Arme heben und ausbreiten, sich nach links oder rechts drehen und so weiter.

Die übrigen Mädchen, von denen viele aus der Mittelschule kommen, kriegen das alle wunderbar hin, und es sieht bestimmt gut aus, wenn das so viele gleichzeitig machen. Aber mittendrin bin eben ich und ich kriege es nicht hin. Nicht um alles in der Welt kann ich mir die Bewegungsabfolge merken, und wenn ich zufällig mal die richtige Bewegung mache, dann gerate ich dabei außer Takt, setze zu früh ein oder zu spät oder mache sonst irgendetwas, das mich aus der Gruppe herausstechen lässt wie jemand, der knallrot gekleidet auf eine Beerdigung geht.

Und als ob das alles nicht schon schlimm genug wäre: Dieses Jahr sollen wir zum ersten Mal mit hinausfahren und unseren Tanz auf der Plattform aufführen, unter den Augen aller Festteilnehmer! Anstatt wie bisher nur im Hafen, wenn die Schiffe anlanden und eh niemand zusieht.

Das *kann* nur eine Katastrophe werden.

»Saha!«, ruft Frau Blankenship ungefähr alle fünf Minuten, mit zunehmender Verzweiflung in der Stimme. Sie ist normalerweise sehr umgänglich, Vertrauenslehrerin, psychologisch geschult und alles, aber auch sie hat ihre Grenzen.

Was werde ich froh sein, wenn der 27. November vorüber ist!

Heute habe ich das Glück, dass es Tessa irgendwann schwindlig wird. Tessa Zimmerman geht in dieselbe Klasse wie ich. Sie entstammt einer weitverzweigten Politikerfamilie, ist entfernt verwandt mit den Begründern des Neotraditionalismus, hat aber mit Politik nicht das Geringste am Hut. Ihre ganze Leidenschaft gilt dem Tanzen. Wenn ihr eine Fee einen Wunsch gewähren würde, würde sich Tessa wünschen, zum Ballett zu gehen, aber sie weiß, dass sie das nicht schaffen wird. Erstens, weil es heutzutage kaum noch Balletts gibt – die ganzen Filme, die sie sich wieder und wieder anschaut, stammen alle noch aus dem 21. Jahrhundert. Sie müsste nach Europa gehen, um ihren Traum zu leben, und wer will das schon? Wobei man sie dort sowieso nicht nehmen würde, denn Tessa hat ziemliche Probleme mit ihrem Kreislauf und ihrer Atmung und muss sich oft ausruhen; einen professionellen Auftritt würde sie gar nicht durchstehen.

Es ist also nichts Ungewöhnliches, dass sie sich ab und zu hinlegt. Heute ist es aber so schlimm, dass Frau Blankenship Doktor Walsh rufen muss, und hinterher klappt irgendwie gar nichts mehr. Schließlich gibt Frau Blankenship auf und schickt uns zwanzig Minuten vor Schluss in die Umkleidekabinen.

Ich will gerade glücklich das Weite suchen, als sie hinzufügt: »Saha? Bleib bitte noch einen Augenblick.«

Die anderen grinsen spöttisch, als sie abziehen, und ich wappne mich für das Donnerwetter, das nun zweifellos folgen wird.

Doch Überraschung: Frau Blankenship ist total freundlich zu mir. Nicht einmal mit Tessa ist sie so behutsam umgegangen. Sie bittet mich in das neben der Turnhalle gelegene Büro, bietet mir etwas zu trinken an und einen Stuhl, und ich weiß nicht, wie mir geschieht.

»Ich habe von dem Vorfall gehört«, sagt sie schließlich. »Gestern Vormittag.«

Jetzt bin ich froh, dass ich ein Glas Wasser in der Hand halte. Ich kann daran nippen und muss so nichts sagen.

»Ich würde dir gern helfen«, fährt sie fort.

Ich sage immer noch nichts. Was auch?

»Ich kenne dich jetzt ja schon ziemlich lange«, sagt sie. Das ist höflich ausgedrückt; wahrscheinlich bin ich eine der Schülerinnen, an die sie sich bis an ihr Lebensende erinnern wird, wenn Lehrer zusammensitzen und einander schlimme Anekdoten erzählen. »Mir ist aufgefallen, dass du dich immer sehr zurückhältst, ja, geradezu versteckst.«

Ich fühle mich durchschaut. Meine Bemühungen, unsichtbar zu sein, sind offenbar nicht sehr erfolgreich.

»Die meisten mögen mich nicht besonders«, räume ich ein, was ziemlich höflich ausgedrückt ist – genau genommen hätte ich sagen müssen, *vielen wäre es lieber, es gäbe mich gar nicht.*

Frau Blankenship nickt. Sie ist eine schöne, elegant gekleidete Frau mit durchdringend hellblauen Augen und tiefschwarzen Haaren, eine ungewöhnliche Kombination. In manchen Momenten sieht es aus, als wären ihre Augen Scheinwerfer. »So etwas kommt vor«, sagt sie. »Das ist normal. Irgendwann wird es auch wieder besser. Aber sich zu verstecken, ist das Falscheste, was du tun kannst.«

»Wenn ich mich nicht verstecke, werde ich in Fischbecken geworfen.« Das rutscht mir heraus, und im selben Moment, in dem ich das sage, weiß ich, dass es eine dumme Bemerkung war.

»Ich glaube nicht, dass es daran lag.« Sie rückt mit ihrem Stuhl ein Stück näher heran. »Schau – wir Menschen sind nun einmal Herdenwesen. Wir können nicht allein leben, wir brauchen eine Gruppe, zu der wir gehören. Und ob wir jemanden akzeptieren oder nicht, hängt zu einem großen Teil davon ab, ob wir denjenigen als zu unserer Gruppe gehörig empfinden oder nicht.«

Ich starre sie an. Was will sie mir damit sagen? Dass ich versuchen soll, mich bei den anderen einzuschleimen? Das wird nicht funktionieren.

»Wenn man in Seahaven dazugehören will«, erkläre ich, »dann muss man schön sein oder reich, am besten beides. Aber ich bin hässlich, und meine Tante verdient gerade genug, dass wir über die Runden kommen. Also – wie soll das gehen?«

»Hässlich? Du?« Sie wirkt richtig fassungslos. »Du bist doch nicht *hässlich,* Saha!«

Ich wende den Blick ab, betrachte mich in dem Spiegel, der an der Wand hängt. Ich sehe ein Gesicht, das besser zu einer Seerobbe passen würde, und einen Körper, der viel zu muskulös ist für ein Mädchen. Es ist offensichtlich, also was will sie mir weismachen?

»Mädchen in deinem Alter sind oft überkritisch mit sich selbst, glaub mir«, versichert mir Frau Blankenship. »Du bist nicht hässlich. Du machst nur nichts aus dir. Es stimmt, du bist ein ungewöhnlicher Typ – aber das kann auch ein Vorteil sein.« Sie mustert mich, wie ich mir vorstelle, dass ein Bildhauer einen Block Marmor mustert, während er überlegt, was er daraus machen könnte. »Ich schlage dir was vor. Du kommst mal mit zu mir und wir probieren was aus. Andere Kleidung, andere Frisur, etwas Make-up ... Und dann schaust du in den Spiegel und entscheidest, ob du dir besser gefällst oder nicht.« Sie lächelt. »Ich habe einen wunderschönen, großen Spiegel zu Hause.«

»Ich weiß nicht«, murmele ich.

»Es ist nur ein Angebot«, erklärt sie. »Du kannst es als Experiment betrachten. Um einfach mal eine andere Seite von dir kennenzulernen.«

Ich seufze. »Ich würde gern einfach die sein dürfen, die ich eben bin.« Dann schaue ich sie an und habe das Gefühl, dass ihr wirklich etwas an mir liegt. Und weil das nicht allzu häufig vorkommt, will ich ihr nicht wehtun und füge hinzu: »Ich denk darüber nach.«

Tante Mildred fuhrwerkt den ganzen Samstagmorgen geräuschvoll im Haus herum. Sie ist aufgeregt wegen ihrer Verabredung zum Go, aber das würde sie nie zugeben. Ich bin froh, als sie endlich geht.

Danach ist es schrecklich still und ich weiß nichts mit mir anzufangen. Ich könnte über gewisse Dinge nachdenken, doch das will ich nicht. Also schalte ich meine Tafel ein und schaue mir die Hausarbeitsaufgabe in GKG zumindest mal an.

Die Umgestaltung der australischen Tierwelt im 21. Jahrhundert lautet der Titel. In den Erläuterungen heißt es: *Erkläre die Ziele, die getroffenen Maßnahmen und die Resultate und beurteile die Veränderungen aus Sicht des Neotraditionalismus. Mindestumfang: 5000 Worte.*

Ich spüre, wie ich beim Lesen mutlos in mich zusammensinke. Fünftausend Worte? Über so ein ödes Thema?

Vielleicht sollte ich doch tun, was Carilja will, und zum Jahresende einfach von der Schule abgehen. Es würde mir zumindest diesen Riesenberg Arbeit ersparen.

Ich schalte die Tafel wieder aus und pilgere zum Kühlschrank. Das soll ich nicht tun; alles, was Tante Mildred einkauft, ist genauestens verplant, und egal, was ich nasche, ich bringe damit den Speiseplan der Woche durcheinander. Im unteren Fach steht ein Topf mit Gemüsesuppe, die sie mir zu Mittag gekocht hat; ich brauche sie mir nur warm zu machen. Bloß habe ich gerade gar keine Lust auf Gemüsesuppe.

Nein, ich habe immer noch Lust auf Fisch. Das Mensaessen gestern hat diesen Hunger nicht gestillt.

Also beschließe ich, dass es heute Sushi gibt.

Sushi ist meine große Leidenschaft. Ich weiß nicht mehr, wo auf unserer langen Irrfahrt durch die Welt es passiert ist, ich weiß nur, dass ich ungefähr sieben Jahre alt war. Ich sehe es noch vor mir: Die Sonne scheint, gelblich grüne Wolken stehen am Himmel und Tante Mildred und ich gehen eine nicht endende, schrecklich überfüllte Straße entlang. Man kann keinen Schritt tun, ohne dass einen jemand anbettelt oder ein Straßenhändler einem etwas anbietet. An einer Haltestelle warten wir auf den Elektrobus, zusammen mit einer Menge anderer Leute. Tante Mildred studiert eine Infotafel. Sie hat einen Moment lang meine Hand losgelassen, und als mich ein Mann lächelnd zu sich herwinkt, in eine winzige Straßenküche, folge ich ihm. Er legt einen Happen auf ein klitzekleines Tablett, das er mir hinhält: eine kleine weiße Rolle, eingewickelt in etwas Dünnes, Schwarzes. Er bedeutet mir, es zu nehmen und zu essen. Das tue ich und es haut mich um: Noch nie im Leben habe ich so etwas Leckeres gegessen!

Doch ehe ich ausflippen oder den Mann fragen kann, was das ist, ist Tante Mildred da, schnappt nach meiner Hand und zieht mich wutschnaubend mit sich fort. Der Bus kommt gerade, wir steigen ein, und ich breche in Tränen aus, weil ich Angst habe, dass ich nie wieder so etwas Gutes zu essen bekommen werde.

Später finde ich heraus, dass das, was ich gegessen habe, Sushi heißt: roher Fisch in winzigen Stücken, mit Gemüsestreifen kombiniert, mit verschiedenen Soßen gewürzt, meist in kalten Reis eingepackt und mit einem Streifen schwarzen Seetangs umwickelt.

Leider mag Tante Mildred kein Sushi. Sie mag es nicht nur nicht, es ist ihr zutiefst zuwider. Würden alle Lebensmittel auf der Welt verschwinden und nur Sushi übrig bleiben, sie würde lieber verhungern.

Also muss ich meiner Leidenschaft alleine frönen. Deswegen trage ich, seit vor zwei Jahren in der Harmony Road ein Sushi-Laden aufgemacht hat, einen beträchtlichen Teil meines unbeträchtlichen Taschengelds dorthin.

Ich hole meine Schatzkiste aus ihrem Versteck hinter dem

Schrank. Es handelt sich um eine grün bedruckte Metallbox, in der vor langer Zeit einmal grüner Tee gewesen ist. Man riecht ihn immer noch, obwohl das mindestens zehn Jahre her sein muss. Ich besitze diese Box, seit Tante Mildred und ich zu unserer Odyssee aufgebrochen sind, und wenn wir wieder mal packen mussten, war sie immer das Erste, wonach ich gegriffen habe. Ich bewahre darin einige Sachen auf, die mal meiner Mutter gehört haben, und ein paar andere Erinnerungsstücke: zum Beispiel einen Ohrclip mit einem rosa Delfin daran, den mir Cami geschenkt hat, eine Freundin für zwei Wochen in Port Fairy. Eine Schlüsselkarte mit der Aufschrift *PlusSpace,* von der ich nicht weiß, zu welchem Schloss sie einst gehört haben mag; ich behalte sie, weil auf der anderen Seite eine süße Katze abgebildet ist. Ein schimmernder Stein, den ich an einem Strand in Südaustralien gefunden habe. Und so weiter. Krimskrams eben. Superpeinlich, im Grunde.

Ja, und außerdem mein gespartes Taschengeld. Tante Mildred gibt mir vierzehn Kronen pro Woche, für Mensaessen, Schulsachen und was ich sonst so brauche. Das ist schrecklich wenig, doch ich schaffe es trotzdem meistens, mit weniger als wenig auszukommen und ein paar Kronen beiseitezulegen. Als ich das letzte Mal nachgezählt habe, waren es über zweihundert Kronen. Ich habe keine Ahnung, was ich damit einmal machen will, aber es ist ein gutes Gefühl, sie zu haben.

Tante Mildred weiß nichts davon und ich binde es ihr auch nicht auf die Nase. Nicht dass sie denkt, ich brauche gar nicht so viel Taschengeld.

Als ich die Scheine und Münzen durchwühle, muss ich daran

denken, dass außerhalb der neotraditionalistischen Zonen schon lange kein Bargeld mehr verwendet wird. Würden wir in einer der Metropolen leben, in Sydney etwa, dann wäre mein Geld nur eine Zahl auf einem Kontoschirm, und Tante Mildred und jeder sonst könnte abfragen, wie viel ich besitze.

Ich fische drei Kronenstücke heraus und ernenne sie zu Sushigeld. Anschließend packe ich meine Kiste wieder weg und mache mich auf den Weg in die Stadt.

Herr Sakamoto, der Inhaber des Sushi-Ladens, lächelt mir zu, als er mich kommen sieht. Er hat eine Verkaufshilfe, doch er winkt sie beiseite und bedient mich persönlich. Wie immer redet er nicht viel. Er legt die Hand auf den Stapel mit den mittelgroßen Bentos und sieht mich fragend an. Ich nicke. Ein großes Bento wäre mir lieber, aber das kann ich mir nicht leisten.

Er beginnt, die kleinen Fächer des Bentos mit Köstlichkeiten aus seiner Kühltheke zu füllen. In einem Fach haben zwei *Hoso-Maki* Platz, mit Seetang umwickelte Rollen aus Reis, Fisch und Gemüse, wie mir der Straßenhändler damals eine geschenkt hat, oder ein *Hitsuji-Maki,* eine mit Sesam dekorierte Doppelrolle. In eines der zwei größeren Fächer kommen zwei *Nigri-Sushis* aus Lachs und Reis, in das andere ein Salat, den ich mir theoretisch aussuchen könnte, aber Herr Sakamoto weiß, dass ich immer Algensalat nehme, und fragt gar nicht.

Dann setzt er den Deckel auf, nimmt meine drei Kronen entgegen und wünscht mir guten Appetit. Das salzig-jodige Aroma des Fischs steigt mir in die Nase, als ich das Bento an mich nehme, und lässt mir das Wasser im Mund zusammenlaufen.

Ich beschließe, zum Hafen zu gehen. Ich kenne dort eine Stelle, von der aus man einen schönen Blick auf sämtliche Kais und trotzdem seine Ruhe hat.

Es handelt sich um eine dieser niedrigen Mauern aus Natursteinen, wie man sie in Seahaven überall findet. Diese endet an einer leicht geneigten Betonwand, Teil einer Befestigung aus alten Zeiten. Hier kann man sich gemütlich mit dem Rücken gegen den Beton lehnen und alles sehen, was im Hafen passiert. Und im Hafen passiert immer irgendetwas.

Ich hebe den Deckel ab, genieße den Duft und die Vorfreude. Dann beginne ich mit einem Stück Alge, zerkaue es genussvoll. Es ist salzig, gummiartig, köstlich.

Der Hafen wird durch Piers in drei Bereiche geteilt. Ganz vorne legen die Fährschiffe runter nach Cooktown und Cairns an. Eins ist gerade im Aufbruch; die letzten Passagiere gehen an Bord und die Männer der Besatzung wickeln die Leinen von den Pollern los. Daneben liegt ein Frachtschiff, wobei mir die Fahne, die es am Mast trägt, nichts sagt.

Im mittleren Bereich liegen die Segelschiffe vor Anker, jede Menge davon, weil jeder Bewohner von Seahaven, der es sich leisten kann, eines besitzt. Auch die Schiffe der Schule liegen hier.

Der hintere Bereich schließlich ist der Fischerei vorbehalten. Da ist die alte Fischhalle, die einmal der Fischzucht gedient hat, heute aber leer steht und verfällt. Ein hoher Drahtzaun und eine Alarmanlage sichern das Gelände, um zu verhindern, dass Kinder in den leeren Zuchttanks ertrinken oder sonst wie zu Schaden kommen.

Davor liegt das Fischerkai. Eines der kleinen Fischerboote wird gerade entladen, mit einem winzigen Ladekran, der signalrot gestrichen ist. Ein Mann schrubbt das Deck, zwei stämmige Frauen auf dem Kai wuchten Kisten voller Fische herum, zwei schmächtige Männer breiten die Netze aus, um sie zu kontrollieren. Der Geruch der Fische weht bis zu mir herauf; es ist dieser Duft, der mich immer wieder zum Hafen zieht.

Auf der gegenüberliegenden Seite des Hafenbeckens enden die Kabel, die von den Methankraftwerken draußen auf dem Schelf kommen und fast die gesamte Zone mit Strom versorgen. Dick, schwarz und glänzend steigen sie aus dem Wasser, befestigt an den gewaltigen Isolatoren des Umspannwerks. Auch dieser Bereich ist abgesperrt, Tag und Nacht patrouillieren bewaffnete Männer mit Hunden.

Mein Blick fällt auf ein Segelschiff, das gerade die Hafenmauer passiert. Es ist ein schlankes, prachtvolles Schiff mit einer schwarzen Fock und einem hellblauen Großsegel: die Farben der Familie Thawte. Tatsächlich entdecke ich auf dem Vorderdeck Carilja, die sich dort sonnt, eine Sonnenbrille auf der Nase und ansonsten fast nichts am Leib.

Ich ducke mich unwillkürlich, während die Jacht herangleitet. Die Arbeiter auf den Kais kriegen Stielaugen, pfeifen ihr zu. Carilja rekelt sich, richtet sich auf, streift sich aufreizend langsam ein dünnes Sommerkleid über. Sie weiß, dass sie schön ist, aber sie lässt es sich immer wieder gern bestätigen.

Sie legen an, natürlich am besten Platz, ganz vorne bei den Parkplätzen. Brenshaw springt an Land, vertäut das Boot. Sein großer Bruder Steve ist mit an Bord, außerdem der unvermeidliche Raymond. Lachend und sichtlich gut gelaunt schlendern die vier zu Steves rotem Wagen, der mit offenem Verdeck angestöpselt wartet. Sie steigen ein, Steve verstaut das Ladekabel, dann brausen sie davon. Der Motor klingt, als sei ein Hornissenschwarm unter der Haube eingesperrt. Ein Angeberauto.

Ich merke, dass ich immer noch geduckt dasitze, und atme tief durch. Nein, ich werde mir mein Sushi-Fest nicht von Carilja verderben lassen!

Leider ist das Bento schon so gut wie leer. Ich esse das Stück mit dem Thunfisch, das ich mir bis zuletzt aufgehoben habe, und bemerke erst jetzt, dass die Fahrzeuge, die vor dem Frachtschiff stehen, Fahrzeuge der Polizei sind. Nun ist an Deck auch so etwas wie Aufruhr zu erkennen. Die Uniformierten wollen drei Männer abführen, aber der Rest der Besatzung stellt sich zwischen sie und die Gangway und weigert sich offenbar, sie passieren zu lassen.

Ich richte mich auf. Heute ist ja richtig was los!

Ich bin gespannt. Die Polizei der Zone ist äußerst ungnädig mit Leuten, die sie in ihrer Arbeit behindern. Da. Sie ziehen ihre Schockstöcke, verteilen elektrische Schläge nach rechts und links. Das Geschrei ist bis hier herauf zu hören. Die ersten Seeleute krümmen sich am Boden, die anderen geben widerwillig den Weg frei. Die drei Männer werden abgeführt, die Hände auf den Rücken gefesselt.

Die Polizisten passieren mit ihren Gefangenen gerade die Gangway, als ein Auto mit sirrendem Motor und quietschenden Reifen die Rampe zum Hafen herabbrettert. Es dreht eine kühne Halbkurve und malt mit den Rädern schwarze Striche auf den

Boden, ehe es vor den Polizeiwagen zum Stehen kommt. Ein Mann springt heraus, der mir bekannt vorkommt. Als er zu fuchteln beginnt, erkenne ich ihn: Es ist Lucius York, der Assistent von James Thawte und so etwas wie dessen rechte Hand.

Herr York ist ein stiernackiger Mann mit einer breiten Narbe quer über der Nase. Es heißt, er verdanke sie einem Hai, der ihn angegriffen und den er daraufhin eigenhändig getötet habe, mit nichts als einem Tauchermesser als Waffe. Er ist hauptberuflich Anwalt und jemand, vor dem sich jeder insgeheim fürchtet.

Die Polizisten allem Anschein jedoch nicht. Er schreit, gestikuliert, regt sich auf – doch die Uniformierten rühren sich keinen Millimeter, schütteln nur ab und zu den Kopf. Er zieht eine Tafel heraus, zeigt ihnen irgendetwas darauf. Auch das beeindruckt die Polizisten nicht. Sie lassen ihn einfach stehen, verfrachten ihre Gefangenen in die Wagen und fahren mit ihnen fort.

Ich muss grinsen, während ich das letzte Sushi verzehre. Wahrscheinlich haben die drei Männer versucht, etwas einzuschmuggeln, das gegen die Gesetze der neotraditionalistischen Zonen verstößt. Solche Dinge gibt es viele; die Welt draußen ist voll davon: synthetische Drogen zum Beispiel – hochaktive Wachmacher, Konzentrationsförderer, Stimmungsaufheller, Glücklichmacher und so weiter. Oder Cyberimplantate. Gentechnisch modifizierte Pflanzen oder Tiere. Nano-Maschinen. Super-Stim-Brillen. Strahlwaffen. Computerprogramme ohne Zertifikat. Unregulierte Prozessoren. Körperveränderndes Make-up. Oder irgendetwas anderes von der Liste, die mit jedem Jahr länger wird –

»Na so was!«, dringt in diesem Augenblick eine Stimme an mein Ohr. »Saha! Was machst du denn hier?«

Ich wende den Kopf. Oh nein – es ist Doktor Walsh! Vermutlich ist er gerade auf dem Rückweg von seinem Club. Sein Gesicht ist gerötet, seine Augen leicht glasig, was darauf schließen lässt, dass er sich heute ein schweres Mittagessen genehmigt hat und dazu einige Gläser noch schwereren Weins. Wie gesagt, Alkohol ist eine traditionsreiche Droge und deswegen in der Zone ein wichtiger Bestandteil der Kultur.

»Hallo, Doktor Walsh«, sage ich so abweisend, wie ich mich traue.

Er fühlt sich leider nicht abgewiesen, im Gegenteil, er mustert mich interessiert und fragt: »Und? Wie geht es dir?«

»Gut«, sage ich. Es würde mir noch besser gehen, wenn ich nicht bei meiner privaten Ein-Personen-Party gestört worden wäre, aber das behalte ich für mich.

»Keine Probleme mit der Lunge? Mit sonst irgendetwas?«

»Nein.«

»Schön, schön.« Doktor Walsh nimmt den Strohhut ab, fährt sich mit der Hand durch seine dünn werdenden rotblonden Haare und setzt ihn wieder auf. »Trotzdem würde ich dich bei Gelegenheit gern noch einmal genauer untersuchen. Vor allem deine ... nun ja, deine *Wunden*.«

Er betont das Wort auf eine Art, die mir Gänsehaut verursacht. »Wieso?«, frage ich. »Was ist damit?«

»Tja«, meint er und räuspert sich. »Das ist es eben. Was ist damit?« Er reibt sich den Hals. »Das hat mich interessiert, weißt du? Ich habe mich erkundigt. Im Club kenne ich einen Metallurgen, einen erfahrenen Fachmann. Arbeitet für *Thawte Industries,* in der Forschung. Ihn habe ich gefragt.«

Ich sage nichts. Doktor Walsh ist nicht klar, dass die Erwähnung des Namens Thawte ungeeignet ist, bei mir Sympathien hervorzurufen.

»Nun, und er meint, dass Kobaltstahl nicht die Eigenschaft hat, Wunden zu verursachen, die nicht heilen. Ich hab ihn gebeten, noch einmal zu recherchieren. Was er auch gemacht hat. Es gibt, meint er, überhaupt kein Metall, das so etwas verursachen kann.« Er blinzelt in die Sonne, dann sieht er mich forschend an. »Seltsam, oder?«

5

Es gibt in der Außenwelt Materialien, die so etwas *eventuell* bewirken könnten«, fährt Doktor Walsh fort. »Bestimmte Nanobeschichtungen; den Namen habe ich vergessen. Aber die muss man unter Vakuum einsetzen und es gibt sie auch erst seit höchstens zehn Jahren. Das kann also nicht die Erklärung sein.«

»Ich weiß nur, was man mir erzählt hat«, verteidige ich mich. Ich spüre deutlich, dass das Gespräch dabei ist, eine Wendung zu nehmen, die mir den Tag verderben wird.

»Jaja, sicher«, sagt er und nickt. »Aber irgendeine Erklärung muss es schließlich geben. Und eine Erklärung dafür, warum man dir etwas erzählt hat, das nicht stimmen *kann*.« Er starrt einen Moment ins Leere, dann fährt er fort: »Dieser Fachmann, mein Bekannter aus dem Club ... er meint übrigens auch, dass es technisch überhaupt keinen Sinn machen würde, Gartenroboter mit derartigen Klingen auszustatten. Wenn Pflanzen beschnitten werden müssen, dann will man ja, dass die Schnittstellen so schnell wie möglich verheilen, nicht wahr? Deswegen haben die besseren Modelle auch kauterisierende Klingen oder sogar Laser-Cutter.«

Ich sage nichts. Mein Mund fühlt sich auf einmal trocken an.

»Außerdem verfügen auch die billigsten Geräte über eine Sicherheitsabschaltung, die sehr zuverlässig funktioniert«, fügt Doktor Walsh hinzu. »Ich habe in allen Datenbanken recherchiert, die es gibt, aber keinen einzigen Fall gefunden, in dem ein Baby durch einen Gartenroboter verletzt worden wäre. In den letzten fünfzig Jahren hat es überhaupt keine Unfälle mit Gartenrobotern gegeben, bei denen Menschen zu Schaden gekommen wären.«

Ich starre Doktor Walsh an. Sein Leinenanzug sieht zerknittert aus, die obersten Knöpfe seines Hemdes stehen offen. Seine Augen über den geröteten Bäckchen blinzeln, seine Brauen sind struppiger als sonst. Ich starre ihn an, als müsse ich mich damit an ihm festhalten, weil ich das Gefühl habe, der Rest der Welt löst sich gerade auf.

»Aber warum«, frage ich, »sind sie dann nicht zugewachsen?«

Er blinzelt noch heftiger. »Was?«

»Wenn es keine solchen Klingen gibt, wieso sind meine Wunden dann nicht zugewachsen?«

»Ach so.« Er holt tief Luft. »Ja, das weiß ich auch nicht. Das ist eben die Frage. Da es solche Klingen nicht gibt, muss es etwas anderes gewesen sein, was deine Wunden verursacht hat. Es könnte ... was weiß ich ... eine Operation gewesen sein. Zum Beispiel.«

»Eine Operation? Wozu?«

Er hebt die Schultern. »Keine Ahnung. Deswegen möchte ich dich ja gründlich untersuchen.«

Ich will das nicht. Ich will das nicht wissen. Ich will nur meine Ruhe.

Ich packe den Deckel auf das leere Bento, rutsche von der Mauer herunter auf die Straße. »Das muss ich mir erst überlegen«, sage ich. Was nicht stimmt, das muss ich nicht. »Auf Wiedersehen.«

Damit gehe ich und lasse ihn einfach stehen. Ich gehe auch nicht einfach, ich flüchte. Ich warte nur, bis ich um die Ecke bin, dann fange ich an zu rennen.

Ich bin bestimmt ein seltsamer Anblick, wie ich da durch die Stadt stürme, aber das ist mir in diesem Augenblick egal. Ich sehe die Welt um mich herum nur noch undeutlich – vielleicht, weil ich zu verwirrt bin, vielleicht, weil ich Tränen in den Augen habe. Oder vielleicht, weil sie sich tatsächlich auflöst.

Ich bin jedenfalls froh, als ich zu Hause bin, und auch, dass Tante Mildred noch nicht wieder zurück ist. Ich habe das Haus für mich allein, und das ist genau das, was ich jetzt brauche.

Vielleicht waren es doch Tränen. Meine Wangen sind jedenfalls feucht, meine Augen nass und mein Brustkorb zittert ganz eigenartig.

Ich gehe erst einmal ans Spülbecken, trinke ein Glas Wasser, stehe dann da mit leerem Kopf. Ich weiß nicht, was ich jetzt machen soll.

Doch, ich weiß es. Ich habe nur Angst davor, was ich herausfinden werde.

Ich stelle das Glas beiseite, gehe in Tante Mildreds Zimmer und mopse den Handspiegel von ihrem Schminktisch. Dann gehe ich hinauf ins Bad, ziehe mich aus und pule den Verband von einem meiner Schlitze, dem untersten auf der linken Seite. Es tut nicht weh, angenehm ist es aber auch nicht. Eine heiße Dusche davor hätte den Verband aufgeweicht, aber die Zeit dafür kann ich mir jetzt nicht nehmen.

Ich drehe die Wandlampe so, dass ihr Strahl statt an die Decke direkt auf den Schlitz gerichtet ist, dann nehme ich den Handspiegel. Ich beginne ganz vorne, wo der Schlitz beginnt, etwa eine Handbreit vom Brustbein entfernt und eine Handbreit unterhalb meines Busens. Ich lege den Daumen auf die Haut darüber und den Zeigefinger auf die Haut darunter, dann spreize ich den Spalt so, dass ich hineinsehen kann.

Ich habe das noch nie gemacht. Das kommt mir jetzt gerade ganz unglaublich vor, aber so ist es. Man hat mir seit jeher gesagt, es sei eine Wunde. Eine Wunde, die zwar nicht blute, zum Glück, aber in die nichts hineingelangen dürfe, keine Gegenstände, keine Keime, nichts, was sich entzünden und mich damit krank machen kann. Ich war so sehr darauf getrimmt, die Schlitze verschlossen zu halten, dass ich nie gewagt habe hineinzuschauen.

Das Innere sieht unspektakulär aus. Erst kommt ein bisschen helle Haut, die bald übergeht in rötliche, lamellenartige Strukturen. Egal, an welcher Stelle ich den Spalt aufziehe, das Innere sieht überall gleich aus.

Eins steht jedenfalls fest. Das ist keine Wunde. Das ist nichts, was man durch einen simplen Schnitt mit einer Messerklinge erzeugen könnte.

Hat man an mir wirklich eine Operation durchgeführt, an die ich mich nicht mehr erinnere, wie Doktor Walsh vermutet? Doch wozu sollte man jemandem Schlitze in den Brustkorb operieren? Das klingt wie die sinnloseste Operation der Medizingeschichte.

Ich glaube nicht, dass Doktor Walsh recht hat. Mehr noch, ich bin mir so gut wie sicher.

Weil ich einen Verdacht habe, der noch viel schlimmer ist. Ich merke, wie ich zittere, und muss den Impuls niederkämpfen, den Spiegel von mir zu schleudern, die Lampe wegzudrehen, den Spalt wieder zu verschließen und alles zu vergessen.

Aber die Erinnerung lässt sich nicht wegdrängen. Wie ich mit Tante Mildred auf den Markt gehe, um zu dolmetschen, an ihrer Seite die Stände entlangtappe für den Fall, dass ich eine Frage oder eine Antwort übersetzen muss. Heute ist das kaum mehr nötig, weil die meisten Händler Tante Mildred kennen und sich irgendwie mit ihr verständigen. Aber früher war es oft nötig, am Anfang, als ein Markt wie hier in Seahaven etwas Neues für uns gewesen ist. Ich weiß noch, wie ich, angezogen von dem Duft, immer an den Ständen mit den frischen Fischen und Meeresfrüchten stehen geblieben bin, bis mich Tante Mildred angewidert weggezogen hat.

Dort habe ich das gesehen, woran mich der Anblick im Inneren des Schlitzes erinnert: Kiemen! Der Spalt in meiner Körperseite sieht aus wie eine sehr, sehr lange Kieme!

Mir wird schwindlig. Jetzt muss ich den Spiegel doch weglegen, weil mir schwarz vor Augen wird. Ich lehne mich gegen die Tür, lasse mich auf den Boden rutschen, lege mich auf den Teppich und stelle die Beine hoch, während mir der Schweiß am ganzen Körper ausbricht. Ich japse, drehe mich unwillkürlich auf die rechte Seite. Die Angst, Schmutz könnte in die »Wunde« gelangen, sitzt tief.

So liege ich einfach eine Weile da. Dann verschwinden die schwarzen Schleier wieder. Ich setze mich auf, mit einem wehen Gefühl in der Brust.

Man hat mich belogen. Man hat mir nicht die Wahrheit erzählt über mich und mein Leben.

Das, was ich am Körper habe, sieht nicht aus wie das Ergebnis einer Operation, sondern wie das Ergebnis einer genetischen Manipulation.

Und das ist eine Katastrophe, die größte, die mir passieren konnte.

Denn: Genetische Manipulationen sind in neotraditionalistischen Zonen nicht erlaubt. Die einzige Ausnahme sind Korrekturen bestimmter Krankheiten, aber da muss jeder Einzelfall genehmigt werden. Ansonsten dürfen genetisch manipulierte Menschen nicht in einer neotraditionalistischen Zone leben; sie dürfen sie nicht einmal betreten.

Wenn es wahr ist, was ich gerade vermute, und jemand davon erfährt, wird man mich verbannen. Und man wird kein Auge zudrücken, nur weil ich noch jung bin. Der Bürgermeister von Seahaven ist in dieser Frage ganz und gar unnachgiebig.

Aber wenn ich die Zone verlassen muss, wird Tante Mildred mit mir gehen, und es wird ihr das Herz brechen. Das weiß ich mit absoluter Sicherheit. Es wird sie umbringen.

Ich stehe auf. Der Schweiß auf meinem Körper ist getrocknet, mir ist auch nicht mehr schwindlig. Ich drehe die Wandlampe wieder in ihre normale Position und betrachte mich im Spiegel. Mein Entschluss steht fest: Ich muss dieses Geheimnis bewahren. Um jeden Preis.

Kurz darauf kommt Tante Mildred zurück, früher als erwartet. Ich schaffe es gerade noch, ihren Handspiegel wieder an seinen

Platz zu legen und alle anderen Spuren zu verwischen. Den offenen Schlitz ... die *Kieme* ... kann ich auch heute Abend verschließen.

Tante Mildred wirkt halb enttäuscht, halb begeistert, als ich die Treppe herabkomme. *Wir mussten die Partie unterbrechen,* berichtet sie mit fahrigen Handbewegungen, während sie ihr gutes Kleid ablegt. *Nora hat einen Anruf bekommen. Vom Hafen. Die Polizei hat drei Seeleute verhaftet, aus Macau. Sie wollten Unterwasserdrohnen einschmuggeln. Der Hafenmeister hat Nora gebeten, ihm mit dem Behördenkram zu helfen.*

Das also war los gewesen. Drohnen aller Art: noch so ein Posten auf der Liste der Dinge, die in neotraditionalistischen Zonen unerwünscht sind. Ich muss an früher denken, an die Städte, in denen Drohnen die reinste Pest sind. Einmal habe ich mit angesehen, wie eine abstürzende Lastdrohne einen kleinen Hund so schwer verletzt hat, dass er kurz darauf gestorben ist.

Es krampft mir das Herz zusammen, als mir das wieder einfällt. Es ist nicht nur wegen Tante Mildred, dass ich mein Geheimnis bewahren muss. Ich selbst will auch nicht zurück in die schreckliche Welt da draußen.

Tante Mildred entdeckt, dass ich ihre Gemüsesuppe verschmäht habe.

Ich hab mir Sushi gekauft, gestehe ich.

Sie hebt nur eine Augenbraue. *Na gut. Dann gibt es die Suppe morgen als Vorspeise.*

Werdet ihr das Spiel fortsetzen?, will ich wissen.

Tante Mildred nickt. *Irgendwann nächste Woche. Wir haben das Brett mit der Partie stehen lassen.* Sie lächelt glücklich. *Stell dir vor: Nora beherrscht die Taubstummensprache! Nicht richtig gut, wir haben ein paar Mal die Tafel gebraucht, aber für das meiste reicht es.*

Das ist selten. *Wie kommt das?*

Sie hat gesagt, das sei eine lange Geschichte, erklärt Tante Mildred. *Vielleicht erzählt sie sie mir irgendwann.* Sie strahlt richtig. Ich weiß, dass sie hofft, in Nora McKinney endlich eine richtige Freundin zu finden.

Sie zieht ihr Hauskleid an und schlüpft damit zugleich zurück in ihre Rolle als meine Erziehungsberechtigte. *Und du?*, will sie wissen. *Was machst du?*

Was mache ich? Ich frage mich, wer ich eigentlich bin. Aber ich will mir nichts anmerken lassen, deshalb erzähle ich ihr lieber von der Hausarbeit in GKG, die wir über die Ferien aufbekommen haben. Dass unsere Arbeiten die Grundlage für den Unterricht im neuen Schuljahr darstellen. Jeder muss ein Referat halten, dann wird über das Thema diskutiert und vertiefend gearbeitet. Wenn ich nicht gerade ganz andere Sorgen hätte, würde mir jetzt schon davor grauen.

Tante Mildred ist nur milde interessiert. *Die Lehrer machen es sich heutzutage auch immer einfacher,* meint sie. *Hast du schon angefangen?*

Ich schüttele den Kopf. *Es eilt nicht,* behaupte ich kühn und schlage vor: *Hast du Lust auf noch eine Partie Go? Gegen eine schwache Gegnerin?*

Es ist ein Ablenkungsmanöver. Tante Mildred stimmt begeistert zu und hat die Hausarbeit im nächsten Moment vergessen.

Es ist auch ein Ablenkungsmanöver für mich, doch bei mir

funktioniert es nicht so gut wie bei ihr. Wir spielen den Rest des Nachmittags Go, und ich verliere andauernd, weil ich die ganze Zeit an Dinge denken muss, an die ich nicht denken will.

Am Montagmorgen gesellt sich in der Pause Pigrit zu mir.
»Du siehst schlecht aus«, sagt er so direkt wie immer. »Geht's dir nicht gut?«
Ich weiß nicht, wie es mir geht. Ich habe den ganzen Sonntag mit der Tafel auf der Couch verbracht und mir Filme reingezogen, einen nach dem anderen, wie eine Bekloppte. Und heute stehe ich mindestens einen Meter neben mir.
»Es war kein optimales Wochenende«, sage ich.
»Ist es wegen dem Vorfall?«
Ich denke an meine Schlitze, Kiemen oder was immer ich habe, und nicke. »Gewissermaßen.«
Er seufzt, schaut woandershin. »Mich haben sie deswegen aus der Sanitätsgruppe geworfen.«
Ich kapiere gar nichts. »Wieso das denn?«
»Weil ich mich falsch verhalten habe, als ich versucht habe, dich aus dem Becken zu ziehen.« Er sieht mich an, merkt, dass ich immer noch nichts kapiere, und erklärt: »Eiserne Regel – bei einem Notfall *erst* Notruf tätigen, *dann* eingreifen. Ich hab's umgekehrt gemacht. Blöd von mir. Vor allem, das auch noch so zu Protokoll zu geben.«
»Und deswegen werfen sie dich gleich raus?«
Er macht eine verächtliche Handbewegung. »Die haben bloß auf so einen Fehler gewartet, damit sie mich loswerden. Die wollen wieder unter sich sein, ohne einen neunmalklugen Zwerg,

der ihnen dauernd unter die Nase reibt, was sie alles falsch machen.« Pigrit verzieht das Gesicht. »Das Blöde ist halt, dass ich mir jetzt eine AG suchen muss. Ist es bei euch im Tanzen wirklich so schlimm?«

»Ich würde jederzeit tauschen«, sage ich müde.

»Schlechte Idee«, meint Pigrit. »Unter uns gesagt – die Sanitäter sind ein Haufen versoffener Idioten, die nichts, aber auch gar nichts auf die Reihe kriegen. Das merkt nur niemand, weil so wenig passiert. Aber wenn mal was passieren sollte, möchte ich nicht derjenige sein, welcher.«

Ich mustere ihn verblüfft. »Aber wieso bist du dann dabeigeblieben?«

»Zweieinhalb Jahre Sanitätsgruppe wären nützlich gewesen, wenn ich Medizin studiere.« Er seufzt. »Lass uns von was anderem reden. Was hast du für ein Thema in GKG?«

Ich seufze. »*Die Umgestaltung der australischen Tierwelt im 21. Jahrhundert.* Und du?«

»*Die Rolle der neotraditionalistischen Bewegung von den Energiekriegen bis zu den Bürgeraufständen.* Sehr praktisch, da kann ich das meiste aus den Büchern meines Vaters abschreiben.«

»Hast du's gut«, sage ich neiderfüllt. »Ich hab keine Ahnung, wo ich anfangen soll, nach einem Buch zu suchen.«

In einem kurzen Anfall von Arbeitswut habe ich gestern Abend versucht, Bücher zu meinem Thema zu finden. Vergebens. Alle Suchbegriffe, die mir eingefallen sind, haben Auswahllisten ergeben, an denen ich mir die Finger wund gewischt hätte. Über unsere Schultafeln haben wir Zugriff auf etwa vier Millionen Bücher – und das sind nur die, die entweder frei zugänglich sind oder für die die Schule die Lesegebühren übernimmt. Es würde ein Jahr dauern, sich nur die Titelbilder anzuschauen.

»Du darfst nicht über die Suchfunktion gehen, die nützt in so einem Fall nichts«, erklärt Pigrit. »Du musst das propädische Verzeichnis aufrufen und dort den Literaturhinweisen folgen. Dann landest du gleich bei den relevanten Werken.«

Was für ein Verzeichnis? Ich habe keine Ahnung, wovon er redet. Offenbar sieht man mir das an, denn Pigrit schlägt vor: »Was hältst du davon, wenn wir die Hausarbeiten zusammen machen? Wir könnten zu uns gehen und in der Bibliothek meines Vaters arbeiten. Wie wär's mit morgen Nachmittag? Ich glaube, heute hat er Besuch, da geht es nicht.«

Das kommt ein bisschen plötzlich und im ersten Moment will ich ablehnen. Noch nie hat mich jemand aus der Schule zu sich nach Hause eingeladen; ich weiß gar nicht, wie man sich da benimmt. Aber dann muss ich an meine ergebnislose Suche gestern denken, atme tief durch und sage: »Das wäre toll.«

»Gut«, sagt Pigrit. »Dann sagen wir, morgen nach der Mensa?«

»Wir können ja zusammen zu Mittag essen«, schlage ich vor und komme mir richtig unternehmungslustig dabei vor.

»Ja, prima Idee.« Pigrit nickt in meine Richtung. »Dein Thema ist übrigens ziemlich ergiebig. In Australien hat es früher jede Menge gefährlicher Tiere gegeben. Also, *richtig* gefährlich. Giftspinnen, Schlangen, Quallen, Krokodile, Haie ... Daran sind immer wieder Leute gestorben. Der Bruder meines Urgroßvaters ist am Biss eines Taipan gestorben, als er sieben Jahre alt war.«

»Was ist ein Taipan?«

»Eine Schlange, aus der Familie der Giftnattern. Meistens

kupferbraun. Man hat ihren Biss oft nicht mal bemerkt. Aber das Gift hat, wenn man nichts dagegen gespritzt hat, schnell zum Tod geführt, durch Atemlähmung.« Er macht eine umfassende Handbewegung. »Früher gab es die hier in der Nähe der Küste überall.«

»Und dann?«, frage ich und komme mir dumm vor. »Was ist dann passiert?«

Er verdreht die Augen. »Na, was wohl? Wir Menschen haben sie ausgerottet.«

6

Beim Mittagessen erzähle ich Tante Mildred von meiner Verabredung für Dienstag und dass ich in der Mensa essen würde. Sie wird sofort misstrauisch. *Mir wäre es lieber, er würde dich hier abholen, damit ich ihn mir anschauen kann,* erklärt sie.

Ich verdrehe die Augen. Was Jungs angeht, kann sie manchmal echt merkwürdig werden. Muss an der Erziehung in den Konzerngebieten liegen.

Es ist nicht das, was du denkst, erkläre ich. *Wir schreiben nur zusammen an unseren Hausarbeiten.*

Manche Sachen sehen erst ganz harmlos aus und dann ist doch mehr dahinter, beharrt sie.

»So ein Quatsch!«, rufe ich und signalisiere: *Er ist ein Jahr jünger und einen Kopf kleiner als ich.* Das ist übertrieben, es sind höchstens zwei Zentimeter, aber es kommt mir in diesem Moment wie ein Argument vor, das sie überzeugen müsste.

Und wieso auf einmal? Und wieso er?

Er hat mich letzte Woche rausgezogen, als ich ins Wasser gefallen bin, erkläre ich, ehe ich darüber nachdenken kann, ob dies der richtige Moment ist, davon zu erzählen.

Tante Mildred wird bleich. *Du bist ins Wasser gefallen?* Sie gibt einen unartikulierten Laut von sich, während ihre Hände sich bewegen. Das passiert ihr nur, wenn sie wirklich erschrocken ist.

Ich mustere sie. Wenn sie so erschrickt, dann heißt das doch, dass sie keine Ahnung hat, was meine »Wunden« in Wahrheit sind, oder? Ganz bestimmt heißt es das. Tante Mildred hat mich nicht mein Leben lang angelogen. Dafür ist sie auch gar nicht der Typ.

Immerhin vergisst sie so für einen Moment ihre Sorgen um meine Tugend. Ich erzähle ihr, wo es passiert ist, versuche aber, es als kleinen, harmlosen Zwischenfall darzustellen. Dass ich das Bewusstsein verloren habe, erwähne ich nicht, auch nicht, dass man mich gestoßen hat. Dass ich in der Ambulanz war, spiele ich herunter als Reaktion überbesorgter Aufsichtspersonen. Am ausführlichsten berichte ich, wie Frau Alvarez meine Sachen getrocknet hat.

Wieso hast du mir das nicht erzählt?, will Tante Mildred wissen. Man kann mit Händen greifen, wie sie das beunruhigt.

Ich hab's vergessen, behaupte ich. *Als ich heimgekommen bin, hast du diesen tollen Lammbraten gemacht, und da hab ich's einfach vergessen.*

Das versöhnt sie wieder. Etwas, das einem angesichts eines guten Essens entfällt, kann so wichtig nicht sein.

Na gut, meint sie. *Du musst ja sowieso lernen, selbst auf dich aufzupassen.*

Ich weiß nicht, wie sie das meint, lasse es aber auf sich beruhen.

Nach dem Spülen gehe ich auf mein Zimmer und mache Hausaufgaben.

Dass ich gute Noten habe, hat nichts damit zu tun, dass ich besonders intelligent oder begabt wäre. Es liegt einfach daran, dass ich mit meiner Zeit nicht viel anderes anzufangen weiß. Ich habe keine Freunde, mit denen ich etwas unternehmen könnte, und für die meisten Hobbys fehlt mir das Geld. Also widme ich mich dem Schulstoff. Aus reiner Langeweile, sozusagen.

Und heute, um mich abzulenken.

Als ich mit den Aufgaben für morgen fertig bin, versuche ich, dieses ... wie hieß das noch mal? *Propädisches Verzeichnis?* Es ist tatsächlich ganz leicht zu finden, gleich neben der Suchfunktion. Ich rufe es auf. Es ist eine Art riesiges Inhaltsverzeichnis von allen Themen, die es gibt, in dem man sich Stufe um Stufe hinabhangeln kann, bis man bei Verweisen auf Bücher und Artikel ankommt.

Ich versuche es mit *Teil 9 – Geschichte,* gehe dort in *Teil 9.7 – Die moderne Welt seit dem 21. Jahrhundert,* wo ich *Teil 9.7.7 – Australien und Ozeanien* finde. Das nächste Verzeichnis ist unterteilt nach politischen Entwicklungen, Umweltveränderungen, nach einzelnen Ländern und wichtigen Personen. Ich wähle *Umweltveränderungen* und lande auf einer Übersicht, die knapp hundert Bücher auflistet. Gleich das vierte hat den Titel *Der giftige Kontinent – Australiens alte Tierwelt und was aus ihr wurde.* Das klingt wie für mich gemacht. Ich öffne es und fange an zu lesen.

Pigrit hat recht, es ist wirklich ein ergiebiges Thema. Ich habe nie geahnt, wie viele Gefahren die Tierwelt Australiens einmal für Menschen bereitgehalten hat. An Land waren es Krokodile, Schlangen und Giftspinnen aller Art, im Wasser Haie, Quallen, giftige Fische und Seeschlangen. Ich lese von Seewespen, Quallen mit langen Nesseln, deren bloße Berührung ein Kind innerhalb weniger Minuten töten konnte. Ich betrachte Fotos und Kurzfilme von Blauringelkraken, deren Gift Atemstillstand hervorrief. Ich studiere Abbildungen verschiedener Steinfische, die man kaum vom Untergrund unterscheiden konnte und deren Rückenstacheln ein Nervengift enthielten, das zu den gefährlichsten tierischen Giften überhaupt zählte.

Auf einmal bin ich fast froh über die Angst vor Wasser, die man mir eingeimpft hat. Auch wenn ich darüber im Augenblick, nein, nicht genauer nachdenken will.

Ich lese weiter. Ab etwa der Mitte des 21. Jahrhunderts, nach den Energiekriegen, hat sich die Tierwelt Australiens drastisch verändert. Wilderer haben die Zahl der Krokodile so weit reduziert, dass viele Arten als ausgestorben gelten. Die Kraken sind, vermutet man, massenhaft an der damals herrschenden Radioaktivität gestorben.

Die meisten der übrigen giftigen Tiere aber hat man gezielt ausgerottet. Man brauchte Arbeiter für die immer wichtiger werdende Unterwasserindustrie, da war es hinderlich, dass so viele Australier panische Angst vor dem Tauchen im Ozean hatten. Also hat man spezielle Viren und Bakterien gezüchtet, die so gebaut waren, dass sie nur die unerwünschten Tiere attackierten und keine anderen. Das hat bei fast allen Arten funktioniert, nur bei Haien nicht – warum, weiß man nicht.

Ich betrachte die Fotos, auf denen die technischen Apparaturen abgebildet sind, die man braucht, um Gene zu konstruieren. Sequenzierautomaten. Zentrifugen. Brutschränke. Sterilbänke. Geräte aus Glas, Stahl und hellem Plastik, mit Tastaturen und Bildschirmen.

Ich betaste unwillkürlich meinen Brustkorb, die verklebten Schlitze. Stamme ich auch aus solchen Geräten? Bei der Vorstellung wird mir regelrecht übel. Ich schließe das Buch, schalte die Tafel aus und lege sie weg. Genug für heute.

»Wieso ist der Neotraditionalismus eigentlich so sehr gegen Gentechnik?«, frage ich Pigrit am nächsten Tag, als wir in der Mensa sitzen. Es gibt Moussaka; das können sie hier echt gut.

Pigrit zuckt mit den Schultern. »Weil sich Theodore Le Gall und die anderen an der Lebensweise vor den Energiekriegen orientiert haben, schätze ich. Und so richtig um sich gegriffen hat die Gentechnik erst danach.«

Das ist übrigens ein Zug am Neotraditionalismus, der mir zur Abwechslung mal sympathisch ist: dass sie keinen Personenkult betreiben. Man kann die Namen der Gründer nachlesen, auch, was für ein Leben sie geführt und was sie zum Neotraditionalismus beigetragen haben, aber das ist alles kein Prüfungsstoff. Man muss die Namen nicht auswendig aufsagen können, es gibt keine Feiertage ihnen zu Ehren, nichts dergleichen. Die Gründer werden als ganz normale Menschen betrachtet, die vor etwas über hundert Jahren einfach mal die Frage aufgeworfen haben, wie man eigentlich ein gutes Leben lebt. Und der Neotraditionalismus war die Antwort, die sie gefunden haben.

»Wieso?«, fragt Pigrit.

»Ach, wegen meiner Hausarbeit«, behaupte ich. »Man hat diese gefährlichen Tiere doch irgendwie mit genmanipulierten Viren ausgerottet. Ich hab noch nicht verstanden, wieso der Neotraditionalismus gegen solche Methoden ist.«

»Wir können meinen Vater fragen. Der weiß das alles ganz genau.«

»Das wär toll«, sage ich. Mit einem Schlag wird mir klar, dass das Thema meiner Hausarbeit ja einen genialen Vorwand bietet, nach Informationen zu suchen, die mich aus völlig anderen Gründen interessieren.

»Du musst dir allerdings überlegen«, fährt Pigrit fort, während er sich ein riesiges Stück von seiner Moussaka absäbelt, »wie du ihn wieder bremst. Weil, wenn er mal anfängt, das kann ausarten.« Er grinst und schiebt sich den Happen in den Mund.

Nach dem Essen gehen wir zum Stellplatz beim Haupttor. Ich warte, während Pigrit seinen Swisher holt, und schaue zu, wie die Leute von der Segel-AG in Richtung Hafen pilgern. Sie sind alle schick in Weiß und Blau gekleidet, so, als ginge das Gründungsfest schon los.

Pigrits Swisher ist ein Modell, dem man sofort ansieht, dass es aus einer Metropole kommt: Es ist knallbunt, in Farben, die dem Auge wehtun, und sieht mit seiner einhändigen Steuersäule so fragil aus, als könne es jederzeit kaputtgehen. Und es heißt ja, in den Metropolen bauen sie Sachen gern so, dass sie nicht lange halten und die Leute sie neu kaufen müssen. Das rechte Rad hat auch schon einen Riesenkratzer quer über der neongrünen Felge.

Pigrit bleibt stehen, schaut zu Boden und zögert. Es sieht aus, als sei ihm ein Grund eingefallen, warum er mich doch nicht mit nach Hause nehmen kann.

Ich presse meine Tafel vor die Brust, atme tief durch und wappne mich für den Fall, dass ich recht habe.

»Ich«, beginnt er schließlich, »würde gern noch was klarstellen, bevor wir aufbrechen.«

Ich nicke gefasst.

Er sieht mich an. »Ich bin nicht verliebt in dich oder so etwas. Das ist nicht der Grund, warum ich das vorgeschlagen habe.«

Mein Gehirn muss einen Moment aussetzen, weil meine Gedanken über ihre eigenen Füße gestolpert sind. Ich habe im besten Fall mit irgendetwas in der Art gerechnet, dass wir im Haus ganz ruhig sein müssen, nichts anfassen dürfen, dass wir die Schuhe ausziehen müssen oder so etwas. Aber das ...?

»Ähm«, mache ich. »Aha.«

»Ich bin schon in ein anderes Mädchen verliebt«, erklärt Pigrit. Seine Stimme zittert ein bisschen dabei. Vielleicht wird er auch rot, aber seine Haut ist zu dunkel, als dass man das sehen könnte. »Sie weiß nichts davon, es ist auch vollkommen aussichtslos, aber es ist eben, wie es ist.«

Ich nicke nur, weiß nicht, was ich sagen soll.

Er schaltet den Swisher ein. Das Gerät gibt ein summendes Geräusch von sich und die Steuersäule ruckt in die aufrechte Position. »Ich wollte das nur klarstellen. Dass das nicht der Grund ist.«

»Sondern?«, entfährt es mir.

Er zuckt mit den Schultern. »Einfach so. Ich finde es blöd, immer alles alleine zu machen. Und mit dir kann man gut reden, hab ich das Gefühl.«

»Oh.« *Das* verblüfft mich jetzt wirklich. Bisher hätte ich auf die Frage nach meinem Totemtier nämlich ohne Zögern geantwortet: der Einsiedlerkrebs.

Pigrit deutet auf seinen Swisher. »Ist es sehr unhöflich, wenn ich aufsteige? Es ist ziemlich anstrengend, einen Swisher zu ziehen.«

»Jaja«, sage ich rasch. Schließlich kann man mit mir gut reden. »Mach nur.«

»Wir können es auch zu zweit versuchen«, schlägt Pigrit vor.

»Ach, lieber nicht.« Das ist mir dann doch zu viel Nähe. Auch wenn er nicht in mich verliebt ist. Oder vielleicht gerade deswegen, keine Ahnung. »Soll man doch nicht, heißt es.«

»Stimmt«, sagt er. »Aber wir sind ja zwei Leichtgewichte.« Er steigt auf und wir gehen los: Ich laufe ganz normal, meine Tafel in der Hand, und Pigrit rollt auf seinem Swisher im Schritttempo neben mir her.

»Es ist nicht weit«, meint er plötzlich nachdenklich. »Eigentlich bräuchte ich gar keinen Swisher.« Er lacht kurz auf. »Ich bin das so gewöhnt aus der Stadt, dass ich automatisch den Swisher nehme. Aber er ist echt überflüssig.«

Unterwegs erzählt er mir, warum er und sein Vater aus der Melbourne-Metropole hergezogen sind. Sein Vater war dort an der Universität Professor für Geschichte, eine weltweit anerkannte Kapazität, richtig berühmt (sogar ich hatte den Namen schon gehört, bevor Pigrit an unserer Schule aufgetaucht ist). Doch das hat die Universität nicht daran gehindert, die historische Fakultät eines Tages einfach zu schließen.

»Stattdessen«, erzählt Pigrit, »haben sie einen Lehrstuhl für Astralforschung eingerichtet.«

Ich hebe verwundert die Brauen. »Was ist das denn?«

»Völliger Quatsch«, meint Pigrit. »Dad hat nur gemeint, jetzt ist das Maß voll, die sind alle übergeschnappt, mit Wissenschaft hat das nichts mehr zu tun. Zeit, dass wir zu den Neotraditionalisten ziehen.«

»Und deine Mutter?«

»Ach, die ist schon lange weg.«

»Oh«, sage ich. »Tut mir leid.«

Er zuckt mit den Schultern. »Na ja. Ist eben so. War eh verrückt, dass die beiden geheiratet haben. Wenn du zwei Menschen aussuchen müsstest, die am schlechtesten von allen zusammenpassen, dann kämst du auf meinen Dad und meine Mom.«

»Echt? Wieso?«

»Sie lebt in der Sydney-Metropole. Das ist von Melbourne nicht weit, eine halbe Stunde mit dem *Hyper Sonic Train.* Also hab ich sie regelmäßig besucht. Und es war immer totaler Stress. Sie ist so, ich weiß nicht, immer auf Party, Freunde treffen, reden, reden, reden, irgendwelche schrägen Kunstevents, tanzen, was los machen ... puh! Sie nimmt diese Mittel, mit denen man nicht schlafen muss, oder nur eine Stunde pro Nacht oder so – das heißt, sie ist ständig in Bewegung, wirklich ständig. Immer *flatter, flatter, flatter,* wie ein bunter Schmetterling.« Er macht entsprechende Bewegungen mit den Armen, was seinen Swisher ins Schaukeln bringt. »Sie ist echt nett, weißt du, und ich mag sie schrecklich gern – aber sie ist so *anstrengend.* Wenn ich nach Hause gekommen bin, hab ich mich immer erst mal ausruhen müssen. Na ja, und heute ist es eine halbe Weltreise bis Sydney, da geht das eh nicht mehr so einfach. Und kommen darf sie nicht, weil sie Kommunikationsimplantate hat.«

»Hmm«, mache ich. Das klingt auch nicht gerade nach glücklicher Kindheit.

»Deine Mutter ist tot, nicht wahr?«, fragt Pigrit.

»Ja«, sage ich. »Und über meinen Vater weiß ich gar nichts.« Ich muss wieder an die Bilder von den Sequenziergeräten denken. Womöglich *habe* ich gar keinen Vater.

»Das ist ja noch übler als bei mir«, sagt Pigrit.

Es ist tatsächlich nicht weit. Pigrit und sein Vater wohnen im *Bourg,* dem leicht erhöht liegenden Gebiet hinter den Villen am Stadtstrand. Das Haus der Bonners ist ein eingeschossiges, klobig wirkendes Gebäude aus Stein, das mit seinen dunkel getönten Fensterscheiben aussieht wie eine Festung.

»Wir müssen leise sein«, mahnt Pigrit, bevor wir hineingehen. »Mein Dad hält seinen Mittagsschlaf.«

Ich muss lachen. »Müssen wir auch die Schuhe ausziehen?«

»Nein.« Er sieht mich verwundert an. Er kann ja nicht wissen, was mir vorhin bei seiner Klarstellung alles durch den Kopf gegangen ist.

Sein Zimmer ist heller, als ich es nach dem Anblick des Hauses erwartet hatte. Es ist ungefähr doppelt so groß wie unser Wohnzimmer zu Hause (was nichts heißt) und ziemlich normal eingerichtet. Abgesehen davon, dass in einer Ecke ein lebensgroßes Skelett aus Plastik steht, an dem jeder einzelne Knochen mit seinem lateinischen Namen beschriftet ist.

»Gruselt es dich nicht manchmal, wenn du nachts aufwachst?«, will ich wissen.

»Quatsch«, meint er stirnrunzelnd, so, als sei das ein völlig abwegiger Gedanke.

Auf seinem Schreibtisch steht ein ausgedrucktes Foto in einem Rahmen. Es zeigt eine lachende Frau mit schneeweißer Haut und silberblonden, halblangen Haaren. Ich nehme es in die Hand.

»Deine Mutter?«

»Ja«, sagt er und hebt die Hand auf die Höhe seiner Augenbrauen. »Ungefähr so groß. Und jetzt denk an meinen Vater, wie riesig der ist. Wie gesagt, die zwei passen absolut nicht zusammen.«

Als ich das Bild wieder hinstelle, entdecke ich eine rätselhafte Apparatur auf dem Regal neben dem Tisch. Vor einem ausgedruckten Foto, das Pigrits Gesicht zeigt, steht ein Drahtgestell. Zwischen dem Gestell und dem Foto ragt ein halbkreisförmiger Gegenstand aus Gummi in die Höhe, der auf einer Welle befestigt ist, die wiederum an einem Motor sitzt.

»Was um alles in der Welt ist das?«, frage ich.

Pigrit grinst. »Mein Geisterfinger. Meine Lehrer-Irreführungs-Maschine.«

»Hä?« Ich verstehe kein Wort.

»Ich zeig's dir«, sagt Pigrit. Er nimmt seine Tafel zur Hand, ruft den *Macbeth* auf, die Passage, die wir bis morgen lesen sollen. Dann stellt er die Tafel in das Gestell, seinem Foto zugewandt, und schaltet den Motor ein.

Der Motor bewegt sich geräuschlos und sehr, sehr langsam. Es dauert eine Minute und länger, bis sich das Gummiding – das in der Tat eine gewisse Ähnlichkeit mit einem Finger hat – so weit nach vorn neigt, dass es die Tafel berührt. Wodurch der Text auf die nächste Seite umgeblättert wird.

»Und was *soll* das?«, frage ich, während ich zuschaue, wie sich der Gummifinger ebenso langsam wieder von der Tafel entfernt.

»Pigrit Bonner liest *Macbeth,* fünfter Akt, erste Szene«, sagt Pigrit.

»Ich versteh kein Wort.«

Er stellt sich neben das Gerät, als müsse er einen Vortrag darüber halten. »Die Schultafeln protokollieren bekanntlich, wann du was liest und wo du dich währenddessen befindest.« Ich nicke. »Die Kamera beobachtet dich dabei, und da deine Tafel weiß, wie du aussiehst, weiß sie auch, ob du den Text liest oder jemand anders. Aber«, grinst er, »wie ich herausgefunden habe, kann sie nicht zwischen einem lebensgroßen Foto und dir unterscheiden. Deswegen halten mich unsere Lehrer für den eifrigsten Leser, den sie je hatten.«

Ich blase die Backen auf, puste die Luft wieder raus. »Und wozu soll das gut sein? Du musst die Sachen, die wir aufkriegen, ja trotzdem lesen.« Aber irgendwie beeindruckt mich der Apparat. Und auch, dass Pigrit ihn offenbar selbst gebaut hat. Ich kenne niemanden, der so etwas könnte.

»Stimmt schon«, räumt er ein. »Und ich lese ja auch echt gern. Ich will mir bloß aussuchen dürfen, was.« Er nimmt einen orangefarbenen, rechteckigen Gegenstand aus dem Regal und drückt ihn mir in die Hand, und erst da erkenne ich, was das ist: ein Buch, das auf Papier gedruckt ist! So, wie man es früher gemacht hat!

Macbeth steht auf dem Umschlag und darunter: *Interpretationshilfen für die Oberstufe.*

»Wow«, sage ich. »Ein echtes altes Buch.« Ich öffne es behutsam. Ein seltsam chemischer Geruch schlägt mir entgegen. Die Seiten sind aus Papier, sie wirken sehr empfindlich, als ich sie vorsichtig umblättere. Es sind auch Bilder darin, aber sie bewegen sich nicht. Es passiert auch nichts, wenn man unterstrichene Passagen mit dem Finger antippt.

Ich lese ein paar Zeilen, einen Absatz. Das Lesen geht ganz gut, wie auf der Tafel, aber der Text ist schwierig, ich verstehe nicht mal die Hälfte von dem, was da steht.

»Ich hab jede Menge alter Schulbücher«, erklärt Pigrit. »Aus denen lerne ich viel lieber. Die sind Lichtjahre besser als das Zeug, das sie uns in der Schulbibliothek anbieten.«

»Hast du deswegen so gute Noten?«, frage ich und schließe das Buch wieder. Es ist mir ein bisschen unheimlich; ich habe Angst, es zu beschädigen.

»Ich lerne nicht wegen der Noten«, erwidert Pigrit spitz. »Ich lerne, weil es mich interessiert.«

»Echt?« Ich gebe ihm das Buch zurück. »Da bist du vermutlich der Einzige.«

»Vermutlich.«

Ich schaue mich um. »Und wo hast du diese Bücher?«

Pigrit weist in Richtung Tür. »Komm.«

Ich folge ihm. Im Flur hängen Speere und andere Gegenstände an den Wänden, wie sie australische Ureinwohner früher hergestellt haben. Die Tür, die Pigrit schließlich öffnet, ist aus schwerem Holz, dahinter ist es dunkel.

Er lässt mich vorangehen. Ich ziehe unwillkürlich den Kopf ein, als ich den Raum dahinter betrete, der riesig ist und voller Regale steht, an jeder Wand eines und mitten im Raum auch noch welche, und auf diesen Regalen stehen lauter Bücher, dicht an dicht, Tausende! Es wirft mich fast um, so, als wäre der Anblick der Bücher ein Gewicht, das sich auf mich legt. Ein eigenartiger Geruch erfüllt den Raum, es riecht nach Staub, nach Leder, nach Vanille.

»Bitte sehr«, sagt Pigrit stolz. »Die Bibliothek meines Vaters.«

»Eine Bibliothek?«, wiederhole ich ehrfürchtig.

»Daher kommt das Wort. Die Bibliothek auf den Tafeln, das ist in Wirklichkeit eine Datenbank auf einem Computer irgendwo im Netz. Aber ursprünglich waren Bibliotheken so etwas wie das hier. Richtige Bücher in Regalen.«

Richtige Bücher? Für mich sind richtige Bücher Texte auf meiner Tafel. Bücher, die auf Papier gedruckt sind, das zugeschnitten und an einer Seite zusammengeklebt wird – das ist etwas, von dem ich dachte, dass es nur noch in Museen existiert. Irgendwo neben Pergamentrollen und steinernen Inschriften in Keilschrift.

Ich gehe die Regale entlang, betrachte die Bücher. Sie sind alle verschieden dick, verschieden hoch und auf verschiedene Weise beschriftet; das reinste Chaos. Manche haben Umschläge aus Leder, wie es aussieht, wirken richtig kostbar und sind es vermutlich auch. Ich strecke die Hand aus, um sie anzufassen, traue mich dann aber doch nicht.

Am Fenster steht ein wuchtiger Lesesessel, daneben ein Tischchen mit einem gedrechselten Fuß. Eine Stehlampe ragt über die Lehne.

»Wieso ist es hier so dunkel?«, frage ich.

»Licht schadet dem Papier«, erklärt Pigrit. »Die Bücher sind alle alt, manche zweihundert Jahre und mehr.«

»Zweihundert Jahre!« Das heißt, diese Bücher haben die Energiekriege überlebt, die Aufstände und was sonst noch so los war. Zweihundert Jahre, das heißt, der Zweite Weltkrieg war gerade erst vorbei, als sie gedruckt worden sind.

Pigrit zieht ein dickes Buch heraus und hält es mir hin. Ich lasse es beinahe fallen, weil ich nicht darauf vorbereitet bin, wie schwer es ist. Es ist eine Shakespeare-Gesamtausgabe, alle Dramen und alle Gedichte. Dieselbe, die wir auf unseren Tafeln auch haben. Nur dass sie da nichts wiegt und man sie auf hundert verschiedene Weisen durchsuchen und auswerten lassen kann.

Ich gebe ihm das Buch zurück mit dem Gefühl, davon staubige Finger bekommen zu haben. »Schön«, sage ich, »aber wozu? Wozu der ganze Aufwand? All der Platz, den die Bücher brauchen – abgedunkelte Räume – wahrscheinlich muss man sie abstauben – wozu? Man kann doch über eine Tafel alle Bücher lesen, die es gibt?«

»Das glauben viele«, sagt Pigrit und schiebt das dicke Buch zurück an seinen Platz. Er geht ein Stück weiter, seine Augen wandern die Regale entlang. Dann zieht er ein anderes Buch heraus, ein dünnes Bändchen, und hält es mir hin. »Da. Schau mal nach, ob du das in der Schulbibliothek findest.«

Ich nehme das Buch, lege es auf einen der vielen Tische, die hier überall herumstehen. Dann zücke ich meine Tafel und gehe in die Schulbibliothek. Ich rufe die Suchfunktion auf und tippe den Namen des Autors ein: George Orwell.

»Ist das der Titel?«, frage ich dann. »*1984?*«

»Ja«, sagt Pigrit.

»Komischer Titel.«

»Lass ihn weg. So viele Bücher von George Orwell gibt es nicht.«

Ich lasse den Titel weg. Pigrit hat recht, es gibt von ihm nur ein einziges Buch, ein Buch über Lebensmittelchemie, veröffentlicht in Nairobi im Jahre 2112.

»Und das ist ein anderer George Orwell«, erklärt Pigrit, »nämlich ein kenianischer Chemiker. Der George Orwell, der diesen Roman hier geschrieben hat, war Engländer und hat im 20. Jahrhundert gelebt. Aber seine Romane sind verboten und von den Servern gelöscht worden, als es zu den ersten Bürgeraufständen kam. Es hieß, sie wiegelten die Menschen gegen die Staatsregierungen auf.«

»Woher weißt du das?«, wundere ich mich.

»Weil es in einem anderen Buch hier irgendwo steht«, sagt Pigrit. »Klar, die Tafeln sind natürlich total praktisch, aber die Bücher stehen eben alle in einer zentralen Datenbank. Wenn sie dort einer sperrt oder löscht, sind sie weg.« Er legt die Hand auf die Bücher in dem Regal vor sich. »Die hier dagegen nicht. Was mal auf Papier gedruckt und in der Welt verteilt ist, kann man so gut wie nicht mehr verschwinden lassen.«

»Verstehe«, sage ich.

»Und«, fügt er hinzu, »die alten Bücher haben noch einen Vorteil, den die Tafeln nicht haben.«

»Nämlich?«

»Niemand kriegt mit, was du liest.«

»Ah. Stimmt.« Ich muss an gestern Abend denken. Ich wollte nach weiteren Informationen über Gentechnik suchen, vor allem darüber, wie man sie bei Menschen anwendet. Doch dann habe ich mir vorgestellt, wie jemand mein Tafelprotokoll abrufen und mich fragen würde, warum ich mich für dieses Thema so interessiere. Da habe ich es lieber gelassen.

Ich betrachte das Buch auf dem Tisch vor mir. So unpraktisch es ist, es hat auch seine Vorzüge, da hat Pigrit recht.

Der Umschlag des Buches ruft eine Erinnerung in mir wach. »Ich habe übrigens auch ein Buch«, sage ich und tippe darauf. »Ungefähr so groß, auch außen grau. Es ist aber ein Buch, das am Anfang leer war; meine Mutter hat von Hand hineingeschrieben.«

Pigrit bekommt leuchtende Augen. »Ein Tagebuch! Wow. Solche leeren Bücher nannte man Notizbücher; sie werden heutzutage so gut wie nicht mehr hergestellt. Kannst du mir das mal zeigen?«

Ich zögere. »Es ist eins von den wenigen Sachen, die ich von meiner Mutter besitze«, sage ich und fühle Unbehagen bei der Vorstellung, es jemand anders zu geben. Das Buch liegt ganz unten in meiner Schatzkiste, und es ist ewig her, dass ich es selbst in der Hand gehabt habe.

»Wenn es ein Tagebuch deiner Mutter ist«, überlegt Pigrit, »schreibt sie da gar nichts über deinen Vater?«

Ich zucke mit den Schultern. »Keine Ahnung. Es ist in der alten Handschrift geschrieben. Die kann ich nicht lesen.«

Pigrit hebt den Zeigefinger. »Mo-ment.«

Ich schaue ihm zu, wie er wieder die Regale entlangwandert, den Kopf zur Seite gelegt. Er könnte ruhig zugeben, dass eine Suchfunktion praktischer ist.

Endlich findet er, was er gesucht hat, zieht es aus dem Regal und kehrt damit zu mir zurück. »Bitte sehr. Vielleicht hilft dir das weiter.«

Es ist ein sehr dünnes Buch. Es ist nur mit zwei Klammern zusammengeheftet und keine fünfzig Seiten stark. Sein Titel lautet: *Wie man die alte Handschrift liest.*

»Nicht schlecht, oder?«

Ich nicke nur, öffne es staunend, betrachte die ersten Seiten, erkenne Zeichen wieder, die ich auch in dem Notizbuch meiner Mutter gefunden habe. »Kannst du mir das ausleihen?«, bitte ich.

»Ich mach dir eine Kopie«, sagt er. »Meinem Vater ist es nicht recht, wenn eins seiner Bücher außer Haus geht.«

»Eine Kopie?« Ich schließe das Buch und betrachte es verwundert. Ich weiß, wie man Texte auf der Tafel kopiert, aber wie macht man das mit einem Buch aus Papier?

Pigrit zupft es mir aus der Hand, dann schaltet er das Licht über einem Arbeitstisch an, der mir noch gar nicht aufgefallen ist. »Mach's dir solang gemütlich.«

Er geht. Ich setze mich, sehe mich um. Es fühlt sich eigenartig an, mit all diesen Büchern allein zu sein. Sie erzeugen in dem Raum eine Atmosphäre, wie ich sie noch nie erlebt habe. Als wäre man nicht allein. Als wären all diese Bücher verfestigte Gedanken, die nur schlafen, aber jederzeit aufwachen könnten, um sich in das, was man tut, einzumischen und mitzureden.

Aber es ist nicht unangenehm. Es ist intensiv, das schon. Aber ich glaube, man kann gut arbeiten in einer solchen ... Bibliothek.

Ich beuge mich vor, als mein Blick auf ein helles, leicht glänzendes Buch fällt, auf dem ein Titel steht, der mir bekannt vorkommt. *Der giftige Kontinent – Australiens alte Tierwelt und was aus ihr wurde* steht da. Ist das am Ende das Buch, in dem ich gestern Nachmittag auch gelesen habe? Das ... Original?

Ich vergesse völlig, mir zu überlegen, ob sich das gehört, sondern stehe auf und nehme es aus dem Regal. Es ist überraschend groß und ziemlich schwer. Ich trage es zum Tisch, öffne es behutsam. Ja, es ist derselbe Text, aber die Bilder sind, wenn man sie so groß sieht, viel beeindruckender. Ein Bild einer Würfelqualle geht über eine ganze, riesige Seite; die Qualle sieht vor dem tiefblauen Hintergrund geisterhaft aus und elegant. Ich spüre eine Gänsehaut bei dem Anblick.

Die Tür geht wieder auf, aber es ist nicht Pigrit, der hereinkommt, sondern sein Vater. Ich erschrecke. Ich habe Professor Bonner bei verschiedenen Anlässen gesehen, meistens zusammen mit dem Bürgermeister oder anderen wichtigen Leuten der Stadt, und weiß von daher, dass er groß ist, aber so aus der Nähe wirkt er noch viel größer und wuchtiger. Es ist ein Berg von einem Mann, der auf mich zukommt, so schwarz, als sei er hier in seiner Bibliothek nachgedunkelt.

»Hallo«, sagt er mit tiefer Stimme und reicht mir die Hand. »Du musst Saha sein.«

»Ja«, sage ich, schüttle seine Hand artig. »Hallo.« Ich weiß nicht, was ich sagen soll, und habe das Gefühl zu piepsen. Wird er sauer sein, weil ich mich an seinen Büchern vergriffen habe?

Doch er beachtet das Buch, das groß und breit vor mir liegt, überhaupt nicht. »Ich wollte euch nicht stören«, erklärt er. »Ich muss nur schnell etwas holen.«

»Alles klar«, piepse ich.

Ich schaue ihm nach, wie er seine gewaltige Gestalt zwischen die Regale schiebt, wie sein Blick an den Büchern entlanghuscht und wie sich seine buschigen Augenbrauen dabei ständig auf und ab bewegen. Unglaublich, dass ein so riesiger Mann einen so kleinen Sohn hat.

Er nimmt ein Buch heraus, klemmt es sich unter den Arm, greift nach einem zweiten, in dem er prüfend blättert. Die Tür öffnet sich erneut, diesmal ist es tatsächlich Pigrit.

»Hi, Dad«, sagt er.

»Ich hab es deiner Freundin schon gesagt, ich will euch gar nicht stören«, erwidert sein Vater, ohne von seinem Buch aufzusehen. »Ich bin gleich wieder weg.«

»Saha hat mich gefragt, was der Neotraditionalismus eigentlich genau gegen Gentechnik hat«, sagt Pigrit. »Kannst du ihr das vielleicht erklären?«

»Hmm.« Sein Vater hebt den Kopf, denkt eine Weile nach. »Das ist gar nicht so einfach zu beantworten. Also, zunächst mal ist der Neotraditionalismus gegen technische Veränderungen des menschlichen Körpers, nicht wahr? Kommunikationsimplantate und so weiter. Hinzu kommt, dass man bei einem Implantat selbst entscheidet, ob man es sich einpflanzen lässt, während es bei genetischen Veränderungen die Eltern sind, die über einen entscheiden.« Er mustert uns. »Alle diese Leute mit blauer oder grüner Haut, mit Federn am Kopf, nachtleuchtenden Fingernägeln und so weiter, die man in den Metropolen sieht, haben ja nicht selbst beschlossen, dass sie so aussehen wollen, nicht wahr? Vielmehr waren es ihre Eltern, die sie so haben wollten. Der Neotraditionalismus ist bei Weitem nicht die einzige Denkrichtung, die so etwas nicht akzeptiert.«

Ich spüre den heftigen Wunsch, mich irgendwo zu verkriechen. Hätte ich das Thema Pigrit gegenüber nur nicht angeschnitten!

»Es ist aber eine gute Frage«, fährt Pigrits Vater fort. »Es ist nämlich gar nicht so leicht zu erklären, wo die verschiedenen Einstellungen zu gezielten genetischen Veränderungen am Menschen herrühren. Dein Großvater hat viel darüber geforscht. Ich erinnere mich, dass er sich gewundert hat, wieso man selbst in den Metropolen eher restriktiv darüber denkt und nicht einmal in den extropianen Zonen so weit geht, wie man technisch gehen könnte. Man müsste mal seine Manuskripte und Bücher sichten. Irgendwann«, fügt er mit einem Stoßseufzer hinzu.

Er stellt das Buch, in dem er geblättert hat, zurück, greift sich ein anderes. »Nun ja. Ich lass euch mal wieder in Ruhe eure Arbeiten schreiben, was?« Er lächelt mir noch einmal zu und wirkt dabei, als sei er in Gedanken schon ganz woanders, dann geht er.

Pigrit grinst mich an. »Normalerweise wäre das jetzt noch etliche Units lang so weitergegangen. Aber er muss eine Ankündigung für einen Vortrag schreiben, den er auf einem Kongress in Sydney Ende Februar halten soll. Er ist mächtig nervös deswegen.«

»Weil er einen Vortrag halten soll?«

»Quatsch. Weil er in Sydney meine Mutter treffen wird.« Pigrit schüttelt den Kopf. »Die beiden können nicht miteinander und ohne einander auch nicht. Das wird wieder ein Drama, das weiß ich jetzt schon.«

Er legt mir hin, was er mitgebracht hat: einen Stapel Papier. Er hat jede Doppelseite des Buchs fotografiert und die Bilder dann ausgedruckt. »Das nennt man Foto-Kopie«, erklärt er. »Mein Dad hat einen alten Apparat, der so was macht, ohne dass man einen Computer braucht.«

Ich stutze. »Stimmt, eigentlich hätte ich die Seiten auch mit meiner Tafel fotografieren können.«

»Na, jetzt hast du's schon so«, meint Pigrit.

Es ist sogar besser, fällt mir ein. Auf diese Weise kriegt niemand sonst mit, wofür ich mich interessiere. »Danke«, sage ich und schiebe die Blätter unter meine Tafel.

Pigrit deutet auf das Buch, das vor mir liegt. »Hast du schon was gefunden, was du brauchen kannst?«

Ich zucke zusammen. »Das hier ist mir nur aufgefallen«, sage ich hastig und schließe das Buch betont vorsichtig. »Das gibt es auch in der Schulbibliothek. Ich hab gestern schon ein bisschen drin gelesen. Aber darüber, wie das mit den Viren genau funktioniert hat, steht da so gut wie nichts.«

»Da finden wir was«, meint er großspurig. »Mein Opa hat jede Menge Material über die Geschichte der Gentechnik gesammelt.« Er blinzelt. »Schade, er ist ziemlich früh gestorben. Ich war drei oder so. Dad schiebt es seit Jahren vor sich her, die letzten Kisten mit seinen Sachen auszupacken.«

Wir finden tatsächlich zwei Bücher, die es gut erklären. Der Trick bestand darin, Viren zu erzeugen, die nur Zellen einer ganz bestimmten Tierart angreifen. Jede Zelle hat auch eine Zellhülle, und manche dieser Hüllen verfügen über einzigartige Merkmale, Strukturen, die man bei keinem anderen Lebewesen findet. Konstruiert man ein Virus, das sich nur an dieses Merkmal andocken kann und nirgends sonst, dann braucht man es nur noch mit einer tödlichen Virus-DNS zu füllen und loszulassen, und das Schicksal dieser Tierart ist so gut wie besiegelt.

Das Schwierigste an der Sache ist, dieses einzigartige Merkmal zu finden. Wenn man, sagen wir, die Darmzellen der Tigerotter mit tödlichen Viren attackiert, dann müsste man sicherstellen, dass diese Viren nicht zum Beispiel auch an der Lungenschleimhaut von Rindern andocken können oder an den Leberzellen von Koala-Bären, gegen die man gar nichts hat. Man müsste im Grunde alle anderen Lebensformen genau untersucht haben, was rein vom Aufwand her unmöglich ist.

Deswegen hat es auch Pannen gegeben. Der erste Versuch, die Würfelquallen auszurotten, hat dazu geführt, dass stattdessen die Suppenschildkröten ausgestorben sind. Als man den Würfelquallen im zweiten Anlauf tatsächlich den Garaus gemacht hat, ist es zu einer Flohkrebsplage gekommen, weil man nicht gewusst hat, dass Würfelquallen derart viele Flohtiere aller Art gejagt und gefressen haben.

Manchmal hat es auch überhaupt nicht funktioniert. Bei Haien zum Beispiel. Man hat trotz eingehender Untersuchungen einfach keine hinreichend eindeutigen Merkmale auf den Zellhüllen gefunden; deswegen gibt es sie nach wie vor.

Eines der Bücher – es stammt aus dem Jahr 2021, ist also sage und schreibe hundertdreißig Jahre alt – erklärt das alles äußerst ausführlich. Es fasziniert mich, es zu studieren, die Abbildungen der benötigten Geräte und die Schaubilder der Abläufe zu betrachten. Es ist fast ein Handbuch für Leute, die das tatsächlich machen wollen.

Das andere der beiden Bücher findet sich auch in der Schulbibliothek. Das ist praktisch, denn auf diese Weise kann ich erklären, woher ich das habe, was ich in meinem Aufsatz verwende. Außerdem kann ich ein paar Diagramme und Bilder rüberkopieren.

Dabei entdecke ich das wirklich Bizarre an den ganzen Ausrottungsaktionen: Im Nachwort steht, dass vor den Energiekriegen fast alle Giftschlangen als geschützte Tierarten galten. Eine Tigerotter etwa zu töten oder auch nur zu verletzen, war mit einer hohen Geldstrafe verbunden. Und zwanzig Jahre später hat man es als Sieg des Fortschritts gefeiert, sie ausgerottet zu haben!

Wir kommen beide gut voran. Es ist wirklich angenehm, hier in der Bibliothek zu arbeiten. Aber da sind diese Foto-Kopien unter meiner Tafel, und je länger wir an unseren Aufsätzen schreiben, Bücher wälzen und über Formulierungen diskutieren, desto ungeduldiger werde ich. Ich kann es kaum erwarten, nach Hause zu kommen und das Tagebuch meiner Mutter herauszukramen.

Irgendwann halte ich es nicht mehr aus. Ich tue so, als falle mein Blick jetzt erst auf die Tafeluhr, und erkläre Pigrit, ich müsse nach Hause, weil ich noch was im Haushalt zu erledigen habe, bevor meine Tante von der Arbeit kommt.

Das versteht er sofort und er wirkt auch nicht geknickt oder so etwas. »Wir sind ziemlich weit gekommen, findest du nicht?«, meint er zufrieden.

Er bringt mich noch zur Tür. Seinen Vater bekomme ich nicht mehr zu Gesicht. Ich verabschiede mich und gehe. Ich muss mich zusammenreißen, nicht zu rennen. Die Umhängetasche mit der Tafel knistert von den Papieren, die darin stecken. Ich musste sie falten, damit sie hineinpassen.

Tante Mildred ist nicht da, als ich heimkomme, aber als ich die Wohnung betrete, summt meine Tafel: eine lokale Privatnachricht, die sie mir hinterlassen hat. *Im Kühlschrank sind Linsen von heute Mittag; iss davon, so viel du willst. Bis später!*

Ich öffne den Kühlschrank, hebe den Deckel vom Topf. Es riecht gut und ich habe auch Hunger, aber die Ungeduld ist stärker. Ich eile die Treppe hinauf in mein Zimmer, schließe die Tür hinter mir ab, zerre die Kopien hervor, die Pigrit mir gemacht hat, und lege sie auf meinen Schreibtisch. Dann hole ich meine grüne Schatzkiste aus ihrem Versteck. Das Tagebuch meiner Mutter liegt ganz unten in der Box, unter dem Geld und den anderen Sachen.

Ich hole es behutsam heraus und schlage die erste Seite auf. *2135-5-28* steht oben auf dem Blatt: der Tag meiner Geburt. Zahlen kann ich lesen, die werden überall mehr oder weniger gleich geschrieben.

Davor steht etwas, das ich nicht entziffern kann. Ich durchsuche die Foto-Kopien nach den entsprechenden Zeichen und identifiziere schließlich das Wort *Samstag*.

Das stimmt. Ich bin an einem Samstag geboren. Ich betrachte das Wort, beginne zu verstehen, wie all die Schleifen und Striche zusammengehören. Es ist ungewohnt, wenn man zuerst Tippen gelernt hat und dann die Art Handschrift, die man für die Tafeln braucht, aber das Prinzip ist dasselbe.

Es sieht sogar fast schön aus. Meine Mutter hat das geschrieben. Ich streiche mit dem Finger darüber, spüre die leichten Vertiefungen, die das Schreibgerät auf dem Papier erzeugt hat.

Dann mache ich weiter. Kurz bevor mir der Kopf raucht, habe ich den Abschnitt darunter entschlüsselt:

Mein süßes Baby ist endlich da. Ein Mädchen, wunderschön. Ich werde sie Saha nennen.

Darunter steht: *48 cm, 2810 g*

Dann ist der Eintrag für diesen Tag schon zu Ende. Na klar, meine Mutter wird von der Geburt völlig erschöpft gewesen sein und nur das Nötigste geschrieben haben.

Eigentlich eine tolle Idee, so ein Tagebuch zu führen. Aufzuschreiben, was einen beschäftigt. Was alles passiert.

Aber dazu braucht man tatsächlich ein Notizbuch. Ich würde das nicht auf meiner Tafel machen wollen. Man kann zwar private Texte anlegen, die verschlüsselt sind und für andere nicht einsehbar. Heißt es. Bloß – was, wenn das gar nicht stimmt?

Vielleicht lege ich mir auch so ein Notizbuch und ein Schreibgerät zu und lerne die alte Handschrift ...

Ich wende mich wieder dem Tagebuch meiner Mutter zu. Der nächste Tag fehlt, es geht weiter mit *Montag, 2135-5-30.*

Meine arme kleine Saha. Es tut mir leid, dass sie so leiden muss, lese ich mühsam. *Ich habe Doktor Hung gebeten, die Schwimmhäute zwischen ihren Fingern zu entfernen. Er hat das sehr gut gemacht, aber jetzt gerade lässt wohl das Schmerzmittel nach.*

Es überläuft mich eiskalt, als ich das lese. Ich hebe meine linke Hand, betrachte sie ungläubig. Ich habe mich schon immer gefragt, woher diese dünnen weißen Linien entlang meiner Fingerseiten kommen, die fast überall bis kurz über das erste Fingerglied reichen.

Jetzt weiß ich es.

7

Es ist warm in dieser Nacht und ich schlafe schlecht, aber nicht wegen der Wärme. Ich habe noch im Tagebuch meiner Mutter weitergelesen, bis zu einer Stelle, an der sie sich Sorgen wegen meiner Kiemen macht.

Sie hat genau dieses Wort verwendet: *Kiemen.*

Das hat mich fertiggemacht. Meine schlimmste Befürchtung ist also wahr: Ich bin eine Chimäre, ein Mischwesen aus Mensch und Tier – das größte Gräuel für den Neotraditionalismus und die meisten anderen Richtungen, die es gibt.

Aber *warum* bin ich das? Wer ist dafür verantwortlich? Dazu hat meine Mutter kein Wort geschrieben. Stattdessen, wie sie mit diesem Doktor Hung das *Problem* mit meinen Kiemen bespricht und wie dieser meint, sie solle sie mit Sprayverband verschließen und den Verband mit Make-up verbergen; man müsse erst abwarten und sehen, wie sich das entwickle. Vielleicht wüchsen sie mit der Zeit von selbst zu. Sie gleich zuzunähen, werde jedenfalls ziemlich sicher dazu führen, dass sich mein Brustkorb und meine Lungen nicht richtig entwickeln könnten.

Ich habe weitergelesen, bis mir die Augen wehtaten, aber ich habe nichts darüber gefunden, wieso ich so bin, wie ich bin. Was ich mir nicht vorstellen kann, ist, dass meine Mutter mich absichtlich so hat machen lassen. Erstens kosten solche Eingriffe schrecklich viel Geld, und Geld hat sie nie viel gehabt. Zweitens:

Wenn sie mich so gewollt hat, warum hat sie dann nach meiner Geburt offensichtlich alles getan, um meine Andersartigkeit zu verbergen?

Ist meine Mutter womöglich das Opfer verbotener gentechnischer Experimente gewesen? Ist sie aus einem Labor geflüchtet, als sie mit mir schwanger war? War das der Grund für die Heimlichtuerei, die mein ganzes Leben lang um mich herum war?

Und war das auch der Grund, warum sie so früh gestorben ist?

Solche Gedanken beschäftigen mich, während ich mich stundenlang im Bett herumwerfe und keinen Schlaf finde. Als am Morgen der Wecker summt, bin ich so müde, dass ich beim Zähneputzen fast im Stehen einschlafe.

Trotzdem hat die Nacht etwas gebracht: Ich habe jetzt einen Plan.

Ich gehe in die Schule und durchstehe den Tag wie in Trance. In der ersten Stunde haben wir Mathematik, aber ich kann mich später nicht mehr erinnern, was wir gemacht haben. In Chinesisch bringe ich Frau Chang dazu, missbilligend den Kopf zu schütteln, was sie ausgesprochen selten tut. In Englisch komme ich nicht dran und auch niemand sonst, weil Alex den Lehrer in eine endlose Diskussion verwickelt, deren Thema mir völlig entgeht.

Und so weiter. Ich stehe den Tag irgendwie durch, komme mir aber vor wie ein Roboter.

Auf dem Hinweg habe ich mir die Schaufenster in der Harmony Road angesehen, auf dem Heimweg nehme ich die Freedom Avenue und tue das Gleiche. Daheim versuche ich, mir nicht anmerken zu lassen, wie ungeduldig ich darauf warte, dass Tante Mildred endlich zur Arbeit geht.

Kaum hat sie das Haus verlassen, hole ich meine geheime Kasse aus dem Versteck und entnehme ihr so viel Geld, wie ich vermutlich brauchen werde. Dann mache ich mich auf den Weg in die Stadt. Mein Ziel ist das *Bekleidungshaus Maya Timberley* am westlichen Ende der Freedom Avenue, wo ich mich an die nächstbeste Verkäuferin wende und sage: »Ich möchte einen Bikini kaufen.« Sicherheitshalber, obwohl es sie vermutlich überhaupt nicht interessiert, füge ich hinzu: »Zum Sonnenbaden.«

Die Verkäuferin mustert mich prüfend. Sie ist superschlank, hat schimmernde schwarze Locken und braune Haut und ist beeindruckend elegant gekleidet, in jede Menge Orange, Gelb und Metallschimmer. Sie führt mich in eine Abteilung des Ladens, in der Badekleidung für Frauen hängt, Badeanzüge für den Schwimmsport auf der einen, Bikinis auf der anderen Seite.

»Die Bikinis mit rotem Etikett kann man auch ohne Oberteil kaufen, dann kosten sie nur die Hälfte«, erklärt sie. Es klingt nett gemeint, sie denkt natürlich, ich käme gut ohne aus.

Einen Moment lang bin ich in Versuchung. Ich bin selten am Strand, aber ich weiß, dass viele Frauen kein Bikini-Oberteil tragen, sogar manche, die eines bräuchten, wie Carilja zum Beispiel.

Aber dann sage ich, die ich nicht einmal einen BH besitze: »Ich nehme ihn komplett.«

Sie nickt nur, zückt ein Maßband, misst meinen Hüftumfang und meinen Brustumfang und meint dann: »Hmm. Größe S2. Da haben wir, fürchte ich, keine große Auswahl.«

Genau gesagt habe ich die Wahl zwischen exakt zwei Modellen. Das eine ist schreiend bunt und besteht aus mehr Schnüren als Stoff, das andere ist ein grauer, breit geschnittener Bikini, der mir beruhigend unauffällig vorkommt. Er ist eines der teuersten Modelle im ganzen Regal, trotzdem zeige ich ohne Zögern darauf und sage: »Den da.«

»Eine gute Wahl«, behauptet die Verkäuferin, während sie ihn vom Haken nimmt. »Er ist aus ParaSynth und trocknet sofort.«

»Ich brauche ihn nur zum Sonnenbaden«, behaupte ich.

»ParaSynth leitet auch Schweiß sofort ab und ist selbstreinigend«, meint sie.

»Umso besser«, sage ich.

Fünf Minuten später verlasse ich den Laden mit einer Papiertüte, von der ich das Gefühl habe, dass sie mir in den Händen brennt. Ich höre erst auf, mich nervös umzusehen, als ich sie unbehelligt nach Hause gebracht und tief in meinem Kleiderschrank versteckt habe.

Ich frage mich, wieso sich alles in mir dagegen sträubt, Tante Mildred von allem zu erzählen. Sie ist die Schwester meiner Mutter, war ihre engste Vertraute, vielleicht weiß sie mehr über die Sache?

Doch ich bringe es nicht fertig, sie zu fragen. Sie ist immer so besorgt um mich; ich habe Angst, etwas ins Rollen zu bringen, das sich dann nicht mehr stoppen lässt. Denn was, wenn Tante Mildred nichts von all diesen Dingen weiß? Es würde sie nur auch in Angst versetzen, dass mein Geheimnis entdeckt wird und man uns aus der Zone verbannt. Es ist keine fünf Jahre her, dass in Seahaven ein Junge mit einem Gepardengen und entsprechend starken Beinmuskeln geboren worden ist. Was man ihm nicht angesehen hatte. Es ist nur herausgekommen, weil jemand entdeckte, dass die Eltern das Kind schon vor der Geburt an einer Sportuniversität in Sydney angemeldet hatten. Bei Nachforschungen stellte sich heraus, dass sie in Seoul in einer Mod-Klinik gewesen waren. Daraufhin hat der Bürgermeister keine Sekunde gezögert, die Verbannung zu unterschreiben.

Irgendwie überstehe ich den Rest des Tages, und obwohl ich aufgeregt bin, schlafe ich in dieser Nacht wie ein Stein.

Am Donnerstagmorgen habe ich die ersten drei Stunden frei, und Tante Mildred hat ihren Job bei der Familie Brenshaw, zu dem sie früh aufbricht. Als sie gegangen ist, ziehe ich den Bikini unter meine Sachen an, packe ein Handtuch in meine Umhängetasche und breche auf. Meine Tafel lasse ich natürlich zu Hause; dass man seine Tafel nicht an Orte mitnimmt, von denen man nicht will, dass jemand mitkriegt, dass man dort war, ist Allgemeinwissen.

Schade, dass ich nicht so eine Apparatur wie Pigrit habe.

Der Zaun, der die Siedlung vom Schutzgebiet abgrenzt, hat an einer kaum einsehbaren, aber allgemein bekannten Stelle eine Lücke. Dahinter muss man sich etwa zehn Meter durch dichtes Gebüsch zwängen, dann gelangt man auf einen Fußweg, der zum Kleinen Strand führt.

Das Schutzgebiet zu betreten, ist nicht verboten; verboten ist nur, dort Tiere zu belästigen, Pflanzen zu beschädigen und dergleichen. Da es rings um Seahaven genug allgemein zugängliche Strände und Wälder gibt, existiert eine Art stillschweigende

Übereinkunft, dass der Kleine Strand Liebespärchen vorbehalten bleibt, die ungestört sein wollen.

Ich breche diese Übereinkunft. Aber jetzt, an einem Donnerstagmorgen um acht Uhr, dürfte hier sowieso niemand sein.

Deswegen habe ich mir ja diese Zeit ausgesucht.

Als ich den Strand erreiche, sinkt mein Mut. Obwohl er »Kleiner Strand« heißt, ist er groß, und ich komme mir verloren vor, wie ich da allein vor dem Ozean stehe, dessen Wellen mit sanftem Rauschen vor mir auf dem Sand verenden.

Will ich das wirklich machen? Es kommt mir plötzlich wie eine Schnapsidee vor.

Ich lege die Umhängetasche auf einen Stein, ziehe Schuhe und Hose aus und mache ein paar zögerliche Schritte auf das Wasser zu. Ich zucke zusammen, als es nass und kalt meine Füße berührt, aber dann merke ich, dass es zwar nass ist, aber nicht wirklich kalt. Ich war nur noch nie so dicht am Meer. Ich habe es immer nur von Weitem betrachtet.

Ich gehe in die Hocke, fasse mit der Hand in die nächste Welle, die schaumig weiß ankommt. Ich lecke an meinen nassen Fingern. Das Wasser schmeckt tatsächlich salzig, so, wie man es mir immer erzählt hat.

Eine Weile bleibe ich so, lasse die Wellen meine Hände und Füße überspülen. Eigenartig, wie anders sich Meerwasser anfühlt, verglichen mit dem Wasser, das ich aus der Leitung kenne. Ich suche nach Worten dafür. Ist es weicher? Nein, es ist nicht weich, im Gegenteil. Aber es fühlt sich ... *freundlicher* an. Ja. Das ist das passendste Wort dafür.

Ich erhebe mich wieder, schaue mich um. Ich fühle mich immer noch verloren und klein, und trotz aller Geräusche aus dem Palmenwald kommt es mir vor, als sei es schrecklich still.

Der nächste Schritt wäre, mein T-Shirt auszuziehen, aber ich zögere. Ich habe gestern Abend alle Verbände entfernt. Zum ersten Mal in meinem Leben habe ich das Haus verlassen, während die Schlitze in meinem Brustkorb freiliegen.

Nein, noch nicht. Ich glaube ohnehin nicht mehr, dass ich es heute durchziehen werde. Vielleicht ist es sowieso besser, erst einmal nur Kontakt mit dem Meer aufzunehmen. Ich behalte das T-Shirt an und gehe ein Stück weiter ins Wasser. Bis zu den Waden. Dann bis zu den Knien. Immer wieder kommen Wellen, die hoch genug sind, um meine Oberschenkel zu überspülen. Ich binde das T-Shirt ein Stück höher und bleibe so stehen. Das reicht für den Anfang, finde ich. Eigentlich ist es für meine Verhältnisse sogar schon ziemlich mutig, so weit hineinzugehen.

So stehe ich eine Weile. Es ist unheimlich, aber nicht unangenehm. Tatsächlich habe ich das irritierende Gefühl, ich könnte ewig so stehen bleiben. Es hat etwas zutiefst Beruhigendes, all dieses Wasser um mich herum zu spüren, diese gewaltige Masse, die sich vor mir ins Unendliche erstreckt.

Genug für heute, sage ich mir schließlich, drehe mich um und wate wieder an Land. Ich will gerade nach meinem Handtuch greifen, als mich etwas innehalten lässt.

Nur was? Ich schaue mich um. Es ist niemand zu sehen. Alles ist, wie es vorhin auch schon war. Ich stehe reglos, horche in mich hinein, und plötzlich ist mir, als seien das Meeresrauschen und mein Herzschlag ein und dasselbe Geräusch.

Auf einmal bereue ich, das Wasser verlassen zu haben. Es ist, als würde mich das Meer rufen. Als würde das Murmeln seiner Fluten mir sagen, *wieso willst du schon gehen?*

Unheimlich. Ich schüttele den Kopf, nehme das Handtuch und beginne, mir den rechten Unterschenkel abzutrocknen. Der Sand klebt an den Fußsohlen, darauf war ich nicht gefasst. Das wird auf dem Rückweg in den Schuhen reiben ...

Meine Bewegungen erlahmen. Ich richte mich auf, weiß nicht, was ich tun soll. Ich weiß nur, ich kann nicht einfach gehen. Die bloße Vorstellung schmerzt.

Ich stehe eine ganze Weile reglos da. Ich höre mir beim Atmen zu. Darum ging es, nicht wahr? Um das Atmen. Ich packe den Saum meines T-Shirts, streife es ab, schaue an mir herab. Da, wo das Bikini-Oberteil die Schlitze meiner ... *Kiemen* ... einzwängt, tut es weh. Ich ziehe es auch noch aus; was für eine blöde Idee, es zu kaufen! Dann setze ich mich in Bewegung.

Es ist, als empfange mich das Wasser. Ohne zu zögern, gehe ich hinein, bis zum Bauchnabel, bis zur Brust. Ich hole tief Luft und tauche unter.

Ich sehe Steine, Sand, Algen, ein paar Fische. Was jetzt? Ich vergewissere mich, dass ich fest stehe und mich jederzeit wieder aus dem Wasser erheben kann, ehe ich die Luft aus meinen Lungen entweichen lasse, in großen Blasen, die aus meinem Mund und meiner Nase quellen.

Dann gilt es. Ich öffne meinen Mund und lasse das Wasser einströmen.

Ich ertrinke nicht. Ich kann tatsächlich atmen.

8

Ich habe das Gefühl, schwerer zu werden, mich mit Wasser zu füllen bis in den letzten Winkel meines Körpers. Ich betaste fasziniert meinen Oberkörper. Die Ränder der Schlitze ... der *Kiemen!* ... flattern bei jedem Atemzug; ich kann spüren, wie das Wasser, das ich einatme, durch sie wieder ausströmt.

Ich habe keine Ahnung, wie das funktioniert, was sich in meinem Körper abspielt. Aber mal so gar keine.

Doch es funktioniert. Das muss es gewesen sein, was mir bei meinem Sturz in das Fischbecken vor Thawte Hall das Leben gerettet hat: dass sich einer meiner Verbände durch den Stoß so weit gelöst hat, dass ich wenigstens ein bisschen atmen konnte. Nicht genug, um nicht ohnmächtig zu werden, aber genug, um am Leben zu bleiben.

Ich schaue mich um. Ein paar winzige Fische beobachten mich, huschen davon, als ich ihnen zuwinke. Sie kennen das wahrscheinlich nicht, so wenig Menschen, wie in diese Bucht hier kommen.

Ich stoße mich ab, gleite dahin. Es ist schön. Unglaublich. Schwerelos. Mühelos. Wie ein wunderbares Spiel. Es dauert eine Weile, bis mir bewusst wird, dass ich schwimme – ich schwimme, obwohl ich es nie gelernt habe!

Das erschreckt mich so, dass ich innehalte. Auf einmal ist mir die ganze Sache wieder unheimlich. Wenn man auf die Welt kommt, haben wir gelernt, gibt es nur zwei Dinge, die man instinktiv kann: sich an seiner Mutter festhalten und an allem saugen, was einem in den Mund gesteckt wird.

Das gilt für Menschen. Ich aber kann offenbar instinktiv schwimmen – was sagt das über mich aus? Heißt das, ich bin etwas anderes als ein Mensch? Die Frage versetzt mich regelrecht in Panik.

Ich lasse mich auf den Meeresgrund sinken, auf einen algenbewachsenen Stein, der dort liegt. Ich befinde mich in vielleicht drei Metern Tiefe, aber das mache ich mir erst hinterher klar; in diesem Moment beschäftigen mich ganz andere Probleme.

Ich, Saha Leeds, geboren am 28. Mai 2135, kann unter Wasser atmen. Ich hatte bei meiner Geburt Schwimmhäute an den Händen, die man mir jedoch entfernt hat. Und ich lebe in einer Zone, aus der man mich verbannen wird, wenn jemand etwas davon erfährt.

Ich spüre in mich hinein, wie das mit dem Atmen funktioniert. Wenn ich die Bewegung des Einatmens mache – also den Brustkorb weite –, dann strömt Wasser durch meinen Mund und meine Nase herein. Mache ich die Bewegung des Ausatmens, strömt es durch meine Kiemen wieder hinaus.

Allem Anschein nach habe ich keine Luft mehr in meinem Körper. Ich atme das Wasser direkt. Aber als ich ein wenig herumprobiere, stelle ich fest, dass ich Luft erzeugen und im Mund ansammeln kann. Es ist eine andere Bewegung; sie fühlt sich ein bisschen an, wie wenn man versucht, ein Gähnen zu unterdrücken. Ein-, zweimal wiederholt kann ich eine große Luftblase ausstoßen, die quecksilbrig über mir emporsteigt.

Mit anderen Worten: Meine Lungen können beides.

Irgendwo ist das doch auch grandios, oder etwa nicht?

Ich weiß nicht mehr, was ich denken soll. Träume ich auch bestimmt nicht? Ich betrachte meine Hände, zwicke mich in den Arm. Es fühlt sich alles echt an. Wenn ich mich allerdings umsehe ...

Die Landschaft unter Wasser ist unglaublich. Die Bucht ist flach, lichtdurchflutet und voller Pflanzen. Über mir schimmert unruhig die Wasseroberfläche, was fast so aussieht wie das Deckenfenster in unserer Mensa –

Mensa. Die Schule. Oh, Mist, ich muss ja noch in die Schule! Und ich habe keine Ahnung, wie spät es ist!

Ich richte mich auf, stoße mich ab und schwimme, so schnell ich kann, in die Richtung zurück, aus der ich gekommen bin. Unter mir sehe ich den Meeresboden ansteigen. Der Strand kommt näher. Ich gleite nach oben, strecke den Kopf aus dem Wasser –

Und habe das Gefühl zu ersticken! Entsetzt tauche ich wieder ab. Was ist das? Panik. Was habe ich getan? Heißt das, ich kann nie mehr zurück an die Oberfläche? Ein hohles Brausen umgibt mich, und erst nach einer Weile merke ich, dass ich das selbst bin; ich schreie. Unter Wasser.

Ich halte inne, atme tief durch. Lasse mich vom Wasser durchströmen. Das Meerwasser hat einen ... *Duft,* etwas, das mehr ist als ein Geschmack. Es duftet gut – frisch, freundlich, lebendig. Ich kann mir nicht vorstellen, dass mir hier und jetzt gerade wirklich Gefahr droht.

Langsam. Nachdenken. Als mich Carilja und die anderen ins Fischbecken gestoßen haben, hat sich meine Lunge ebenfalls mit

Wasser gefüllt. Doktor Walsh hat es mir bestätigt, auch wenn er sich nicht darüber im Klaren war, womit er es zu tun hatte. Und seither habe ich wieder Luft geatmet wie eh und je. Also muss es gehen, das Wasser loszuwerden.

Ich gleite mit ein paar Armschlägen dichter an den Strand, dorthin, wo es ganz seicht wird. Dann atme ich noch einmal ein, stemme mich über die Wasseroberfläche hinaus und öffne den Mund weit.

Wasser plätschert aus mir heraus, aus Mund, Nase und Kiemen. Es ist nicht richtig angenehm, aber es tut auch nicht weh. Nach ein paar Sekunden kann ich Luft holen, und alles funktioniert wieder, wie ich es gewohnt bin.

Nur ein bisschen zittrig ist mir zumute.

Ich krabble auf allen vieren den Strand hinauf, setze mich hin, muss erst einmal verschnaufen. Jetzt fehlt mir die Tafel. Wie spät es wohl ist? Ich schaue zur Sonne empor, versuche, die Uhrzeit anhand ihres Standes abzuschätzen. Vielleicht komme ich noch pünktlich an. Ich muss auf jeden Fall zuerst nach Hause und duschen.

Ich untersuche meine Kiemen. An einer Stelle hängen noch ein paar dünne Algenfäden, die ich offenbar eingeatmet habe. Interessant. Ich zupfe sie ab und lasse sie fallen. Seltsam, aber irgendwie finde ich das überhaupt nicht eklig.

Ich betrachte meine Haut. Sie fühlt sich ungewohnt an, weicher als sonst. So als hätte ihr der Aufenthalt im Salzwasser gutgetan.

Na ja, ein bisschen beißt es noch beim Atmen. Doch es wird mit jeder Minute besser.

Schließlich stehe ich auf, wanke zu dem Stein mit meinen Sachen, trockne mich ab. Ein ungekanntes Hochgefühl erfüllt mich. War das *großartig!* Noch nie im Leben habe ich etwas Tolleres erlebt.

Schade, dass ich es nicht wiederholen darf.

Niemals wieder.

Der Weg zurück nach Hause ist schwerer zu finden als der zum Strand. Ich war auf dem Hinweg so aufgeregt, dass ich es versäumt habe, mir irgendwelche Wegmarken einzuprägen, und so irre ich jetzt den Pfad entlang und weiß nicht, wo ich bin. Und ich weiß nicht, wie spät es ist. So langsam werde ich nervös.

Aber dann, als ich mich das dritte Mal in ein Gebüsch zwänge, das so aussieht, als sei es das richtige, finde ich die Lücke im Zaun wieder und gelange zurück in die Siedlung. Als ich zu Hause ankomme und auf die Uhr schaue, sehe ich, dass ich noch genug Zeit habe.

Schade. Ich hätte fast eine halbe Stunde länger im Wasser bleiben können und es hätte immer noch gereicht.

Ich dusche rasch, betrachte mich danach im Spiegel. Meine Kiemen werde ich nie wieder unter Sprayverband einzwängen, beschließe ich. Und wieso habe ich sie eigentlich jemals *hässlich* gefunden? Sie sind wunderschön. Ungewöhnlich, aber wunderschön.

Ich ziehe etwas anderes an, mache mich auf den Weg zur Schule. Heute will es mir nicht gelingen, unsichtbar zu bleiben, mich wie Rauch zu bewegen. Mir kommt es vor, als müsste ich von innen heraus leuchten, und am liebsten würde ich laut singend durch die Straßen tanzen.

Eigenartig, durch das Haupttor zu treten und das Fischbecken zu sehen. Ich habe keine Angst mehr davor. Die Fische scheinen mich anzublicken, als warteten sie nur darauf, dass ich sie besuchen komme.

Doch falls ich tatsächlich von innen heraus leuchten sollte, nimmt es niemand zur Kenntnis. Niemand spricht mich an, niemand will mir etwas tun, ich gelange unbehelligt an meinen Platz im Klassenzimmer, als sei dies ein Tag wie jeder andere.

Aber das ist er nicht, das spüre ich, als ich aus dem Fenster hinaus aufs Meer schaue. Ich sehe es mit anderen Augen. Und merke, dass zu alldem, was mir in meinem Leben Sorgen bereitet, ein weiteres Problem hinzugekommen ist: Werde ich der Versuchung widerstehen können, wieder ins Wasser zu gehen?

Denn das darf ich nicht tun. Ganz klar. Jemand könnte mich sehen, wie ich hineingehe oder wie ich herauskomme, könnte meine Kiemen bemerken, und das Geheimnis, das ich bewahren muss, würde enthüllt.

Das wird mir verdammt schwerfallen, ich spüre es. Bis jetzt habe ich das Meer mit Angst betrachtet und gedacht, das sei schlimm. Doch nun, als ich es mit Sehnsucht betrachte, merke ich, dass das noch viel schlimmer ist.

Einen gibt es, der bemerkt, dass etwas mit mir los ist: Pigrit. Nach der Schule kommt er zu mir und sagt: »Du siehst heute irgendwie anders aus.«

Ich lächle und sage: »Ich hatte einen schönen Traum. Einen wunderschönen Traum.«

Nachmittags vergrabe ich mich in meinem Zimmer und fahre damit fort, das Tagebuch meiner Mutter zu entziffern. Allmählich bekomme ich einen Blick für die alte Handschrift, verspüre sogar Lust, sie ebenfalls zu beherrschen. Ich überlege, wo ich mir Papier und ein Schreibgerät beschaffen könnte, habe aber keine Idee.

Seltsam eigentlich, dass es das in einer neotraditionalistischen Zone nicht gibt. Schreiben auf Papier – etwas Traditionelleres kann man sich doch kaum vorstellen!

Und zu Zeiten, als meine Mutter ein Kind gewesen ist, muss das noch üblich gewesen sein.

Sehr seltsam.

Das Tagebuch liest sich interessant, aber über meine Herkunft erfahre ich kaum etwas. Meine Mom schreibt seitenweise darüber, welche Geräusche ich von mir gegeben habe und welche Farbe mein Stuhlgang hatte. Ich erfahre, wann mein erster Zahn gekommen ist (am 3. Dezember 2135, der linke untere Schneidezahn) und wann ich angefangen habe zu krabbeln (am 19. Januar 2136). Ich lese von Geldsorgen, die meine Mutter plagten, Problemen mit ihrer Wohnung, die zu klein war und zu laut und zu teuer, von Müdigkeit an vielen Tagen, von Schmerzen beim Stillen, von diversen Jobs, mit denen sie sich durchgeschlagen hat – als Batteriewechslerin in einem Autoverleih, als Krill-Köchin in einer Formfleisch-Fabrik, als Hostess auf Multi-D-Messen und so weiter –, von Büchern, die sie angefangen und wieder gelöscht hat, von Anträgen auf Zonenwechsel, die abgelehnt wurden, von Überlegungen, wie es weitergehen soll, von Tagen, an denen sie völlig down, und anderen Tagen, an denen sie völlig glücklich war.

Aber kein einziges Wort über meinen Vater. Oder, falls ich keinen haben sollte, über meine Herkunft. Nichts. Sie liebt mich heiß und innig, das spürt man aus dem, was sie schreibt, aber sie macht sich keinerlei Gedanken darüber, woher ich stamme oder warum ich so bin, wie ich bin.

Und sie erwähnt immer wieder ihre Schwester. Tante Mildred muss schon auf mich aufgepasst haben, als ich kaum ein paar Wochen alt war. Aber irgendwie verstehe ich das meiste von dem nicht, was meine Mutter schreibt – von Pflegeeltern, von den »üblichen Problemen«, von einem Unfall, von dem ich nichts weiß, obwohl er eine große Rolle in ihrem Leben gespielt haben muss. *Ich würde das Fürsorgebüro am liebsten in die Luft sprengen,* schreibt sie mehr als einmal, und genauso oft meint sie, *wir sollten uns einfach nicht länger unterordnen. Darum ging's doch in den Bürgeraufständen, oder?* An diesen Stellen klingt sie jedes Mal unglaublich wütend.

Ich höre auf zu lesen, als es Zeit ist fürs Abendessen. Das Beste wird sein, ich frage Tante Mildred, was damals alles passiert ist.

Sobald ich mich traue.

Am Freitagmorgen bemerke ich, wie mich Carilja immer wieder mustert, wenn sie denkt, ich sehe es nicht. Als es zur Pause klingelt, bin ich darauf gefasst, dass sie wieder davon anfängt, ich solle die Schule zum Jahresende verlassen. Ich habe immer noch die Formulare auf der Tafel, die sie mir draufgewischt hat, und wenn ich ehrlich bin, nur deswegen, weil ich es nicht gewagt habe, sie zu löschen.

Aber Carilja sagt nichts, widmet mir die ganze Pause hindurch keinen Blick. Vielleicht traut sie sich doch nicht, noch einmal davon anzufangen.

Oder sie plant schon eine neue Gemeinheit.

Ich weiß es nicht, kann mir auch nicht denken, was. Als es zum Pausenende klingelt, atme ich tief durch, zücke meine Tafel und lösche die Anmeldeformulare für Weipa und Carpentaria.

Nach Chinesisch kriege ich eine eilige Mitteilung von Frau Blankenship, ein Rundschreiben an alle Teilnehmer der Tanz-AG: Wir treffen uns heute eine halbe Stunde später, und nicht in der Turnhalle, sondern am Hafen, bei der Plattform für das Fest.

Am Hafen sind die Vorbereitungen für das Gründungsfest in vollem Gang. Arbeiter von *Thawte Industries* setzen seit gestern eine große Schwimmplattform zusammen, deren Einzelteile das Jahr über in einer Baracke bei den Fischhallen vor sich hin stauben. Die Plattform selbst ist schon fertig, wiegt sich im Becken hinter der Mole mit den Wellen und ist riesig. An der Tribüne, auf der die Ehrengäste sitzen werden, wird noch geschraubt; sie nimmt ungefähr die Hälfte der Plattform ein. Die andere Hälfte bleibt frei für die Darbietungen des Festprogramms.

Unter anderem für unseren Tanz.

Bisher habe ich das Gründungsfest immer nur als Zuschauerin verfolgt. Es läuft jedes Jahr ungefähr gleich ab: Zuerst findet kurz nach Mittag allerlei Rummel im Hafen statt. Dann begeben sich die Ehrengäste und die Teilnehmer der diversen Wettkämpfe auf die Plattform, die anschließend hinaus aufs Meer fährt, begleitet von Segelschiffen, Katamaranen, Jollen und so weiter, kurz, von allem, was irgendwie schwimmen kann. Unterwegs werden Reden gehalten, verbreitet per Lautsprecher und

Lokalnetz, dazwischen gibt es diverse sportliche Wettkämpfe. Am Ende der Fahrt, wenn die Plattform das Wrack erreicht hat, steht der Wettkampf im Freitauchen. Das ist jedes Mal der Höhepunkt, obwohl praktisch schon feststeht, dass Jon Brenshaw gewinnen wird.

Anschließend macht sich die Plattform mitsamt dem Schwarm der anderen Schiffe auf den Rückweg. Der Schulchor wird singen, und wir werden unsere Tänze aufführen, während die Sonne prachtvoll hinter den Hügeln im Westen versinkt. Es wird dunkel sein, wenn wir den Hafen wieder erreichen. Der Bürgermeister wird als Erster an Land gehen und symbolisch den Stab mit dem Emblem der neotraditionalistischen Bewegung in den Boden rammen und im selben Moment wird das große Feuerwerk beginnen. Anschließend geht es weiter in die Festhalle, wo es, wie ich gehört habe, dann so richtig hoch hergehen wird.

Das alles muss ich irgendwie überstehen.

Am besten, ich denke im Vorfeld so wenig wie möglich daran.

Ich esse mit Pigrit zusammen zu Mittag und höre mit halbem Ohr zu, während er ausschweifend von seiner Hausarbeit erzählt, welcher Gründer wann und wo in den Energiekriegen ums Leben gekommen ist, welche Rolle die neotraditionalistische Bewegung in der Nachkriegszeit gespielt hat und so weiter und so weiter: keine Ahnung, wie er das alles in fünftausend Worten unterbringen will.

Danach begleitet er mich zum Hafen, was mir nicht recht ist; es reicht, wenn er beim Fest sieht, wie schrecklich ich tanze. Aber er will beim Schiff der Sanitätsgruppe anfragen, ob sie ihn für das Fest vielleicht doch brauchen, trotz seines Rauswurfs.

Als wir ankommen, bin ich schon fünf Minuten zu spät dran. Doch die anderen sitzen alle auf der Kaimauer und lassen die Beine baumeln, weil auf der Plattform noch gearbeitet wird. Ich setze mich dazu und frage, was los ist.

»Ich glaube, die bauen alles noch mal um«, meint Tessa missmutig. *Sehr* missmutig. Es gibt nichts, was Tessa Zimmerman mehr verärgern kann, als sie daran zu hindern zu tanzen.

Auf der Plattform sind tatsächlich Arbeiten im Gang. Ein Gestell, das an der Seite befestigt war, wird gerade abmontiert und an der Vorderseite angebracht, ein Stück rechts von der Mitte. Die Front der Plattform zeigt zum Kai, wo ein hagerer Mann mit flusigen weißen Haaren auf und ab wandert, um den Anblick aus allen Blickwinkeln zu begutachten: Morten Mercado, der die gesamte Choreografie des Festes verantwortet. Er soll in seiner Jugend ein erfolgreicher Sänger gewesen sein, habe ich gelesen, und dass seine Lieder in Südamerika immer noch oft gespielt werden. Aber er hat sich danach der Schauspielerei zugewandt und leitet seit Ewigkeiten das kleine Theater von Seahaven.

Herr Mercado dirigiert die Monteure. »Noch ein bisschen«, ruft er und winkt mit seinen langfingrigen Händen in Richtung der rechten Plattformkante. »Noch ein bisschen.«

Jetzt entdecke ich Brenshaw, der nur eine Badehose trägt und sich, halb verdeckt durch die Tribüne, am ganzen Körper einölt. Er ist der Champion im Freitauchen, aber er ekelt sich vor allem, was im Wasser schwimmt. Bis gestern erschien mir das einleuchtend, doch jetzt, da ich selbst im Meer gewesen bin, finde ich es armselig: An Land ölt man sich ja auch nicht ein gegen den Staub und was sich sonst so in der Luft bewegt.

Endlich kapiere ich, wozu das Gestell dient, das die Monteure befestigen. Es ist eine Winde, die ein schweres Gewicht an einem Drahtseil ins Wasser hinablassen kann. An dem Seil werden die Ringe befestigt, die es beim Freitauchwettbewerb an die Oberfläche zu bringen gilt. Jeder Wettkämpfer holt tief Luft und hangelt sich dann an dem Stahlseil entlang in die Tiefe, wobei er unterwegs so viele Ringe einsammelt, wie er eben schafft.

Brenshaw wird, wie üblich, alle schaffen und gewinnen. Was er aber jetzt hier zu suchen hat, verstehe ich nicht.

Pigrit kommt vom Schiff der Sanitätsgruppe zurück. Er wirkt geknickt, als er sich neben mich auf die Kaimauer setzt. »Idioten, alle zusammen«, meint er mit missmutigem Schnauben. »Versoffene Faulpelze. Deppen.«

Ich zucke nur mit den Schultern. »Freu dich doch. So hast du am Gründungsfest frei.«

»Schön wär's«, mault er. »Ich werd die ganze Zeit neben meinem Vater auf der Tribüne sitzen müssen und mich langweilen.«

Ich verfolge weiter das Geschehen auf der Plattform. Wie es aussieht, ist Brenshaw nur da, damit Herr Mercado sieht, wie der Ablauf der Wettkämpfe aussehen wird. Er dirigiert ihn zu seinem Platz auf der Tribüne und gibt jemandem, der am Rednerpult steht, ein Zeichen. Der tut daraufhin so, als würde er etwas sagen, dreht sich dann mit einer weit ausholenden Geste zu Brenshaw um, der sich erhebt sich, auf die Winde zugeht –

»Halt, halt!«, ruft Herr Mercado aufgeregt. »Nicht so schnell! Bedächtiger. Und folge der halbkreisförmigen Linie.«

Brenshaw nickt ergeben, geht zurück und alles beginnt von vorn. Diesmal geht er nicht einfach, er schreitet. Herr Mercado lächelt zufrieden, bedeutet ihm mit einer wedelnden Handbewegung weiterzumachen. Brenshaw bleibt an der Winde stehen, von der das Seil pfeilgerade gespannt ins Wasser hinabführt, atmet langsam und tief ein und aus, wobei er die Arme leicht hebt und wieder senkt. Endlich springt er mit einem Kopfsprung ins Wasser und ist verschwunden.

Und dann ... passiert erst mal nichts. Wir sitzen alle da und starren auf die Stelle, an der das Drahtseil ins Wasser geht, und wie immer bin ich verblüfft, wie langsam die Zeit vergeht, wenn man darauf wartet, dass Brenshaw wieder auftaucht.

Herr Mercado schaut auf eine Uhr in seiner Hand. Ich frage mich, was Brenshaw eigentlich macht; das Wasser im Hafen ist nicht so tief, dass man sich minutenlang an dem Seil in die Tiefe hangeln könnte. Zwanzig Meter sind es höchstens bis zum Grund, zu wenig jedenfalls, als dass die ganz großen Transporter Seahaven anlaufen könnten.

Da taucht Brenshaw endlich wieder auf, greift nach den Sprossen der Leiter, die neben der Winde montiert ist, und zieht sich lässig an Bord. Ich schätze, es sind höchstens zwei Minuten gewesen. Die Mädchen neben mir klatschen alle, als wären sie sein Fanklub.

Pigrit beugt sich zu mir herüber und sagt leise: »Es ist schrecklich, aber immer, wenn Brenshaw abgetaucht ist, wünsche ich mir, er würde nicht mehr hochkommen.«

Ich sehe ihn entgeistert an. »Was? Wieso *das* denn?«

Er zuckt mit den Schultern. »Ist halt so.«

Ich habe keine Zeit, darüber nachzudenken, denn in diesem Moment winkt uns Frau Blankenship. Das heißt, wir sind an der

Reihe, und alle Mädchen außer mir springen auf, als könnten sie es nicht erwarten. Ich verstehe sowieso nicht, was unter Jungs abgeht. Vielleicht hat Brenshaw Pigrit irgendwann etwas getan und ich habe es nur nicht mitgekriegt?

»Es wäre mir lieber, du schaust nicht zu«, sage ich zu Pigrit.

»Verstehe«, sagt er und rutscht von der Mauer. »Ich geh schon.«

Frau Blankenship ruft meinen Namen, also kann ich nicht länger herumtrödeln. Ich renne, bin aber die Letzte an der Gangway und erreiche sie in dem Augenblick, als Brenshaw an Land kommt, in ein Handtuch gehüllt und noch glänzend von seinem Körperöl. Er wirft mir einen kurzen Blick zu und sagt: »Hi, Saha.«

So als wäre nie etwas gewesen.

Ich sage nichts, warte nur, bis er vorbei ist, und beeile mich dann, meinen Platz in der letzten Reihe einzunehmen. Zu meiner Erleichterung geht Pigrit tatsächlich; ich sehe ihn die Hafenstraße hinauftrotten und er dreht sich kein einziges Mal um.

Die Musik ertönt, der Tanz beginnt. Heute bin ich gar nicht mal so schlecht wie sonst, aber die Plattform gerät von unseren rhythmischen Bewegungen mächtig ins Schaukeln. Ob das so gedacht ist? Ich sehe, wie Judith links außen ins Stolpern kommt; ein Schritt mehr, und sie wäre ins Wasser gefallen.

Die Musik bricht ab. Wir bleiben verdattert stehen. Was ist los? Frau Blankenship, Herr Mercado und ein Mann in einer Marine-Uniform diskutieren auf dem Kai heftig miteinander. Ich sehe, wie Tessa wütend die Fäuste in die Seiten stemmt, und höre, wie Judith sich flüsternd entschuldigt: »Ich kann nichts dafür, die Plattform hat so gewackelt.«

Hinter uns pfeift jemand. Es sind die Jungs von der Segel-AG, die ihre Schiffe gerade im Pulk an uns vorbei aus dem Hafen lenken. Die Segel knattern im Wind, und es sind so viele Segler, dass ein Schiff der Minengesellschaft draußen warten muss, bis sie die Mole passiert haben.

Schließlich zückt Herr Mercado seine Taschentafel und setzt sie an die Lippen. Er ist auf die Lautsprecheranlage geschaltet.

»Es tut mir leid, aber ich fürchte, es war keine gute Idee, die Tanzgruppe dieses Jahr unterwegs auftreten zu lassen«, erklärt er. »Wir haben unterschätzt, was passiert, wenn sich so viele Tänzer im selben Takt bewegen. So stark, wie die Plattform schon hier im Hafen geschwankt hat, können wir es nicht riskieren, das auf dem offenen Meer zu wiederholen. Das wäre viel zu gefährlich.«

Tessa lässt die Arme sinken, die Schultern auch. Obwohl ich nur ihren Rücken sehe, weiß ich, dass sie gerade in Tränen ausbricht.

»Wir machen es also wieder wie letztes Jahr«, fährt Herr Mercado fort. »Ihr werdet nach dem Anlegen als Erste von Bord gehen und die Tänze auf dem Platz vor der Hafenmeisterei aufführen.«

»Mann!« Tessa heult. »Und letztes Jahr hat es geheißen, das machen wir nie wieder – tanzen, während alle bloß mit Anlanden beschäftigt sind und keiner zuschaut!«

Ich dagegen atme auf. Anders als Tessa erleichtert mich die Vorstellung, dass keiner zuschauen wird, ungemein.

»Und wo bleiben wir dann?«, regt sich ein anderes Mädchen auf. »Auf den anderen Schiffen krieg ich jetzt keinen Platz mehr!«

»Die sollen halt Stabilisatoren einbauen«, motzt Pedro. »Das ist doch kein Hexenwerk.«

Herr Mercado reicht seine Taschentafel an Frau Blankenship weiter, die erklärt: »Also, es tut mir sehr leid, aber wir können das wirklich nicht riskieren. Wir werden die Tänze also auf jeden Fall an Land ausführen. Entweder wieder hier im Hafen oder, mal sehen, vielleicht auch auf der Bühne der Festhalle.«

Meine Erleichterung verpufft. In der Festhalle? Das ist ja noch schlimmer!

»Natürlich behaltet ihr eure Plätze an Bord der Plattform«, ergänzt sie. »Ihr fahrt auf jeden Fall alle auf der Tribüne mit hinaus.« Sie wechselt ein paar Worte mit Herrn Mercado und sagt dann: »Gut, das war's hier erst mal. Wir treffen uns in zwanzig Minuten in der Turnhalle und üben noch einmal den *Lakalaka*.«

Als ich die Plattform verlasse, nimmt sie mich beiseite. »Du bekommst einen Sitzplatz in der Mitte der Tribüne, Saha. Du brauchst dir keine Sorgen zu machen, dass dir etwas passieren könnte, klar?«

Ich starre sie überrascht an. Und erschüttert. Sie meint es wirklich gut mit mir. Ausgerechnet die Lehrerin, die am meisten Ärger mit mir hat.

»Danke«, bringe ich mühsam heraus. Dann beeile ich mich und nehme mir vor, mich für den Rest der Tanz-AG zu konzentrieren wie noch nie.

9

Es wird ein langweiliges Wochenende. Tante Mildred hat schon wieder eine neue Kundin oder jedenfalls einen Auftrag, auf den sie ziemlich stolz ist, über den sie aber nichts verrät, und will anschließend wieder zum Go-Spielen zu ihrer neuen Freundin Nora McKinney. Also werde ich den ganzen Samstag über allein sein.

Ich habe keine Lust, in die Stadt zu gehen, sondern bleibe zu Hause und mache aus Langeweile weiter an meiner Hausarbeit herum. Zumal sie schon zu einem großen Teil fertig ist: Die Fakten habe ich ja bereits, dank des Nachmittags in der Bibliothek von Pigrits Vater. Womöglich kann ich die Arbeit sogar vor Beginn der Ferien abschließen; das wäre selbst für mich ein Rekord. Das Einzige, was ich noch in Worte fassen muss, ist die Haltung des Neotraditionalismus dazu.

Doch das scheint das Schwierigste an der ganzen Sache zu sein.

Umweltschutz wird im Neotraditionalismus großgeschrieben. Seine frühen Vertreter haben eine wichtige Rolle in den Verhandlungen um die globalen Übereinkünfte gespielt, dank derer das Leben in den Ozeanen wieder aufgeblüht ist. Der Mensch, heißt es, muss die Ökosysteme schützen, das Lebensrecht von Tieren und Pflanzen achten.

Doch sosehr ich auch suche, zu den Ausrottungsaktionen finde ich kein brauchbares Zitat. Ich lese und lese, kopiere Textstellen, nur um sie wieder zu löschen, formuliere das, was ich schon habe, immer wieder und wieder um. Alles sieht schrecklich aus, sobald es auf meiner Tafel steht.

Im Grunde, dämmert mir irgendwann, vermeiden es alle, eine Haltung dazu zu haben. Einerseits findet man es schlimm, dass die damaligen Regierungen die giftigen Tierarten in den Gewässern Australiens einfach ausgerottet haben. Tiere, die bis dahin unter Artenschutz gestanden hatten und vor denen man sich auch auf andere Weise zu schützen gelernt hatte. Andererseits – sozusagen insgeheim – ist man aber froh darüber, dass es heute so ist, wie es ist. Weil es sich ohne all die lästigen oder gefährlichen Tiere viel besser lebt. Passiert ist eben passiert und schuld sind ja andere.

Es deprimiert mich irgendwie. Und schreiben kann ich das so natürlich auch nicht.

In dieser Nacht träume ich, wieder zu tauchen. Und es ist wunderbar.

Ich gleite schwerelos dahin, umgeben von bunten Fischen, die mich neugierig betrachten. Ich atme kühles, frisches, belebendes Wasser, genieße es, wie es mich bei jedem Atemzug durchströmt. Licht durchflutet die Unterwasserwelt, in der ich mich bewege. Meine Hände streifen Algen beiseite, tasten über scharfkantige Korallen und ich höre fernes, leises Zirpen und Zischen. Ich habe kein besonderes Ziel, schwimme einfach nur und bin glücklich. Glücklich, zu Hause zu sein.

Ich fahre hoch, und mir kommen die Tränen, als mir klar wird, dass es nur ein Traum war.

Und gleichzeitig *kein* Traum, denn ich bin ja wirklich ein Mischwesen. Ein Wesen, das sich in keiner der Welten je heimisch fühlen wird.

Ich muss an meine Mutter denken und wie sie mich behandelt hat, als ich noch klein war. Zweifellos hat sie mich geliebt, das weiß ich.

Aber was hat sie mir mit dieser genetischen Manipulation angetan?

Und vor allem: *Warum* hat sie mir das angetan?

Das kommt mir in diesem Moment, in der rauchblauen Dämmerung des frühesten Morgens, vor wie das größte aller Geheimnisse; ein für alle Zeiten unlösbares Rätsel.

Am Sonntagmorgen beim Frühstück rückt Tante Mildred endlich damit heraus, wo sie gestern geputzt hat: bei Thawtes! Im Königspalast, sozusagen. Sie ist so stolz darauf, dass sie gar nicht mitbekommt, wie mir das Frühstücksei im Hals stecken bleibt. Ja, sie kommt kaum dazu, ihr eigenes zu essen, so beschäftigt sind ihre Hände mit Erzählen.

Schade, aber es wird wohl der einzige Auftrag bleiben, meint sie, als sie endlich damit fertig ist, von der Villa zu schwärmen, dem Garten, den Zimmerfluchten, der großartigen Aussicht, den ausgeklügelten Sicherheitsvorrichtungen und so weiter. *Es ging nur darum, das Meerwasseraquarium zu reinigen, das sie sich ganz neu haben einbauen lassen.*

Ein Meerwasseraquarium?, wiederhole ich verdutzt. Die Familie Thawte bewohnt den äußersten Zipfel des Goldkaps, lebt umgeben vom Pazifischen Ozean: Was um alles in der Welt bringt sie auf die Idee, sich das Meer auch noch in Form eines Aquariums ins Haus zu holen?

Ja, in einem großen Saal im Untergeschoss, fährt Tante Mildred fort, während ihr armes Ei kalt wird. *Zweigeschossig. Es gibt eine Galerie, von der aus man in das Becken hineinschauen kann. Eine Treppe führt hinunter in den Saal. Dort nimmt das Aquarium eine ganze Wand ein. Das wird großartig aussehen, wenn es einmal mit Wasser gefüllt ist.*

Es war also leer?, frage ich.

Natürlich. Sonst hätte ich es ja nicht putzen können, erwidert Tante Mildred. *Erst habe ich gedacht, es ist ein Schwimmbecken, so riesig, wie es ist. Aber Frau Thawte hat gesagt, nein, nein, das wird ein Aquarium.* Sie deutet in Richtung ihrer Tafel. Vermutlich hat sie alles, was Frau Thawte ihr aufgeschrieben hat, sorgfältig aufbewahrt. *Ich musste drinnen sogar auf eine Leiter steigen, um die Scheiben sauber zu kriegen. So groß ist es, stell dir vor!*

Ich nicke, stelle es mir aber lieber nicht vor.

Frau Thawte hat auch gesagt, dass sie sehr froh ist, dass ich so kurzfristig einspringen konnte. Die Firma, die es eingebaut hat, hat zwar auch alles gereinigt, aber nur so, wie Arbeiter das eben machen. Außerdem war es eine Firma von außerhalb der Zone, fügt sie mit sichtbarer Geringschätzung hinzu. Dann greift sie nach dem Salz und widmet sich endlich ihrem Frühstück.

Ich hatte mir eigentlich vorgenommen, Tante Mildred wegen meiner Mutter zu fragen. Aber nun finde ich keine Überleitung.

Am Montagvormittag haben wir Große Prüfung in Mathematik, die letzte Große Prüfung in diesem Schuljahr. Herr Black, unser Mathelehrer, ist fast noch nervöser als wir, während der Prüfer die immer gleichen Regeln verliest und uns dann die Aufgaben auf die Tafeln wischt. Diesmal ist es ein Prüfer, den wir noch nie hatten; ein hungrig aussehender, finster dreinblickender Mann in einem schwarzen Anzug. Das klotzige Abzeichen der Prüfungskommission trägt er, als wäre es ein Orden.

Die Prüfung ist schwierig. Dreißig Fragen mit je bis zu sieben Antworten, von denen eine, mehrere oder keine richtig sein kann. Ich schwitze, schreibe meterlange Nebenrechnungen, ehe ich etwas ankreuze. Dass er uns den Formelrechner freigeschaltet hat, ist keine wirkliche Hilfe, denn das heißt nur, dass die Aufgaben so schwierig sind, dass man sie ohne nicht innerhalb der zur Verfügung stehenden Zeit lösen kann.

Herr Black schwitzt auch, knetet unablässig seine Hände. Eine Große Prüfung ist nicht nur eine Prüfung der Schüler, es ist auch eine Prüfung des Lehrers: Hat er uns den Stoff gut genug beigebracht? Wenn zu viele von uns zu schlechte Noten haben, hat das auch Konsequenzen für ihn.

Die Zeit rast dahin, bei den letzten beiden Fragen rate ich nur. Schließlich zählt der Prüfer schon die Sekunden herunter: »Noch zehn Sekunden ... noch fünf ...« – und dann werden unsere Tafeln schwarz.

Verhaltenes Stöhnen ringsum. Haare werden gerauft, Schultern gestreckt, Augen gerieben. Herr Black tritt neben den Prüfer, gemeinsam studieren sie die Auswertung auf dessen Tafel. »Sieht doch gut aus«, meint Herr Black hoffnungsvoll.

Der Prüfer verzieht keine Miene. »Ich würde es vorziehen, das im Lehrerzimmer zu besprechen«, sagt er.

Wir dürfen gehen. »Ihr bekommt eure Noten irgendwann heute Nachmittag«, verspricht Herr Black noch, aber das interessiert im Augenblick niemanden. Nur raus in die Pause!

Heute Mittag ist es so weit. Als wir beim Nachtisch ankommen, fasse ich allen Mut zusammen und frage: *Woran ist Mom eigentlich genau gestorben?*

Ich sehe, wie Tante Mildred unwillkürlich die Schultern einzieht. *Das weißt du doch,* gibt sie zurück. *Es war etwas mit dem Herzen.*

Ja, sage ich. *Aber was genau?*

Sie fährt sich mit beiden Händen über das Gesicht, ehe sie antwortet. *Die Ärzte haben es mir damals erklärt, aber es war so kompliziert. Wieso willst du das wissen?*

Einfach so, sage ich. *Ich würde gerne wissen, was damals genau passiert ist. Ich erinnere mich bloß an ... ganz wenig.* Ich erinnere mich an Aufregung mitten in der Nacht, an die Melodie der Türklingel, an einen riesigen Arzt, der mit einem weißen Plastikkoffer in der Hand an mir vorbeihastet. Daran, wie Tante Mildred, totenbleich im Gesicht, mich in mein Zimmer zurückschickt. Wie es hieß, Mom sei im Krankenhaus, und später, man habe sie in ein anderes Krankenhaus verlegt, nach Albany, was in meiner damaligen Vorstellung so viel hieß wie: ans andere Ende der Welt.

Und ich erinnere mich an den Moment, in dem mir Tante Mildred tränenüberströmt erklärt, meine Mom sei tot und nun müssten wir beide ganz fest zusammenhalten. Wenn ich daran denke, fühlt es sich immer noch an, als schneide mir ein Messer durchs Herz.

Es war auf jeden Fall eine Krankheit, die sie sich auf ihren Reisen zugezogen hat, meint Tante Mildred. *Als sie fortgegangen ist, war sie kerngesund. Ich glaube, es ist passiert, als sie in der buddhistischen Zone Malaysia war. Dort war sie lange, und die hatten damals gerade Probleme mit Bio-Hackern. In den Briefen, die sie mir von dort geschickt hat, hat sie einmal sogar erwähnt, dass die Polizei ein illegales Gen-Labor ausgehoben hat, ganz in ihrer Nähe.*

Sie hat dir Briefe geschrieben?, wiederhole ich. *Darf ich die mal lesen?*

Tante Mildreds Gesicht wird abweisend. *Vielleicht, wenn du etwas älter bist. Die Briefe deiner Mutter sind ... sehr privat.*

Mit anderen Worten, es geht darin vermutlich auch um Sex. Tante Mildred ist, was dieses Thema anbelangt, noch traditioneller als der Neotraditionalismus.

Bio-Hacker? Davon hört man immer wieder. In den meisten Fällen sind es Leute, die patentierte Bakterien nachbauen, um Medikamente oder sonstige Stoffe herzustellen, mit denen sich im Schwarzhandel viel Geld verdienen lässt. Manche versuchen auch, Leute zu erpressen, indem sie ihnen androhen, sie mit genetisch maßgeschneiderten Krankheiten anzugreifen – so ähnlich, wie die Australier im letzten Jahrhundert all die Tiere ausgerottet haben –, aber die, die man bis jetzt erwischt hat, haben nur geblufft. So einfach ist das wohl auch wieder nicht.

Und dann gibt es noch die Bio-Hacker, die schlicht Blödsinn machen: Gene völlig wild zusammenmischen, in andere Zellen einsetzen und abwarten, was sich entwickelt. Falls sich etwas entwickelt, was es meistens nicht tut.

Ich merke, wie mir der Gedanke eine Gänsehaut über den Rücken jagt. Bin ich das Produkt einer solchen Spielerei? Einer Spielerei, die schiefgegangen ist?

Tante Mildred reibt sich die Augen und meint: *Ich hab sie noch einmal besucht, als sie in Albany war. Sie lag an all die Maschinen angeschlossen, klein und bleich. Sie konnte ihre Hände kaum bewegen, ich hab sie nur schlecht verstanden. Sie hat gesagt, ich soll mit dir in eine neotraditionalistische Zone gehen, damit du eine gute Ausbildung bekommst. Ich hab gesagt, was redest du da, in zwei Wochen bist du wieder zu Hause, und dann gehen wir alle zusammen. Nein, hat sie gesagt, das glaubt sie nicht. Und dass ich es ihr versprechen soll. Also habe ich es ihr versprochen.*

Sie hält inne, lässt die Hände sinken, das Gesicht voller Kummer.

Und dann?, frage ich behutsam.

Dann kam der Anruf, dass sie gestorben ist. In der Nacht, ganz friedlich. Vier Tage, nachdem ich dort war.

Ich versuche, mich zu erinnern, aber da ist nichts. Nicht einmal ein großes schwarzes Loch. Es ist, als hätte es diese Zeit überhaupt nicht gegeben. *War ich mit auf der Beerdigung?*

Sie sieht mich erstaunt an. *Ja, natürlich. Weißt du das etwa nicht mehr?*

Nein, gebe ich zu. Im selben Moment taucht ein verschwommenes Bild in meiner Erinnerung auf. *Doch. Da war ein Mann.*

Moritz. Ja.

Ich habe den Namen noch nie gehört. *Wer war das?*

Der Freund, mit dem zusammen deine Mutter damals aus Perth abgehauen ist. Moritz Lehman. Ein Wissenschaftler, fünf Jahre älter als Monica.

Ein Wissenschaftler! Zu sehen, wie Tante Mildreds Hände diesen Begriff formen, ist wie ein Schlag in die Magengrube.

Heißt das, er ist mein –?, beginne ich, doch Tante Mildred wedelt abwehrend mit den Händen und erklärt: *Nein. Monica und er haben sich kurz darauf getrennt, noch in Melbourne, und er ist wieder zurückgekommen. Das war vier Jahre, bevor du auf die Welt gekommen bist.*

Also ist dieser Moritz Lehman nicht mein Vater. Mir ist elend zumute.

Lass uns von etwas anderem reden, bitte ich.

Tante Mildred nickt bereitwillig, aber wir reden dann doch nichts mehr, sondern löffeln nur schweigend unseren Nachtisch.

Als ich mich danach an die Hausaufgaben setze, wird mir klar, dass ich nun eine Spur habe.

Moritz Lehman. Wissenschaftler. Perth.

Damit sollte sich etwas anfangen lassen.

Ich gehe in die Suchfunktion, tippe auf *alle verfügbaren Quellen,* doch dann zögere ich. Die Begriffe, nach denen wir suchen, werden aufgezeichnet und manche davon führen zu hochnotpeinlichen Befragungen in der Schule – fast jeder von den Jungs hat da eine entsprechende Story zu erzählen.

Was, wenn *Moritz Lehman* so ein Begriff ist?

Was, wenn es verräterisch ist, wenn *ich* danach suche?

Ich breche ab, gehe in die Telefonfunktion und rufe kurzerhand Pigrit an. Er sitzt offenbar auch gerade an den Hausaufgaben, denn es dauert keine zwei Sekunden, bis sein Gesicht auf meiner Tafel auftaucht.

»Hi, Saha«, sagt er mit hörbarem Erstaunen. »Was gibt's?«

»Ich will was über eine bestimmte Person herausfinden, aber ich trau mich nicht, von meiner Tafel aus zu suchen«, erkläre ich geradeheraus. »Und da dachte ich, vielleicht hast du eine Möglichkeit –?«

»Klar«, unterbricht er mich. »Ich kann über Dads Tafel gehen. Er ist ans akademische Netz angeschlossen, da kriegt niemand was mit. Sag mir einfach den Namen.«

»Moritz Lehman«, sage ich. »Wissenschaftler, vermutlich irgendwas mit Biologie, Genetik oder so. Und er war mal in Perth. Vor etwa zwanzig Jahren.«

Pigrit hebt die Brauen. »Perth? Kein Problem. Das ist ein Konzerngebiet; die protokollieren ihre Leute am genauesten von allen«, erklärt er eifrig. »Ich ruf dich in 'ner Unit zurück.«

Und zack, ist er weg.

Eine Unit, das ist ein Hundertstel eines Tages. Also nicht ganz fünfzehn Minuten nach unserer Zeitrechnung.

Es kommt mir vor wie eine Ewigkeit.

Ich starre aus dem Fenster und frage mich, wieso ich Pigrit da mit hineingezogen habe. Vielleicht war das ein Fehler ... Es *war* ein Fehler.

Als er sich wieder meldet, sind zweiunddreißig Minuten vergangen, mehr als zwei Units. Er blickt grimmig drein. »Nichts zu finden«, sagt er. »Wer soll das sein?«

»War nur so eine Frage«, sage ich. »Danke, dass du dir die Mühe gemacht hast.«

»Das musst du mir irgendwann genauer erklären.«

Ich nicke. »Ja. Irgendwann.« Dann unterbreche ich die Verbindung.

10

Ich bin die ganze Woche über unausstehlich und gehe allen aus dem Weg, auch Pigrit. In manchen Nächten träume ich wieder davon, unter Wasser zu sein, aber ich kann mich am Morgen immer nur sehr undeutlich daran erinnern. Es sind nicht immer angenehme Träume. Und zu wissen, dass ich das ja *wirklich* tun könnte, dass ich *wirklich* unter Wasser tauchen könnte, solange ich will, dass ich es nur nicht tun *darf,* ist schrecklich.

Jedes Mal wenn ich einen solchen Traum hatte, juckt meine Haut den ganzen Morgen über und fühlt sich schmerzhaft trocken an. Und wann immer der Geruch nach Algen und Salzwasser über die Mauern des Schulhofs weht, werde ich wackelig in den Knien.

Am Donnerstagmorgen geht Tante Mildred aus dem Haus und vergisst ihre Tafel.

Ich bemerke es erst nicht. Ich spüle wie üblich das Geschirr vom Frühstück und will gerade die Treppe hochgehen, um noch zu lernen, als plötzlich ein unheimliches Summen und Brummen zu hören ist. Nur ein paar Sekunden lang, aber mir ist der Schreck in alle Glieder gefahren.

Ich gehe vorsichtig in die Richtung, aus der ich das Geräusch gehört habe, und finde Tante Mildreds Tafel, die im Flur auf dem Schuhregal liegt. Da sie nichts hören kann, macht ihre Tafel natürlich nicht *Ping!,* wenn eine Nachricht eingeht, sondern vibriert, außerdem leuchtet der Rand hellgelb auf und bleibt so, bis sie die Nachricht abgerufen hat.

Ich nehme ihre Tafel in die Hand, tippe darauf. Die Tafel wird hell. Sie ist nicht gesperrt, nicht begrenzt, gar nichts. Die Nachricht öffnet sich automatisch; eine Mitteilung von Frau McKinney, dass sie am kommenden Samstag keine Zeit hat, Go zu spielen.

Ich drücke die Nachricht weg. Meine Hände beben. Das ist eine Chance, die so schnell nicht wieder kommen wird. Ich gehe in die Suchfunktion, tippe auf *Briefe* und gebe ein: *Monica Leeds*. Ich will erst den Suchbereich auf die Jahre 2131-2135 begrenzen, aber dann lasse ich es. Je mehr Mitteilungen meiner Mutter ich finde, desto besser. Ich drücke auf *Suche*.

Die Ergebnisliste, die erscheint, ist erschreckend kurz. Die Mitteilungen sind es auch. Einzeiler wie *Ich komme am Montag eine Stunde später, Gruß, Monica* oder *Schwesterherz! Lust, nach Bunbury ins Museum zu gehen? Ausstellung Indische Moderne noch bis Ende Juni.* Mehr nicht.

Und, wie ich gleich darauf feststelle, keine einzige Mitteilung stammt aus den Jahren 31 bis 35, aus der Zeit, in der meine Mutter aufs Geratewohl durch die Welt gezogen ist! Keine Spur von den ›sehr privaten Briefen‹, von denen Tante Mildred gesprochen hat.

Ich muss mich setzen, als mir klar wird, was das bedeutet: Sie hat die Briefe alle gelöscht!

Am liebsten würde ich ihre Tafel an die Wand werfen.

Stattdessen schalte ich sie ab, lege sie mitten auf den Küchentisch und gehe hinauf in mein Zimmer.

In den zwei Schulstunden fühle ich mich, als sei ich durch einen Wasserfall vom Rest der Welt getrennt. Ich kriege so gut wie nichts mit, starre nur ins Leere, aber offenbar klappt es heute mit dem Unsichtbarsein; jedenfalls fällt es niemandem auf.

Als ich zum Mittagessen heimkomme, ist Tante Mildred noch am Kochen und ganz aufgeregt. *So ein Ärger, dass ich meine Tafel vergessen habe,* fuchtelt sie mir entgegen, den Kochlöffel in der rechten Hand, sodass ich kaum verstehen kann, was sie sagt. *Ausgerechnet heute, wo mir Frau Brenshaw erklären musste, wie ich die Vorhänge waschen soll. Die sind mit Panama-Spitze besetzt, du weißt ja, wie empfindlich die ist.*

Das weiß ich zwar nicht, aber ich nicke. Ich fühle mich immer noch wie betäubt. *Was hast du dann gemacht?*

Na, ich musste ihre Tafel nehmen. Sie hat so ein kleines, modernes Ding mit ausrollbarem Schirm; ich bin ganz schlecht damit zurechtgekommen. Schließlich hat sie gesagt, wir verschieben es auf nächste Woche, und sie sucht die Pflegeanleitung heraus und schickt sie mir. Sie deutet auf die Tafel. *Hat sie schon gemacht.*

Sie sagt es, als hielte sie das für eine außerordentliche Freundlichkeit von Frau Brenshaw.

Du hast deine Tafel auf dem Schuhschrank liegen lassen, sage ich. *Ich habe fast einen Herzschlag gekriegt, als sie plötzlich losgebrummt hat.*

Tante Mildred widmet sich wieder ihren Töpfen, sagt mit der freien Hand: *Ich schlafe zurzeit schlecht. Wahrscheinlich war ich deswegen so durcheinander heute Morgen.*

Es gibt indisches Zwiebelgemüse mit Reis und Linsen. Normalerweise mag ich das, aber heute habe ich keinen Appetit.

Ich habe das Gefühl, in einer Sackgasse zu stecken, aus der es keinen Ausweg gibt.

Zum ersten Mal überlege ich ernsthaft, ob es nicht tatsächlich das Beste wäre, ich würde mich von der Schule abmelden und woandershin gehen, nach Carpentaria zum Beispiel. Einfach nur, um woanders zu sein.

Das Problem ist nur, dass man, egal wohin man geht, sich selbst immer mitnehmen muss.

Am Freitagmorgen in der Pause stellt mich Pigrit in meiner Ecke und will wissen, was mit mir los ist.

»Nichts«, sage ich, aber das lässt er nicht gelten.

»Du gehst nicht mehr in die Mensa, du starrst im Unterricht nur vor dich hin, du beantwortest keine Post«, zählt er auf. »Und du guckst, als sei jemand gestorben. Also, was ist los?«

Ich schaue ihn hilflos an. Seine Anteilnahme ist nett, aber was soll ich ihm sagen? Dass ich nicht mehr in die Mensa gehe, weil mich der Aquariumslook dort an die Welt unter Wasser erinnert, die ich nie wieder betreten darf? Dass ich keine Energie aufbringe für nichts, solange ich meine Herkunft nicht kenne?

»Es gibt einen Grund«, gebe ich zu, »aber den kann ich dir nicht sagen.«

»Wieso nicht?« Er ist richtig empört. »Ich dachte, wir sind ein bisschen so etwas wie Freunde?«

Ja, das sind wir, stelle ich zu meiner eigenen Verblüffung fest. Darum habe ich ihn ja auch ohne großes Nachdenken angerufen, um ihn zu bitten, nach diesem Moritz Lehman zu fahnden.

Ich senke die Stimme. »Es ist ein Geheimnis, mit dem ich dich unmöglich belasten kann«, sage ich langsam. »Wenn es irgendwie bekannt werden sollte, würde man mich aus Seahaven verbannen.«

Er macht große Augen. »Wow. Ehrlich?«

»Ja«, sage ich. »Ich muss allein damit fertigwerden.« Ich fühle mich sehr erwachsen und ernst, als ich das sage. Und schrecklich einsam.

Pigrit überlegt eine Weile, legt die Stirn in Falten, grübelt richtiggehend. Dann meint er: »Das Problem ist: Du wirst ja nicht allein damit fertig. Das sieht man dir an.«

Es ist einer der Momente, in denen ich mir wünsche, er wäre nicht so gnadenlos ehrlich. »Und was soll ich deiner Meinung nach tun?«

Er kaut auf seiner Unterlippe. »Ich hab eine Idee«, sagt er schließlich. »Oder, besser gesagt, einen Vorschlag. Wir machen einen Geheimnistausch.«

»Einen *was?*«

»Ich habe auch ein Geheimnis«, erklärt er ernst. »Und es ist so, dass ich, wenn es bekannt würde, völlig entehrt wäre und aus Seahaven flüchten müsste. Oder Selbstmord begehen.«

»Aha?«, sage ich. Ich habe nicht die leiseste Idee, was das für ein Geheimnis sein könnte.

Aber er hat mich neugierig gemacht.

»Also«, fährt er fort, »wenn du einverstanden bist, dann würde ich dir mein Geheimnis verraten. Dann hättest du mich so vollkommen in der Hand, dass du mir auch dein Geheimnis verraten kannst, ohne Angst haben zu müssen, dass ich es ausplaudere. Und dann könnten wir darüber reden.«

»Hmm«, mache ich.

»Ich würde dir mein Geheimnis auch *zuerst* sagen. Damit du siehst, dass ich nicht bluffe.«

Ich mustere ihn, diesen mageren, dunkelhäutigen Jungen, der eine Handbreit kleiner ist als ich und so ehrlich, dass es manchmal wehtut. Der mein Freund ist. Ich weiß, dass ich ihm vertrauen kann, und ich wüsste niemand anderen, mit dem ich über mein Problem überhaupt reden *möchte*.

Trotzdem zögere ich. Es ist wie ein Sprung ins kalte Wasser. Wenn ich mich darauf einlasse, gibt es kein Zurück mehr.

Andererseits gibt es gerade auch kein Vorwärts mehr, oder wenn, dann sehe ich es nicht.

»Also gut«, sage ich. »Aber nicht hier.«

»Nein, natürlich nicht«, meint er entgeistert. »Wir müssen es an einem Ort tun, an dem wir garantiert nicht belauscht werden können.«

»Vielleicht wieder bei dir zu Hause?«

Er schüttelt den Kopf. »Das ist nicht gut. Dad sagt, er glaubt, unsere Angestellten lauschen manchmal an den Türen.«

»Dann gehen wir zu mir«, schlage ich vor. »Meine Tante ist taubstumm, die hört nichts. Und Angestellte gibt's bei uns keine.«

Pigrit nickt zögerlich. »Gut. Und wann?«

»Heute Abend? Nach der Tanz-AG?« Auf einmal habe ich es richtig eilig. »Abends muss meine Tante auch zur Arbeit. Das heißt, es ist niemand im Haus, der uns stören könnte.«

Die Pausenglocke ertönt.

»Ich weiß gar nicht, wo du wohnst«, sagt Pigrit, holt seine Tafel heraus und ruft den Stadtplan von Seahaven auf. Ich zeige es ihm; er markiert die Stelle. »Und wann?«

»Sagen wir, um halb sechs?«

Er schaut mich an, rechnet das vermutlich in Unit-Zeit um. Dann sagt er: »Gut. Ich werd da sein.«

Ausgerechnet heute lässt sich Tante Mildred ewig Zeit, und so ist sie noch da, als Pigrit Punkt halb sechs an der Tür klingelt.

Wer ist das?, will sie wissen, ehe sie öffnet.

Einer aus meiner Klasse, erkläre ich hastig. *Pigrit Bonner. Wir schreiben unsere Hausarbeiten in GKG zusammen.* Dann gehe ich an ihr vorbei und mache die Tür auf.

»Hallo«, sagt Pigrit artig. Als er Tante Mildred entdeckt, verbeugt er sich höflich: »Guten Abend, Frau Leeds.«

»Sie kann dich nicht hören«, sage ich.

»Schon klar«, meint Pigrit. »Aber sie hat mich bestimmt trotzdem verstanden.«

Tante Mildred deutet auch eine Verbeugung an, lächelt gezwungen, dann fragt sie mit halb versteckten Handbewegungen: *Was willst du denn mit dem? Der ist ja kleiner als du!*

Er ist ein Freund, gebe ich ärgerlich zurück. *Kein Lover. Und selbst wenn, wäre das meine Sache.* Zu Pigrit sage ich: »Komm. Wir gehen auf mein Zimmer.«

Tante Mildred sieht uns halb fassungslos, halb entrüstet nach, als wir die Treppe hochsteigen. *Ausgerechnet dann, wenn ich nicht da bin?,* fuchtelt sie mir hinterher.

Mach dir keine Sorgen, gebe ich zurück und schiebe Pigrit in Richtung meines Zimmers.

»Es ist deiner Tante nicht recht, dass ich da bin, stimmt's?«, meint Pigrit, während er sich neugierig umsieht. Verglichen mit seinem Zimmer muss ihm meins wie ein bewohnter Kleiderschrank vorkommen.

»Sie denkt immer, sie muss auf mich aufpassen«, versuche ich zu erklären.

»Faszinierend, wie ihr mit den Händen miteinander redet«, meint er. »Ich wünschte, ich könnte das auch.«

»Ich bin halt damit aufgewachsen«, sage ich. Ich habe das Gefühl, mich dafür entschuldigen zu müssen, aber dafür kann Pigrit nichts. Im Grunde hat er recht; es ist oft ziemlich praktisch, über Hunderte von Metern hinweg miteinander reden zu können.

Unten schlägt die Haustüre zu, lauter als sonst. Bestimmt wird Tante Mildred heute so schnell putzen wie noch nie.

Ich habe nur einen Stuhl; den überlasse ich Pigrit und setze mich auf das Bett. »Also«, sage ich. »Jetzt hört uns niemand mehr.«

»Ja«, sagt Pigrit. Er zieht die Schultern ein, krümmt den Rücken, klemmt die ausgestreckten Arme zwischen die Knie. »Ich brauch noch ein bisschen.«

»Kein Problem«, sage ich.

Er wiegt den Oberkörper vor und zurück und schaut dabei aus dem Fenster. Man sieht nicht viel, wenn man bei mir aus dem Fenster schaut, nur das gegenüberliegende Haus und das kaputte Auto, an dem der Mann, der darin wohnt, jeden Abend herumschraubt. Er versucht, aus drei kaputten Elektromotoren einen zusammenzubauen, der funktioniert, aber das klappt nicht; dafür sieht sein Haus aus wie eine Müllkippe. Es ist mir irgendwie peinlich, dass Pigrit das alles zu sehen bekommt.

Auch mein Zimmer ist mir peinlich. Dass mein Schreibtisch nur aus einer simplen Holzplatte besteht, schief zurechtgesägt und am Rand nur mit Schleifpapier glatt geschliffen. Dass die blaue Farbe auf dem Rahmen meines winzigen Fensters voller Pinselstriche und Farbnasen ist. Dass die Tapete an der Wand noch von den vorigen Bewohnern stammt und ganz vergilbt ist.

»Es kostet Überwindung, ein Geheimnis zu verraten«, sagt Pigrit nach einer Weile. »Das war mir heute Morgen nicht so klar.«

Ich weiß nicht, was ich darauf sagen soll. Ich ziehe die Beine heran, umschlinge sie mit den Armen und warte einfach. Mehr denn je bin ich neugierig, was für ein schreckliches Geheimnis Pigrit hat; ich kann mir nicht um alles in der Welt vorstellen, was es sein könnte.

»Am besten«, erklärt er, »sage ich es einfach. Oder?«

»Klar«, sage ich.

»Aber du darfst nicht lachen!«

»Nein.« Lachen? Wie kommt er auf *die* Idee?

»Versprich es.«

»Ich verspreche es.«

»Gut.« Er räuspert sich, vermeidet es, mich anzusehen. Man könnte glauben, der Schrottplatz gegenüber fasziniere ihn maßlos. »Ich hab dir doch gesagt, dass ich in ein Mädchen verliebt bin?«

»Ja«, sage ich.

»Es handelt sich dabei um Carilja Thawte.«

Mir klappt die Kinnlade herab. Nichts auf der Welt hätte das verhindern können. Ich muss an mich halten, um nicht meinem Versprechen zum Trotz prustend loszulachen.

»Carilja?«, wiederhole ich fassungslos.

Er winkt ab. »Ja, ich weiß. Es ist absolut aussichtslos. Und lächerlich. Aber es ist eben so.«

Ich wage kaum, etwas zu sagen. »Pigrit«, flüstere ich schließlich, »ich bin mir nicht sicher, ob sie überhaupt weiß, dass es dich *gibt*.«

Er nickt, die Muskeln am Unterkiefer angespannt. »Ist mir klar. Sie wird mich nie im Leben anschauen. Ganz davon abgesehen, dass sie schon einen Lover hat. Einen Lover, der so ungefähr der tollste Typ von ganz Australien ist.«

Ich muss schlucken, ehe ich etwas sagen kann. »Ich bin mir ehrlich gesagt auch nicht sicher, ob es wirklich gut für dich wäre, wenn sie –«

»Ja. Klar. Sie ist ein Biest. Das weiß ich«, sagt er rasch. »Es wäre wahrscheinlich die Hölle, wenn ich mit ihr zusammen wäre. Aber was soll ich machen? Mein Herz schlägt wie verrückt, sobald ich in ihrer Nähe bin. Ich könnte sie pausenlos anschauen. Ich tüftle ständig an Tricks, um sie unauffällig zu beobachten. Ich gehe oft an den Strand, um nach ihr Ausschau zu halten. Meistens ist sie nicht da, aber wenn sie es ist ... wenn ich sie sehe, so ... na ja ... dann kann ich die ganze Nacht nicht schlafen.« Er richtet sich auf, reckt die Schultern, sieht mich mit schmerzvollem Gesicht an. »Also. Jetzt weißt du es. Und wenn du es jemanden verrätst, muss ich mich vom Schuldach werfen.«

Ich bin völlig erschlagen von der Vorstellung, dass dieser nette, kluge Junge sich ausgerechnet das fieseste und unerreichbarste Mädchen weit und breit ausgesucht hat.

Aber andererseits sucht man sich ja nicht aus, in wen man sich verliebt, oder? Das ist etwas, das einem passiert. Oder eben nicht.

»Von mir erfährt niemand was«, versichere ich ihm.

Er nickt nur.

Ich schlucke den Kloß herunter, der sich in meiner Kehle gebildet hat. »Und das geht dir nur mit ihr so? Mit Herzklopfen und all dem anderen?«

»Nur mit ihr. So etwas ist mir vorher auch noch nie passiert«, erklärt er. Er sinkt wieder ein Stück in sich zusammen. »Ich weiß gar nicht, was ich machen soll.«

Ich seufze. »Da fragst du die Falsche, fürchte ich.«

»Na ja«, meint er und richtet sich wieder auf. »Jedenfalls kennst du jetzt mein Geheimnis.«

Er sieht mich an und ein eigenartiger Moment der Stille entsteht zwischen uns. Ach ja, richtig. Mir fällt wieder ein, worum es geht.

Dass jetzt ja ich dran bin.

Ich lasse meine Beine los, verschränke sie zum Schneidersitz, stütze mich mit den Händen auf die Knie und merke, dass ich mich fast genauso benehme wie Pigrit vorhin. Es ist wirklich nicht einfach.

»Also gut«, sage ich entschlossen. »Du hast dich doch neulich gewundert, wie ich das überlebt habe, so lange im Becken?«

Pigrit nickt. »Stimmt. Du warst länger als eine Unit da unten.«

»Mein Geheimnis ist«, erkläre ich tapfer, »dass ich unter Wasser atmen kann.«

11

Jetzt ist es Pigrit, dem die Kinnlade runterfällt. Er starrt mich an, forschend, so als warte er darauf, dass ich zugebe, nur einen Witz gemacht zu haben.
»Im Ernst jetzt?«, fragt er schließlich.
Ich nicke.
»Und wie soll das funktionieren?«, will er wissen.
»Ich hab Kiemen.« Ich drehe mich so herum, dass ich ihm die rechte Seite zuwende, greife unter mein T-Shirt, ziehe mein Unterhemd aus der Hose und hebe das Ganze so weit hoch, dass er ein Stück der ersten beiden Kiemenspalten sehen kann.
»Du. Hast. Kiemen«, wiederholt er fassungslos, während er sich vorbeugt. Er streckt die Hand aus, hält inne. »Darf ich das anfassen?«
Ich schrecke ein bisschen zusammen. Es kommt mir vor wie etwas sehr Intimes, aber ich kann es ihm jetzt wohl schlecht abschlagen, also nicke ich. »Aber vorsichtig.«
Er berührt mich behutsam – sogar fast *zu* vorsichtig, es kitzelt. Ich schaue zu, wie sein Finger ein Stück an der untersten Kieme entlangfährt und zurückzuckt, als ich plötzlich heftig einatmen muss und der Spalt sich daraufhin etwas öffnet.
»Das ist ja ... das ist ... also, wieso? Wie kommt das? Und das sind wirklich *Kiemen?*« Er ist völlig von den Socken.
Ich ziehe mein Shirt wieder runter und erzähle ihm alles. Dass

man mir weisgemacht hat, die Schlitze seien Verletzungen aus meiner Babyzeit. Dass ich sie immer mit Sprayverband abgedeckt und deswegen nicht am Schwimmsport teilgenommen habe. Und wie ich letzte Woche getaucht bin und die Wahrheit herausgefunden habe, jedenfalls, soweit es meine körperliche Beschaffenheit anbelangt.

Er schüttelt staunend den Kopf, als ich mit meiner Geschichte fertig bin. »Mit anderen Worten, du hast dich ganz umsonst durch die Tanz-AG gequält«, meint er.

Ich muss lachen. So habe ich das noch gar nicht betrachtet.

»Du hättest in die Tauch-AG gehen sollen. Dann hättest du jetzt Supernoten.«

»Bloß hätten sie mich dann schon längst aus Seahaven verbannt«, entgegne ich. »Du weißt doch. Prinzipien des Neotraditionalismus: *Wo verläuft die Grenze, ab der Technik uns nicht mehr dient?*«

Er wiegt den Kopf. »Ja, stimmt. Du müsstest woandershin gehen. Aber«, fällt ihm ein, »du könntest problemlos Weltmeister im Freitauchen werden!«

»Das wäre Betrug. Beim Freitauchen geht es darum, die Luft anzuhalten. Das tu ich ja nicht, wenn ich unter Wasser atme.«

»Ach so.« Er betrachtet mich grübelnd. »Wie funktioniert das eigentlich? Ziehst du über die Kiemen Luft aus dem Wasser, oder wie?«

Ich denke daran zurück, wie ich ins Meer eintauche. »Nein, ich atme das Wasser selbst. Irgendwie. Es strömt durch meinen Mund und die Nase ein und durch die Kiemen wieder aus, bei jedem Atemzug.« Ich hebe die Hände. »Ganz genau weiß ich es auch nicht.«

»Aber als du ins Fischbecken gefallen bist«, sagt Pigrit, »da warst du richtig bewusstlos.«

»Da waren meine Kiemen ja auch zugeklebt. Der Sprayverband hat sich nur an einer Stelle gelöst. Das war gerade genug, um nicht zu ersticken, aber nicht genug, um bei Bewusstsein zu bleiben.«

»Verstehe«, sagt Pigrit und klingt dabei, als wäre er ein Wissenschaftler, der ein aufregendes neues Phänomen entdeckt hat. »Und ... woher hast du diese Kiemen? Ich meine, genetische Manipulation, schon klar, aber das muss ja jemand gemacht haben. Und zwar jemand, der sich richtig gut auskennt.«

Ich nicke. »Das versuche ich ja herauszufinden. Meine Tante hat von alldem keine Ahnung, aber sie hat neulich diesen Namen erwähnt, Moritz Lehman. Sie hat gesagt, dass das ein Wissenschaftler war, mit dem zusammen meine Mutter damals aus Perth abgehauen ist.«

»Ein Lover?«, fragt Pigrit.

»So etwas in der Art. Ich hab mich gefragt, ob er vielleicht ein Bio-Hacker war. Vielleicht hat er irgendwelche gentechnischen Experimente gemacht und dann ist es passiert.« Ich lege mir die Hände auf die Brust. »Bin *ich* passiert, genauer gesagt.«

Pigrit kaut auf seiner Unterlippe. »Ein Bio-Hacker. Das würde erklären, warum man nichts mehr über ihn findet. Normalerweise sind Wissenschaftler nämlich am leichtesten zu finden, vor allem über das akademische Netz.«

»Du meinst, dass man ihn erwischt und rausgeworfen hat?«

»Ja. Aber an Dokumente zu solchen Fällen kommt man nur ganz, ganz schwer heran.«

»Hmm.« Ich überlege, ob das nicht vielleicht trotzdem eine Spur ist. Wenn man jemanden fragen könnte, der sich mit Fällen von Bio-Hacking beschäftigt ...

Pigrit sieht mich an, mit einem merkwürdigen Blick. »Du, Saha? Ich würde das gern mal sehen. Wie du das machst, unter Wasser zu atmen, meine ich.«

Ich mache auf dem Bett einen Satz nach hinten, bis an die Wand. »Was? Nein. Kommt nicht infrage.«

»Morgen ist der Gründermarkt. Da sind bestimmt alle in der Stadt, kein Mensch an den Stränden –«

»Vergiss es. Das mache ich nicht.«

»Wir könnten an den Kleinen Strand gehen.«

»Ich geh doch nicht mit dir an den Kleinen Strand!«

»Dort wären wir garantiert ungestört.«

»Da gehen nur Pärchen hin. Falls du das nicht weißt«, fauche ich.

Pigrit zuckt mit den Schultern. »Na und? Dann sind wir eben ein Paar. Und es geht ja niemanden was an, was wir *wirklich* tun.«

»Nein«, sage ich.

»Nur ganz kurz?«

»Vergiss. Es.«

»Ach, komm!«

Ich verschränke die Arme. »Schon vergessen? Es ist ein *Geheimnis*. Und es muss eins bleiben, sonst passiert ein Unglück.«

Pigrit seufzt abgrundtief, fährt sich mit den Händen durch die Haare. »Saha – du hast eine ganz unglaubliche Fähigkeit. Die kannst du doch nicht einfach verkümmern lassen, nur weil du zufällig in einer engstirnigen Gegend lebst. Unter Wasser atmen können, das ist ein Geschenk des Schicksals! Fast eine Art Superkraft, wie in den alten Comics!«

Ich stutze. »Comics? Was sind denn Comics?«

Er winkt ab. »Ach, eine alte Kunstform. Gezeichnete Literatur. Ich kann dir mal welche zeigen, wenn du wieder zu mir kommst.« Er sieht mich jetzt fast böse an. »Jedenfalls, was ich sagen will: So ein Talent kriegt man doch nicht, um dann nichts daraus zu machen!«

»Und was *soll* ich deiner Meinung nach daraus machen?«, erwidere ich mit einer Heftigkeit, die mich selbst überrascht.

»Was weiß ich?« Er wirft die Hände empor. »Nimm zum Beispiel die Minengesellschaften. Was die an Equipment, Technik, Aufwand brauchen, um unter Wasser nach Bodenschätzen zu suchen. Was glaubst du, was die jemandem zahlen würden, der einfach so auf dem Meeresboden herumspazieren kann?«

»Minengesellschaften?«, wiederhole ich. »Du meinst so etwas wie *Thawte Industries?*«

»Zum Beispiel.«

Ich schüttele den Kopf. »Pigrit – ich bin *genmanipuliert!* Und James Thawte ist ein beinharter Neotraditionalist. Er hat den Bürgermeister voll unterstützt, als es darum gegangen ist, die Eltern des Babys mit dem Gepardengen auszuweisen.« Mir fällt ein, dass Pigrit damals noch gar nicht in Seahaven gelebt hat. »Ich weiß nicht, ob du davon gehört hast.«

Er nickt. »War großes Thema in Melbourne. Die Neotraditionalisten und ihre engstirnige Weltsicht.«

»Also. Und verglichen mit dem Jungen bin ich ein genetisches Monster!«

»So ein Quatsch.« Pigrit reibt sich das Kinn. »Außerdem glaube ich das nicht. Wenn James Thawte wählen muss zwischen seinem Profit und den neotraditionalistischen Prinzipien, dann wählt er seinen Profit. Jede Wette.«

Ich zucke mit den Schultern. »Mag ja sein, aber das wäre eine Wette, die ich auf jeden Fall verliere.«

»Ich mein ja nur.«

»Außerdem habe ich nicht die geringste Lust, für James Thawte zu arbeiten.«

»War ja auch nur ein Beispiel.« Pigrit rutscht unruhig auf dem Stuhl herum. »Auf jeden Fall finde ich, dass du dir was schuldig bist. Du hast dieses Talent, diese besondere Gabe – das musst du erforschen! Üben! Nicht für andere, von mir aus, aber für dich. Dafür hat man doch Talente. Damit man was draus macht.«

Ich schlinge die Arme um meinen Oberkörper. »Ja, vielleicht. Aber wie soll ich das machen? Meine Tante ist hier in Seahaven so glücklich wie noch nie im Leben. Eine Verbannung würde ihr das Herz brechen. Das kann ich ihr unmöglich antun.«

»Hmm.« Er schaut mich ratlos an. »Ich überlege trotzdem die ganze Zeit, was ich dir anbieten kann, damit du es mir wenigstens einmal kurz zeigst ... nur damit ich es mal gesehen habe ... aber mir fällt nichts ein.«

»Mir auch nicht«, sage ich mit einem wehen Gefühl in der Brust. Es bringt nichts, darüber zu reden. Ich bin immer noch in derselben Sackgasse, weil es eben eine Sackgasse *ist* und kein Gespräch der Welt etwas daran ändern kann.

Pigrit mustert mich. »Wie geht denn der Übergang vom Wasser zurück in die Luft vor sich? Musst du da das ganze Wasser wieder ausspucken?«

Ich schüttele den Kopf. »Nein. Das läuft alles durch die Kiemen raus.« Ich muss wieder an den Moment denken, in dem ich mich am Strand aus dem Wasser gestemmt habe. Wie eigenartig es sich anfühlte, ins Leere zu schnappen wie ein Fisch auf dem Trockenen. Und wie es dann plötzlich wieder ganz normal war, Luft zu atmen. »Es ist ein ziemlich seltsames Gefühl.«

»Und wenn du unter Wasser bist«, fragt Pigrit weiter, »wie gut siehst du da?«

»Gut.« Die Erinnerung überwältigt mich fast. Die atemberaubenden Ausblicke, die Farben, die vielen bunten Fische ... Die gläsernen Weiten, die sich irgendwo in der Ferne in dunklem Blau verloren haben ... »Genauso gut wie über Wasser. Mindestens.«

»Wie steht es mit Hören? Man hört doch auch unter Wasser, oder? Es soll gar nicht stimmen, dass Fische stumm sind. Von Walen sagt man, sie singen, und dass man ihren Gesang über Hunderte von Kilometern hören kann.«

Ich weiß es nicht mehr. Ja, ich habe etwas gehört, aber ich weiß nicht mehr, was. Ich war zu beschäftigt mit allem anderen.

Trauer erfüllt mich, Trauer um diese verpasste Gelegenheit.

Es ist nicht Pigrit, der mich überredet. Es ist die Erinnerung an meinen ersten Tauchgang vor acht Tagen, die mich meinem Vorsatz untreu werden lässt.

»Also gut«, sage ich. »Vielleicht hast du recht. Ich könnte es dir eigentlich schon zeigen. Nur ganz kurz halt.«

»Ja«, flüstert Pigrit. Seine Augen strahlen. »Nur ein paar Minuten. Rein und wieder raus.«

»Meinst du wirklich, morgen ist es ungefährlich?« Auf einmal kann ich es kaum erwarten. Die Aussicht, wieder ins Meer zu gehen, erfüllt mich bis in die Zehenspitzen mit Vorfreude und Sehnsucht.

»Also, was ich weiß, ist, dass um elf Uhr die große Verlosung beginnt«, sagt Pigrit. »Ein Mann von der Stadtverwaltung war da, der meinen Dad überreden wollte zu kommen. Er hat gemeint, da wird die ganze Stadt auf den Beinen sein, weil es wertvolle Preise zu gewinnen gibt.« Er hebt die Hände. »Ich meine, ich hab das ja noch nie miterlebt. Aber es klang schon so, als ob niemand dran denken wird, an den Strand zu gehen, schon gar nicht an den kleinen.«

Er sieht mich an. Ich sehe ihn an. Es ist, als könnten jeden Moment elektrische Blitze von einem zum anderen überschlagen. Dann hole ich tief Luft und sage: »Morgen um zwölf am Kleinen Strand?«

Am Samstag klappt alles. Tante Mildred verlässt das Haus gegen zehn Uhr und wird nicht vor dem späten Nachmittag zurück sein, nach dem Go-Spiel mit ihrer Freundin Nora. Ich mache mich kurz nach halb zwölf auf den Weg, ein Handtuch in der Umhängetasche. Man hört die Musik vom Markt in der Stadt bis zu uns in die Siedlung. Dann schlüpfe ich durch das Loch im Zaun und ein paar Schritte später höre ich nichts mehr.

Unter meinen Sachen habe ich wieder den Bikini angezogen, aber diesmal merke ich schon unterwegs, wie die Träger an meinen Kiemen reiben. Es ist unangenehm, ich weiß nicht, ob ich das Oberteil anbehalten kann.

Weit vor dem vereinbarten Treffpunkt am Strand kommt mir Pigrit entgegen, den Zeigefinger warnend auf den Lippen. »Da ist jemand«, zischt er, als ich ihn erreiche.

»Wer?«, frage ich zurück.

»Na, ein Pärchen natürlich.« Er wirkt niedergeschlagen, rechnet wahrscheinlich damit, dass ich auf der Stelle umkehre.

Aber ich will nicht umkehren. Das Meer ruft mich. Schon seit dem Morgen kann ich an nichts anderes denken als daran, wieder ins Wasser einzutauchen. Wenn ich jetzt wieder nach Hause gehen muss, drehe ich durch.

»Lass sehen«, sage ich und drücke mich an ihm vorbei.

Er kommt mir nach. »Da gibt's nichts zu sehen«, flüstert er aufgeregt. »Aber man hört sie!«

Ich nicke nur, gehe so leise, wie ich kann, weiter. Der Pfad ist sandig, frei von Ästen, die knacken könnten. Als wir Geräusche vom Strand her hören, bleiben wir stehen und ducken uns hinter einen Busch.

Es sind nicht die Art Geräusche, die man von einem Pärchen am Kleinen Strand erwarten würde, vielmehr streiten sich die beiden. Wir hören die Stimme eines Jungen, der gerade sagt: »Jetzt reg dich nicht auf, das kann mal passieren.«

Gleich darauf taucht der Kopf eines Mädchens auf, eine Mähne eng gelockten, hellbraunen Haars. »Ach was«, meint sie unwirsch. »Wenn ich dir nicht gut genug bin, dann sag es einfach!«

Pigrit und ich sehen uns an. Wir kennen das Mädchen. Es ist Delia Gilliam aus unserer Klasse. Sie ist ziemlich füllig und macht sich vor jeder Prüfung Sorgen, dass sie nicht besteht. Füllig ist sie, weil sie Süßigkeiten nicht widerstehen kann, und Sorgen macht sie sich, weil sie Jungs nicht widerstehen kann. Sie hat ungefähr alle drei Wochen einen neuen Lover.

Wobei es mit diesem hier wohl gerade aus ist. Sie wirft sich ihr Kleid über, schlüpft in ihre Schuhe und rauscht davon, ehe er sie aufhalten kann. Wir sehen zu, wie er ihr, mit dem Verschluss seiner Hose kämpfend, hinterherrennt. Es ist ein Junge aus der 3. Stufe, ein Jahr älter als wir. Ich meine, ihn schon einmal in der Segel-AG gesehen zu haben, aber ich kenne seinen Namen nicht.

Eine Weile stehen wir nur da und warten.

»Was meinst du?«, frage ich schließlich. »Kommen die wieder zurück?«

Pigrit hebt unschlüssig die Schultern. »Weiß nicht. Sie sah schon *ziemlich* sauer aus.«

Wahrscheinlich nicht, sage ich mir. Delia ist eher der nachtragende Typ. Wenn sie mal eingeschnappt ist, schnappt sie so schnell nicht wieder aus.

Ich deute auf einen großen Felsen am äußersten Rand der Bucht. »Dort hinten«, schlage ich vor. »Hinter dem Stein.«

Hinter dem Felsen sind wir außer Sicht. Pigrit zieht blitzschnell sein T-Shirt und seine Hose aus. Darunter trägt er schon eine Badehose, dunkelblau mit weißen Streifen.

»Die Bucht ist seit fast zweihundert Jahren Naturschutzgebiet«, sprudelt es aus ihm heraus, während er sich unternehmungslustig umschaut. »Sie ist berühmt für viele seltene Arten von Fischen. Manche findet man nur hier, nirgends sonst, die Rotsattel-Meerbarbe zum Beispiel oder den Neon-Segelflosser. Außerdem hat man fast tausend verschiedene Arten von Korallen und Seeschwämmen gezählt.«

Nach dieser Ansprache zieht er eine Tauchermaske und einen Schnorchel aus seiner Umhängetasche sowie zwei Tauchflossen. »Ich bin ja jetzt in der Tauch-AG«, erklärt er, als wolle er sich entschuldigen. »Bei den Anfängern noch, aber es klappt schon ganz gut.«

Ich ziehe mich ebenfalls aus, allerdings zögerlicher als er. Irgendwie macht es mich verlegen, es in Gegenwart eines Jungen zu tun.

Und ich werde das Oberteil auch ablegen müssen. Es geht nicht mit den Trägern. Ich habe das Gefühl, mir die Kiemen daran wund zu scheuern.

»Ich ziehe das Oberteil aus«, kündige ich an und frage mich, wieso ich das sage. »Wenn es dir nichts ausmacht.«

»Was?« Pigrit sieht kaum auf. »Nö, mach nur.«

»Die Träger reiben, weißt du? Deswegen«, plappere ich nervös, während ich am Verschluss herumfingere. Um ein Haar bekomme ich ihn nicht auf.

Pigrit beachtet mich gar nicht. Er ist schon damit beschäftigt, sich im seichten Wasser nass zu machen, und schaudert dabei, als sei ihm kalt.

Auf jeden Fall geht es ihm offensichtlich nicht darum, mich nackt zu sehen, wie mir eine Stimme ... nein, nicht *einflüstern* will. Es sind eher imaginäre Handzeichen, die vor meinem inneren Auge tanzen. Die Stimme meiner Tante, die mich vor den mannigfachen Gefahren des Lebens beschützen will.

Aber ein Junge, der in Seahaven nackte Mädchen sehen will, braucht sich nur an den Stadtstrand zu setzen, da laufen sie im Sommer massenhaft herum.

Ich zögere nicht länger. Ich lasse das Oberteil auf mein Handtuch fallen, das auf dem Felsen ausgebreitet liegt, dann gehe ich den anrollenden Wellen entgegen. Das Wasser ist warm, umschmeichelt meine Füße, meine Schenkel, meine Hüften. Ich mache noch ein paar Schritte und lasse mich ins Wasser hinab, bis nur noch mein Kopf herausschaut.

Pigrit folgt mir, die Tauchermaske auf der Stirn, den Schnorchel eingehakt. Wegen der Flossen muss er staksende Schritte machen. Er bibbert ein bisschen; ich verstehe nicht ganz, warum. Das Wasser ist total angenehm.

»Also«, sagt er und räuspert sich. »Und jetzt? Jetzt tauchst du einfach unter, oder?«

»Richtig«, sage ich und mache genau das: Ich tauche einfach unter.

Es ist wie nach Hause kommen, als ich den Kopf unter die Oberfläche senke und das warme, wohlschmeckende Salzwasser in meinen Körper eindringen spüre. Entlang meiner Flanken steigen ein paar Luftblasen auf, die blubbern und kollern. Dann ist es still, und ich lasse mich in einer herrlichen Bewegung tiefer hinabsinken, bis mein Bauch fast den sandigen Boden berührt.

Ich könnte schreien vor Glück. Und warum auch nicht? Ich tue es. Wie höre ich unter Wasser? Perfekt. Ich höre das Echo meines Schreies widerhallen, habe das Gefühl, die Konturen der Landschaft, die mich umgibt, heraushören zu können.

Herrlich. Wie habe ich es nur fertiggebracht, so lange nicht zurückzukommen?

Meine Hände wirbeln Sand auf, als ich mich abstoße, um aus dem seichten Teil in tiefere Gewässer zu kommen. Algen wiegen sich hoheitsvoll in den Fluten, grün, hellbraun, manche fast schwarz. Ich gleite über einen flachen, pockennarbigen Felsen hinweg, hinter dem sich der Meeresboden senkt, auf vier, fünf Meter Tiefe, schätze ich.

Dann halte ich inne und drehe mich um. Pigrit kommt herabgetaucht, paddelt wild mit seinen Flossen. Es sieht lustig aus, wie er mit staunenden Augen aus seiner Taucherbrille herausschaut.

Er schwimmt einmal um mich herum, schaut zu, wie sich meine Kiemen öffnen und schließen. Ich habe den Eindruck, dass er sie gerne berühren würde, aber er tut es nicht.

Lange hält er es nicht aus. Nach einer halben Minute etwa schießt er wieder nach oben, um Luft zu holen.

Und ich schwebe in aller Ruhe hier unten und atme das Wasser.

Irre.

Ich schwimme zurück zum Strand, bis zu einer Stelle, die seicht genug ist, um aufstehen zu können. Wieder durchlebe ich diesen Moment, in dem ich das Gefühl habe zu ersticken, bis das Wasser aus den Kiemen abgelaufen ist und ich mit einem tiefen, gierigen Atemzug Luft holen kann.

Pigrit hat mich dabei beobachtet und kommt herangepaddelt. »Das sieht ziemlich dramatisch aus«, meint er. »Da geht das Eintauchen einfacher.«

»Ja.« Ich nicke, bin noch etwas außer Puste. »Stimmt.« Ich mache ein paar Atemzüge und allmählich wird es besser.

»Aber, hey, das ist echt unglaublich!«, fährt er fort, während er sich neben mich ins flache Wasser setzt. »Du kannst wirklich unter Wasser atmen. Ich fass es nicht.«

»Ich irgendwie auch nicht«, gebe ich zu.

Er schnauft, schaut sich um, als müsse er sich vergewissern, dass er das alles nicht nur träumt. »Und jetzt?«, fragt er dann. »Willst du schon wieder raus?«

Er fragt es ganz sachlich. Er wirkt, als hätte er gesehen, was er wollte, und als wäre er nicht enttäuscht, wenn ich es dabei bewenden ließe.

Was natürlich das Vernünftigste wäre. Doch ich habe sozusagen Salzwasser geleckt. Ich will noch nicht aufhören. »Ich würd gern mal ein Stück rausschwimmen«, sage ich. »In Richtung Wrack vielleicht. Oder ist dir das zu weit?«

Pigrits Augen leuchten auf. »Nein, überhaupt nicht. Kein Problem. Ich kann halt immer nur kurz runtertauchen. Aber ansonsten ... ja, ich bin dabei.« Er schluckt. »Du siehst übrigens toll aus unter Wasser.«

»Ehrlich?«, frage ich verwundert.

»Ja. Ganz unwirklich. Wie eine Meeresgöttin oder so etwas.«

Mir wird wieder bewusst, dass ich halb nackt vor ihm stehe, und es ist mir unangenehm. Außerdem fühle ich mich kein bisschen wie eine Meeresgöttin. »Also, dann los«, sage ich und wende ihm den Rücken zu. »Dass ich unterwegs nicht mal schnell auftauchen und dir was sagen kann, ist klar, oder?«

»War unübersehbar.« Pigrit setzt die Taucherbrille wieder auf.

»Weißt du, was jetzt echt praktisch wäre? Wenn ich auch diese Zeichensprache beherrschen würde. Meinst du, du kannst mir die beibringen?«

»Klar«, sage ich. »Aber so schnell geht das nicht.«

»Hab ich mir gedacht.«

Ich atme aus, lege die Arme an und tauche ins Wasser, mit einem einzigen, mühelosen Sprung. Es ist das erste Mal, dass ich es so mache, aber es fühlt sich so natürlich an, dass ich überhaupt nicht darüber nachdenke. Mein Körper scheint besser als ich selbst zu wissen, was zu tun ist.

Ich atme das Wasser mit weit offenem Mund ein. Es schmeckt frisch, lebendig, kraftvoll. Dann schwimme ich drauflos, ohne mich darum zu kümmern, ob Pigrit mir folgen kann.

Es ist herrlich dahinzugleiten, immer tiefer einzutauchen in die fantastische Welt vor mir. Der Meeresboden mit seinen Korallen und Schwämmen leuchtet in tausend Farben, die in der Ferne in diffusem Blau und Dunkelblau versinken. Kleine und kleinste Fische schwimmen um mich herum, manche in Schwärmen, andere allein. Da, dieser rote Fisch mit den blauen Punkten, ist das ein Korallenbarsch? Ich bin mir nicht sicher. Wir haben in der Schule schrecklich viele Fischarten durchgenommen, und nun wünsche ich mir zum ersten Mal, ich hätte besser aufgepasst.

Ein Geräusch über mir. Pigrit, der mit sichtlicher Anstrengung herabgetaucht kommt, mir zuwinkt. Seine Flossen treiben ihn voran. Ich muss daran denken, was ich im Tagebuch meiner Mutter über meine Schwimmhäute gelesen habe. Wäre ich damit noch schneller? Im Moment fehlen sie mir nicht; ich kann mit Pigrit auch ohne mühelos mithalten.

Der Meeresboden fällt ab. Ich lasse mich tiefer sinken; so weit kommt Pigrit nicht hinab. Aus dem Sand ragen hier und da graue, wurmartige Gebilde, die sich blitzartig in den Boden zurückziehen, sobald ich mich ihnen nähere.

Es könnten Seeaale sein. Aber ich weiß nicht mehr, ob Seeaale an den australischen Küsten überhaupt vorkommen. Im Unterricht heißt es zu jedem Fisch, ›kam früher da und da vor, lebt heute da und da‹, weil sich das Klima in den letzten hundert Jahren fast überall auf der Welt verändert hat, oft auf eine Weise, die niemand vorhergesehen hat.

Ich will wieder emporsteigen. Es ist anstrengend, fühlt sich an wie Treppensteigen, weil ich so voller Wasser und damit schwer bin. Doch dann entdecke ich, dass ich nicht nur in meinem Mund eine Luftblase bilden kann, sondern auch in meinem Brustkorb. Es ist fast dieselbe Bewegung, die sich wie Gähnen anfühlt, nur tiefer unten. Und kaum habe ich Luft in der Brust, schwebe ich von selbst empor, mühelos und elegant.

Ich könnte schreien vor Glück.

Warum soll ich überhaupt je wieder an Land gehen?

Ich probiere das mit der Luftblase in der Brust noch ein paar Mal aus, bis es fast von selbst geht. Mein Körper beherrscht es instinktiv, ich muss ihn nur machen lassen. Ich fühle mich zu Hause, geborgen in einer Welt der Mühelosigkeit. Es ist, als habe die Schwerkraft ihre Macht über mich verloren; ich brauche es nur zu wollen, und ich schwebe, schwerelos, mühelos, traumhaft.

Wir nähern uns dem Wrack. Wie ein Schatten taucht es vor uns aus dem tiefen Blau auf, wie ein monströser Felsen und doch unverkennbar etwas anderes. Etwas Technisches. Ein riesiges menschliches Bauwerk, das hier gestrandet ist und nun nach und nach zerfallen wird.

Die PROGRESS ist damals auf ein Riff gelaufen und zur Seite umgekippt. Der Kiel zeigt in Richtung Land, das Deck in Richtung Ozean. Das heißt, der interessantere Anblick bietet sich, wenn man es umrundet: die bizarren Höhlungen ehemaliger Swimming Pools, Halterungen für Rettungsboote, Reste von einst elegant geschwungenen Freitreppen. Ich kenne diesen Anblick nur von Fotos, und jetzt, da ich das Schiff in seinem heutigen Zustand sehe, wird mir klar, dass es sehr alte Fotos gewesen sein müssen. Jedes Stück Metall, das sich unter Wasser befindet, ist längst von Korallen in allen Farben und Formen besiedelt. Ein Schwarm Glasfische huscht unruhig hin und her, als ich mich staunend dem Wrack nähere. Es sieht aus, als bewachten sie eine der vielen Fensterhöhlen des Steuerturms.

Ich lasse sie in Frieden, schwimme zur Seite. Es gibt Dutzende weiterer Fenster, schwarz gähnende Rechtecke, aus denen das Glas längst verschwunden ist und durch die man ins Innere des Wracks gelangen könnte.

Doch zu den Dingen, die jeder Bewohner Seahavens über das Wrack weiß, gehört, dass das Innere als gefährlich gilt, selbst für erfahrene Taucher. Man hat nach dem Unfall Drohnen hineingeschickt, die jeden Raum erkunden sollten, aber nicht alle der Maschinen sind zurückgekehrt. Es heißt, dass alle Toten geborgen worden sind – laut Passagierliste. Es heißt aber auch, dass damals illegale Passagiere nicht selten gewesen sein sollen. Es könnten also durchaus noch Tote im Schiff sein, in irgendwelchen Verstecken, in denen sie der nasse Tod ereilt und die noch niemand gefunden hat.

Pigrit kommt wieder herabgetaucht. Seine Augen leuchten vor Begeisterung. Ich will ihn gerade auf eine von Korallen überkrustete, aber noch lesbare Plakette mit chinesischer Inschrift aufmerksam machen, als mir in der Tiefe eine Bewegung auffällt.

Es sind keine unbekannten Toten. Es sind Taucher.

12

Es sind drei Männer in schwarzen Ultraprenanzügen und mit Drucklufttauchgeräten auf dem Rücken. Sie tauchen am unteren Rand des Wracks entlang und tragen etwas mit sich, einen Gegenstand, den ich nicht identifizieren kann.

Und sie haben uns noch nicht bemerkt. Ihre Aufmerksamkeit gilt dem Boden.

Ich fahre herum, packe Pigrit am Arm und ziehe ihn mit mir, während ich in meinem Brustkorb so viel Luft erzeuge, wie ich nur kann. Ich zerre ihn in die Deckung des Steuerturms und von da aus nach oben, mit aller Kraft. Als wir die Wasseroberfläche durchstoßen, lasse ich ihn los, presse mit der Luft, die mir beim Aufstieg geholfen hat, das Wasser vollends aus meinen Lungen und klammere mich dann keuchend an den nächstbesten verrosteten Querträger.

»Mann!«, höre ich Pigrit ausrufen, nachdem er prustend seinen Schnorchel ausgespuckt hat. »Was war *das* denn jetzt?«

»Taucher«, stoße ich hervor. »Da unten. Drei.«

»*Taucher?*«

Mein Atem beruhigt sich schon wieder. Erstaunlich – den Übergang zurück in die Luftatmung so zu bewerkstelligen, ist womöglich die bessere Methode.

Ich berichte Pigrit, was ich gesehen habe. Er hat die Taucher nicht bemerkt.

»Du bist übrigens ganz schön stark«, meint er, sich den Arm an der Stelle reibend, an der ich ihn gepackt habe.

»Ich hab Panik gekriegt«, erwidere ich. Ich umklammere immer noch den Stahlträger. Der Rost bröselt unter meinen Armen, rinnt mir als braune Brühe über die Haut.

Pigrit paddelt mit seinen Flossen auf der Stelle. »Die bereiten bestimmt irgendwas für das Fest vor«, überlegt er. »Unterwasserscheinwerfer oder so.«

»Trotzdem dürfen die mich nicht zu sehen kriegen«, sage ich.

»Klar.« Er rückt seine Taucherbrille zurecht. »Ich kann ja mal runtergehen und nachschauen, was sie machen.«

Mir ist die Situation unheimlich. Und ich bin wütend, dass ich nicht einmal unter Wasser meine Ruhe habe. »Na gut«, sage ich. »Aber pass auf.«

»Jaja.« Er atmet durch seinen Schnorchel mehrmals tief ein und aus, dann hält er die Luft an und taucht ab.

Ich schaue mich um. Wenn das Taucher vom Organisationskomitee sind, die etwas installieren, wo ist dann das Boot, mit dem sie die Sachen transportieren? Es ist kein Boot zu sehen, abgesehen von einem Segelboot, das weit im Osten am Horizont entlangsegelt und vermutlich die Küste nach Cooktown runterwill.

Ich schaue mich nach einem besseren Versteck um, aber mit dem Träger, an den ich mich klammere, habe ich so ziemlich den besten Halt erwischt. Alles andere hier sieht entweder brüchig aus oder so, als könne man sich leicht daran verletzen.

Pigrit kommt wieder hoch, japst nach Luft. »Die installieren irgendwelche Netze«, berichtet er.

»Netze?«, wiederhole ich verdutzt.

Er nickt. »Ja. Ich glaube, ich weiß, was das wird. In Melbourne hab ich das mal gesehen. Die haben unter Wasser eine Menge gasgefüllter Ballons in allen Farben losgelassen. Zuerst waren es kleine bunte Kugeln, die langsam zur Oberfläche gestiegen und dabei immer größer geworden sind – weil der Wasserdruck nachlässt, verstehst du? Und dann haben sie sich aus dem Wasser gelöst und sind auf und davon geschwebt, massenhaft. Das hat irre ausgesehen!«

Ich schaue unglücklich ins Wasser hinab und wünsche mir, ich wäre nicht hier. Und nicht halb nackt. »Na toll. Hoffentlich dauert das nicht ewig.«

Es dauert nicht ewig, aber furchtbar lange. Pigrit taucht immer wieder, um nachzusehen, und ich bin schon fast entschlossen, es zu riskieren und einfach dicht an der Oberfläche zurück in die Bucht zu schwimmen, als er endlich mit der erlösenden Nachricht kommt, dass sie abziehen.

»Ich sehe immer noch kein Boot«, sage ich.

Pigrit schaut sich um. »Ja, komisch.«

»Egal«, sage ich und lasse los. »Zurück zum Strand.«

Ich leere meine Lunge, lasse mich hinabsinken, atme das Wasser ein und schaue mich um. Vorsichtig umrunde ich den überkrusteten Steuerturm, halte Ausschau nach den drei Männern. Ich sehe sie tatsächlich davonschwimmen, dicht über dem Boden, in Richtung Mittelkap.

Vermutlich, fällt mir ein, soll das mit den Ballons eine Überraschung werden; deswegen die Geheimnistuerei. Mit anderen Worten, Pigrit und ich müssen darauf achten, uns nicht zu verplappern, sonst fliegt auf, dass wir hier waren.

Es ist immer noch herrlich im Wasser, aber die Angst, entdeckt zu werden, überschattet alles. Ich schwimme, so schnell ich kann, und komme lang vor Pigrit am Strand an. Als er aus dem Wasser kommt, habe ich mich schon abgetrocknet und ziehe gerade mein T-Shirt über.

Pigrit ist völlig fertig. Er stöhnt und keucht, während er sich die Tauchermaske vom Kopf zerrt und die Flossen auszieht. »Puh«, meint er und lässt sich auf einen Felsen sinken. »Das war jetzt ... puh.«

Wir zucken beide zusammen, als genau in diesem Moment eine helle Stimme hinter uns ausruft: »Sieh an, sieh an. So eine Überraschung.«

Wir fahren herum. Es ist schon wieder ein Mädchen aus unserer Klasse, Annmarie Foley. Ausgerechnet. Wenn jemand außerstande ist, ein Geheimnis für sich zu behalten, dann ist sie es.

Sie hat einen Jungen im Schlepptau, Brant Moran aus der Vierten. Er ist einen Kopf größer als sie und schaut, wie immer, ziemlich verschattet drein.

»Eigentlich wollten *wir* hierher«, flötet Annmarie und klimpert mit ihren langen Wimpern. Ihre Augen sind so intensiv türkisfarben, wie Augen eigentlich unmöglich von Natur aus sein können. »Na, macht nichts. Gehen wir halt nach da drüben. Lasst euch nicht stören, ihr Süßen.«

Sie streicht sich noch affektiert eine ihrer goldbraunen, sanft gewellten Strähnen aus der Stirn, dann packt sie Brant an der Hand und zieht ihn mit sich davon.

Bis Montag hat es sich überall herumgesprochen. Als ich am Morgen auf den Schulhof komme, begegnen mir wissende Blicke und spöttisches Grinsen. Es scheint niemanden zu geben, der das mit Pigrit und mir nicht gehört hat.

Auf Annmarie ist eben Verlass.

Ich habe mal einen alten Film gesehen, in dem eine heimliche Affäre eines jungen Außenseiterpaars bekannt wurde und die beiden daraufhin in der Schule verspottet, herumgestoßen und nach besten Kräften lächerlich gemacht wurden. Das passiert mir nicht – es war auch ein *sehr* alter Film –, aber es ist unangenehm, wie ich angestarrt werde, während ich über den Hof gehe. Manche schauen mich an, als würden sie denken: *Sieh an, das Fischgesicht hat ja doch menschliche Regungen!*

Dabei stimmt nichts von dem, was sie denken.

Genau genommen weiß ich nicht einmal, welche meiner Regungen wirklich *menschlich* sind.

Mir ist flau im Magen. Wenn die anderen auch nur den Hauch einer Ahnung hätten, wie treffend der Spitzname war, den sie mir verpasst haben ...

In der zweiten Stunde – Mathematik – bekommt Herr Black plötzlich eine Nachricht auf seine Tafel. Es muss eine wirklich dringende Nachricht sein, denn alle anderen würden bis zur Pause blockiert. Er hält inne, und wir schauen ihm beunruhigt zu, wie er sie liest. Das letzte Mal, als so etwas vorgekommen ist, hat es sich um einen Todesfall gehandelt.

Diesmal handelt es sich um mich. Herr Black hebt den Blick, schaut in meine Richtung und sagt: »Saha? Du sollst zur Direktorin kommen.«

Ich zucke zusammen. Alle schauen mich an.

»Jetzt gleich«, fügt Herr Black hinzu.

Also gehe ich. Meine Schritte hallen durch die leeren Gänge, erzeugen unheimliche Echos. Meine Gedanken wirbeln, dass mir schwindlig wird. Was hat das zu bedeuten? Ich werde den Verdacht nicht los, dass es etwas mit den Gerüchten über Pigrit und mich zu tun hat, obwohl das Quatsch ist; unsere Schule mischt sich nicht in die Liebschaften ihrer Schüler ein.

Der Direktoratssekretär, ein grauhaariger, missmutig dreinblickender Mann, blickt kaum auf, als ich ins Vorzimmer komme, und schickt mich mit einem Kopfnicken weiter. Meine Hände sind feucht, als ich den Türknopf drehe und das Büro betrete.

Aber richtig bricht mir der Schweiß erst aus, als ich sehe, dass Tante Mildred vor dem Schreibtisch der Direktorin sitzt, ihre Tafel in der Hand. Nein, sie sitzt nicht, sie ist in sich zusammengesunken und blickt mich entsetzt an.

Ich begreife, dass Frau Van Steen meine Tante zu einem Gespräch hergebeten hat. Also hat das hier *doch* etwas mit Samstag zu tun!

»Ah. Saha.« Die Direktorin weist auf den Stuhl neben meiner Tante. »Bitte.«

Ich setze mich. Behutsam. Ganz vorn auf die Kante. Fluchtbereit. Und ich presse unwillkürlich die Arme an die Seiten, als müsse ich meine Kiemen schützen.

Sie legt ihre Tafel beiseite. Ich erhasche noch einen Blick darauf, erkenne die Umrisse des Chats, ihre Unterhaltung mit meiner taubstummen Tante.

»Ich habe es gerade deiner Tante erklärt«, beginnt die Direktorin mit scharfer Stimme. »Du bist am Samstag mit einem Jungen am Strand im Naturschutzgebiet gesehen worden und ihr seid offenbar *beide* im Meer geschwommen.«

Ich starre sie nur an, bewege mich keinen Millimeter. Sie hat mich nichts gefragt, also werde ich auch nicht antworten. Fragen muss sie mich zumindest.

Aber sie fragt mich gar nichts, sondern fährt fort: »Unter diesen Umständen kann ich dein Attest, das dich vom Schwimmunterricht befreit, nicht länger anerkennen.«

Mir bleibt die Luft weg. Daran habe ich überhaupt nicht gedacht!

»Da morgen der letzte Schultag ist, hat das für dieses Schuljahr keine Konsequenzen mehr«, sagt die Direktorin. »Aber ich will, dass du dich von Doktor Walsh untersuchen lässt, ehe das neue Schuljahr anfängt. Er wird dann entscheiden, ob du künftig am Schwimmsport teilnimmst oder nicht.«

Danach begleite ich auf Anweisung der Direktorin noch Tante Mildred zum Tor. Sie ist den Tränen nahe, sagt aber lange nichts. Schließlich fragt sie: *War das der Junge von Freitag?*

Hat sie keine anderen Sorgen? *Ja,* antworte ich genervt.

Was findest du an dem? Ihre Hände zittern. *Der ist doch viel zu jung für dich!*

Er ist genauso alt wie ich, erwidere ich. *Außerdem ist er mein Freund, nicht mein Lover.*

Ich bin erschüttert, was sie mir zutraut! Dass so etwas so schnell gehen könnte bei mir!

Sie schüttelt den Kopf. *Und wieso gehst du dann mit ihm an den Kleinen Strand? Noch dazu heimlich?*

Wir haben nur etwas ausprobiert.

Im Wasser? Ihre Gesten sind auf einmal riesig. *Und was ist mit deinen Wunden?*

Das ist der Moment, in dem mich die Wut überkommt. Glühend rot. Kochend hinter meinen Augäpfeln. Als ich antworte, bewegen sich meine Hände so heftig, als sollten sie Holz spalten. *Wunden? Das sind keine Wunden!*

Tante Mildred bleibt stehen. *Was? Was redest du da?*

Wir befinden uns mitten auf der Treppe zum Schulhof. Von hier aus überblickt man halb Seahaven. Falls uns jemand zusieht, der Gebärdensprache lesen kann, würde er alles mitkriegen, was wir besprechen. Aber erstens gibt es fast niemanden, der das kann, und zweitens denke ich überhaupt nicht an diese Möglichkeit, als ich antworte: *Es sind Kiemen! Ich habe Kiemen wie ein Fisch! Mom und du, ihr habt mich mein Leben lang belogen. Ich bin ein gentechnisches Experiment!*

Damit lasse ich sie stehen und gehe zurück in die Klasse. Sie hat allein hereingefunden, sie wird auch allein hinausfinden.

Mathe ist immer noch nicht vorbei. Ich gehe schweigend an meinen Platz. Scheißegal, ob mir alle ansehen, dass ich fast platze vor Zorn.

Niemand sagt etwas.

Das ist auch besser so.

Als ich mittags nach Hause gehe, habe ich keine Ahnung, was mich erwartet. Tante Mildred, in Tränen aufgelöst? Oder gar schon am Packen?

Tatsächlich ist sie am Kochen, als ich zur Haustüre hereinkomme. Sie wirkt niedergedrückt, aber sie lächelt mir immerhin kurz zu. Und sie hat panierten Fisch gemacht!

Das haut mich um. Tante Mildred hat noch nie Fisch zubereitet. Panierten Fisch, das esse ich immer, wenn wir an meinem Geburtstag ins *Lighthouse* gehen, das kleine Restaurant oberhalb des Hafens.

Dass es heute panierten Fisch gibt, ist eindeutig ein Friedensangebot.

Was du heute Morgen gesagt hast ..., beginnt Tante Mildred, als wir am Tisch sitzen. *Ist das wirklich wahr?*

Ich überlege, während ich den ersten Bissen koste. Was ist schon wirklich *wahr?* Wirklich wahr ist, dass Tante Mildred den panierten Fisch besser hinbekommt als der Koch des *Lighthouse*, obwohl sie selbst für Fisch so gar nichts übrig hat.

Ich kann unter Wasser atmen, erkläre ich ihr also, weil das etwas ist, das ich ausprobiert habe. Folglich weiß ich, dass es wahr ist. *Wenn die Schlitze an meiner Brust nicht zugeklebt sind, kann ich unter Wasser tauchen und dort so lange bleiben, wie ich will.*

Tante Mildred sieht mich geschockt an. *Das habe ich nicht gewusst*, erklärt sie bestürzt. *Ich ... Dann sind das gar keine Wunden ...*

Nein, erkläre ich. *Das sind Kiemen. Wie gesagt.*

Wirklich?

Ich zeige es ihr. Ich stehe auf, hebe mein Hemd hoch und ziehe den Spalt der untersten Kieme rechts ein Stück weit auf.

Sie kann kaum hinschauen. *Jaja*, macht sie. *Schon gut. Wenn du es sagst. Iss lieber.*

Ich setze mich wieder, deute auf ihren Teller, der noch unberührt ist. *Und du?*, frage ich. *Es schmeckt übrigens großartig.*

Sie nickt geistesabwesend, greift zum Besteck, schneidet ab, kaut – aber es sieht nicht so aus, als schmecke sie überhaupt, was sie da isst. *Und der Unfallbericht?*, fragt sie zwischendurch, mit der Gabel in der Hand. *Das Attest? Das war doch alles ... amtlich. Mit Hologrammsiegeln und allem. Ich habe wirklich geglaubt ...*

Darauf habe ich keine Antwort. Ich kenne diese Dokumente und mir sind sie auch echt vorgekommen. Anderseits heißt es, dass man heutzutage von allem perfekte Fälschungen bekommen kann, wenn man weiß, an wen man sich wenden muss.

Das Problem ist, sage ich, *dass man mich aus Seahaven verbannen wird, wenn das rauskommt. Nicht nur aus Seahaven, aus der ganzen Zone.* Meine Hände fangen an zu zittern, deswegen füge ich brüsk hinzu: *Und es wird rauskommen, sobald mich Doktor Walsh untersucht.*

Entsetzlich, wie sie mich anschaut. Entsetzlich, meine Tante so zu sehen – so verletzt, so hilflos. Meine Tante, die immer auf mich aufgepasst hat. Zu der ich immer kommen konnte, wenn ich Angst hatte.

Und nun ist sie es, die Angst hat.

Verbannen?, wiederholt sie langsam.

Ich schiebe ein großes Stück Fisch in den Mund, kaue wütend darauf herum und erwidere währenddessen: *Es ist ohne Zweifel eine gentechnische Veränderung. Da machen sie kurzen Prozess.*

Tante Mildred hat schon wieder aufgehört zu essen. *Wir hätten in einer der Metropolen bleiben sollen,* meint sie. *Dort kümmert so etwas niemanden.*

Ja. Dann würden wir jetzt in einer teuren, feuchten, stinkenden Einzimmerwohnung hocken, unsere Kleider unter der Decke hängend aufbewahren und jeden Morgen unsere Matratzen einrollen, damit wir Platz haben. Und der Strand wäre so weit weg und so überlaufen, dass ich es nie im Leben gewagt hätte, das mit dem Tauchen auszuprobieren.

Aber darauf wird es wohl hinauslaufen. Eine der freien Zonen. Womöglich werde ich mich irgendwann nach Carilja zurücksehnen, was für ein Gedanke!

Ich zucke zusammen, als Tante Mildred urplötzlich einen Stöhnlaut ausstößt, sich zur Seite dreht und ihr Gesicht in den Händen verbirgt. Schluchzer erschüttern sie. Ich bin im Nu bei ihr, nehme sie in den Arm, streiche ihr hilflos über den Kopf. So, wie sie es bei mir immer gemacht hat. »Was ist denn?«, murmle ich, obwohl ich weiß, dass sie das nicht hören kann.

Schließlich beruhigt sie sich einigermaßen wieder. Setzt sich auf. Drückt meine Hand, versucht ein tapferes Lächeln. *Wir hätten nie hierherkommen sollen,* meint sie und blinzelt.

Das haben wir ja nicht gewusst, erwidere ich.

Setz dich, sagt sie, drückt mich weg. *Iss. Ich habe doch für dich gekocht.*

Also setze ich mich. Esse, ihr zuliebe. Ich schmecke kaum noch etwas. Es ist ein Jammer, ein so gutes Essen durch eine so traurige Unterhaltung zu verderben.

Tante Mildred mustert mich mit einem eigenartigen Blick. Einen Moment lang habe ich das Gefühl, sie will etwas ganz anderes sagen, aber dann sagt sie: *Wenn ich nie hierhergekommen wäre, hätte ich nie erlebt, wie es sein kann ... dass man so gut leben kann ... Ein Schluchzer erschüttert sie. Ich will nicht, dass sie uns aus Seahaven wieder fortschicken. Kannst du das verstehen?*

Ja, gebe ich zurück. *Aber dich werden sie nicht fortschicken. Nur mich.*

Sie reißt die Augen auf. *Ich kann dich doch nicht allein gehen lassen!*

Wie alt war meine Mutter, als sie aus Perth fortgegangen ist?

Siebzehn.

Das bin ich in einem halben Jahr auch.

Aber Monica war nicht allein. Sie ist zusammen mit Moritz –

Tante Mildred hält inne. Vermutlich ist ihr gerade der Gedanke gekommen, dass ich es genauso machen könnte wie meine Mutter.

Dieser Moritz Lehman, greife ich das Stichwort auf. *Wer war das? Ich hab nachgeforscht, aber nichts über ihn gefunden.*

Tante Mildred hebt die Schultern. *Ein Student. Fünf Jahre älter als deine Mutter.*

Ein Student? Du hast doch gesagt, er war Wissenschaftler?

Ich weiß nicht, was er war, als ich ihn das letzte Mal getroffen habe, erwidert Tante Mildred. *Ich weiß nur, als er Monica kennengelernt hat, hat er Linguistik studiert.*

Linguistik! Jetzt bin ich es, die ihr Besteck sinken lässt. Ich kann förmlich spüren, wie meine schöne Theorie vom Bio-Hacker zerbröselt.

Er hat eine Studienarbeit über die Taubstummensprache geschrieben, erzählt Tante Mildred. *Monica hat ihn fasziniert, weil sie die Gebärdensprache so gut beherrscht hat. Es gibt ja nicht mehr so viele Taubstumme. Man kann immer mehr Fälle heilen. Eines Tages wird die Gebärdensprache ausgestorben sein.*

Ich schneide immer kleinere Stücke von dem Fisch ab. *Erzähl mir, was passiert ist,* bitte ich.

Tante Mildred reibt ihre Augenwinkel. *Wo soll ich da anfangen?* Sie überlegt, isst dabei ein Stück Kartoffel. *Also, du weißt ja, dass Monica und ich in einem Konzerngebiet aufgewachsen sind. Perth gehört zum Megafood-Konzern. Es ist das zweitgrößte Gebiet des Konzerns; das größte ist, glaube ich, irgendwo in Afrika. Ja, und unser Vater – dein Großvater – war Direktor des Bereichs* Wheat and Sheep.

Das meiste von dem, was sie erzählt, weiß ich schon, entweder von früheren Erzählungen oder aus der Schule. ›Wheat and Sheep‹, Weizen und Schafe also, beschreibt die seltsame Art, wie in Südwestaustralien Landwirtschaft betrieben wird. Es gibt dort viele kleine Höfe, die gleichzeitig Weizen anbauen und Schafe züchten. Die Höfe gehören natürlich dem Konzern, aber sie werden von jeweils ein bis drei Familien in eigener Verantwortung geführt. Der Konzern kümmert sich um die Transporte, beschafft Futterzusätze und übernimmt die Versicherung gegen Wetterrisiken, was wegen des veränderten Klimas ziemlich wichtig ist. Bei den Schafen handelt es sich um Merino-Schafe, die Wolle geben und Lammfleisch. Geschoren werden sie vor Ort von Schertrupps, die das ganze Jahr über von Hof zu Hof ziehen. Zu den Schlachthäusern bringt man sie mit riesigen Trucks mit jeweils mehreren Anhängern, sogenannten »Schaf-Hotels«, weil die Boxen klimatisiert sind und die Tiere unterwegs automatisch mit Wasser versorgt werden.

Das alles hat mein Großvater dirigiert. Bis er und Großmutter eines Tages auf dem Rückflug von einer Konferenz in Hongkong ums Leben gekommen sind.

Es war eins der letzten Wasserstoffflugzeuge, erklärt Tante Mildred. *Wenn die explodiert sind, ist immer so gut wie nichts übrig geblieben. Völliger Wahnsinn, so etwas zu bauen. Nur um eine halbe Stunde eher da zu sein.*

Ich nicke. Ich kenne meine Großeltern nur von Fotos und ein paar Videos. Und ich habe alte Aufnahmen gesehen von solchen Explosionen. Mir läuft ein Schauer über den Rücken.

Wenn man in einem Konzerngebiet lebt, muss man jede Menge Vorschriften befolgen. In gewisser Weise ›gehört‹ man dem Konzern, erzählt Tante Mildred weiter. *Aber er kümmert sich dafür auch um einen. Als ich auf die Welt gekommen bin, hat der Konzern die Ärzte bezahlt, die mich behandelt haben, und später, als feststand, dass man es nicht operativ beheben kann, den Lehrer, die mich und die Familie in der Gebärdensprache unterrichtet haben. Ich erinnere mich noch an ihn; ein Mann aus Ostafrika, sehr groß, sehr gut aussehend. Eskindir, so hieß er. Er hatte taubstumme Eltern; ist mit der Gebärdensprache aufgewachsen.*

Sie erzählt, wie sie und meine Mutter in einer Pflegefamilie untergebracht worden sind, in der es überaus streng zuging. Tante Mildred war ihnen unheimlich. Sie lernten die Gebärdensprache auch nie gut genug, als dass sie sich hätten unterhalten können.

Kannst du dir vorstellen, wie das ist?, fragt Tante Mildred. *Wenn du mit irgendeinem Kummer zu deiner Pflegemutter gehen willst, aber das, was du zu sagen hast, auf eine Tafel schreiben musst?*

Meine Mutter, die bis dahin ein friedfertiges, eher verträumtes Mädchen gewesen war, wurde aufmüpfig. Es gab ständig Streit mit den Pflegeeltern; sie kam abends immer öfter nicht zur vereinbarten Zeit nach Hause, gab sich früh mit Jungs ab, betrank sich, rebellierte.

Und irgendwann ist sie dann durchgebrannt. Mit diesem Moritz, von dessen Existenz nur Tante Mildred wusste. Raus aus Perth, raus aus dem Konzerngebiet, sich die Welt anschauen. *Er hatte Geld,* erzählt sie, während ihr Essen kalt wird. *Seine Eltern lebten in Jakarta. Handelsleute. Er hatte ein eigenes Auto, ein teures Modell, trug immer ganz moderne Sachen aus den Handelszonen ...*

Und dann?, frage ich.

Tante Mildred schneidet die Hälfte von ihrem panierten Fisch ab, schiebt ihn mir auf den Teller. *Sie haben sich unterwegs bald getrennt. Ich glaube, nach fünf Wochen war er schon wieder zurück. Er hat mich ständig angerufen und gefragt, ob ich etwas von Monica gehört hätte. Ich habe jedes Mal gesagt, nein, obwohl sie mir ja geschrieben hat. Ab und zu. Mit der Zeit kamen ihre Briefe immer seltener.* Sie zuckt mit den Schultern. *Ja, und vier Jahre später ist sie mit einem Baby aufgetaucht. Mit dir. Da war sie 21.*

Zu dem Zeitpunkt hat Tante Mildred immer noch bei ihren Pflegeeltern gelebt. Sie hatte die Schule mit schlechten Noten beendet. Kein Wunder, denn ihre einzige Möglichkeit mitzukriegen, was die Lehrer sagten, war, die Diktierfunktion ihrer Tafel einzuschalten und mitzulesen – eine Methode, die in der Schule ziemlich lausig funktioniert, wie jeder weiß, der es mal ausprobiert hat. Sie hatte niemanden mehr zum Reden und das Gefühl zu verkümmern.

Nach ihrem Abschluss wurde sie für einfache Arbeiten eingeteilt. Das hieß für Männer, dass sie in irgendeinem Lager arbeiten, und für Frauen, dass sie putzen mussten, an all den Stellen, die Putzroboter nicht gut genug sauber bekamen.

Tante Mildred erzählt und erzählt, lässt ihr Essen kalt werden. *Ich war fast nur nachts unterwegs, allein, nur mit all diesen Maschinen, die unter den Tischen saugen und Fenster putzen und so weiter. Ich habe immer nachgewischt, die Ecken ausgekehrt, die Schreibtische abgestaubt, die voller Sachen standen ...*

Trotzdem hat sie meine Mutter und mich so oft wie möglich besucht, auf mich aufgepasst, wenn meine Mutter wegmusste oder -wollte. *Du hast die ersten Zeichen beherrscht, noch bevor du gesprochen hast,* meint sie und wischt sich eine Träne aus dem Augenwinkel. *Ich wäre am liebsten bei euch eingezogen.*

Und warum hast du das nicht gemacht?, frage ich. *Du warst doch da schon ... vierundzwanzig? Fünfundzwanzig?*

Tante Mildred lächelt traurig. *Das funktioniert in Konzerngebieten anders. Das Alter ist unwichtig, entscheidend ist, was das Einstufungsbüro sagt. Was es dir zutraut. Und mir hat es nichts zugetraut.* Sie hebt ihre Gabel, senkt sie wieder. *Deswegen sind wir irgendwann abgehauen. Nach Adelaide.*

Abgehauen?, wiederhole ich und stelle mir eine dramatische Nacht-und-Nebel-Aktion vor. Drahtzäune, die zu überklettern waren, geheime Treffpunkte ...

Doch Tante Mildred winkt ab. *Na ja – wir sind eben gegangen. Weggehen, das kann man ja immer.*

Stimmt. Eine Zone ist nicht verpflichtet, einen aufzunehmen, aber sie ist verpflichtet, einen gehen zu lassen, wenn man gehen will.

Adelaide, buchstabiert Tante Mildred, versunken in Erinnerungen. *Eine Metropole. Ich war völlig fasziniert. Weißt du, ein Konzerngebiet, das ist im Grunde eine riesige, durchorganisierte Firma. Wenn man von dort in eine Metropole kommt, dann begreift man erst gar nicht, dass man nun fast alles machen kann, was man will, sein kann, wer man will. Klar, entsprechend viele Verrückte laufen herum, und man muss gut auf sich aufpassen. Aber das hat mir nichts ausgemacht. Auch nicht, dass die Wohnung, die wir gefunden haben, noch kleiner war als die in Perth, dafür viel teurer.*

Sie schüttelt den Kopf, versunken in ihre Erinnerung.

Es war eine gute Zeit. Nicht so gut wie die Zeit, seit wir hier in Seahaven sind – aber dafür hat Monica noch gelebt. Wir hatten nicht viel, aber wir hatten eine Menge Spaß. Wir drei Frauen. Sie beugt sich über den Tisch, greift nach meiner Hand. *Verstehst du, warum ich dich nicht allein fortgehen lassen könnte? Es ist gar nicht so sehr, weil ich auf dich aufpassen muss. Ich weiß schon, dass ich das nicht mehr so muss wie früher. Aber wenn du fortgehst ... mit wem kann ich dann noch reden?*

13

Am Tag darauf ist der letzte Schultag. Normalerweise ein erfreuliches Ereignis, aber diesmal nicht. Ich bin so in Gedanken versunken, dass mich, als ich die Straße vor dem Schultor überquere, fast ein Lastwagen rammt, der Sitzbänke zur Festplattform hinabfährt. Dann laufe ich als Erstes Pigrit über den Weg, der ohne ein Wort der Begrüßung gleich losjammert: »Das ist ja vielleicht blöd gelaufen am Samstag. Jetzt sind meine Chancen bei Carilja endgültig dahin.«

Ich starre ihn an und merke, wie ich stinksauer werde. »Deine *Chancen* bei Carilja?«, blaffe ich ihn an. »Pigrit – du *hattest* nie Chancen bei Carilja! Nicht einen Hauch.«

Er nickt bereitwillig. »Ja. Stimmt. Du hast völlig recht.«

»Und wenn hier jemand das Recht hat, sich zu beklagen, dann bin das ja wohl ich«, füge ich hinzu. »Wenn ich nicht auf dich gehört hätte, dann hätte ich jetzt nicht diesen ganzen Mist am Hals.« Ich darf gar nicht daran denken. Doktor Walsh ist zwar kein besonders guter Arzt, aber so schlecht, dass er bei einer Untersuchung nicht merken würde, was mit mir los ist, ist er nun auch wieder nicht.

Ich habe keine Chance. Ich werde das nächste Schuljahr nicht mehr hier sein. Nicht in Seahaven und auch in keiner anderen Schule der neotraditionalistischen Zone.

Eine unserer eher seltsamen Traditionen ist, dass am letzten

Schultag vor den Ferien die ersten zwei Schulstunden stattfinden, als wäre nichts. Erst danach erhalten wir die Zeugnisse und dürfen nach Hause gehen, um das Ende des Schuljahrs zu feiern. Diese zwei letzten Stunden nimmt natürlich niemand mehr wirklich ernst, außer ein paar besonders sture Lehrer. In der ersten Stunde erzählt Frau Chang Witze auf Chinesisch: Pfiffig – wer als Erster lacht, beherrscht die Sprache offensichtlich. In der zweiten aber versucht Herr Morrison, noch einmal richtig Unterricht zu machen, fängt sogar ein neues Thema an: Konkurrenz in der Tierwelt – Lebensräume, Fressfeinde, Verdrängung. Unten im Hafen wird schon das Soundsystem für das Fest getestet, und wir müssen uns anhören, wie Tiere ihre Territorien verteidigen.

Doch auch das ist irgendwann vorbei und Herr Black kommt, unser Klassenlehrer. Er hält uns eine Ansprache, wie erfolgreich das vergangene Schuljahr angeblich gewesen ist, und ermahnt uns, uns nicht auf unseren Lorbeeren auszuruhen – das übliche Blabla eben. Anschließend geht es um die dritte Fremdsprache, die wir ab nächstem Jahr nehmen müssen. Zur Auswahl stehen Japanisch, Koreanisch, mexikanisches Spanisch und Türkisch. »Ihr könnt natürlich wählen, was ihr wollt«, schließt Herr Black. »Aber es wäre schlau, sich anzuschauen, wo überall auf der Welt Spanisch gesprochen wird und welche politische und wirtschaftliche Rolle die Republik Mexiko spielt, ehe ihr euch entscheidet.« An unseren glasigen Blicken sieht er, dass wir nicht mehr in der Stimmung für Ratschläge sind, also lässt er es gut sein und gibt endlich das ersehnte Signal.

Der große Moment. Von unseren Tafeln ertönen Trommelwirbel, dann werden sie hell und präsentieren uns die Zeugnisse.

Meins ist ziemlich genau so ausgefallen, wie ich es erwartet habe. Nur in Englisch bin ich eine Note nach unten gerutscht, aber das ist mir heute herzlich egal.

Es folgt die Verteilung der Preise. Zum ersten Mal seit vier Jahren ist wieder ein Junge unter den besten drei: natürlich Pigrit, der in allen Fächern mit Ausnahme von Sport Bestnoten hat und damit die Goldmedaille bekommt. Die Silbermedaille geht an Judith Cardenas, die sich ihr Taschengeld durch Nachhilfegeben aufbessert und behauptet, das sei die beste Lernmethode. Und wie jedes Jahr kriegt Carlene Hardin, unsere Klassensprecherin, die Bronzemedaille. Und das, obwohl man immer das Gefühl hat, sie kümmert sich mehr um die diversen Feste und anderen Aktivitäten des Schullebens als um den Unterricht.

Als alles vorüber ist, gehe ich direkt nach Hause, ohne noch einmal mit Pigrit zu reden oder ihm gar zu gratulieren. Ich bin sauer; das darf er ruhig merken. Außerdem war es ohnehin noch nie mein Ding, mit den anderen herumzustehen und zu quasseln.

Doch obwohl ich unter den Ersten bin, die dem Tor zustreben, bin ich nicht schnell genug, um Doktor Walsh zu entgehen. Er läuft mir vor Thawte Hall über den Weg, fast als hätte er mir aufgelauert, und meint, wir könnten doch gleich einen Termin für die Untersuchung ausmachen.

Bitte nicht. Ich presse meine Tafel schützend vor die Brust und sage: »Meinetwegen brauchen wir keine Untersuchung zu machen. Ich gehe nächstes Jahr freiwillig in den Schwimmunterricht.«

Doktor Walsh lächelt listig. »Ich fürchte, Frau Doktor Van Steen besteht darauf. Sie will sichergehen, dass dir der Schwimmunterricht nicht schaden kann.«

Eins ist klar: Diese Untersuchung wird die Stunde der Wahrheit sein. Ich habe keine Ahnung, wie ich aus der Sache herauskommen soll, aber auf jeden Fall will ich es so weit wie möglich hinauszögern.

»Ich weiß noch nicht, wann ich Zeit habe«, wehre ich also ab.

»Wieso?«, fragt er lauernd. »Was hast du denn vor?« Er wirkt, als könne er es kaum erwarten, mir seine Instrumente in den Körper zu schieben.

Oder ahnt er etwas?

Ich schüttele heftig den Kopf. »Ich muss mir das erst überlegen«, erkläre ich so entschieden wie möglich, was, fürchte ich, nicht sehr entschieden ist. »Ich melde mich bei Ihnen.«

Dann flüchte ich. Mehr oder weniger.

Als ich zu Hause ankomme, finde ich Tante Mildred völlig aufgelöst vor. *Doktor Walsh hat geschrieben,* offenbart sie mir mit einer Handbewegung zu ihrer Tafel hin. *Wegen deiner Untersuchung. Er will einen Termin ausmachen.*

Wann?, frage ich. *Wann hat er dir geschrieben?*

Vor fünf Minuten.

Also erst nachdem er bei mir nichts erreicht hat. Er muss wirklich sehr auf diese Untersuchung aus sein.

Du hast ihm hoffentlich noch nicht geantwortet?

Tante Mildred schüttelt den Kopf. *Ich weiß ja nicht, was ich ihm sagen soll.*

Sag ihm nichts. Lösch die Nachricht.

Sie sieht mich erschrocken an. Eine Nachricht einer Autoritätsperson zu löschen, das bringt sie nicht fertig.

Es ist, als ob eine dunkle Wolke das Haus erfüllt. Weil es noch zu früh ist, um ans Mittagessen zu denken, fängt Tante Mildred an, sinnlos herumzuputzen und aufzuräumen. Töpfe klappern, Türen knallen, Eimer scheppern – sie hört es ja nicht.

Normalerweise stört mich das nicht, aber heute macht es mich verrückt. Ich ziehe mich in mein Zimmer zurück, aber es hilft nichts. Mir ist, als müsse mir jeden Augenblick der Kopf platzen. Ich will nichts mehr hören, nichts mehr sehen, nichts mehr wissen von dieser lauten, komplizierten, bedrohlichen Welt. Ich sehne mich nach Ruhe, nach Klarheit ...

Mit anderen Worten: Ich sehne mich nach der Unterwasserwelt.

Dieser Gedanke, einmal da, lässt mich nicht mehr los. Ins Wasser gehen, jetzt, in dieser Situation? Warum nicht, sage ich mir. Es ist der letzte Schultag. Die Restaurants der Stadt sind heute alle voll mit feiernden Familien. Bei vielen kommt heute Besuch an, der das berühmte Gründungsfest von Seahaven miterleben will. Heute ist bestimmt kein Tag, an dem Pärchen Zeit oder Gelegenheit haben, sich am Kleinen Strand zu treffen.

Das alles rede ich mir ein, während ich die Bikinihose unter meine Sachen anziehe und ein Handtuch eng gefaltet in meiner Umhängetasche verstaue, damit Tante Mildred es nicht sieht. Dann verabschiede ich mich und gehe schnell, ehe sie Fragen stellen kann.

Es ist völlig verrückt, was ich mache, denke ich, als ich mich durch den Zaun zwänge.

Ich muss es trotzdem machen, sage ich mir und gehe weiter.

Im Schutzgebiet ist es ruhiger als sonst. Man könnte meinen, selbst die Vögel seien in die Ferien geflogen. Als ich die Bucht erreiche, liegt sie leer und verlassen vor mir. Niemand zu sehen, niemand zu hören.

Trotzdem gehe ich bis ganz ans äußerste Ende, noch hinter den letzten Felsen, hinter dem kein Platz mehr wäre für zwei Personen, nicht einmal eine könnte sich hier hinlegen. Aber ich will mich auch nicht hinlegen. Ich will nur meine Kleider und mein Handtuch irgendwo deponieren, wo sie vor Wasser und vor Entdeckung geschützt sind, und das sind sie in einer Felsspalte, vor der ein stachliger Strauch wächst.

Es ist Flut; das Wasser steht höher als bei meinen bisherigen Besuchen an diesem Strand. Umso besser. Ich gehe im Schutz des Felsens ins Meer, tauche ein, ohne zu zögern. Ich öffne den Mund, nehme das salzige, frische Wasser in mich auf, und mit der Luft, die aus meinen Kiemen strömt, verschwindet auch die Welt aus meinen Gedanken.

Ich schwimme am Meeresboden entlang und es ist herrlich. Ich genieße es, die Arme auszustrecken und durchzuziehen, ich genieße es, mit den Beinen zu paddeln und zu spüren, wie ich mich selbst mit kraftvollen Bewegungen vorwärtstreibe. Mein Geist ist ganz leer, ohne jeden Gedanken an die Probleme, die mich hierher getrieben haben. Ich mache mir keine Sorgen. Alles, was ich tue, ist schwimmen.

Ich halte auf das Wrack zu, ohne besonderen Grund, einfach, weil es sich als erstes Ziel anbietet, wenn man aus der kleinen Bucht kommt. Ich habe es nicht eilig. Ich tauche ein in das durchscheinende Blau des Ozeans und vergesse alles.

Fische nähern sich mir. Ich erkenne einen Napoleonfisch; dicklippig und so lang wie mein Unterarm schwimmt er heran und beäugt mich neugierig. Schwärme silberglänzender, nadeldünner kleiner Fische kreuzen meinen Weg. Unter mir wogen die Fangarme bunter Seeanemonen. Ich sehe Muscheln und Seesterne, dazu Weichkorallen in allen Farben.

Bald taucht der geisterhafte schwarze Umriss des Wracks vor mir auf. Ich tauche hinab, schwimme eine Weile an dem gewaltigen stählernen Leichnam entlang und halte Ausschau nach den Netzen, die Pigrit die Taucher hat installieren sehen. Nichts zu sehen. Aber das Fest ist erst am Samstag, in vier Tagen also. Wahrscheinlich bringt man die gasgefüllten Ballons möglichst kurz davor unter Wasser, damit sie nicht von vorwitzigen Tieren mit scharfen Zähnen angeknabbert werden.

Ich lasse von dem Wrack ab, als mir klar wird, dass ich diesmal ja allein bin und auf niemanden warten, auf niemanden Rücksicht nehmen muss. Ich bin frei!

Unwillkürlich stoße ich ein Jauchzen aus, das von den Felsen und den Planken des gesunkenen Schiffs widerhallt. Ich fühle mich, als könnte ich geradewegs bis Neuguinea schwimmen.

Dann stutze ich.

Bis Neuguinea schwimmen? Das könnte ich *tatsächlich!* Wenn es sein müsste: Wer wollte mich daran hindern? Ich kann unter Wasser atmen – das heißt, ich kann jederzeit Pause machen, wenn es mir zu anstrengend wird. Ich könnte bestimmt auch unter Wasser schlafen, warum nicht?

Spontan mache ich eine Rolle vorwärts, tauche mühelos hinab zum Grund, recke die Hand nach einem dunkelgrünen Algenwedel. Kann ich auch unter Wasser essen? Ich reiße ein Stück Alge ab, stecke es in den Mund, kaue. Es schmeckt nicht überwältigend – es ist eher zäh, eine Art salziges Kaubonbon –, aber es kommt mir nahrhaft vor.

Und es schmeckt gut genug, dass ich noch ein zweites Stück abreiße und esse.

Unglaublich. Erst jetzt beginne ich zu begreifen, was für Möglichkeiten mir offenstehen. Ich muss an den Globus in unserem Klassenzimmer denken, auf dem die Ozeane mit ihren Tiefen und Höhenzügen plastisch dargestellt sind. Alle Ozeane der Welt sind miteinander verbunden. Wer sich im Ozean frei bewegen kann, kann überallhin gelangen!

Was für ein schwindelerregender Gedanke!

Gut. Heute werde ich das natürlich nicht tun. Aber wer weiß, eines Tages ...?

Ich drehe mich auf den Rücken, breite die Arme aus, schaue in das Licht, das quecksilbrig auf mich herabrieselt, und würde mein Glück gern umarmen. So schwebe ich eine Weile, Zeit und Raum vergessend. Frei. Ich bin frei. Ich bin zu Hause.

Endlich schwimme ich weiter, folge den Felsformationen auf dem Meeresgrund. Immer mehr Korallen begegnen mir, bunt wie die Garben eines Feuerwerks. Sind das schon die Ausläufer des Great Barrier Reef? Ich nehme mir vor, mir die Seekarten noch einmal ganz genau anzusehen, wenn ich zurück bin.

Ich tauche hinab, passiere einen riesigen, filigranen Gorgonenfächer mit rotflaumigen Federsternen. Die Versuchung, die zarten Äste zu betasten, ist überwältigend, aber ich widerstehe ihr. Ich habe zu oft gehört, was man Tauchern einimpft, nämlich, dass man Korallen nicht anfassen soll, weil ihnen jede Berührung schadet.

Ich dehne den Brustkorb, denke schon gar nicht mehr darüber nach, dass ich dabei Luft aus dem Wasser ziehe und sammle, um Auftrieb zu erzeugen. Mein Körper weiß das alles besser als ich. Ich gleite gemächlich aufwärts, der silbern schimmernden Fläche entgegen, die weit über mir die Grenze zwischen meinem Reich und dem der anderen Menschen markiert. Der Felsen, an dem ich emporsteige, ist üppig mit schwarzen und blauen Korallen bewachsen.

Ich lasse ihn hinter mir, schwimme weiter und weiter, bis ich allein bin im durchscheinenden Blau ...

Zu allein.

Wo sind all die Fische, die eben noch überall zu sein schienen?

Ich fahre herum, erfüllt von einem Gefühl drohender Gefahr. Irgendetwas stimmt hier nicht.

Was, wird mir klar, als ich einen Schatten bemerke, der direkt auf mich zugleitet. Ich erstarre.

Es ist ein Hai.

Haie sind Tiere aus der Klasse der Knorpelfische. Es gibt weltweit etwa vierhundertachtzig Arten. Die kleinste ist der Laternenhai, der oft nur eine Handspanne lang wird, die größte der Walhai, der sich nur von Plankton ernährt.

Der Hai, der direkt auf mich zuschwimmt, ist keines von beidem.

Die meisten Haie sind Raubtiere, das heißt, sie fressen andere Lebewesen, in der Regel Fische. Wie die meisten Raubtiere ziehen es auch die Haie vor, den Menschen aus dem Weg zu gehen, wenn sie können. Haie können Menschen gefährlich werden, vor allem, wenn es sich um Bullenhaie, Tigerhaie oder Weiße Haie handelt, aber sie tun es selten. Weltweit sterben jedes Jahr mehr Menschen in Badewannen als durch Haie.

Doch das alles gilt nicht für die Küsten Australiens.

Ein Riffhai, der sich vor Tahiti von Touristen fotografieren und von Kleinkindern streicheln lässt, ist wie ausgewechselt, wenn er vor der australischen Küste auftaucht. In der Nähe unseres Kontinents werden Haie zu hungrigen Killern.

Niemand weiß genau, warum das so ist. Manche sagen, es liege an Futterknappheit – aber wieso hier? Wieso bei uns und woanders nicht? Tatsache ist, dass sich fast alle tödlichen Haiattacken in australischen Gewässern ereignen. Das war schon vor zweihundert Jahren so und die Ausrottungsversuche im letzten Jahrhundert scheinen es nur schlimmer gemacht zu haben.

All das ist Schulstoff, der mir durch den Kopf jagt, während ich wie erstarrt im Wasser schwebe. Ich spüre ein Zittern im Bauch, als wollten mir jeden Augenblick alle Eingeweide herausfallen. Auf einmal komme ich mir *sehr* nackt und schutzlos vor.

Ich weiß nicht, was ich tun soll. Mich tot stellen? Das tue ich gerade sozusagen instinktiv. Vielleicht bemerkt er mich nicht. Vielleicht hat er eine ganz andere, viel fettere Beute als mich im Visier.

Hat er nicht. Er kommt genau auf mich zu. Es gibt auch sonst weit und breit nichts, was ein Hai fressen könnte.

Und ich habe keine Waffe. Kein Versteck.

Keine Chance.

Trotzdem werfe ich mich herum und schwimme los, so schnell ich kann.

Es ist aussichtslos. Ein einziger, gemächlicher Schlag seiner Schwanzflosse bringt den Hai weiter vorwärts als mich zehn hektische Schwimmzüge. Aber irgendetwas muss ich tun, also schwimme ich weiter. Dafür, dass ich bis vor zwölf Tagen geglaubt habe, ich könnte gar nicht schwimmen, schwimme ich verdammt schnell.

Bloß wird es nicht reichen. Erinnerungen überschwemmen mich, an Warnungen, an Schulstunden, an Aufnahmen von Haiopfern. Beziehungsweise von ihren Überresten.

Erinnerungen, die gerade alle nicht wirklich hilfreich sind.

Werde ich jetzt sterben? Sehr wahrscheinlich. Wenn Haie angreifen, tun sie das, indem sie erst einmal kräftig zubeißen, dann wieder auf Distanz gehen und abwarten, bis ihr Opfer durch den Blutverlust so weit geschwächt ist, dass keine Gegenwehr mehr zu erwarten ist, wenn sie es mit sich in die Tiefe ziehen. Nur dieser Taktik wegen kommt es überhaupt vor, dass Schwimmer, die von einem Hai angegriffen worden sind, gerettet werden.

Aber für eine Chance auf Rettung bin ich viel zu weit draußen. Weit und breit ist kein Schiff, kein Boot, niemand, der mich aus dem Wasser ziehen könnte nach dem ersten Biss des Hais. Ich muss an Tante Mildred denken und wie es ihr ergehen wird, wenn sie erfährt, dass ich ums Leben gekommen bin. Es wird schrecklich für sie sein.

Ach ja – und es wird schrecklich für *mich* sein.

Ich schwimme um mein Leben. Mir ist heiß, ich schwitze unter Wasser. Meine Muskeln brennen. Meine Lungen, meine Kiemen schmerzen. Ich schaue mich nicht um, habe nicht die Zeit und die Kraft dazu, rechne jeden Moment mit dem tödlichen Biss.

Dann sehe ich einen weiteren Schatten. Vor mir in der Tiefe. Und er kommt rasend schnell auf mich zu.

Ich stoße einen Schrei aus, schließe die Augen, spüre, wie ein großer Körper dicht an mir vorbeischießt. Alles in mir will weg hier, nur weg hier, doch jetzt verkrampfen meine Arme, versagen den Dienst.

Bebend und kaum noch fähig, mich zu rühren, drehe ich mich um. Keine Ahnung, ob es besser ist, dem Verderben ins Auge zu blicken. Aber was soll ich sonst tun?

Zu meiner Überraschung hat der Hai die Flucht ergriffen. Und der andere Schatten, der, der mir entgegengekommen ist, ist kein zweiter Hai, sondern – ein Mensch. Ein junger Mann, der eine speerartige Waffe in der Hand trägt. Und Kiemen auf der Brust hat, genau wie ich.

Er kommt auf mich zugeschwommen, lächelnd, und begrüßt mich in der Taubstummensprache: *Hallo, schönes Mädchen. Das hätte schiefgehen können!*

14

Ich starre die Erscheinung an, fassungslos. Ein Mensch. Ein Mann, vielleicht zwanzig Jahre alt, muskulös, mit schulterlangen, wallenden Haaren und auffallend bleicher Haut schwebt da vor mir in der konturlosen blauen Leere des Pazifik und macht die Handzeichen der Taubstummensprache. Unbeholfen, weil er in der Rechten seinen Speer hält oder was immer das ist, eine Waffe jedenfalls, bleich auch sie, wie aus einem großen Knochen geschnitzt.

Und er hat tatsächlich die gleichen Schlitze im Brustkorb wie ich, die gleichen Kiemen. Ich beobachte benommen, wie sie sich im Rhythmus seines Atems bewegen, sanft, flatternd. Es ist eine Sache, das bei sich selbst zu sehen, aber eine ganz andere, es bei jemand anderem zu entdecken.

Genau wie ich ist er nicht völlig nackt, sondern trägt eine Art Lendenschurz, aus einem Material, das ich nicht identifizieren kann. Gehalten wird er von einem Gürtel, an dem mehrere kleine und große Beutel hängen.

Und er hat Schwimmhäute zwischen den Fingern. Sie beginnen kurz nach dem obersten Glied, spannen sich in einem weichen Bogen zu den benachbarten Fingern, flattern leicht, wenn die Finger zusammengelegt werden.

Mein Herz pocht wild. Ich weiß nicht, ob es noch die Angst vor dem Hai oder die Aufregung ist, in die mich diese unerwartete Begegnung versetzt.

Danke, signalisiere ich, als das Zittern in meinen Armen nachgelassen hat. *Du hast mich gerettet.*

Er lächelt breit. Kraft strahlt von ihm aus, Kraft und unbändiges Selbstbewusstsein. *Der Hai war hungrig. Aber er hatte auch Angst. Ich habe ihm auf die Nase geboxt, dann ist er abgehauen.*

Verstehe, gebe ich zurück.

Mit anderen Worten, der Hai kann auch wieder zurückkommen.

Wie heißt du?, will der Unterwassermann wissen.

Saha, buchstabiere ich.

Er mustert mich nur verwundert. Mit den Buchstabenzeichen scheint er nichts anfangen zu können.

Und wer bist du?, frage ich.

Ich? Ich bin Schwimmt-schnell, erklärt er stolz. Er umkreist mich einmal, als wolle er mir zeigen, was damit gemeint ist und dass er wirklich schnell schwimmt. Oder vielleicht, weil er mich von allen Seiten begutachten will. *Wo ist dein Zusammen?,* fragt er.

Ich wiederhole das Handzeichen. *Zusammen?* Hat das Zeichen eine zweite Bedeutung? Wenn ja, dann kenne ich sie nicht.

Er streckt die Hand aus und berührt meine Wange. Anschließend fragt er: *Woher kommst du? Ich habe dich hier noch nie gesehen.*

Ein plötzliches Zittern durchläuft mich. Was tue ich hier? Auf einmal habe ich das Gefühl, das alles nur zu träumen. Bestimmt wache ich gleich auf und liege zu Hause in meinem Bett.

Ich lebe in Seahaven, erkläre ich, und weil er offenbar mit Buchstaben nichts anfangen kann, füge ich hinzu: *In der Stadt über dem Wasser.* Ich zeige in die Richtung, in der ich Seahaven vermute.

Seine Reaktion überrascht mich. Er zuckt regelrecht zusammen und reißt die Augen auf, als hätte ich etwas ganz und gar Entsetzliches gesagt. Ehe ich reagieren kann, hat er schon meine Hand gepackt und betrachtet sie aus der Nähe.

Als seine Finger an den Seiten der meinen entlangstreichen, ahne ich, was er vor allem sieht: dass ich keine Schwimmhäute habe.

Ich wedle mit der freien Hand, um die Sache zu erklären, aber er gibt mir keine Gelegenheit dazu. Er lässt mich los, wirft sich herum und schwimmt davon, als sei der Leibhaftige hinter ihm her.

Er schwimmt wirklich schnell. Mann, schwimmt er schnell. Im Nu sehe ich nur noch einen Schatten, der in einem eleganten Bogen in der Tiefe verschwindet, und einen Herzschlag später ist da gar nichts mehr, hat er sich in dem unergründlichen Blau aufgelöst.

Ich schwebe reglos, außerstande, mich zu bewegen. Einen Moment lang bin ich mir nicht sicher, wo oben und unten ist, weil es so aussieht, als sei die Welt verschwunden und habe nur konturloses, unendliches Azurblau zurückgelassen, in dem Begriffe wie oben und unten keine Bedeutung haben.

Dann schwimmt ein Schwarm kleiner, gestreifter Fische in mein Blickfeld, schwarz und gelb, und ich weiß wieder, wo ich bin.

Was ich nicht weiß, ist, ob ich das eben wirklich erlebt oder mir nur eingebildet habe.

Ich versuche, die Richtung auszumachen, in der Schwimmtschnell verschwunden ist, aber es ist nichts mehr zu sehen. Als sei er nie da gewesen.

Vielleicht war es ja tatsächlich Einbildung. Vielleicht war ich zu lange unter Wasser. Vielleicht wird mein Gehirn doch nicht richtig mit Sauerstoff versorgt, wer weiß das schon, bei diesen genetischen Manipulationen kann sicher alles Mögliche schiefgehen?

Ich betaste mein Gesicht an der Stelle, an der Schwimmtschnell mich berührt hat. Der Hai fällt mir wieder ein. Den habe ich mir bestimmt nicht eingebildet. Und der kann jederzeit zurückkommen, nämlich sobald sein Hunger wieder größer ist als seine Angst. Dann wird ihm wieder einfallen, wo er gerade eben Beute gesehen hat.

Ich wende und schwimme los, in Richtung Küste und so schnell ich kann.

Als ich die Bucht erreiche und mich dem Ufer nähere, zittern meine Arme und Beine. Von der Anstrengung, sage ich mir, aber vielleicht ist es auch der Schock, der mit Verspätung kommt. Dass ich dem Hai doch noch entkommen bin. Dass ich jemandem begegnet bin, der ist wie ich.

Schwer zu sagen, was mich mehr schockiert hat. Ehrlich, ich weiß es nicht.

Aber ich weiß, was ich jetzt tun muss.

Das Wasser wird seichter. Ich lasse mich von den Wellen aufs

Ufer zutragen, habe es trotz allem nicht eilig, das Meer wieder zu verlassen. Vorsichtshalber fülle ich zuerst einmal nur meine Lungen mit Luft und strecke dann den Kopf über Wasser, um mich umzusehen.

Der Strand ist immer noch leer. Ich schwimme eine Weile auf der Stelle und ringe mit der Versuchung, einfach wieder abzutauchen. Schließlich gleite ich zu meinem Felsen ganz außen und gehe an Land. Meine Sachen sind unberührt. Ich trockne rasch meinen Oberkörper ab und streife mein T-Shirt über. Als nach ein paar Minuten auch meine Bikinihose trocken ist, ziehe ich mich vollends an und mache mich auf den Weg.

Aber ich nehme nicht den Weg zurück zur Siedlung, sondern den anderen, der in Richtung Stadt führt. Kurz darauf stehe ich vor dem Haus der Bonners und klingle. Zum Glück ist es Pigrit, der mir öffnet. Er reißt die Augen auf, als er mich sieht. »Du?«

»Ich habe meine Tafel daheim gelassen, sonst hätte ich dich vorher angerufen«, erkläre ich. »Ich muss dir dringend was erzählen.«

Nachdem ich Pigrit alles berichtet habe, sitzt er erst mal regungslos da, starrt ein Loch in den Fußboden schräg hinter mir und denkt nach. Wir hocken mitten in seinem Zimmer auf dem Boden. Ein Geruch nach Braten und Weinsoße liegt in der Luft, eine Erinnerung an ein besonders gutes Mittagessen zum Ende des Schuljahrs. Endlich, nach einer Ewigkeit, wie es mir vorkommt, hebt er den Kopf und sagt: »Dann warst du weit draußen.«

»Was?«, entfährt es mir.

»Wenn du auf einen Hai gestoßen bist. Vor der Küste von

Seahaven ist eine Haiabwehranlage installiert; die wirkt mindestens zwei Meilen weit.«

»Eine *was?*«

»Haiabwehr. Das funktioniert irgendwie mit Infraschall. Wenn die Haie das hören, wittern sie Gefahr und schwimmen lieber woandershin.« Pigrit hat jetzt den gleichen Gesichtsausdruck wie in der Schule, wenn er was besonders Schlaues gesagt hat. »Und das reicht etwa zwei Meilen weit. Also musst du weiter als zwei Meilen rausgeschwommen sein.«

Ich winke ungeduldig ab. »Ja, kann schon sein. Aber darum geht es doch jetzt nicht. Es geht um den Mann, den ich getroffen habe!«

»Ah ja. Klar«, sagt Pigrit und kommt wieder ins Grübeln. »Und der sah genauso aus wie du? Mit den Kiemen und so, meine ich.«

»Ja. Fünf auf jeder Seite. Und wie gesagt, die Schwimmhäute zwischen den Fingern.« Ich zeige ihm meine Finger und die hauchdünnen weißen Narben daran. Auch sie gehen jeweils bis zum Ansatz des obersten Fingergelenks. »Die hat mir meine Mutter entfernen lassen, als ich noch ein Baby war.«

Pigrit studiert meine Narben und meint dann: »Tja, das ist die Frage.«

»Die Frage?« Er hat heute etwas besonders Irritierendes an sich. »Was für eine Frage?«

»Ob sie wirklich deine Mutter war.«

»Was?« Ich schnappe nach Luft. Was soll denn *das* nun wieder heißen?

Pigrit hebt die Augenbrauen. »Das alles könnte bedeuten, dass sie dich als Baby geklaut hat. Von einem Stamm von Unterwassermenschen.«

»Wie bitte?«, rege ich mich auf. »Wieso hätte sie so etwas tun sollen?«

Pigrit weist in Richtung des Schreibtischs, wo seine Tafel zwischen lauter aufgeschlagenen Büchern liegt. »Lies die Nachrichten. Das passiert ständig, dass Frauen Babys stehlen, weil sie selbst keine kriegen können. Nicht jede Woche, aber doch immer wieder.«

Ich schüttle den Kopf. »Das glaube ich nicht. Ich sehe meiner Mutter nämlich ähnlich. Ich kann dir mal Fotos zeigen.«

»Ist nur eine Theorie«, meint Pigrit.

»Eine ziemlich schwache Theorie, wenn du mich fragst. Oder hast du je von einem Stamm von Unterwassermenschen gehört, dem man Babys klauen könnte?«

»Nein, stimmt.«

Es ist ganz ruhig im Hause Bonner. Sein Vater ist bei einer Besprechung mit dem Stadtrat, hat Pigrit erzählt, als er mich hereingelassen hat, und von den Bediensteten ist auch niemand da.

»Und wenn wir«, schlage ich zaghaft vor, weil es das ist, weswegen ich eigentlich gekommen bin, »mal ein bisschen in der Bibliothek deines Vaters nachforschen?«

Pigrit kratzt sich das Kinn. »Können wir probieren«, meint er und steht auf.

Als wir die schwere Tür passieren, umfängt uns wieder dieser seltsame Geruch des alten Papiers und vor allem diese Stille, die ich so noch nirgends sonst erlebt habe. Es ist, als wirkten die vielen Bücher wie ein Schutzwall gegen die Welt dort draußen.

Pigrit schaltet alle Lampen an, auch welche, die ich beim letzten Mal nicht einmal bemerkt habe. Sie erleuchten die Regalreihen taghell. »Dad hat tatsächlich angefangen, die Sachen auszupacken, die noch von meinem Großvater stammen«, erklärt er. »Komm, ich zeig dir, wie weit wir schon sind.«

Er führt mich in den hintersten Gang, den einzigen, an dessen Ende sich kein Fenster befindet. Hier stehen ein Dutzend Kisten aus Schaumholz, wild aufeinandergestapelt. Drei Kisten sind bereits geöffnet, auf den Deckeln der übrigen liegt Staub.

»Die hat seit mindestens zwanzig Jahren niemand mehr aufgemacht«, sagt Pigrit. Er bläst den Staub von einer der Kisten und öffnet die Schnappverschlüsse. Sie quietschen und gehen schwer, sind offensichtlich seit Jahrzehnten nicht benutzt worden. Ein modriger Geruch dringt heraus, als er den Deckel abhebt.

In der Kiste stapeln sich Bücher, Notizbücher und beschriebenes Papier. So, erinnere ich mich von einem Museumsbesuch, hat man früher Texte verfasst: auf Blättern aus Papier, die man durchnummerieren musste, damit man später wusste, in welcher Reihenfolge sie zu lesen waren.

Manuskripte. So nennt man solche Papierstapel, fällt mir wieder ein.

»Ich darf beim Katalogisieren helfen«, erklärt Pigrit, »aber ich darf nichts selbst auspacken. Da ist Dad extrem pingelig.« Er überfliegt die Titel der Bücher, die obenauf liegen. »Das hier scheint sich alles um das Thema australische Ureinwohner, Kolonisation und so was zu drehen. Hilft uns eh nicht weiter«, fügt er hinzu und setzt den Deckel wieder auf.

Er zeigt auf eine der geöffneten Kisten. Sie ist halb leer, der Inhalt liegt auf dem Tisch daneben aufgestapelt. Unter jedem Stapel steckt ein Blatt aus Papier, auf dem Stichworte stehen. »Bürgeraufstände«, liest Pigrit vor. »Bildung der Zonen. Metropolenrecht. Entwicklung der Globalcharta. Geschichte des Unterwasserbergbaus ...«

Mein Blick fällt auf eine Uhr, die im obersten Fach des Regals gegenüber steht, zwischen einem Buch in Japanisch und einem in Spanisch. Es ist schon fünfzehn Uhr vorbei. Tante Mildred wird sich Sorgen machen.

»Oha«, sagt Pigrit da.

Ich drehe mich zu ihm um. Er steht vor einem Bücherstapel, tippt auf den Papierstreifen darunter. »Hier, das klingt interessant: *Bio-Politik*. Der Zettel ist neu. Dad muss heute Vormittag ohne mich weitergemacht haben.«

Es sind drei Bücher, zwei dünne und ein dickes. Pigrit schaut sie sich der Reihe nach an. »Alle auf Koreanisch. Das kann ich nicht lesen.«

Ich schaue noch einmal auf die Uhr. »Ich muss nach Hause«, sage ich. »Meine Tante dreht bestimmt schon durch, weil ich zum Mittagessen nicht da war.«

Pigrit legt die Bücher wieder hin, richtet sie fein säuberlich aus. »Ich werde meinen Dad fragen, um was es darin geht. Wenn ich was herausfinde, melde ich mich.«

»Aber –«

Er schüttelt den Kopf. »Ich verrate ihm nichts. Versprochen ist versprochen.«

Es duftet nach asiatischen Gewürzen, als ich die Haustüre öffne. Tante Mildred ist nicht zu sehen. Ich tippe auf den Klingelknopf an der Tür, der es nicht nur klingeln, sondern auch alle Lampen im Haus kurz flackern lässt.

Im nächsten Moment taucht sie auf, aus dem kleinen Hauswirtschaftsraum hinter der Küche, in dem unsere alte Waschmaschine gerade gurgelnd und zischend ihre Arbeit aufnimmt.

Saha! Wo warst du? Ihre Gesten verraten, wie beunruhigt sie ist. Wäre ich nur ein kleines bisschen zu spät gekommen, hätte sie mir eine Szene gemacht. Doch wenn etwas ganz anders läuft, als sie das erwartet hat, dann denkt sie immer, sie hat irgendetwas nicht mitgekriegt. Das kommt mir jetzt zugute.

Ich winke ab. *Das ist eine lange Geschichte.*

Ich bin ebenfalls ziemlich aufgewühlt und das kann ich vor ihr nicht verbergen. Tante Mildred kennt mich schon mein ganzes Leben lang, und sie ist geübt darin, mehr auf das zu achten, was der Körper sagt, als auf Worte, die sie ohnehin nur gefiltert erreichen.

Erzähl, fordert sie mich auf und fügt hinzu: *Ich dachte, wir essen gemeinsam zu Mittag.*

Ich zucke nur hilflos mit den Schultern. Womöglich stimmt nichts von dem, was ich über mich und mein Leben zu wissen geglaubt habe – wie kann ich da ans Essen denken?

Ich hab dir was aufgehoben, erklärt sie. *Geschnetzeltes auf vietnamesische Art.*

Ich recke den Hals, straffe mich und sage mit entschiedenen Gesten: *Wir müssen was bereden.*

Tante Mildred mustert mich. Sie weiß, dass es ernst ist. Manchmal beobachtet sie so genau, dass es ist, als könne sie Gedanken lesen, und dies ist so ein Moment.

Wir gehen ins Wohnzimmer. Sie nimmt auf dem Sessel Platz, was mir nur das Sofa lässt. Ich setze mich, streife die Schuhe ab und ziehe die Beine unter mich. Am liebsten würde ich mich einrollen und nichts mehr wissen von der Welt, aber das geht jetzt nicht. Später vielleicht.

Also, meint Tante Mildred.

Ich reibe meine Hände kurz an meiner Hose ab. Sie sind schweißnass. Mein Herz pocht wie vor einer Prüfung, von der alles abhängt.

Was ja vielleicht auch der Fall ist.

Was stand in den Briefen, die dir Mom geschrieben hat?, frage ich schließlich.

Meine Tante runzelt die Stirn. *Wieso willst du das wissen?*

In meinem Bauch flattern tausend panische Schmetterlinge. Manchmal kann ich mich langsam und behutsam an heikle Themen herantasten, aber nicht heute. Heute muss ich so schnell wie möglich sagen, was Sache ist, ehe mich der Mut und die Kraft dazu verlassen.

Es ist wichtig, erkläre ich, und jetzt sind es meine Hände, die zittern. *Ich will wissen, ob sie wirklich meine Mutter war oder nicht.*

Wie nicht anders zu erwarten, reagiert Tante Mildred entsetzt. *Kind! Wie kommst du auf die Idee, sie könnte es nicht sein?*

Also erzähle ich ihr alles. Von meinem Tauchgang, alleine, hinaus in den Pazifik. Von dem Mann mit den Kiemen, dem ich begegnet bin – und der die Gebärdensprache beherrscht hat!

Nur das mit dem Hai lasse ich weg. Ich mag selbst nicht daran zurückdenken, dazu ist die Erinnerung noch zu frisch und zu entsetzlich.

Ich sage ihr auch nicht, dass ich schon bei Pigrit war und dass der Gedanke, meine Mutter könnte mich als Baby gestohlen und nach Perth entführt haben, von ihm stammt.

Tante Mildred ist auch ohne all das bleich genug geworden.

Als ich fertig bin, lasse ich die Hände sinken. Sie fühlen sich müde an, erschöpft. Als hätte ich einen schweren Stein von einer Gruft gezerrt, in der die Antworten auf all meine Fragen verborgen liegen.

Oder auch nicht. Das wird sich zeigen.

Meine Tante fährt sich gedankenverloren mit den Fingern durch ihre leicht gelockten Haare. Das macht sie immer, wenn sie nachdenkt oder in Erinnerungen versinkt.

Als wir Kinder waren, beginnt sie schließlich, *hat deine Mutter immer Geschichten für mich erfunden. Ich habe das geliebt. Und Monica hatte eine unglaubliche Fantasie. Sie musste nie groß nachdenken, weißt du? Man brauchte ihr nur zu sagen, ›erzähl mir eine Geschichte‹, und sie konnte drauflosrzählen, aus dem Stand, jederzeit. Meistens total verrückte Sachen. Deswegen dachte ich zuerst ...* Sie hält inne, schüttelt den Kopf. *Aber dann war es doch ganz anders. Viel komplizierter.*

Ich mustere sie ratlos. *Ich habe keine Ahnung, wovon du redest,* erkläre ich und merke, wie ich wütend werde.

Tante Mildred steht auf. *Warte. Ich hole die Briefe, die mir deine Mutter damals geschrieben hat. Dann wirst du es verstehen.*

15

Die Briefe? Ich schaue ihr verdutzt nach, wie sie das Wohnzimmer verlässt, höre, wie sie nach oben in ihr Zimmer geht. Gleich darauf kommt sie zurück, ein kleines Päckchen in der Hand, ein Päckchen aus lauter Papier.

Jetzt begreife ich. Deswegen habe ich die Briefe nicht auf ihrer Tafel gefunden: weil meine Mutter ihr Briefe auf Papier geschrieben hat!

Sie setzt sich neben mich auf die Couch. Ich starre das Bündel in ihrer Hand an, all die Umschläge mit dunkelroten Strichcodes. Briefe auf Papier. Richtig. In manchen Gegenden der Welt ist diese Art der Kommunikation immer noch üblich, aber ich habe so etwas bisher nur auf Fotos im Geschichtsunterricht gesehen.

Tante Mildred ordnet die Umschläge, zieht die Briefe heraus, überfliegt sie. Ich staune, wie leicht und flüssig sie Handschrift lesen kann. Es ist ihr so selbstverständlich, dass sie gar nicht auf die Idee kommt, mich zu fragen, ob ich das lesen kann, sie reicht mir einfach den ersten Brief.

Ich lese. Das Papier knistert in meiner Hand. Der Brief ist über siebzehn Jahre alt, datiert vom 1. August 2134. Die Handschrift ist dieselbe, die ich aus dem Tagebuch meiner Mutter kenne. Sie schreibt, dass sie in Asagaj ist, einem kleinen Ort an der malaysischen Küste, ein Zimmer bei einer alten Frau hat, der sie im Haushalt hilft, und auf einen Job im nächsten Mediencenter wartet, der Anfang Oktober losgehen soll.

Frau Tan ist noch rüstiger, als sie aussieht, also habe ich in Wirklichkeit nicht viel zu tun und viel Zeit. Ich gehe oft an den Strand. Es gibt hier viele kleine Buchten, in denen ich ganz allein bin. Ich genieße es, endlich einmal wieder nackt zu schwimmen. Bis mein Job anfängt, bin ich bestimmt nahtlos braun!

Frau Tan hat fünf Söhne. Sie arbeiten alle in den Unterwasserminen von Kepuliau und in ihren Freiwochen kommen sie gern zu Besuch. Sie erzählen mir von ihrer Arbeit und von Wassergeistern, denen sie manchmal im Meer begegnen und denen sie die Schuld an all ihren Missgeschicken zuschreiben. Die Wassergeister reißen Kabel ab, stechen Löcher in Versorgungsschläuche, lassen wichtige Bauteile verschwinden und so weiter. Es ist lustig, mit welchem Ernst sie das erzählen.

Als Tante Mildred sieht, dass ich an dieser Stelle angelangt bin, reicht sie mir den nächsten Brief, der eine Woche später datiert, und deutet auf diese Passage:

Ich frage mich übrigens, ob an der Geschichte mit den Wassergeistern nicht doch irgendwas dran ist. Heute beim Schwimmen hatte ich auf einmal das Gefühl, dass mich jemand beobachtet. Ich habe mich im Wasser umgedreht und natürlich zuerst die Küste abgesucht in der Erwartung, dass mir ein Mann oder ein Junge nachspioniert. Bloß war da niemand. Aber als ich weiter-

schwimmen wollte, war mir plötzlich so, als sähe ich in einem Wellenkamm ein Paar Augen, die mich anschauen!
Gruselig. Ich frage mich, was das war. Vielleicht eine ungewöhnlich gefärbte Quallenart? Ich glaube, ich besorge mir morgen eine Taucherbrille und schaue mich mal ein bisschen unter Wasser um.

Ich blicke auf. Tante Mildred sieht mich ernst an, den nächsten Brief an ihre Brust gedrückt. Sie zögert, aber dann gibt sie ihn mir doch.

Asagaj, 2134-8-11
Liebe, ferne Mildred, Schwesterherz,
Du wirst nicht glauben, was ich Dir zu erzählen habe. Ich habe mich verliebt, unsterblich verliebt in jemanden, der allem Anschein nach ein Fabelwesen ist. Ich weiß nicht, wie ich es Dir erklären soll – man kann es eigentlich nicht erklären –, aber ich will es jedenfalls versuchen.
Du erinnerst Dich? Ich wollte mir eine Taucherbrille besorgen. Ich habe auch eine gefunden, am Samstag auf dem Markt von Asagaj, ein kleines, himmelblaues Plastikspielzeug. Außerdem habe ich mir einen Bikini gekauft, knallrot und hässlich, aber der einzige, den ich mir leisten konnte. Solange ich nicht weiß, wem die Augen gehören, die mich aus Wellen heraus beobachten, will ich lieber so schwimmen, habe ich mir gesagt.
So bin ich also wieder hinausgeschwommen, habe den Kopf unter Wasser gesteckt und mich umgesehen. Viel gab es nicht zu sehen, vor allem keine Quallen, egal in welcher Farbe. Dafür

schrecklich viel Müll auf dem Meeresboden, lauter Kleinzeug, das nur Roboter einsammeln könnten, die man sich hier aber wohl nicht leisten kann.

Keine Quallen, keine Augen, drei Tage lang. Schließlich wurde es mir zu dumm, außerdem kratzt der Bikini, also bin ich wieder ohne geschwommen, nur mit der Taucherbrille auf dem Kopf.

Und da ist er plötzlich aufgetaucht. Der Wassergeist.

Aber nein, ich kann Dir versichern: Ein Geist ist er nicht! Im Gegenteil, er ist geradezu überwältigend real. Ein schöner, schlanker, nahezu weißhäutiger Mann, der nur einen Lendenschurz trägt und offenbar völlig unter Wasser lebt.

Ich kann mir das nur so erklären, dass es hier in den malaysisch-indonesischen Inselwelten irgendwo ein Naturvolk geben muss, das gelernt hat, sich an das Leben unter Wasser anzupassen. Stell Dir vor, mein großer, starker Wassergeist hat Schwimmhäute zwischen den Fingern und Zehen – und er hat Kiemen!

Dieses unglaubliche Lebewesen ist also plötzlich aufgetaucht, als ich so dahinschwimme und mal wieder den Kopf ins Wasser senke: Wie ein Traumbild gleitet er unter mir dahin, hebt die Hände und – Du wirst es nicht fassen – spricht zu mir in der internationalen Gebärdensprache!

Ich weiß nicht mehr, was er alles gesagt hat, nur noch, wie er dabei gelächelt hat, ein Lächeln, das mir wie ein Blitz durch den ganzen Körper gefahren ist. Dass ich eine schöne Frau sei, dass er immer an mich denken müsse, seit er mich gesehen hat, dass es ihn immer wieder hierher ziehe – lauter solche Dinge.

Ich war völlig, völlig verblüfft. So verblüfft, dass ich, ohne groß nachzudenken, geantwortet habe. Wer er ist, wollte ich wissen. Ach, Du hättest ihn sehen sollen, wie glücklich er war, dass ich ihn verstehe, wie er geradezu explodiert ist vor Überschwang. Es tat mir fast leid, dass ich zwischendurch immer wieder auftauchen musste, um Luft zu holen!

Er hat vorgeschlagen, zum Strand zu schwimmen. Dort, im seichten Wasser sitzend, haben wir dann geredet. Er hat mir erklärt, dass er auch Luft atmen kann, dass das eine sehr seltene Fähigkeit bei seinem Volk ist und dass er es auch nur für kurze Zeit kann. Wie lange, konnte er mir nicht sagen – wir haben keine gemeinsamen Zeitbegriffe –, aber ich schätze, es war nach knapp einer Stunde, dass er gesagt hat, jetzt fange sein Hals an zu brennen vor Trockenheit, er müsse zurück ins Wasser, für mindestens eine Nacht.

Wir haben uns für morgen verabredet, stell dir vor! Ich werde auf jeden Fall hingehen, aber es scheint mir sinnvoll zu sein, jemandem davon zu erzählen. Dir. Deswegen dieser Brief, den ich heute noch abschicken will.

Ich habe nicht viel erfahren über sein Volk. Er hat die ganze Zeit lieber von mir geschwärmt, was ihm an mir gefällt – unter anderem meine breite Nase, ausgerechnet, stell Dir vor! Er hat mir auch seinen Namen gesagt, aber ich bin mir nicht sicher, ob ich ihn richtig verstanden habe: Geht-hinauf. Ist das ein Name? Keine Ahnung.

Auf jeden Fall pocht mein Herz wie wild bei dem Gedanken, dass ich ihn morgen wiedersehen werde. Es ist, als hätte ich Fieber. Bestimmt schlafe ich heute Nacht nicht.

Es wird Zeit, den Brief zu beenden, damit ich ihn noch aufge-

ben kann, ehe die Post schließt. Sei aus der Ferne geküsst und umarmt von
Deiner verrückten Schwester
Monica

Ich lasse den Brief sinken, fassungslos. Ein Eingeborenenstamm? Kann das wirklich sein? Und wenn – wieso habe ich noch nie davon gehört? Gibt es überhaupt noch Stammesvölker ohne Kontakt zur Zivilisation? Ich weiß von Zonen in Südamerika, wo Menschen auf ziemlich altertümliche Weise leben, aber selbst dort haben sie mindestens Netzanschluss.

Tante Mildred mustert mich aufmerksam.

Das ist mein Vater?, frage ich.

Statt zu antworten, reicht sie mir den nächsten Brief. Er stammt vom Tag darauf.

Donnerstag, 2134-8-12
Liebste Mildred,
ich habe mit ihm geschlafen. Dabei hatte ich mir fest vorgenommen, es nicht zu tun, jedenfalls nicht gleich beim ersten Rendezvous. Aber als ich ihn wiedergesehen habe, waren alle Vorsätze vergessen, ach was, nicht nur die Vorsätze, die ganze Welt war vergessen und verschwunden. Es gab nur uns beide, die kleine Bucht, den feuchten Sand und das warme Meerwasser. Und so ist es passiert. Und ich bereue es nicht, werde es nie bereuen, denn es war das Wunderbarste, was ich je erlebt habe.
Er heißt tatsächlich Geht-hinauf. Sein Stamm zählt etwa sech-

zig Menschen, aber es gibt wohl noch viele andere Stämme. Sie leben von Algen und rohen Fischen, beobachten uns aus der Ferne und finden unsere Art zu leben äußerst merkwürdig. Mehr habe ich nicht erfahren, denn wir hatten ja nur eine Stunde, ehe er wieder ins Wasser musste, um sich zu erholen, und in der Zeit hatten wir eine Menge Besseres zu tun, als zu reden.

Stell Dir eine restlos glückliche Monica vor, die ganz fest an Dich denkt und Dich aus dem fernen Norden heftig umarmt!

Ich merke, wie mir heiß geworden ist. Wie die eigene Mutter vom Sex mit dem eigenen Vater schwärmt, ist nicht unbedingt das, was man lesen will.

Ich gebe Tante Mildred den Brief zurück. Sie steckt ihn an seine Stelle im Stapel zurück und erklärt: *Dann kam erst mal nichts mehr. Ich habe ihr geschrieben, aber sie hat nicht geantwortet. Jedenfalls nicht gleich.*

Damit zieht sie den nächsten Brief heraus. Er ist vom 7. September 2134.

Oh, Mildred, treue Schwester,

es tut mir so leid, dass ich Dir nicht eher geantwortet habe, aber ... nun, Du weißt ja, was los war.

Und nun ist es vorbei! Heute – vorhin – hat mir Geht-hinauf offenbart, dass sein Stamm weiterzieht, nach Süden, soweit ich das verstanden habe. Das Wasser wird immer schlechter, sagt er; ich vermute, wegen der Minen auf dem Schelf und was sie alles an Chemikalien ins Meer leiten.

Und das bedeutet für uns den Abschied, voraussichtlich für immer. Er weiß nicht, wohin sie gehen, weiß erst recht nicht, wie wir die Orte nennen – unmöglich, uns anderswo zu verabreden.

Ich habe es erst nicht glauben wollen. Dann habe ich geheult. Das kannte er gar nicht: dass aus Augen Wasser kommen kann!

Doch wenn ich jetzt zurückdenke, sehe ich, dass ich es geahnt habe. Die letzten paar Male war Geht-hinauf ganz verändert, hat mich fast zerdrückt, wenn wir miteinander geschlafen haben. Er war verzweifelt, aber er wollte es nicht zugeben, wenn ich ihn gefragt habe, was los ist. Erst heute. Dafür habe ich ihn heute fast zerdrückt, bei unserem letzten Mal. Habe ihn wieder und wieder geküsst zum Abschied, und er ist so lange geblieben wie noch nie, bis er husten musste vor Trockenheit und ihm richtiggehend schwindlig wurde. Ich musste ihn zurück ins Wasser führen, damit er nicht stürzt, und mit ansehen, wie er in den Wellen verschwindet!

Mildred, ich bin so entsetzlich unglücklich! Ich sage mir immer wieder, dass unsere Liebe ohnehin keine Zukunft gehabt hätte, dass sie nichts anderes sein konnte als das, was sie eben war, aber das macht den Abschied kein bisschen leichter.

Ich werde morgen wieder an den Strand gehen und hoffen, obwohl ich weiß, er wird nicht noch einmal auftauchen.

Entschuldige, dass ich wieder nur von mir geschrieben habe, aber mein Herz ist gerade übervoll, voller Schmerz und Tränen und bittersüßem Glück.

Deine Monica

Ich betrachte das Papier in meiner Hand. An manchen Stellen ist die Schrift fleckig, wie von Tränen, die daraufgefallen sind. Die Handschrift ist zittrig. Es kommt mir vor, als könnte ich einfach dadurch, dass ich diesen Brief, dieses Stück beschriebenes Papier in der Hand halte, fühlen, wie meiner Mutter zumute war.

Tante Mildred übergeht eine ganze Anzahl von Umschlägen, mit einer Handbewegung, die andeutet, dass darin nichts steht, was mich im Moment interessieren würde, und gibt mir dann einen Brief vom 21. Oktober 2134.

Mildred,

stell Dir vor: Ich bin schwanger!

Ich kann es selbst noch kaum glauben. Ich hatte die Zweijahres-Spritze, die als so supersicher gilt, es ist auch noch nicht zu lange her, ich habe nachgeschaut, aber irgendwie hat es trotzdem nicht funktioniert. Ich habe mich schon eine ganze Weile anders gefühlt als sonst, habe an alles Mögliche gedacht, an eine Infektion oder eine Allergie (es gibt hier in der Gegend äußerst merkwürdige Infektionskrankheiten, vielleicht wegen der Bio-Hacker). Dann hat mir die Ärztin gesagt, was wirklich mit mir los ist, und es hätte mich fast vom Stuhl gehauen!

Sie wollte nicht wissen, wer der Vater ist (so etwas ist in dieser Zone Privatsache, stell Dir vor!), und ich habe es ihr auch nicht gesagt. Aber natürlich mache ich mir jetzt Sorgen. Was, wenn ich ein Kind kriege, das nur eine Stunde pro Tag Luft atmen kann?

Diese Sorgen muss ich wohl für mich behalten, damit mich die Ärzte nicht für verrückt halten. Aber jedenfalls kann ich vorerst nicht einfach zurückkommen; Du weißt ja, was sie bei uns für ein Theater machen würden mit einer schwangeren Frau, die den Vater nicht nachweisen kann. Der Bevölkerungsplan ist schließlich heilig!

Frau Tan hat es mir übrigens angesehen, als ich aus dem Medizinischen Zentrum zurückgekommen bin, und sie war wirklich rührend. Sie hat mir einen Tee gekocht und mir gesagt, ich solle mir keine Sorgen machen, das sei schlecht für das ungeborene Kind. Und ich könne selbstverständlich bei ihr bleiben bis zur Geburt. Als ich ihr gesagt habe, dass ich danach zurück nach Perth will oder jedenfalls ins Megafood-Konzerngebiet, wirkte sie richtig enttäuscht.

Tante Mildred nimmt mir den Brief aus der Hand, als ich so weit gekommen bin, obwohl er auf der anderen Seite des Blatts noch weitergeht, und reicht mir den letzten Brief aus ihrem Stapel.

Er ist ganz kurz, nur ein schmaler Kartonstreifen, auf dem steht:

2135-5-28, Asagaj
Es ist ein Mädchen, das süßeste, entzückendste Geschöpf, das ich je gesehen habe, und es ist mein Baby! Ich kann es noch gar nicht fassen. Und wie es aussieht, ist sie gesund und munter. Sie schläft jetzt schon stundenlang, seufzt und träumt, aber sie atmet die ganze Zeit ruhig und gleichmäßig.
Ich werde sie Saha nennen, nach der Bucht, in der sie gezeugt wurde.
Alles Liebe, Monica

Ich stutze. Mein Name ist der Name einer *Bucht* in Malaysia? Na, danke.

Dann fahre ich mir gedankenverloren über die Wange und stelle erstaunt fest, dass meine Hand davon feucht wird. Mir laufen Tränen übers Gesicht, ohne dass ich es gemerkt habe.

Ich weine. Ich weine um meine Mutter, der ich mich noch nie so nah gefühlt habe wie beim Lesen dieser Briefe. Die mir fehlt. Die mir jetzt gerade ganz entsetzlich fehlt.

Meine Hände, meine Arme liegen ganz schwer in meinem Schoß. Es ist richtig Arbeit, sie zu heben und zu sagen: *Ich bin also ein Mischling.*

Tante Mildred nickt sanft. *Offenbar.*

Mein Kopf scheint sich ganz von selbst zu schütteln. *Ich habe noch nie von einem solchen Stamm gehört. Von ... Leuten, die unter Wasser leben. So etwas kann doch nicht unentdeckt bleiben? Ich meine – heutzutage? Bei all den Unterseearbeitern, die ständig unterwegs sind?*

Es ist, als sei die Welt zum Stillstand gekommen. Die Sonne, die durch das hintere Wohnzimmerfenster fällt und einen hellen, trapezförmigen Fleck auf den Holzboden wirft, wandert nicht mehr weiter, wird für alle Zeiten so leuchten, davon bin ich gerade fest überzeugt.

Nur das Sofa quietscht unter uns, wenn wir uns bewegen. Stumm miteinander sprechen. In derselben Sprache, in der meine Mutter und mein Vater miteinander geredet haben.

Wie gesagt, meint Tante Mildred, *ich habe es zuerst für eine erfundene Geschichte gehalten. Bei den ersten Briefen. Ich dachte, deine Mutter hätte eben eine Affäre und würde das Ganze fantasievoll ausmalen. Aber als sie dann von ihrer Schwangerschaft geschrieben hat, dachte ich, das kann jetzt nicht mehr erfunden sein ... Ja, und dann ist sie zurückgekommen und hatte ein Baby dabei. Dich.*

Ich starre ins Leere. Versuche, mir vorzustellen, wie es gewesen sein mag, bei Pflegeeltern zu leben, mit denen man nicht reden kann, und nicht zu wissen, ob sich die Schwester noch einmal meldet.

Das mit den Kiemen, sage ich. *Hast du nicht gedacht, dass die Schlitze an meiner Brust damit etwas zu tun haben könnten?*

Sie überlegt lange, wirkt fast, als hätte sie sich in ihren Erinnerungen verloren. *Deine Mutter,* beginnt sie schließlich, *hat allen erzählt, dass das ein Unfall war. Sie hatte Dokumente dabei, Polizeiunterlagen aus der Buddhistischen Zone, das ärztliche Attest – keine Ahnung, wie sie sich das alles beschafft hat. Es müssen ja Fälschungen gewesen sein. Aber sie brauchte das, für die Einreisestelle, das Medizinische Büro und so weiter. Und wenn du mich damals gefragt hättest, wie ich mir Kiemen bei einem Menschen vorstelle, dann hätte ich die hier irgendwo vermutet.* Sie deutet auf ihren Hals, ihre Kinnpartie. *Da, wo Fische ihre Kiemen haben.*

Habt ihr nie über meinen Vater gesprochen?, frage ich.

Doch, gibt sie zögernd zu. *Als ich das erste Mal allein mit ihr war – und mit dir, natürlich –, habe ich gemeint, was für ein Glück, dass das Kind nicht nach dem Vater gekommen ist und Kiemen hat. Da hat Monica mich ernst angeschaut und gesagt, pass auf, Mildred, wir müssen alles, was wir über Sahas Vater wissen, vergessen. Wir müssen uns so lange einreden, dass Saha ein normales Baby ist, bis wir es selbst glauben. Alles andere wird Saha irgendwann in Gefahr bringen.*

Ihr habt es also gewusst.

Nein! – Ja ... Wir haben nie wieder darüber geredet. Es waren Wunden, die man verschlossen halten musste. Fertig. Sie hebt die Schultern, lässt sie wieder sinken, schaut mich hilflos und bestürzt an. *Wenn man sich so etwas jahrelang einredet, glaubt man es irgendwann tatsächlich selbst. Kannst du dir das vorstellen?*

Ich nicke langsam. *Und in all der Zeit hat niemand nachgeschlagen, welche Eigenschaften Kobaltstahl tatsächlich hat?*

Niemand, sagt Tante Mildred.

Dann schaut sie auf die Uhr. Die Zeit ist doch nicht stehen geblieben, im Gegenteil, sie muss allmählich aufbrechen, wenn sie pünktlich zu ihrem Job in der Schule kommen will. Immerhin, ab morgen hat sie auch Ferien.

Ehrlich gesagt, meint sie und steht auf, *finde ich die Geschichte mit dem Unfall sogar leichter zu glauben als die Wahrheit.*

In diesem Augenblick, da auf dem Sofa in unserem winzigen Wohnzimmer, geht es mir ganz genauso.

Ich bleibe sitzen, während sie sich fertig macht. Sie kommt noch einmal zu mir, ehe sie geht, umarmt mich auf ihre linkische Art und Weise und gibt mir einen flüchtigen Kuss auf den Kopf, so, wie sie es früher immer gemacht hat, als ich noch ein Kind war. Es tröstet mich in diesem Moment.

Dann geht sie und ich bleibe den Rest des Tages allein mit meinen Gedanken.

Am nächsten Morgen klingelt mich meine Tafel aus dem Schlaf. Ich begreife nicht, wieso sie das tut; es sind doch Ferien, und ich bin mir sicher, dass ich die Weckfunktion abgestellt habe!

Die Tafel klingelt weiter, und ich finde aus irgendeinem Grund das Funktionsfeld nicht, mit dem man den Alarm abstellt. Dann kapiere ich endlich, dass es gar nicht die Weckfunktion ist, die da klingelt, sondern ein Anruf.

Ein Anruf von Pigrit.

Mann! Und es ist noch nicht einmal halb acht!

Ich tippe auf das grüne Feld, fest entschlossen, ihm die Meinung zu sagen, aber als sein Gesicht erscheint und ich sehe, wie aufgeregt er ist, vergesse ich diesen Vorsatz wieder.

»Saha!«, platzt es aus ihm heraus. »Ich hab was gefunden, über ... du weißt schon. Ich weiß jetzt, was du gesehen hast. Wann kannst du da sein?«

So schnell bin ich noch nie aus dem Bett gekommen. Es dauert keine zwanzig Minuten, bis ich vor Pigrits Haustüre stehe. Trotzdem sagt er: »Na endlich!«, und zieht mich ungeduldig ins Haus.

Wir gehen in sein Zimmer. »Dad und ich haben gestern weitergemacht mit den Bücherkisten«, erklärt Pigrit und holt einen Stapel Papier aus einer Schublade. »Dabei habe ich das hier gefunden.«

Ich schaue mir an, was er in Händen hält. Papier, von Hand beschrieben. »Und was ist das?«, frage ich.

»Ein Manuskript. Genauer gesagt, eine Übersetzung, die mein Großvater gemacht hat.« Pigrit legt die Blätter auf den Schreibtisch, holt noch ein Buch aus der Schublade und legt es daneben. »Von diesem Buch. Vorsicht«, fügt er hinzu, als ich es anfassen will. »Dad weiß nicht, dass ich das mitgenommen habe.«

Ich nicke, inzwischen kenne ich mich mit diesen alten Büchern aus. Ich öffne es behutsam. Es ist auf Koreanisch; ich kann kein Wort lesen. Die Vorderseite zeigt ein seltsames geometrisches Muster, aus dem sich ebenfalls nicht erkennen lässt, worum es geht.

»Und?«, frage ich.

»Es ist definitiv dieses Buch«, sagt Pigrit und deutet auf die oberste Zeile des Manuskripts. Dort steht der Titel des Buches. Ich vergleiche Zeichen für Zeichen: derselbe.

Darunter die Übersetzung: *Der Fall Yeong-mo Kim.*

Sagt mir gar nichts.

»Gut«, sage ich. »Und worum geht's darin?«

»Um eine Geschichte, die sich im Jahr 2037 zugetragen hat, also vor hundertvierzehn Jahren«, berichtet Pigrit. »Am 22. Mai 2037 hat die südkoreanische Polizei in aller Frühe ein Institut für Biogenetik gestürmt. Der Inhaber war ein gewisser Yeong-mo Kim, ein damals bedeutender Biogenetiker. Die Polizei hatte einen Hinweis, dass er illegale genetische Experimente an Menschen durchführt.« Er holt tief Luft. »Und zwar soll er versucht haben, Chimären zu erzeugen, halb Fisch, halb Mensch.«

Ich merke, wie mein Unterkiefer herunterklappt.

»Oh«, sage ich.

»Angeblich wollte er Menschen erschaffen, die unter Wasser leben können. Sie sollten den Meeresboden besiedeln und die Bodenschätze dort erschließen.«

Ich verschränke die Arme und taste dabei unwillkürlich nach

den Kiemen unter meinem T-Shirt. Zweifellos bin ich ein solches Mischwesen. Beziehungsweise ich stamme von einem ab. Oder so.

Also kein Eingeborenenstamm, der sich an das Leben unter Wasser angepasst hat. Da hat sich meine Mutter getäuscht.

Pigrit blättert in dem Manuskript seines Großvaters. Er hat offenbar keine Probleme, die winzige, verschnörkelte Handschrift zu entziffern. »Das Institut lag direkt am Ufer des Gelben Meers – das ist der Schelf zwischen Korea und China.«

»Ich weiß«, sage ich automatisch.

»Im Wasser war ein Areal von über hunderttausend Quadratmetern Grundfläche eingezäunt, ein Unterwassergehege. Bloß – es war leer. Keine Fischmenschen. Als sie wissen wollten, wozu das Gehege gedacht war, hat der Professor erklärt, es sei für die Lachszucht. Dabei war das Ding ziemlich alt, die Gitterstäbe schon rostig vom Salzwasser. Alles sehr dubios. Abgesehen davon, dass das Institut sich nie mit Lachsen beschäftigt hat. Aber er hat bestritten, jemals Fischmenschen erschaffen zu haben.«

Ich blinzele müde. Auf einmal bin ich mir gar nicht mehr sicher, dass ich wissen will, was Pigrit herausgefunden hat.

Trotzdem frage ich: »Und was hat er wirklich gemacht?«

»Tja«, meint Pigrit und hebt die Schultern. »Der Witz ist, dass man das nie endgültig geklärt hat. Es gab Zeugen, die ihn angezeigt haben: fünf ehemalige Mitarbeiter und seine geschiedene Frau. Die haben steif und fest behauptet, der Professor habe Fischmenschen geschaffen und aufgezogen. Angeblich waren die ersten Exemplare schon über fünfzehn Jahre alt. Aber man hat eben keine Fischmenschen gefunden. Worauf sie meinten, Kim habe bestimmt einen Tipp bekommen und sie rechtzeitig freigelassen. Für diese Theorie spricht, dass in den Computern des Instituts wichtige Dateien spurlos gelöscht waren, als die Polizei die Unterlagen beschlagnahmen wollte.«

»So«, sage ich. Das Atmen fällt mir schwer.

Pigrit blättert um. »Die interessante Frage ist, warum man von alldem nie etwas gehört hat. Derartige Versuche waren nach damaligem Recht nämlich weltweit geächtet. Der Fall hätte ziemlichen Aufruhr verursachen müssen.«

Ich nicke mit steifem Hals. »Ja.«

»Der Grund ist wohl, dass die Republik Südkorea ihr Gesicht nicht verlieren wollte. Man hat den Fall mit höchster Diskretion behandelt. Es fand eine Gerichtsverhandlung statt, aber im Geheimen. Dabei haben sich die Zeugen so in Widersprüche verwickelt, dass man den Professor nicht verurteilen konnte. Doch, o Wunder, er ist während des Prozesses unter mysteriösen Umständen gestorben.«

»Ach.«

»Ja. Daraufhin hat man das Verfahren eingestellt und den Fall vertuscht. Alle Nachrichten wurden gelöscht, alle Beteiligten zum Stillschweigen verpflichtet. Gerüchte, die in Umlauf kamen, hat man als haltlose Spinnereien bezeichnet, und irgendwann ist die Sache in Vergessenheit geraten.« Er hebt das Manuskript hoch. »Aber es gab dieses Buch. Eine Journalistin hat es geschrieben, die den Fall verfolgt hat. Sie hat in jahrelanger Kleinarbeit Dokumente und Aussagen zusammengetragen. Es wurde kurz nach seinem Erscheinen beschlagnahmt und verboten, alle

Berichte darüber wurden unterdrückt. Mein Großvater hat eines der wenigen Exemplare aufgestöbert, die noch rechtzeitig verkauft worden sind.«

Ich merke, dass ich den Atem angehalten habe, und atme aus. »Und was denkst du?«, frage ich. »Dass es stimmt? Dass dieser Professor Kim wirklich Fischmenschen erzeugt hat?«

Pigrit zuckt mit den Schultern. »Mein Großvater hat das jedenfalls gedacht. Und mein Großvater war ein kluger Mann.«

»Dann steckt das dahinter. Ein Experiment vor über hundert Jahren.«

»Ziemlich wahrscheinlich.«

»Die Fischmenschen sind entkommen und haben bis heute überlebt. Und ich bin einem von ihnen begegnet.« Ich atme tief durch, würde gerade lieber Wasser atmen als diese dünne, flüchtige Luft. »Und meine Mom auch.«

»Das ist die eine Erklärung«, sagt Pigrit und tippt auf eine Randnotiz ziemlich am Ende des Manuskripts. »Aber hier schreibt mein Großvater, dass er es für äußerst unwahrscheinlich hält, dass die Fischmenschen von damals überlebt haben. Im Buch wird beschrieben, wie gründlich man nach ihnen gefahndet hat. Man hat riesige Meeresgebiete abgesucht, ohne eine Spur von ihnen zu finden. Mein Großvater meint, kein Wunder – diese Wesen waren ja jung und völlig unerfahren, wie man in freier Wildbahn zurechtkommt. Vielleicht war ihr genetisches Design auch noch unausgereift. Falls es sie gegeben hat und falls der Professor sie kurz vor dem Eintreffen der Polizei fortgeschickt hat, meint mein Großvater, sind sie wahrscheinlich bald alle ums Leben gekommen.«

»Und die andere Erklärung?«, frage ich matt.

»Die andere Erklärung«, sagt Pigrit, »ist die, dass jemand die Experimente wiederholt hat. Jemand, der im Besitz der Dateien ist, die damals verschwunden sind.«

Ich greife wieder nach dem Buch, blättere darin. Es enthält ein paar Abbildungen: altmodische Fotos von altmodisch gekleideten Menschen, von dem Institut, dem Gehege. Abbildungen irgendwelcher Dokumente, alle auf Koreanisch, mit Stempeln und Unterschriften, die mir nichts sagen.

Kein Bild eines Unterwassermenschen. Nicht ein einziges.

Was jetzt? Was mache ich mit dieser Geschichte? Ich sitze da, das Buch in Händen, und lausche in mich hinein, horche auf ein Gefühl, das ganz langsam und mühevoll in mir emporsteigt.

Ich will das alles nicht. Ich will nichts Besonderes sein. Ich will kein Produkt illegaler genetischer Experimente sein, kein Mensch mit ungewöhnlichen Fähigkeiten, kein Außenseiter. Ich will einfach nur mein Leben leben, so sein dürfen, wie ich eben bin.

Auf einmal erfüllt mich eine merkwürdig entschlossene Ruhe, eine glasklare Gewissheit, was ich tun will und tun werde. So als hätte ich das entscheidende Teil eines schwierigen Puzzles gefunden und als fiele nun alles andere wie von selbst an seinen Platz.

Ich klappe das Buch zu, reiche es Pigrit zurück. »Danke«, sage ich knapp und stehe auf. »Aber bitte vergiss das alles wieder.«

Er sieht mich mit großen Augen an. »Was?«

»Vergiss, was ich dir erzählt habe«, sage ich. »Und auch, was du gesehen hast. Das ist alles nie passiert.«

Damit gehe ich. Er springt auf, läuft mir auf dem Weg zur Haustüre nach, sagt lauter Sachen wie: »Ich versteh nicht ... du kannst doch nicht ... du musst doch ... das ist doch wichtig!«

Ich öffne die Türe, drehe mich noch einmal um. »Nein, ist es nicht. Es ist nicht wichtig, was vor hundert Jahren irgendwo irgendjemand gemacht hat oder nicht. Es ist nicht wichtig, was mit Dateien passiert ist, die damals verschwunden sind. Das ist alles nicht wichtig. Wichtig ist nur, was *heute* ist. Was wir *heute* tun.«

Er kapiert nicht, was los ist. Er tut mir leid, aber ich kann ihm nicht helfen. »Danke trotzdem«, sage ich. »Für alles.«

Dann gehe ich.

Ich folge der sanft abwärtsführenden Straße, setze einen Fuß vor den anderen, schaue nicht rechts oder links, gehe, als liefe ich ein unsichtbares Drahtseil entlang. Es ist ein weiter Weg von der Bourg bis zur Siedlung über dem Hafen, wo alle Häuser klein und hübsch sind und malerische Blumenkästen vor den Fenstern hängen. Mein Finger zittert, als ich den Klingelknopf neben der blau gestrichenen Gartentür drücke, den Klingelknopf, unter dem in schmalen, schönen Buchstaben *Rosalie M. Blankenship* geschrieben steht.

Sie ist da, öffnet die Haustüre. Ich weiß nicht, ob ich erleichtert sein oder in Panik ausbrechen soll. Irgendwie fühle ich gerade überhaupt nichts.

Sie kommt die zwei Treppenstufen herab, die paar Schritte über Steinplatten, drückt die Klinke des Gartentors. »Saha?«, fragt sie voller Verwunderung. »Was ist los?«

»Sie haben«, sage ich, was ich mir vorgenommen, was ich auf

dem Weg hierher die ganze Zeit stumm vor mich hin geübt habe, »mal angeboten, mir zu zeigen, wie ich mehr aus mir machen kann.«

Frau Blankenship nickt überrascht. Ihre blauen Augen leuchten wie Juwelen. »Ja. Ja, sicher.«

Ich atme zitternd aus, dünne, flüchtige Luft. »Ich würde dieses Angebot jetzt sehr gerne annehmen«, erkläre ich.

16

Frau Blankenship schaut mich an, mit großen Augen, und sagt kein Wort. Ein heißer Schreck durchzuckt mich. Ich habe sie gestört. Oder sie hat Besuch. Irgendetwas. Auf jeden Fall wird sie mich fortschicken, und ich werde nicht noch einmal die Kraft haben, herzukommen und zu sagen, was ich gerade gesagt habe.

Panik. Der Impuls, mich umzudrehen und davonzurennen, ist fast übermächtig.

Doch dann lächelt sie und sagt: »Klar. Gern. Komm doch erst mal rein.«

Wären Steine, die einem vom Herzen fallen, real, Seahaven würde in diesem Moment von einem schweren Erdbeben erschüttert.

Sie lässt mich vorangehen, schließt das Gartentor hinter mir, die Haustüre. Von innen wirkt das Haus größer als von außen. Sie hat lauter Möbel aus hellem Holz, alte Stücke, die jemand aufgefrischt hat. An den Wänden hängen schmale, handgewebte Teppiche oder Bilder, richtige Gemälde, die alte Segelschiffe in voller Fahrt zeigen.

Es ist eine elegante und zugleich gemütliche Wohnung. Frau Blankenship weiß eindeutig, wie man etwas so gut wie möglich aussehen lässt.

Sie lotst mich in ihre Küche, in der die Arbeitsflächen bunt gekachelt sind und die Küchengeräte verschnörkelte, vergoldete

Griffe haben. Ein kleiner blauer Tisch steht am Fenster, unter einem Strauß aus Trockenblumen. »Setz dich«, sagt Frau Blankenship, also setze ich mich behutsam. »Willst du etwas trinken?«

»Nein danke«, sage ich ganz automatisch und schüttle den Kopf.

»Eine Mangobrause vielleicht?«

Ich zucke zusammen. Kann sie Gedanken lesen? Mangobrause ist mein Lieblingsgetränk.

»Ja«, sage ich leise. »Gern.«

Sie schenkt mir ein Glas ein, stellt es mir hin. Die Brause leuchtet in grellem Orange und ist so kühl, dass das Glas beschlägt.

Sie setzt sich mir gegenüber und sagt: »Erzähl.«

Ich hebe den Blick von den Wasserperlen auf meinem Glas und sehe sie an. Ich weiß nicht, was sie meint.

»Als ich dir das damals vorgeschlagen habe«, erklärt Frau Blankenship, »hatte ich das Gefühl, du findest mich aufdringlich. Als würde ich mich damit in etwas einmischen, das mich nichts angeht.«

Ich schüttele hastig den Kopf. »Nein, nein. Gar nicht. Ich dachte nur ...« Ich weiß nicht mehr, was ich gedacht habe.

»Ja?«, fragt sie.

»Ich dachte, es reicht, so zu sein, wie man ist.«

Frau Blankenship mustert mich mit sanftem Lächeln. »Man kann sowieso nicht anders sein, als man ist. Es geht nicht darum, jemand anders zu sein. Aber schau – wenn ein Tänzer nicht versucht, so gut zu tanzen, wie er nur kann ... wenn er nicht versucht, *besser* zu tanzen als je zuvor ... dann berührt er niemanden. Verstehst du? Es ist die Anstrengung, die wir spüren, wenn wir ihm zusehen. Das Bemühen. Weil es Ausdruck von Wertschätzung ist. Das ist es, was uns berührt.«

Ich starre sie an. Ihre Worte hallen durch meinen Kopf, in dem gerade alles stillsteht. »Ich dachte, beim Gründungsfest ...«, stammle ich, »wenn wir ohnehin nicht tanzen auf der Plattform ... wenn ich da ein bisschen hübscher aussehen könnte.« Die letzten Worte verschlucke ich fast. Es kommt mir irgendwie unanständig vor, mir das zu wünschen.

Aber Frau Blankenship nickt nur freundlich und sagt: »Ja. Das ist eine gute Idee. Ein guter Entschluss.«

Sie mustert mich. Mein Gesicht. Meine Kleidung, die, wie mir unter ihren Blicken bewusst wird, formlos und ausgeleiert ist und eher Säcken in Tarnfarbe ähnelt als irgendetwas, das mit Mode und Schönheit zu tun haben soll.

»Ich würde vorschlagen, dass wir gleich damit anfangen«, fährt sie fort. »Denn bis Samstag ist nicht mehr allzu viel Zeit.«

»In Ordnung«, sage ich. Ich habe keine Ahnung, was mich erwartet, aber ich bin entschlossen, ab jetzt nicht mehr zurückzuschrecken, egal wovor.

»Dann gehen wir als Erstes zum Friseur.« Frau Blankenship nimmt den schmalen silberglänzenden Kommunikator ab, den sie an einer Kette um den Hals trägt und der aussieht wie ein Schmuckstück. »Am besten jetzt gleich.«

Das geht jetzt doch ganz schön schnell. »Aber ...«

Sie hält inne. »Was?«

Ich schlucke. »Ich hab nichts dabei. Kein Bargeld. Und meine Tafel liegt zu Hause.«

Frau Blankenship winkt ab. »Mach dir keine Gedanken. Den

Friseur schenke ich dir.« Sie drückt auf den Rubin am unteren Ende des Geräts, nennt den Namen des angesehensten Friseurs von ganz Seahaven und fragt, ob wir gleich vorbeikommen könnten.

Es ist kein Problem. Heute sind die meisten Familien am Feiern, das heißt, alle, die frisiert werden wollten, sind es schon. Erst am Freitag ist wieder Hochbetrieb, rechtzeitig vor dem großen Fest.

So marschieren wir gleich darauf hinab in die Stadt und in die Freedom Avenue, direkt zu *Lawrence Kaplan,* dem Friseursalon, der mit seinen riesigen Fenstern und der edlen Einrichtung so teuer aussieht, dass ich es nie im Leben gewagt hätte, auch nur den Fuß über die Schwelle zu setzen. Doch nun tue ich das nicht nur, ich werde zudem sofort auf einem gepolsterten Sessel platziert, und Frau Blankenship und eine der Angestellten beginnen, über meine Haare zu diskutieren.

Ich kann mich nicht erinnern, wann ich das letzte Mal bei einem Friseur gewesen bin. Seit wir in Seahaven sind, hat mir immer Tante Mildred die Haare geschnitten. Sie kann das sogar ziemlich gut, und wahrscheinlich wird sie beleidigt sein, wenn ich mit einer neuen Frisur heimkomme.

Aber ich werde nicht zurückweichen. Da muss ich jetzt durch.

Die beiden Frauen befummeln meinen Kopf, heben Haare hoch, raffen Haare zusammen, reden über Stufen und Strähnen, Holo-Effekte und Fallwinkel. Der Spiegel, vor dem ich sitze, ist zugleich eine große Tafel; die Friseurin macht ein Bild von mir, auf dem sie anschließend mit komplizierten Wischgesten meine Haare verändert. Alles, was sie macht, sieht schrecklich aus, aber ich bin offenbar die Einzige, der das auffällt, und ich weiche nicht mehr zurück.

»Na«, sagt die Friseurin schließlich launig zu mir, »dann wollen wir mal das hübsche Mädchen aus all dem Dickicht herausschneiden, was?«

Ich nicke nur beklommen.

Ein chemisch riechender Schaum wird mir in die Haare einmassiert, dann geht es los: Schnipp, schnapp, fallen die Haarbüschel, dunkelbraune, matte Haare, dieselbe Farbe wie meine Mutter, fast dieselbe wie meine Tante. Meine Mutter, die eine schöne Frau war. Meine Tante, die schön sein könnte, wenn sie nicht so viel arbeiten müsste und immer so müde wäre.

Ich dagegen bin das tropfnasse Geschöpf mit der breiten Nase und den Fischaugen, das mir trostlos aus dem Spiegel entgegenblickt. Je länger die Friseurin schneidet, desto größer wird meine Sorge, dass das hier entsetzlich schiefgeht.

Ich mache schließlich die Augen zu, als mich die Friseurin darum bittet, ergebe mich ihrer Schere, ihrem Kamm, ihren Bürsten und ihren seltsam duftenden Mitteln. Irgendwann wird mein Kopf in ein dickes, flauschiges Handtuch gehüllt und trocken getupft, geföhnt, gebürstet und dann flötet die Friseurin: »Fertig! Schau es dir an!«

Ich öffne die Augen und erblicke jemanden im Spiegel, den ich nicht kenne. Unwillkürlich drehe ich den Kopf, um nach dem schönen Mädchen zu suchen, dessen Spiegelbild ich sehe, aber dann begreife ich: Das bin ich selbst!

Mir klappt der Unterkiefer herunter. Es ist unglaublich.

»Und?«, fragt Frau Blankenship. »Gefällt es dir?«

»Oh«, mache ich hilflos. »Und wie. Ich erkenne mich kaum wieder.«

Sie lächelt. »Aber das *bist* du. Du bist es schon immer gewesen.«

Mir kommen fast die Tränen. Ich könnte allen um den Hals fallen, aber ich fürchte, das könnte etwas an den Haaren kaputt machen.

Frau Blankenship bezahlt; ich traue mich nicht zu fragen, wie viel es gekostet hat. Sie nimmt noch eine Tube Gel mit, sagt zu mir: »Für Samstagmorgen!«, und ich nicke mechanisch.

Danach gehen wir in *Rachel's Beautyshop,* der gleich nebenan liegt, ein antiquiertes Ladenlokal aus der Gründungszeit, mit gedrechselten Holzsäulen und dunklen, schmalen Regalen. Ich fühle mich völlig verloren angesichts der Überfülle bunter Schachteln, Tuben und Dosen, aber Frau Blankenship geht die Regale zielstrebig ab, kauft Puder, Cremes, Stifte, Pinsel ... – eine ganze Tragetüte voll. Ich nehme sie dankend, als Frau Blankenship sie mir reicht, denn ich weiche nicht mehr zurück.

Aber ich staune immer noch, wenn ich mich in einem der kleinen Spiegel erblicke, die hier überall angebracht sind.

Als wir wieder zurück sind, führt mich Frau Blankenship in ihr Arbeitszimmer im Obergeschoss ihres Hauses. Es ist groß und leer, vor den Fenstern hängen Vorhänge aus dichtem Tüll, die den Raum in verträumtes Licht hüllen. Auf dem dunkelbraunen Holzboden schimmern eine Million feiner Kratzer und zeugen davon, dass hier schon viel getanzt worden ist. Und eine Wand ist ein einziger, riesiger Spiegel.

Durch eine Schiebetür geht es in ein Badezimmer, schneeweiß, mit einer Rundumdusche und einem Schminktisch neben dem Waschbecken. Frau Blankenship schaltet die Hintergrundbeleuchtung des Spiegels ein, holt einen zweiten Stuhl und widmet sich dann meinem Gesicht: Ich lerne, wie man Hautunreinheiten unter Engineering-Creme verschwinden lässt. Wie man Konturen betont. Wie man Wimpern biegt und färbt. Wie man mit lichtsensitivem Rouge, Nano-Puder und klassischem Lippenstift umgeht, ohne auszusehen wie eine Leuchtreklame. Sie lässt mich experimentieren, zeigt mir, wie ich mein Gesicht runder oder schmaler, die Augen größer, die Lippen voller erscheinen lassen kann.

Es ist eine Reise in eine Welt, von der ich nicht einmal wusste, dass sie existiert.

»Wunderbar so weit«, sagt Frau Blankenship schließlich, nach Stunden, wie es mir vorkommt. Sie hebt die Tube mit dem Gel hoch. »Wie *das* geht, zeig ich dir morgen.«

»Morgen?«, wiederhole ich benommen.

Sie nickt. »Komm um zehn Uhr. Dann gehen wir als Erstes ein Kleid für dich kaufen.«

Mein Kopf schwirrt, als ich von Frau Blankenship fortgehe. Ich habe das Gefühl, heimatlos durch die Stadt zu irren mit meiner kleinen Tragetüte voller Kosmetik, dabei stimmt das gar nicht; ich nehme den geraden Weg nach Hause. Aber der Weg führt mich die Harmony Road entlang und an der Apotheke vorbei, in der ich immer meinen Sprayverband gekauft habe.

Ich bin schon hundert Meter weiter, als mir der Gedanke kommt, mir wieder einen zu kaufen. Die alte Dose ist so gut wie leer und die meisten Sommerkleider lassen ziemlich viel Haut frei. Besser, ich verberge meine Kiemen ... nein, meine *Schlitze*. Jetzt, da ich lerne, wie man mit Puder umgeht, wird es mir sicher auch gelingen, sie mitsamt dem Verband unsichtbar zu machen.

Ich drehe um, gehe zurück in Richtung Apotheke. Doch als ich davorstehe, fällt mir wieder ein, dass ich ja gar kein Geld dabeihabe!

Na gut, dann eben morgen. Ich drehe mich erneut um – und stehe vor Pigrit.

Und er ... *erkennt mich nicht!*

Er muss aus einer der Seitengassen in die Harmony Road eingebogen sein. Sein Blick streift mich flüchtig, als er an mir vorbeigeht.

Ich schaue ihm fassungslos nach. »Pigrit?«

Das stoppt ihn, als wäre er gegen eine unsichtbare Wand gelaufen. Er fährt herum, starrt mich an wie eine Erscheinung.

»Saha?«, fragt er. »Wie siehst *du* denn aus?«

»Ich war beim Friseur«, sage ich.

»Du warst beim Friseur. Na klar.« Er schüttelt den Kopf. »Und deswegen musstest du vorhin so Knall auf Fall los?«

Ich erkläre ihm das Nötigste: dass mir Frau Blankenship damals angeboten hat, mir zu helfen, mich besser in die Gemeinschaft an der Schule und in der Stadt einzugliedern, und dass ich beschlossen habe, dieses Angebot anzunehmen. Und dass der erste Schritt darin besteht, etwas aus sich zu machen.

Er hat seine Stirn in ungesund viele Falten gelegt, während ich gesprochen habe. »Das ist Quatsch«, erklärt er dann entschieden. »Du versuchst, dich zu verstecken. Du versuchst, so zu tun, als seist du so wie alle anderen. Aber das bist du nicht, mach dir doch nichts vor.«

Ich merke, wie etwas in mir starr wird. »Bloß weil ich ... du weißt schon, was, kann, heißt das nicht, dass ich kein Recht auf ein normales Leben habe.«

»Du hast ein besonderes Talent«, beharrt er. »So was darf man nicht unterdrücken.«

»Man braucht sich davon aber auch nicht tyrannisieren zu lassen.« Mir kommt eine Idee. »Sag mal, kannst du mir zufällig zwanzig Kronen leihen? Ich brauch was aus der Apotheke, aber ich hab kein Geld dabei und meine Tafel auch nicht.«

Er blinzelt, als käme ihm unsere Begegnung gerade vor wie ein schlechter Traum. Sein Blick ruht auf meiner Tragetüte, während er in seinen Hosentaschen kramt. Endlich fischt er einen Zwanziger heraus, drückt ihn mir in die Hand. »Ich kann nicht glauben, dass du wirklich diesen ganzen Mode- und Schönheitswahn mitmachen willst.«

»Lass uns das ein andermal diskutieren«, erwidere ich und wedele mit dem Geldschein. »Danke. Du kriegst es morgen wieder.«

»Reicht am Samstag auf dem Fest«, meint er brummig.

»Danke jedenfalls«, sage ich und betrete die Apotheke.

Der Verkaufsraum ist leer und still. Hinter der Theke sitzt Susanna Kirk, die ein Jahr jünger ist als ich und in die Klasse unter mir geht. Ihre Eltern betreiben die Apotheke und in den Ferien muss sie immer aushelfen. Sie hat gelesen, legt ihre Tafel beiseite, als ich an die Theke trete.

Ich sage ihr, was ich brauche, obwohl mir es unangenehm

ist, dass mich eine Mitschülerin bedient. Aber sie weiß ja nicht, wofür es ist; Sprayverband hat fast jeder zu Hause für kleine Verletzungen.

»Neunzehn Kronen«, sagt sie und stellt mir die Dose hin. Sie ist kleiner als ich, hat blonde Locken, die sie nur mal gründlich kämmen müsste, und eine ziemlich tolle Figur unter dem weißen Kittel.

Ich lege ihr den Geldschein hin. Als sie ihn nimmt, sehe ich, dass ihr Blick hinausgeht auf die Straße und dort an etwas hängen bleibt. Es ist so auffallend, dass ich mich umdrehe, um nachzusehen, woran.

Es ist Pigrit, den sie anschaut. Er steht immer noch vor der Apotheke, hat die Arme verschränkt und wartet offenbar auf mich.

Susanna räuspert sich. »Ähm – wir haben übrigens gerade Verhütungsmittel im Sonderangebot«, sagt sie mit einer Stimme, die klingt, als sei jemand gestorben. Sie deutet auf einen frei stehenden Korb in der Mitte des Raumes, in der sich die unverkennbaren grün-weißen Schachteln von *Population Control* häufen. »Monatspillen. Und Schaum.«

»Danke«, sage ich. »Aber ich brauche nur das Spray.«

Sie hält immer noch den Geldschein in der Hand, als habe sie irgendetwas erstarren lassen. »Ich dachte nur«, sagt sie und beißt sich auf die Lippen. »Weil ... na ja ... du und Pigrit ...«

Ich drehe mich noch einmal um, schaue zu Pigrit, der ungeduldig auf den Fersen wippt, schaue wieder Susanna an – und auf einmal begreife ich: Susanna ist in Pigrit verliebt!

Seltsam, wie einem, wenn man endlich etwas kapiert hat,

plötzlich Dutzende von Erinnerungen dazu durch den Kopf schießen: Blicke, die sie ihm quer über den Schulhof zugeworfen hat. Gelegenheiten, bei denen sie ihn angesprochen hat, sich von ihm Aufgaben in Mathematik oder Geschichte hat erklären lassen. Wie sie sich in der Mensa so gesetzt hat, dass er sie sehen konnte.

»Pigrit ist nicht mein Lover«, sage ich.

Sie sieht mich misstrauisch an. »Nicht?«

»Nein.«

»Aber man hat euch doch gesehen, wie ihr zusammen am Kleinen Strand wart.«

»Ja, schon, aber ...« Um die Sache nicht unnötig kompliziert zu machen, greife ich zu einer Notlüge: »Er hat mir nur das Schwimmen beigebracht.«

Sie löst sich aus ihrer Erstarrung, macht sich hastig an der Kasse zu schaffen. »Entschuldige«, sagt sie, als sie mir eine Krone herausgibt. »Das geht mich ja eigentlich überhaupt nichts an.«

»Pigrit und ich sind einfach befreundet«, sage ich, schiebe das Spray in die Papiertüte und stecke das Geldstück ein. Ich nicke in Richtung ihrer Tafel. »Was liest du denn?«

Sie lächelt verlegen. »Einen historischen Roman. Er spielt im Australien von 2010, als es mit dem Klimawandel und den Hitzewellen losging. Total spannend. Und interessant, was die sich damals vorgestellt haben, wie das mit dem Klima weitergeht.«

Ich muss an meine Hausarbeit denken und an Pigrit und die Bibliothek seines Vaters, aber an all das will ich gerade gar nicht denken, also packe ich meine Tüte und sage: »Na, dann lass ich dich mal weiterlesen. Tschüss.«

»Tschüss«, sagt sie. »Übrigens – tolle Frisur.«
Obwohl es hier drinnen fast eiskalt ist, wird mir heiß. Ich glaube, ich werde knallrot. Jedenfalls bin ich es jetzt, die verlegen ist. »Wegen dem Fest«, stottere ich. Es hat mir noch nie zuvor jemand ein Kompliment gemacht. »Am Samstag.«
»Ja«, meint sie. »Klar.«
Ich bin froh, als ich wieder draußen bin und die Hitze eines strahlenden australischen Dezembertags mich einhüllt. Da weiß ich wenigstens, warum ich schwitze.

Pigrit wartet immer noch ungeduldig auf mich. Als ich die Tür hinter mir zuziehe, platzt er heraus: »Saha, ich wollte dir noch was erzählen. Ich hab es so hingedreht, dass Carilja auf der Tribüne neben mir sitzen wird! Also, eigentlich war es Dad. Er hat mit der Frau gesprochen, die die Sitzordnung festlegt. Na? Was sagst du jetzt?«

Ja, was sage ich jetzt? Ich mustere ihn, unangenehm berührt. »Glückwunsch.«

»Dad, ich, Carilja, Frau Thawte, Herr Thawte«, zählt Pigrit triumphierend an den Fingern ab. »Tribüne Mitte, erste Reihe hinter den Plätzen der Sportler. Und die Fahrt dauert über drei Stunden. Das ist meine Chance!«

»Meinst du?« Er nervt mich mit seiner Schwärmerei für diese blöde Kuh. Eines Tages werde ich ihm das sagen müssen. Aber nicht heute. Heute würde es mich überfordern.

Am Donnerstagmorgen leere ich meine geheime Kasse und zähle das Geld: 172 Kronen, plus der einen Krone Wechselgeld aus der Apotheke.

Das ist weniger, als ich gedacht habe. Und zwanzig Kronen davon schulde ich Pigrit. Also bleiben mir genau 153 Kronen.

Was, wenn das nicht reicht? Ich habe nicht den Hauch einer Ahnung, was die Art Sommerkleider kosten, die Frau Blankenship vorschweben.

Soll ich sicherheitshalber meine Tafel mitnehmen? Aber auf meinem Konto ist auch nicht viel. Ich schaue nach: 6 Kronen. Lächerlich. Da kann ich sie auch gleich dalassen.

Ich gehe erst mal ins Bad. Dort inspiziere ich meine Kiemen. Ich habe die Schlitze gestern Abend mit Sprayverband verschlossen und den Verband vor dem Trocknen besonders sorgfältig glatt gestrichen. Es sieht gut aus.

Ich hole das neue Nano-Puder heraus und trage es auf. Zufrieden betrachte ich mich anschließend im Spiegel: Der Schlitz ist da, wo ich ihn bepudert habe, praktisch nicht mehr zu sehen.

Es ist allerdings eine mühsame Prozedur, alle Schlitze abzudecken, und um die Stellen ganz hinten am Rücken zu erreichen, muss ich mich ganz schön verrenken. Und das Puder geht auf diese Weise schrecklich schnell zur Neige: Fünf Schlitze auf jeder Seite, und mir ist noch nie so deutlich geworden, wie *lang* die Dinger sind!

Aber dann bin ich endlich fertig, drehe mich vor dem Spiegel und sehe aus wie ein ganz normales Mädchen.

Was auch irgendwie ungewohnt ist.

Ich ziehe mein weites dunkelblaues T-Shirt über in der Hoffnung, dass der Puder davon nicht gleich wieder abgerieben wird. Angeblich ist er besonders stark haftend, dank der Nanopartikel. Falls es nicht funktioniert und jemandem meine Schlitze auffallen, muss ich eben wieder die Story mit dem Gartenroboter bringen.

Wobei ich mir jetzt, da ich die Wahrheit kenne, nicht mehr sicher bin, ob ich diese Geschichte noch überzeugend erzählen kann.

Beim Frühstück ist Tante Mildred immer noch hellauf begeistert von meiner Frisur. Meine Sorge, sie könnte enttäuscht sein, dass ich ihren Haarschneidekünsten untreu geworden bin, war unbegründet. Sie hat nur große Augen gemacht und wissen wollen, was los ist, und als ich ihr alles erzählt hatte, fand sie es großartig. Sie hat sogar ihre Tafel geholt und mich von allen Seiten fotografiert, um mir die Haare so ähnlich zu schneiden, sobald sich die Frisur auswächst.

So weit kann ich noch gar nicht denken. Im Moment reicht mein Horizont nur bis zum Gründungsfest am Samstag.

Bevor ich gehe, kramt Tante Mildred zwei Geldscheine heraus, einen Zehner und einen Zwanziger, und schiebt sie mir in die Hosentasche. *Du wirst die Schönste auf dem Fest sein,* erklärt sie mit ausladenden Gesten. *Ich weiß es!*

Ich lächle. Das ist natürlich maßlos übertrieben. Aber ich bin froh um das zusätzliche Geld.

Ich komme pünktlich bei Frau Blankenship an, die nur meint: »Gehen wir gleich los.«

Es ist viel los in den Hauptstraßen. Ein summender Strom von Autos macht das Überqueren der Straße schwierig, überall stehen Leute beisammen und reden oder sie sitzen in den Straßencafés unter hellgrünen Sonnenschirmen. Viele davon sind nicht aus Seahaven, viele nicht einmal aus der Zone. Überall sticht mir die wilde Mode der Metropolen ins Auge, die grell leuchtenden Farben und verrückten Schnitte. Nicht wenige tragen Ohrkameras oder Log-Stirnbänder, obwohl derartige Geräte bei uns ungern gesehen werden.

Unterwegs erzähle ich Frau Blankenship von meiner gestrigen Begegnung in der Apotheke und frage: »Was sagt man denn eigentlich, wenn einem jemand ein Kompliment macht?« Leise füge ich hinzu: »Das klingt jetzt sicher schrecklich blöd. Aber ich wusste einfach nicht, was ich sagen sollte.«

Frau Blankenship lächelt. »Sag einfach Danke.«

Ich runzle die Stirn. »Weiter nichts?«

»Probier es das nächste Mal aus«, meint sie. »Du wirst noch viele Komplimente kriegen, glaub mir.«

Das erste Modegeschäft, in das wir gehen, heißt *Josie & Macy* und liegt in der Harmony Road. Es hat automatische Schiebetüren und versucht, auf Metropolenstil zu machen: Wände und Decke sind mit schrillen Farbelementen dekoriert und es läuft laute Musik im Maori-Stil. Ich fühle mich hier nicht wohl, aber ich versuche, es mir nicht anmerken zu lassen.

Frau Blankenship geht die Kleiderständer durch, zieht Teile heraus, hält sie vor mich hin, hängt sie wieder zurück. Sie lässt mich ein Kleid anprobieren, das schrecklich an mir aussieht und darüber hinaus schrecklich teuer ist, über dreihundert Kronen! Mir wird ganz schwindlig nach dem Blick auf das Preisetikett.

»Mach dir keine Sorgen. Es geht nur um deine Größe«, sagt Frau Blankenship, nachdem ich ihr leise gestanden habe, wie viel Geld ich zur Verfügung habe. »Wir müssen etwas finden, das dir auf Anhieb passt. Es gibt schon viele Sommerkleider im Angebot – alles, was sie bis zum Fest nicht verkauft haben, kriegen sie nicht mehr los.«

»Verstehe«, sage ich unglücklich.

»Es ist übrigens gut, dass du dir Gedanken über deine Interaktion mit anderen machst«, fährt sie fort, während sie weitersucht. »Dich hübsch zu machen, kann ja nur der erste Schritt sein. Es signalisiert, dass du bereit bist, auf andere zuzugehen. Aber das musst du dann natürlich auch tun.«

Interaktion, Schritte, Signale ... Mir schwirrt der Kopf und mein Mund ist auf einmal trocken wie die inneraustralische Wüste. Ich habe keine Ahnung, wie ich das machen soll.

»Deine bisherige Kleidung«, erklärt Frau Blankenship erbarmungslos, »hat allen signalisiert, dass sie dich in Ruhe lassen sollen. Nicht wahr?«

Die Verkäuferin, eine gelangweilt aussehende junge Frau, lungert hinter ihrer Theke herum, hat ihre Tafel in der Hand und telefoniert mit jemandem. Sie signalisiert auch, dass sie in Ruhe gelassen werden will.

»Ja«, gebe ich zu. »Stimmt.«

Frau Blankenship zieht ein hellgelbes Kleid heraus, das gar nicht so schlecht aussieht, und mustert mich prüfend. »Dabei«, meint sie, »wolltest du in Wirklichkeit vielleicht gar nicht allein sein. Oder? Vielleicht hattest du nur Angst, dass man dich zurückweisen könnte?«

Jaja, es stimmt alles, was sie sagt. Aber war die Angst denn nicht berechtigt? Carilja und ihre Clique haben mich ja nicht deshalb ins Fischbecken gestoßen, weil mich alle so gut leiden konnten.

Das gelbe Kleid ist mir viel zu klein. Schade, es hätte nur 70 Kronen gekostet.

»Diese Art Ängste haben die fatale Neigung, sich selbst zu erfüllen«, doziert Frau Blankenship, während sie sich der nächsten Kleiderstange zuwendet. »Denk daran, wie es einem in Prüfungen geht. Der eine ist zuversichtlich, dass er es schaffen wird, also ist er entspannt und locker und schafft es. Der andere hat so große Angst zu versagen, dass er in der Prüfung total angespannt ist. Also fällt ihm nichts von dem ein, was er gelernt hat, und er scheitert tatsächlich.«

»Heißt das, man hat mich ins Fischbecken gestoßen, weil ich Angst davor hatte?«

»*Hattest* du denn Angst vor dem Fischbecken?«

»Ja«, gebe ich zu. Seit ich weiß, dass ich unter Wasser atmen kann, ist es anders, aber davor hat mir das lange, tiefe Becken vor Thawte Hall jedes Mal einen Schrecken eingejagt, wenn ich daran vorbeigehen musste.

Sie hebt die Brauen. »Siehst du?«

»Also bin ich selbst schuld, dass mir das passiert ist?«

Meine Tanzlehrerin seufzt. »Nein, natürlich nicht. Passiert ist es dir, weil Carilja Thawte ein kleines Rabenaas ist und genau weiß, dass ihr nichts passieren wird, egal was sie anstellt. Aber sie hat gespürt, wovor du Angst hast. *Dass* du vor etwas Angst hast – das ist nicht deine Schuld.«

»Aber ein schöneres Kleid hätte mich davor auch nicht bewahrt!«

Sie schüttelt den Kopf. »Nein, natürlich nicht. Aber mehr Freunde zu haben, hätte dich davor bewahrt. Carilja hätte das nicht gewagt, wenn sie den Zorn anderer hätte fürchten müssen.«

Ich merke, dass ich die Luft angehalten habe, und atme tief durch, so tief, dass die Verbände entlang der Kiemenspalten ziepen.

Allmählich ahne ich, dass ich dabei bin, mein ganzes Leben auf den Kopf zu stellen.

Obwohl. Das ist ja der Sinn der Aktion.

Wir suchen weiter, aber wir finden nichts Geeignetes, und so verlassen wir das Geschäft wieder. Mir schwirrt der Kopf von all den Farben, Größen und Schnitten.

Während wir die Freedom Avenue entlanggehen, kommt mir das Ganze plötzlich aussichtslos vor. »Wenn ich mit anderen zusammen bin, fühle ich mich immer ausgeschlossen«, gestehe ich. »Ehrlich gesagt, verstehe ich nicht, wieso sich das ändern soll, nur weil ich eine neue Frisur und ein neues Kleid und Make-up trage.«

Frau Blankenship wirft mir einen forschenden Blick zu. »Wie sieht das aus? Ich meine, was genau geschieht, wenn du mit anderen zusammen bist?«

Wir passieren gerade das *Captain Cook,* wo alle hingehen, die an unserer Schule etwas gelten. Ich weiß nicht mal, wie die Kneipe von innen aussieht.

»Das sieht so aus«, erkläre ich, »dass die anderen die Köpfe zusammenstecken und reden und reden, und ich stehe nur dumm daneben und komme mir überflüssig vor.«

Meine Tanzlehrerin nickt. »Verstehe.« Sie überlegt ein paar Schritte lang, die uns vom *Captain Cook* entfernen. »Hast du schon mal überlegt, dass sie das nicht unbedingt tun, weil sie dich nicht leiden können? Sondern weil sie eben etwas zu bereden haben? Und dass es ihnen umgekehrt unangenehm sein könnte, dass da jemand ist, der sich gar nicht an ihrer Unterhaltung beteiligt?«

So habe ich das noch nie gesehen. »Hmm«, mache ich. »Kann sein.« Dann muss ich an Carilja denken und ergänze: »Obwohl mich manche *wirklich* nicht leiden können.«

Wir erreichen das *Bekleidungshaus Maya Timberley*. Die Verkäuferin, die uns begrüßt, ist dieselbe, die mir vor zwei Wochen den Bikini verkauft hat, aber sie scheint mich nicht wiederzuerkennen. Frau Blankenship erklärt ihr, dass wir ein Kleid für mich suchen, »zu einem vernünftigen Preis«. Daraufhin führt uns die Verkäuferin in eine der Abteilungen und lässt uns stöbern. Frau Blankenship ist unermüdlich, wenn es darum geht, Stangen voller Kleidung zu sichten.

»Um jemanden wirklich nicht leiden zu können, muss man ihn zumindest kennen«, erklärt Frau Blankenship. Sie hält ein Kleid mit dünnen Trägern und hellem Blumenmuster vor mich hin, schüttelt den Kopf und hängt es zurück. »Aber die meisten werden dich gar nicht kennen, weil du immer so still bist.«

»Das bin ich, weil ich niemanden kenne«, erwidere ich, und in diesem Moment kommt mir das wie ein Teufelskreis vor, aus dem es unmöglich ist herauszukommen.

Sie lässt von den Kleidern ab, wendet sich mir zu. »Wenn du mal das nächste Mal in der Situation bist, dass eine Gruppe die Köpfe zusammensteckt und du außen vor bleibst, probier mal Folgendes: Setz dich daneben und hör zu, was sie reden. Und wenn sie über irgendein Thema reden, zu dem du etwas sagen kannst – und es ist ziemlich egal, wie klug das ist –, dann sag es einfach. Beug dich rüber und sag es in die Gruppe hinein.«

Die Vorstellung lässt mich erschaudern. »Die werden mich bloß komisch angucken, dass ich mich einmische!«

»Ja, kann sein«, räumt sie ein. »Aber dann tust du, als sei nichts, und sagst es einfach noch einmal.« Sie hebt die Hände. »Und achte auf die Körpersprache der Gruppe. Bis zu dem Moment werden sie einen Kreis gebildet haben, der dich ausschließt« – sie legt ihre Hände so zusammen, dass ihre Arme einen Kreis umfassen –, »aber sobald du etwas sagst, öffnet sich der Kreis. Sie wenden sich dir zu.« Sie zieht ihre Hände auseinander, um es zu verdeutlichen. »Und alles, was du dann tun musst, ist, in den Kreis einzutreten und ein Teil davon zu werden.« Sie tritt vor mich hin, berührt mit ihren Händen meine Schultern. »Sobald du Teil des Kreises bist, gehörst du dazu. Das ist der ganze Trick.«

Ich sehe sie skeptisch an. Das kommt mir alles sehr theoretisch vor. »Und wenn sich der Kreis nicht öffnet?«

Frau Blankenship lässt die Arme sinken, zuckt mit den Schultern. »Dann wollen sie dich wirklich nicht in ihrer Gruppe haben. In dem Fall kann man nichts machen.«

Ich lasse mir das durch den Kopf gehen, während wir weitersuchen. Frau Blankenship findet ein blaues Kleid, das mir passen könnte, und schickt mich damit in die Umkleidekabine. Ich bin nervös, als ich mein T-Shirt ausziehe, und begutachte mich im Spiegel, aber das Puder ist tatsächlich superhaftend, man sieht so gut wie nichts von meinen Schlitzen.

Das Kleid passt, doch die Farbe steht mir nicht. Als ich zurück in die Kabine gehe, um es wieder auszuziehen, fällt mein Blick auf einen kleinen Rucksack aus ParaSynth, der dreieckig geschnitten ist und dessen Riemen so laufen, dass meine Kiemen frei bleiben würden, wenn ich ihn trage ...

Ich schiebe den Gedanken sofort wieder beiseite. Worum es jetzt geht, sind Kreise und Gruppen und wie ich ein Teil davon werden kann.

»Aber was mache ich«, frage ich aus der Kabine, »wenn mir danach nichts mehr einfällt, was ich sagen könnte?«

»Das ist nicht so tragisch.« Frau Blankenship hat drei weitere Kleider in meiner Größe gefunden, die sie mir in die Kabine reicht. »Wenn du nichts zu sagen weißt, dann hör einfach zu, was die anderen sagen. In einer Gruppe sind die, die zuhören, genauso wichtig wie die, die reden. Vielleicht sogar noch wichtiger. Und wenn du gut zuhörst, wirst du oft etwas finden, das du fragen kannst.«

»Und dann?«, frage ich, während ich das nächste Kleid in Angriff nehme.

»Dann fragst du einfach. Das ist der Dreh- und Angelpunkt der ganzen Sache: sich für die anderen zu interessieren.«

Die drei Kleider lassen den Rücken frei, haben riesige Ausschnitte, und ich finde, sie sehen seltsam an mir aus. Auch Frau Blankenship schüttelt den Kopf.

Die Verkäuferin kommt hinzu. Heute trägt sie ein leinenweißes Kostüm mit einem Muster aus Goldplättchen, in dem sie auch wieder aussieht wie ein Model. Sie mustert mich und meint: »Ich hab hinten im Lager ein Kleid, das ihr passen könnte.«

»Im Lager?«, wundert sich Frau Blankenship.

Die Verkäuferin zuckt mit den Achseln. »Es ist dreimal im Preis herabgesetzt worden und jetzt wollte ich es zurückschicken. Es hat einen ungewöhnlichen Schnitt und ist hochgeschlossen, was diesen Sommer keiner tragen will.« Sie sieht mich noch einmal an. »Doch, ich könnte mir vorstellen, dass es ihr passt. Warten Sie, ich hole es.«

Das Kleid ist knallrot, umschließt den Oberkörper bis zum Hals, lässt die Arme völlig frei und fällt ansonsten wie eine römische Toga. Es ist eng und hat einen Reißverschluss am Rücken, der so läuft, dass ich auf Hilfe angewiesen bin, um ihn zu schließen.

Und es ist wie für mich gemacht.

»Das ist es«, sagt Frau Blankenship.

»Steht ihr gut«, sagt die Verkäuferin.

Ich dagegen sage gar nichts, weil ich sprachlos bin von dem Anblick im Spiegel. Einen Moment lang frage ich mich, ob ich das alles nicht nur träume.

Frau Blankenship fragt nach dem Preis. 130 Kronen, sagt die Verkäuferin, worauf meine Lehrerin zu verhandeln anfängt; immerhin habe sie das Kleid ja schon zurückschicken wollen! Sie einigen sich darauf, dass ich das Kleid und ein Paar dazu passende Riemensandalen für insgesamt 150 Kronen bekomme.

Ich stehe die ganze Zeit sprachlos in meinem Kleid daneben. Ich muss warten, bis Frau Blankenship mir den Reißverschluss wieder öffnet, aber ich habe es auch gar nicht so eilig, es auszuziehen.

»Du wirst dich am Samstag vor Komplimenten kaum retten können«, prophezeit mir Frau Blankenship lächelnd, als ich bezahlt habe und die Tüte in Empfang nehme.

Und ich? Ich bin total geplättet. Ich glaube, ich wäre glücklich, wenn ich nicht so große Angst davor hätte, was mir passieren könnte, wenn ich es wäre.

Wir essen ein Sandwich in *Larry's Deli,* anschließend gehen wir wieder zu Frau Blankenship nach Hause. Sie zeigt mir noch einmal, wie ich mich schminken kann, vor allem, wie es dezent aussieht, und demonstriert mir, wie ich mit dem Gel die Frisur in Form bringe. Dann ruft sie – o Schreck! – meinen Klassenlehrer, Herrn Black, an und macht mit ihm aus, dass er mich am Samstag um halb elf zu Hause abholen soll.

»Du kannst schließlich unmöglich mit diesen dünnen Sandalen durch die ganze Stadt laufen«, erklärt sie hinterher. »Da bist du ja total eingestaubt und verschwitzt, wenn du ankommst.«

Ich bin es so gewöhnt, überall zu Fuß hinzugehen, dass ich mir darüber keinerlei Gedanken gemacht habe.

Schließlich mache ich mich auf den Heimweg, regelrecht betäubt von all den Eindrücken, den Veränderungen, von allem, was ich erlebt habe.

Als ich an den Brunnenplatz komme, sitzt da eine Gruppe Mädchen auf den Steinbänken rings um den Brunnen. Es sind welche aus meiner Klasse darunter, einige aus der Tanz-AG und ein paar, von denen ich weiß, dass sie in der Segel-AG sind.

Normalerweise würde ich sie ignorieren, einfach weitergehen und mir nicht einmal etwas dabei denken. Aber jetzt wird mir klar, dass das eine Gelegenheit ist zu testen, ob Frau Blankenships Tipps wirklich funktionieren.

Ich nehme meinen ganzen Mut zusammen, gehe hin, sage tapfer »Hi« und setze mich neben sie. Auf den Steinbänken ist genug Platz.

Sie beachten mich kaum. Ein paar von ihnen werfen mir kurze Blicke zu, aber das war's dann schon. Ansonsten ist es wie immer: Die Gruppe steckt die Köpfe zusammen und redet, während ich dumm danebensitze.

Es ist einer dieser Momente, in denen ich mir wünsche, wie Rauch zu sein.

Aber, sage ich mir, das hier ist ein Experiment. Wenn ich weitermache, *wird* es ein Ergebnis haben – und sei es nur, dass ich Frau Blankenship mitteilen kann, dass ihre Tricks leider nichts helfen.

Und ich weiche nicht mehr zurück.

Also höre ich zu. Es geht um irgendwelche Jungs, Segler offenbar, denn sie diskutieren, wer gewinnen wird, im Einer, im Zweier, in der Mannschaftsregatta und so weiter. Die Namen, die fallen, kenne ich nicht. Wie soll ich dann etwas dazu sagen? Es stimmt schon, was Frau Blankenship gesagt hat: Ich habe mich selbst auch nie besonders für die anderen interessiert.

Inzwischen sind sie beim nächsten Thema, irgendeine Party, die Carilja geplant hatte, die aber abgesagt worden ist. Auch nicht ergiebiger, um sich einzumischen. Ich höre mit halbem Ohr zu, wie Angara und Annmarie, die seit jeher darum wetteifern, welche von ihnen Cariljas allerbeste Freundin ist, davon schwärmen, wie *unglaublich toll* der Raum ist, in dem die Party hätte steigen sollen. Unterirdisch. Mit einem *riesigen* Meerwasseraquarium. Und mit einer *superschicken* Galerie, auf der man Scheinwerfer anbringen könnte.

Ich muss den Kopf abwenden, weil sich meine Augen ganz von selbst verdrehen.

Ob die Party denn nur verschoben ist? Nein, abgesagt. Cariljas Vater braucht den Raum nun doch. Nein, keine Ahnung, wofür, flötet Angara.

Ein Mädchen findet das mit dem Meerwasseraquarium witzig. Dass den Thawtes immer noch etwas einfällt, das sie bauen lassen können. Spottet über den Hubschrauberlandeplatz, auf dem man noch nie ein Hubschrauber hat landen sehen.

Ich beobachte eine Frau mit einem großen Sonnenhut, die in eines der Geschäfte gegenüber geht, und überlege, ob ich einwerfen könnte, dass Herr Thawte immerhin eine Firma für Unterwasser-Bergbau betreibt. Vermutlich hat er dieses Aquarium nicht in erster Linie bauen lassen, damit seine Tochter einen unglaublich tollen Partyraum hat, sondern weil er ihn für seine Firma braucht. Aber ich glaube nicht, dass das gut ankäme.

Das Gespräch wendet sich dem anstehenden Gründungsfest zu. Jedes Jahr werde davon geredet, mit der Plattform und der Flotte mal eine andere Route zu fahren, aber nun gehe es doch wieder zum Wrack wie all die Jahre zuvor. Man könne es ja wohl auch übertreiben mit der Tradition.

Und dazu fällt mir etwas ein! »Könnte sein, dass diesmal am Wrack eine Überraschung geplant ist«, sage ich schnell.

Sie gucken mich an. Sie gucken mich tatsächlich alle an. Mein Herz setzt aus, dann fängt es an zu rasen.

»Was?«, fragt Annmarie. Annmarie liebt Geheimnisse, so sehr, dass sie sie nie für sich behalten kann.

Ruhig bleiben. Ich versuche, mir nicht anmerken zu lassen, wie mir der Schweiß ausbricht, erwidere den Blick aus Annmaries türkisfarbenen Augen und wiederhole: »Es könnte sein, dass am Wrack eine Überraschung geplant ist. Ich hab jedenfalls so etwas gehört.«

»Und *was* hast du gehört?« Das ist jetzt Melody. Sie hat ihr Kinn in die Hand gestützt und streicht sich mit der anderen Hand Strähnen aus dem Gesicht.

Es funktioniert tatsächlich! Der Kreis hat sich geöffnet.

Ich schlucke. »Jemand hat erzählt, dass Taucher heimlich Netze am Wrack angebracht haben.«

»Was für Netze?«

»Er hat gemeint, vielleicht, um gasgefüllte Ballons aus dem Wasser aufsteigen zu lassen, wenn wir dort sind. Das machen sie in Metropolen manchmal –«

»O ja!«, platzt Angara heraus. »Das hab ich mal gesehen. In Melbourne haben sie das gemacht, irre sieht das aus, wahnsinnig toll!«

»Wann warst du denn in Melbourne?«, fragt Melody verdutzt.

Angara schüttelt den Kopf und lässt ihre dunklen Locken fliegen. »Nein, ich hab bloß eine Aufnahme davon gesehen. Aber in echt muss das *unglaublich* sein!«

»Von wem hast du das?«, will ein Mädchen wissen, dessen Namen ich nicht kenne.

Mir wird siedend heiß bewusst, dass ich gerade etwas verrate, von dem ich Pigrit versprochen habe, es geheim zu halten. Ich fühle mich schuldig. Aber nun habe ich schon damit angefangen, nun gibt es kein Zurück. Außerdem, sage ich mir, war die

Begegnung mit den Tauchern nicht wirklich als Geheimnis deklariert. Nur unser Geheimnistausch gilt.

»Von jemandem aus der Tauch-AG«, sage ich vage. »Und er ist sich auch nicht sicher, ob es stimmt. Er hat nur die Taucher gesehen, mit den Netzen.«

Ich bin verblüfft über die Reaktionen. Was ich erzählt habe, sind ja bloß Gerüchte, aber ich löse damit Begeisterung aus, Aufregung, Vorfreude. Ich bin Teil des Kreises. Jetzt müsste ich etwas fragen, um das auszubauen – bloß was?

Ich sehe die Frau mit dem großen Hut wieder aus dem Geschäft kommen und habe eine Idee: »Setzt ihr eigentlich was auf, wenn ihr auf die Plattform geht? Einen Sonnenhut oder so was?«

»Nö«, sagt Angara großspurig und streicht sich die Locken aus ihrem Gesicht. »Sonne macht mir nichts aus.«

»Außerdem wird die Tribüne dieses Jahr wieder ein Sonnendach haben«, erklärt Melody. »Ich war vorhin am Hafen, sie spannen es gerade auf.«

»Gott sei Dank!«, meint Annmarie voller Inbrunst. Sie hat ziemlich helle Haut. »Letztes Jahr bin ich fast verkocht.«

»Die Frau des Bürgermeisters hat letztes Mal einen Hitzschlag bekommen«, sagt ein anderes Mädchen. »Deswegen machen sie das.«

Angara zuckt mit den Schultern. »Ich bin sowieso auf dem Schiff meiner Eltern.«

Das erste Mädchen, dessen Namen ich nicht kenne, schaut mich an und fragt: »Du hast eine neue Frisur, oder?«

Wow. Mir stockt der Atem. »Ja«, sage ich mühsam.

»Sieht toll aus«, sagt sie. »Steht dir gut.«

Ich starre sie an, kann im ersten Moment nicht glauben, was hier passiert. »Danke«, sage ich. Und tatsächlich: Es reicht, das zu sagen!

Ich lächle. In meinem Inneren entsteht ein Gefühl wie weiche, prickelnde Bläschen, die in meinem Körper aufsteigen und sich anfühlen wie ... wie gute Laune. Wie Spaß. Wie *Glück!*

Das Mädchen zeigt auf die Tüte, die ich zwischen den Füßen stehen habe. »Was hast du bei *Timberley* gekauft?«

»Ein Kleid«, sage ich, muss mich zurückhalten, um nicht laut loszulachen vor Freude. »Fürs Fest.«

»Zeig doch mal!«

Ich öffne die Tüte, hebe es ein Stück weit heraus.

»Oh, schön!«, höre ich und: »Knallrot? Also, das würd ich mich ja nicht trauen.«

»Ich muss wieder das blöde Sportkleid von letztem Jahr tragen«, sagt eine andere. »Dabei hab ich gedacht, das passt mir gar nicht mehr. Ich hab *so* was von zugenommen, seit das mit Linwood aus ist, das glaubt ihr nicht!«

Auf einmal geht alles durcheinander, aber das spielt jetzt keine Rolle mehr. Ich bin Teil des Kreises, zum ersten Mal in meinem Leben!

Melodys Tafel meldet sich mit leisem Summen. »Was, schon so spät? Hey Leute, ich muss los. Meine Tante aus Cooktown kommt – Tante Berenice!« Alle lachen.

Ich weiß nicht, was es mit Tante Berenice auf sich hat, aber ich lache mit.

»Echt schon drei?«, ruft Angara. »Mädels, ich muss dann auch mal.«

Und so endet alles in einem allgemeinen Aufbruch. Ich behaupte auch, dass ich losmuss, dringend sogar, wie alle anderen, obwohl es nicht stimmt. Aber es kommt gut, es zu behaupten.

Auf dem Heimweg fühle ich mich, als würde ich schweben. Es hat funktioniert! Ich habe endlich, endlich, *endlich* kapiert, wie es geht. Wie man es machen muss, damit man dazugehört.

Jetzt, sage ich mir, fängt ein neues Leben für mich an.

17

Am Samstagmorgen ist die Katastrophe perfekt.
Der Freitag ist einer heißesten Tage des Jahres. Die Hitze flimmert in den Straßen und es weht kein Lüftchen – ungewöhnlich für eine Hafenstadt wie Seahaven. In den wohlhabenden Häusern ist dies der Moment, in dem man die Klimaanlagen einschaltet, Neotraditionalismus hin oder her. Wir aber haben keine, also bleibt uns nur, die Vorhänge vor den Fenstern zuzuziehen, Schatten zu suchen und zu schwitzen.

In der Nacht auf Samstag wache ich auf, weil meine Sprayverbände derart jucken, dass ich es nicht mehr aushalte. Ich muss sie abmachen. Als ich mich im Bad inspiziere, sind die Kiemenspalten heftig gerötet und brennen bei der kleinsten Berührung.

Ich verstehe das nicht. Ich habe jahrelang Sprayverbände getragen, oft wochenlang und ohne die geringsten Beschwerden, auch im Hochsommer! Dann lese ich die Aufschrift auf der Puderdose noch einmal und entdecke im Kleingedruckten auf der Unterseite den Warnhinweis: *Nicht auf Sprayverbände auftragen – kann Luftdurchlässigkeit beeinträchtigen!*

Verdammt, was jetzt? Keine Ahnung. Ich lasse sie offen, lasse auch das Nachthemd aus und gehe wieder ins Bett. Die Kiemen schmerzen immer noch, aber nach einer Weile schlafe ich trotzdem ein.

Als ich am Samstagmorgen aufwache, ist, wie gesagt, die Katastrophe perfekt: Die Kiemenspalten sind nach wie vor so empfindlich, dass nicht daran zu denken ist, den Verband neu aufzusprühen. Mir graut bei der Vorstellung, mehr als vier Stunden auf der Tribüne der Plattform sitzen und unter einem Juckreiz wie dem heute Nacht leiden zu müssen.

Jetzt ist es ein Glück, dass das neue Kleid meinen Oberkörper verhüllt. Ich schlüpfe probehalber hinein. Es sitzt eng, aber dank des Futters sieht man meine Kiemen nicht. Außerdem besteht das Futter aus irgendeinem Synthstoff und ist angenehm kühl; das tut gut.

Vielleicht meint es das Schicksal doch gut mit mir. Ich ziehe das Kleid wieder aus, hänge es sorgfältig zurück auf den Bügel, schlinge meinen Bademantel um mich und gehe erst einmal frühstücken.

Frühstücken! Ich habe überhaupt keinen Appetit vor lauter Aufregung. Aber Tante Mildred redet mir zu, etwas zu essen, ich wisse nicht, ob es auf dem Schiff etwas gebe; so ein Tag auf See sei lang. Also nehme ich sicherheitshalber ein paar Happen zu mir, obwohl ich schon nach den ersten Bissen das Gefühl habe, bald zu platzen.

Die Uhr rast. Ich gehe duschen, wasche meine Haare, föhne sie trocken und bringe sie mit Kamm, Bürste und Gel in Form. Meine Zuversicht steigt, als ich mich im Spiegel sehe. Das anschließende Schminken geht mir schon fast leicht von der Hand.

Dann ist es so weit. Mit nichts als meinem Slip am Leib ziehe ich nun offiziell mein rotes Kleid an, das Kleid, das zu tragen andere sich nicht trauen würden. Als ich die Treppe hinabgehe, damit Tante Mildred mir den Reißverschluss zuzieht, applaudiert sie mir erst einmal begeistert. *Wunderschön,* signalisiert sie mir immer wieder.

Ich habe nie geahnt, dass man sich wegen eines Kleides so gut fühlen kann.

Tante Mildred holt ihre Tafel, macht Fotos: von vorn, von der Seite, lächelnd, mit stolz erhobenem Kopf, noch einmal von vorn. Sie kriegt gar nicht genug.

Das reicht jetzt, bedeute ich ihr schließlich und spähe auf die Uhr. Zehn Uhr zwanzig. Herr Black kann jeden Augenblick kommen.

Tante Mildred wird sich das Spektakel bei den Nachbarn anschauen. Es wird über das Zonennetz übertragen, und die Bigelows haben eine große Wandtafel, vor der die Familie den größten Teil ihrer Zeit verbringt.

Zehn Uhr fünfundzwanzig. Tante Mildred kommt mit einem riesigen Sonnenhut an, der aus geflochtenem Bast oder so etwas besteht.

Über der Tribüne ist ein Sonnendach, erkläre ich.

Trotzdem kann es sein, dass du in der Sonne sitzt, beharrt Tante Mildred.

Ihr zuliebe setze ich den Hut auf. Ich bin sehr skeptisch, als ich damit vor den Spiegel trete.

Doch siehe da: Der Hut passt sagenhaft gut zu meinem Kleid, verleiht mir sogar irgendwie etwas ... *Mondänes.* Ich bin so angetan, dass ich ihn nicht mehr hergeben mag, ganz egal, ob wir unter einem Sonnendach sitzen werden oder nicht.

Ein schnarrendes Signal ist zu hören. Es ist der Wagen von Herrn Black, der vor der Tür steht.

Genieß es!, sagt Tante Mildred.

Das werde ich, verspreche ich.

Dann öffne ich die Türe und trete hinaus in mein neues Leben.

Als ich zu Herrn Black in den Wagen steige, schaut er mich an, als hätte er mich noch nie zuvor gesehen. Erst nach einer Schrecksekunde sagt er: »Saha! Schick siehst du aus.«

Das ist wohl als Kompliment zu werten. Von meinem Mathelehrer! »Danke«, sage ich.

Er holt noch zwei weitere Mitschüler ab, die außerhalb wohnen. Zuerst Debora Barrera, die sich bei allem, was sie tut, immer schrecklich viel Mühe gibt – natürlich auch mit ihrem Kleid, das ein Traum, und mit ihrem Make-up, das ein Kunstwerk ist. Trotzdem reißt sie die Augen auf, als sie mich sieht, und sagt fast flüsternd: »Das Kleid steht dir super, Saha. Ganz toll.«

»Danke«, erwidere ich und habe das Bedürfnis, ihr auch etwas Nettes zu sagen, denn Debora strahlt immer die Überzeugung aus, dass alle anderen alles viel besser machen als sie. Was eindeutig nicht stimmt. »Mir gefällt dein Halstuch«, sage ich, weil mir das als Erstes ins Auge gestochen ist, ein dunkelgrünes Tuch mit Kristallstickereien.

»Das ist, falls ich in der Sonne sitzen muss«, erwidert sie. »Dann kann ich es als Kopftuch benutzen.«

»Ah«, sage ich. »Gute Idee.«

Debora ist auch einer von den eher schrägen Vögeln bei uns an der Schule, das haben wir gemeinsam. Aber dass wir uns unterhalten, als wären wir Freundinnen, wäre mir vor ein paar Tagen trotzdem noch undenkbar erschienen.

Wir halten wieder, diesmal für Elwood, der in einem der hässlichen sechsstöckigen Häuser wohnt, die den Ortseingang von Seahaven verunzieren. Elwood Hanson ist ziemlich dick und hat ein spitzes Kinn, und man geht ihm normalerweise aus dem Weg, weil er ständig Geld sammelt für die Rettung irgendwelcher bedrohter Tierarten. Heute hat er sich auch herausgeputzt: Er trägt ein weißes Hemd und eine Hose aus blauem Leinen, wie ein Segler, obwohl man ihn meines Wissens noch nie auf einem Segelboot gesichtet hat.

Er schwingt sich auf den freien Platz auf dem Rücksitz, hält aber einen Moment in der Bewegung inne, als er mich erblickt, und stößt ein »Hui!« hervor.

Das zählt nicht als Kompliment, beschließe ich und bedenke ihn nur mit einem Lächeln.

Als wir am Hafen ankommen, herrscht dort ein unglaublicher Trubel. Die ganze Stadt scheint auf den Beinen zu sein. Ständig kommen Leute an, auf Swishern, mit Autos, zu Fuß. Segel werden gesetzt, Boote losgemacht, Proviantkörbe an Bord geladen. Überall stehen Menschen in festlicher Kleidung herum, palavern, winken anderen grüßend zu, lachen. Von den Laternenmasten zu den Hafenkränen sind Leinen gespannt, voller farbiger Wimpel, die im Wind flattern. Unter weißen Zeltdächern werden Getränke und Süßigkeiten verkauft und aus Lautsprechern dudelt Klaviermusik.

Der größte Blickfang ist natürlich die Plattform selbst. Fertig vorbereitet liegt sie am Hauptkai vor Anker, mit einem dunkelblauen Sonnendach über der Tribüne. Ein stabiles Geländer umgibt den hinteren Teil, das Rednerpult ist mit dem Wappen von

Seahaven geschmückt, und die diversen Aufbauten, die für die Wettbewerbe benötigt werden, sind alle am Platz.

»Ich muss euch hier rauslassen und woanders parken«, erklärt Herr Black, als er den Wagen kurz vor der Treppe, die zum Hafen hinabführt, zum Stillstand bringt.

»In den Metropolen gibt es selbstfahrende Autos«, erklärt Elwood in einem Ton, als ob das eine völlige Neuheit für uns sein müsse. »So eins würde sich selbst parken.«

»Ja, ich weiß«, sagt Herr Black mit jener Art Nachsichtigkeit, wie sie Mathelehrer wohl zwangsläufig entwickeln müssen. »Ich bin in Sydney aufgewachsen. Und ich bin froh, dass es hier anders ist.«

Wir steigen aus. Köpfe drehen sich zu Elwood hin, Augen richten sich auf Debora – doch als ich aussteige, gibt es einen Moment der Stille, so als würden die Umstehenden den Atem anhalten.

Dann ... setzt ein Raunen ein. Jungs rammen sich gegenseitig Ellbogen in die Rippen, zeigen auf mich, und ich vernehme Satzfetzen wie: »Mann ... wow ... schau mal ... das ist doch nicht möglich ... Hey, weißt du, wer das ist? Saha! Saha Leeds aus der Aufbau zwei ... echt? Wahnsinn ... Saha Leeds ... die im roten Kleid ... nee, jetzt? ... doch, Saha Leeds ... Saha ... das ist Saha Leeds ...«

Ja, das bin ich. Ich kann es gar nicht fassen, auf einmal der Mittelpunkt der Aufmerksamkeit zu sein.

Und vor allem kann ich es nicht fassen, wie sehr ich es genieße. Ich fühle mich wie eine Königin, mindestens. Ich gehe nicht, ich *schreite*. Ich lächle huldvoll nach allen Seiten, während ich die breite Treppe hinabsteige. Endlich habe ich es geschafft. Endlich, endlich gehöre ich dazu.

Unten umringen mich meine Mitschülerinnen aus der Tanz-AG. »Saha! Das ist ja unglaublich! Was ist das für ein tolles Kleid? Und was ist mit deinen Haaren passiert?«, höre ich, kann gar nicht reagieren, weil sie so auf mich einstürmen.

Und dann will jemand wissen, wo ich sitzen werde. »Keine Ahnung«, gestehe ich.

Ein anderes Mädchen meint: »Auf jeden Fall in den hintersten zwei Reihen. Wo man am wenigsten sieht. Da sitzen wir alle.«

Pedro, unbekümmert wie stets, wirft ein: »Frau Blankenship wird uns einteilen. Sie hat die Liste.«

Und da ist sie: Frau Blankenship kommt lächelnd auf mich zu. »Sehr schön«, lobt sie mich. »Das Kleid steht dir noch besser, als ich es in Erinnerung hatte. Und der Hut dazu ... *très chic*. Gute Idee!«

Sie selbst sieht auch umwerfend aus, aber bei ihr ist man das ja gewöhnt. »Ihre Tipps waren alle großartig«, sage ich leise zu ihr. »Ich habe das Gefühl, für mich fängt gerade ein ganz neues Leben an.«

»Das tut es«, erwidert sie lächelnd. »Das tut es ganz bestimmt.«

Dann zieht sie ihre Tafel heraus, ein kleines, elegantes Modell in hellem Türkis, und ruft den Sitzplan auf. »Du hast den Platz G18. Das ist die vorletzte Reihe, direkt am Mittelgang.«

»Danke«, sage ich. »Für alles.«

Sie lächelt, tätschelt mir kurz den Oberarm und geht dann, um die anderen einzuweisen.

Ich entdecke Pigrit, der gerade gemeinsam mit seinem Vater

ankommt, beide auf Swishern, was bei der massigen Gestalt des Professors ziemlich komisch aussieht. Sie stellen ihre Geräte zu den anderen, dann sagt Pigrit etwas zu seinem Vater und setzt sich in meine Richtung in Bewegung. Er trägt ein goldfarbenes Halstuch und einen sommerlich weißen Anzug, der schön mit seiner dunklen Haut kontrastiert. Eine Menge Mädchen, fällt mir auf, schauen zu ihm hin, am verträumtesten Susanna Kirk, das Mädchen aus der Apotheke. Pigrit wird einmal ein sehr gut aussehender Mann sein.

Aber heute ist er einfach nur muffig und schlecht gelaunt. Er sagt kein Wort zu meiner Frisur oder meinem Kleid, noch nicht einmal ein kritisches, womit ich eigentlich gerechnet hatte, sondern knurrt nur »Hi« und brummt dann etwas von wegen, heute würde er es besonders bedauern, dass sie ihn aus der Sanitätsgruppe geworfen haben.

Ich mustere ihn. »Und was ist *wirklich* los?«

Er bläst die Backen auf, starrt mit zusammengekniffenen Augen aufs Meer hinaus und sagt schließlich: »Carilja hat sich umsetzen lassen. Hab's erst vorhin erfahren. Jetzt sitz ich zwischen meinem Vater und einer Stadträtin. Ich sterb schon vor Langeweile, wenn ich bloß daran denke.«

»Sieh es endlich ein«, rate ich ohne großes Mitleid. »Sie will einfach nichts von dir.«

Pigrit schiebt trotzig den Unterkiefer vor. »So leicht geb ich nicht auf.«

In diesem Moment brandet rings um uns herum Unruhe auf, die uns hochsehen lässt. Auslöser ist die Ankunft Cariljas. Ihr Auftritt beendet die Phase, in der die allgemeine Aufmerksamkeit und Bewunderung mir gegolten hat. Alle Augen sind nun auf sie gerichtet, während sie zusammen mit Brenshaw im Auto von dessen Bruder vorfährt, mit offenem Verdeck und offensichtlich bester Laune.

Das Beeindruckende ist, dass sie weder etwas Besonderes tragen noch etwas Besonderes tun muss, um klarzustellen, wer hier die Schönste ist. Sie entsteigt dem Wagen in einem schlichten weißen Kleid aus matt schimmernder Milchhaut, das auch sonst viel Haut zeigt, aber an jedem anderen Mädchen unserer Schule langweilig gewirkt hätte. An ihr dagegen wirkt es wie die vollkommene Ergänzung eines vollkommenen Körpers. Ihr engelhaft blondes Haar hat sie zu einem Zopf geflochten, den sie um den Kopf gewickelt trägt, und als sie die Treppe herabsteigt, ist sie eine nahezu unwirkliche Erscheinung.

Ich hätte neidisch sein können. Oder enttäuscht. Doch zu meiner eigenen Überraschung bin ich eher erleichtert: Noch mehr Lob und Aufmerksamkeit hätte ich, ungeübt, wie ich bin, sowieso nicht mehr ertragen.

Ich ergreife die Gelegenheit, um mich davonzustehlen, denn ich muss auf die Toilette, und das *dringend!* Ich lasse Pigrit stehen, der ohnehin nur noch Augen für Carilja hat, und schleiche mich über die dem Kai abgewandte Seite der Plattform nach hinten.

Der Raum unter der Tribüne ist bis auf den letzten Meter ausgenutzt. Es gibt Umkleideräume für die Schwimmer und Taucher, eine Küche, eine Snackbar, ein Lager für Getränke – und Toiletten.

Gerade als ich mir am Waschbecken die Hände wasche, kommt noch jemand. Und es ist ausgerechnet – Carilja!

»Putzig«, sagt sie, als sie an das Becken neben mir tritt und mich im Spiegel betrachtet.

Sie sagt es so, dass ich merke, sie erwartet, dass ich nachfrage, was sie damit meint. Aber den Gefallen tue ich ihr nicht. Ich sage gar nichts. Ich werfe ihr nur einen kurzen Blick zu, dann trockne ich mir die Hände ab.

Doch eine Carilja Thawte lässt sich von solch kleinen Unbotmäßigkeiten natürlich nicht aus dem Konzept bringen. »Putzig«, wiederholt sie, »wie du versuchst, dich unter einem Haufen Schminke zu verstecken. Wer hat dir das beigebracht? Frau Blankenship? Du siehst aus wie ein Klon von ihr.« Sie befeuchtet ihre Finger, zupft ein paar dekorative Strähnen aus ihrer Flechtfrisur und meint mit einem abgrundtiefen Seufzer: »Du ahnst nicht, wie ich den Tag herbeisehne, an dem ich dich und dein Fischgesicht nicht mehr sehen muss.«

Noch vor wenigen Tagen hätte mich eine solche Tirade aus Cariljas Mund quasi vernichtet. Auf alle Fälle wäre mir jegliche Freude an diesem Tag und diesem Fest gründlich verdorben gewesen.

Doch heute ... heute lässt mich das, was sie sagt, völlig kalt. Ich verstehe selbst nicht, warum, aber ich muss auf einmal lauthals loslachen.

Carilja starrt mich entgeistert an. »Was gibt's da zu lachen?«

Ich lache, weil mir plötzlich klar geworden ist, was an Cariljas Verhalten so absurd ist. »Es ist unglaublich, wie wichtig ich für dich bin.«

»Wichtig?«, blafft sie und in diesem Moment ist sie nicht mehr Carilja, die Schönheitskönigin, sondern Carilja, die Furie. »Wie kommst du *darauf?*«

»Wenn ich wirklich so unwichtig wäre, wie du immer tust«, erkläre ich, während ich mir meinen Strohhut sorgfältig zurechtrücke, »würdest du mich überhaupt nicht wahrnehmen. Stattdessen beschäftige ich dich so sehr, dass du mir Formulare anderer Schulen besorgst, mir mit deinem Gefolge auflauerst, dir ständig Gemeinheiten ausdenkst ... So viel Aufmerksamkeit von dir ist eigentlich ein Kompliment.« Ich tippe an den Rand meines Hutes und füge spöttisch hinzu: »Danke.«

Dann gehe ich, ehe sie etwas erwidern kann.

Draußen vor der Toilettentür muss ich mich am Geländer festhalten, weil mir kurz schwindlig wird. Ich kenne mich selbst nicht wieder, aber es fühlt sich *gut* an, das gesagt zu haben!

Inzwischen herrscht vorne Aufbruchsstimmung. Leute kommen an Bord der sanft schaukelnden Plattform, Segelschiffe aller Größen machen die Leinen los.

Ich gehe die Mitteltreppe hoch, finde meinen Platz. Neben mir sitzt Tessa, wie immer schrecklich aufgeregt und kurzatmig. »Ich bin so nervös wegen heute Abend«, offenbart sie mir ungefragt, als ich mich setze.

»Heute Abend?«, erwidere ich ratlos.

»Na, unser Auftritt!«, erklärt sie und schnappt nach Luft. »In der Stadthalle! Vor all den Leuten!«

»Ach so.« Unwillkürlich ziehe ich den Kopf ein. Oje. Den Auftritt hatte ich schon wieder völlig verdrängt.

In diesem Augenblick greift zum Glück Morten Mercado zum Mikrofon und begrüßt uns mit seiner wohlwollenden Säuselstimme. Er erklärt, was alle sehen, nämlich, dass es jetzt losgeht, und fügt hinzu, der Wetterbericht sei überaus gut. »Größtenteils sonnig, einige Wolken, gleichmäßiger Wind. Könnte man sich das Wetter bestellen, hätten wir nichts Besseres ordern können.« Höfliches Gelächter. Er lächelt sein strahlendes Lächeln, streicht sich eine seiner vielen schneeweißen Strähnen aus dem Gesicht und ergeht sich dann in Sicherheitshinweisen. Das muss er wohl. Und so erfahren wir, dass sich unter jedem Sitz eine Schwimmweste befinde, dass die Plattform über vier Feuerlöscher verfügt und so weiter.

»Und für alle Fälle«, beendet er seine Ansprache, »begleitet uns natürlich das Sanitätsboot mit seiner gesamten Mannschaft. Applaus für unsere Sanitätsgruppe!«

Alle klatschen, während sich das Motorboot der Sanitätsgruppe heranschiebt. Die Sanitäter winken ausgelassen und so, als feierten sie auf ihrem Schiff schon längst ihre eigene Party.

Ich sehe zu Pigrit hinüber. Er hockt eingeklemmt zwischen seinem hünenhaften Vater und der dicken Stadträtin und wendet den Blick betont vom Motorboot weg.

Carilja sitzt bei den Freitauchern, hat den Arm um Brenshaw gelegt und lässt sich von den anderen anhimmeln. In ihre Richtung schaut Pigrit auch nicht, fällt mir auf.

Immerhin.

Jetzt bimmelt die Glocke am Gebäude der Hafenverwaltung. Die Brücke wird auf das Kai zurückgezogen, ein Mann macht die Vertäuung der Plattform los, die Motoren unter uns springen an.

Es geht los!

Und ich bin begeisterter, als ich es je erwartet hätte.

Die Plattform bewegt sich sanft schaukelnd mit uns hinaus aufs offene Meer. Vor uns glitzert die endlose Weite, es duftet nach Seetang und Salz, und die Sonne steht hoch im Norden, umkränzt von verzupften Wolken, die wie hindrapiert wirken. Eine wahre Armada von Seglern in allen Größen begleitet uns – schnittige Jachten, winzige Jollen und alles dazwischen. Die Schiffe sind strahlend weiß, schnell, elegant, mit bunten Segeln in den Farben der Firmen oder Schulen, zu denen sie gehören.

Ich atme die sanft heranwehende Seeluft genussvoll ein und frage mich, wieso mich das Gründungsfest in all den Jahren zuvor eigentlich nie interessiert hat. Es ist doch großartig! Nicht besonders sinnreich, aber wer braucht das schon, wenn es so viel Spaß macht, einfach dabei zu sein?

Das ist wahrscheinlich der Punkt, überlege ich. Denn bisher *war ich nie dabei*. Bisher war das Gründungsfest das Vergnügen von *anderen*.

Jetzt ist es auch *mein* Vergnügen. Denn jetzt gehöre ich auch dazu. Das ist der ganze Unterschied.

Und was so unangenehme Dinge betrifft wie die anstehende Untersuchung bei Doktor Walsh ... darüber will ich jetzt nicht nachdenken. Jetzt geht es darum zu feiern, die Wettkämpfe zu verfolgen und den Siegern zuzujubeln.

Das erste Spiel beginnt. Herr Mercado winkt den Bürgermeister zu sich heran, damit der ein paar salbungsvolle Worte sagt, während sich die Segelschiffe rings um die Plattform scharen. Dann fällt der Startschuss für die alljährliche »Regatta ums Wrack«.

Worauf alles, was Segel hat, lossegelt, so schnell es nur geht.

Die Aufgabe ist einfach: Von der Plattform aus starten, das

Wrack gegen den Uhrzeigersinn umrunden und zurückkehren. Das erste Schiff, das uns auf dem Rückweg landseitig passiert, gewinnt das *Goldwrack,* einen ziemlich hässlichen, aber immerhin vergoldeten Wanderpokal.

Tessa klärt mich darüber auf, dass das eher eine Art Jux ist als ein wirklicher Wettbewerb. »Niemand überprüft zum Beispiel die Startpositionen der Schiffe«, erklärt sie. »Und Hochseejachten und Jollen in denselben Wettlauf zu schicken, ist sowieso ein Witz.«

»Und wieso macht man es dann?«, frage ich verwundert.

»Weil es Spaß macht, natürlich.«

Dafür, dass es nur ein Jux ist, wird ziemlicher Aufwand damit getrieben. Die Segler filmen sich zum Teil gegenseitig, irgendjemand schneidet die Übertragungen irgendwo zusammen und man kann das Ganze auf Tafeln verfolgen. Ich habe meine nicht mitgenommen, aber Tessa hat ihre dabei.

Zwischendrin tauchen Kellner in Livree auf und servieren kalte Getränke und kleine Snacks. Ich greife dankbar zu, während über uns das blaue Sonnendach im Wind knattert, und finde es eine Lust zu leben.

Herr Mercado und der Vorsitzende des Seglervereins kommentieren den Verlauf der Regatta, was die Sache für uns überhaupt erst spannend macht, denn viel sieht man ohne Tafel ansonsten ja nicht: eine Menge bunter Segel in der Ferne, das ist alles.

Dann kommen die ersten Schiffe zurück. Natürlich die großen, schnellen, die von vornherein die besten Chancen hatten – egal. Alles jubelt ihnen zu, feuert sie an, und ich, ich juble mit, weil es Spaß macht zu jubeln, selbst wenn völlig einerlei ist, wer die Regatta gewinnt.

Schließlich passiert das erste Schiff die Ziellinie, mit geblähten Segeln und so forsch, dass die Kielwelle unsere Plattform zum Schaukeln bringt.

»Sieger ist, wie auch schon im Vorjahr«, verkündet Herr Mercado, »die TRADITION-2!«

Jubel. Ich sehe Carilja wie verrückt auf und ab hüpfen. Auch ihr Vater ist aufgestanden und applaudiert, den hageren Kopf mit dem unverkennbaren Kinnbart stolz gereckt und mit einem Lächeln, an dem seine Augen nicht beteiligt sind. Tessa bemerkt meine Verwunderung und erklärt mir, dass ihm die TRADITION-2 gehört. Die Mannschaft besteht aus Angehörigen seiner Firma, die in internen Wettbewerben ausgewählt worden sind.

Während die nächsten Schiffe passieren und ausgerufen werden, geht die TRADITION-2 seeseitig längs. Die Kapitänin kommt an Bord, lässt sich von Herrn Thawte gratulieren und von seiner Frau küssen und nimmt dann den Pokal entgegen. Dabei wird sie – offenbar gehört das zum Ritual – von den Umstehenden aus Spritzpistolen mit Meerwasser beschossen und alles johlt und klatscht.

Die meisten Schiffe sind bald zurück. Während wir auf die letzten kleinen Einhandsegler warten, halten diverse wichtige Leute Ansprachen, denen, sagen wir mal, nicht jeder seine ungeteilte Aufmerksamkeit widmet. Aber offenbar ist ein Fest kein Fest, wenn nicht der Bürgermeister und ein paar Stadträte salbungsvoll in Mikrofone gesprochen haben.

Dann beginnen endlich die Schwimmwettbewerbe. Die sind jetzt definitiv kein Jux mehr. Wer hier siegt, wird zu den Zonenwettkämpfen nach Carpentaria geschickt, wo ihnen begehrte Stipendien winken.

Es sind Ausscheidungskämpfe. Das größte Segelschiff unserer Schule geht seeseitig auf zweihundert Meter Distanz, was per Lasersteuerung überwacht wird, dann fällt der erste Startschuss und die Schwimmer hechten von der Plattform. Sie müssen hinschwimmen, am Rumpf anschlagen und so schnell wie möglich wieder zurückkommen. Die Sieger nehmen später an der Endrunde teil, die über die dreifache Distanz geht.

Die dicke Stadträtin und Professor Bonner unterhalten sich angeregt. Pigrit sitzt unglücklich dazwischen und sieht aus, als rechne er jeden Moment damit, zerquetscht zu werden. Als ich seinen Blick erhasche, winke ich ihn her.

Er entschlüpft ihnen, kommt die Mitteltreppe hoch und lässt sich erleichtert auf der Treppenstufe neben mir nieder. »Danke«, stößt er hervor. »Demnächst wäre mir das Ohr abgefault.«

»Worüber reden sie denn?«, will ich wissen.

»Worüber?« Pigrit verdreht die Augen. »Sie erklärt meinem Dad, wie toll er ist. Und er ist ganz ihrer Meinung.«

Ehrlich gesagt finde ich die Schwimmwettbewerbe langweiliger als die Ansprachen vorhin. Dass zwischendurch immer mal wieder das Streicher-Ensemble von Seahaven spielt, ändert daran auch nichts. Ich atme auf, als endlich die Siegerehrung ist. Es gibt Medaillen, Urkunden, Freudentränen und noch mehr Jubel. Hinterher singt eine Frau die Hymne des Neotraditionalismus und damit ist die Schwimmerei dann abgehakt.

Was noch bleibt, ist der Wettbewerb im Freitauchen. Man könnte natürlich der Einfachheit halber gleich Brenshaw die

Medaille geben und zum nächsten Programmpunkt übergehen – zum Beispiel dazu, die Gasballons aufsteigen zu lassen, worauf ich immer noch hoffe –, aber so einfach will man es sich dann doch nicht machen.

Inzwischen sind wir dem Wrack ziemlich nahe gekommen. Dunkel und zerfressen ragt es vor uns auf wie eine Klippe aus rostendem Stahl und die schon recht tief stehende Sonne wirft bizarre Schatten.

Die Plattform stoppt. Der Antrieb hält uns in Position; unter uns hören wir die Stabilisatoren arbeiten, ein metallisches *Wok-wok-wok*. Der Mann am Steuerpult gibt dem an der Winde ein Zeichen: Daumen hoch. Daraufhin wird der Motor eingeschaltet, der das Drahtseil mit dem Gewicht am Ende abspult.

Es gibt einen Grund, warum wir ausgerechnet hier halten und warum die Plattform jedes Jahr hierher fährt und nirgendwo anders hin. Der Grund ist, dass es unmittelbar neben dem Riff, auf dem die PROGRESS damals ihr Ende gefunden hat, steil hinabgeht in eine Felsspalte, die über hundertfünfzig Meter tief und damit eine der tiefsten Stellen in Küstennähe ist. Man müsste sehr, sehr weit hinausfahren, um eine bessere Stelle für den Tauchwettbewerb zu finden.

Die Windenrolle, über die das Drahtseil läuft, quietscht vernehmlich, ein Geräusch, das übers Meer hallt und die ganze Sache noch dramatischer wirken lässt. Die Segelschiffe sind ringsherum vor Anker gegangen. An jeder Reling drängen sich Leute, die meisten mit Sektgläsern in der Hand, und über alldem ragt der düstere Metallberg des Wracks auf.

Das Seil rollt weiter ab, folgt dem Gewicht in die Tiefe. Ein

Helfer steht neben der Winde und hängt an farbig gekennzeichneten Stellen des Seils metallene Plaketten in die dort angebrachten Haken. Das sind die Trophäen, nach denen die Freitaucher jagen: Jeder von ihnen wird sich entlang des Seils in die Tiefe sinken lassen, so weit er kommt, und die am tiefsten hängende Plakette mit hochbringen, die er erreichen kann.

Dies ist der Höhepunkt der sportlichen Veranstaltungen. Der Bürgermeister hält eine Ansprache, erinnert daran, dass Schüler der Schule Seahaven schon oft Meisterschaften im Freitauchen gewonnen haben und dass die Stadt sehr stolz auf diese Tradition ist. Dann spricht die Direktorin, wünscht allen Tauchern viel Glück und Erfolg und ermahnt, dass es beim Sport darum geht, dabei zu sein, nicht darum zu gewinnen. Was niemand so wirklich glaubt, deswegen wird dieser Spruch vermutlich so oft wiederholt.

Anschließend tritt der Schiedsrichter ans Rednerpult, ein breitschultriger Mann aus Cooktown, der aussieht, als sei er früher ebenfalls viel getaucht. Er beaufsichtigt die feierliche Auslosung der Reihenfolge, in der die Taucher starten werden. Der erste Kandidat ist Raymond Miller. Unter allgemeinem Applaus, auch von den Segelschiffen ringsherum, tritt er in seiner sehr knappen schwarzen Badehose auf die Planke.

Die Uhr neben dem Rednerpult wird eingeschaltet. Sie projiziert die Wettkampfzeit in Form eines riesigen Hologramms aus blau leuchtenden Ziffern. Momentan zeigt sie 0:00:00,00.

Raymond klemmt sich einen Clip auf die Nase und atmet dann durch den Mund tief und aus. Es geht beim Freitauchen, hat man uns erklärt, nicht nur darum, möglichst viel Luft in die Lungen zu bekommen und dort zu halten, man muss außerdem den Puls verlangsamen. Das erreicht man durch tiefes Ein- und Ausatmen.

Der Schiedsrichter hebt warnend die Hand, weil Raymond fast ins Hyperventilieren kommt. Das ist nicht erlaubt, da lebensgefährlich. Raymond nickt, hält kurz inne, legt dann die rechte Hand an das Drahtseil und tut den Schritt ins Leere. Er fällt und verschwindet mit einem leisen Platschen im Wasser.

Ringsum hört man eine Menge Leute einatmen und die Luft anhalten, als wollten sie ihn auf diese Weise unterstützen. Die Uhr läuft, die Hundertstelsekunden rasen schneller, als man erkennen kann. Niemand redet mehr, Stille herrscht. Hier und da ein Räuspern, ein unruhiges Rutschen auf dem Sitz, besorgte, ernste Blicke.

Das Seil zittert leicht. Ein gutes Zeichen.

Die Uhr läuft und läuft.

Noch nicht einmal dreißig Sekunden, aber sie kommen mir vor wie eine Ewigkeit.

Unglaublich, wie lang eine Minute dauern kann!

Der Schiedsrichter reibt sich das Kinn. Wirkt er besorgt? Man sieht ihm nicht an, was in ihm vorgeht.

Und dann, plötzlich, stößt eine Hand aus dem Wasser, die eine Plakette hält, und die Anspannung löst sich in einem Aufschrei. Der Kopf taucht auf, der Oberkörper. Raymond zieht sich den Clip von der Nase, macht mit Daumen und Zeigefinger das O.-k.-Zeichen und ruft noch einmal, dass er o.k. ist: Das ist das vorgeschriebene Sicherheitsprotokoll, das Freitaucher nach ihrer Rückkehr in dieser Reihenfolge vollziehen müssen, um zu beweisen, dass sie klar im Kopf sind.

Der Schiedsrichter nickt und hebt eine weiße Karte. Während er sie in alle Richtungen schwenkt, damit jeder sie sieht, springen die anderen Taucher herbei und helfen dem keuchenden Raymond auf die Planke. Die Uhr hat bei 0:01:34,07 gestoppt.

Endlich ist Raymond wieder auf den Beinen und kann vor den Schiedsrichter treten. Der nimmt die Plakette in Empfang, auf der die Tiefe angezeigt wird, und verkündet das Ergebnis: 32 Meter, 1 Minute und 34 Sekunden.

Das gibt höflichen Applaus. Kein berauschendes Ergebnis, aber für Raymond trotzdem gut. Er taucht ohnehin nur, weil er Brenshaw alles nachmacht.

Die Winde arbeitet. Man holt das Drahtseil weit genug hoch, um die Plakette neu anbringen zu können, und lässt es wieder hinab.

Als Zweite tritt Eva Coyle aus der Abschlussklasse an. Sie trägt einen grauen Badeanzug, der ihr bis zu den Ellenbogen und den Knien reicht und aus Haifischhaut ist, wie man das extrem schlüpfrige Material nennt. Das Atmen begleitet sie mit weit ausholenden Armbewegungen, aber sie nutzt die zwei Minuten Vorbereitungszeit nicht aus, sondern springt schon vorher ins Wasser.

»Das ist nur hier erlaubt«, erklärt mir Melody, die neben Theresa sitzt. »Dass sie ins Wasser springen, meine ich. Sonst gilt bei Freitauchkämpfen die alte Regel. Dass sie schon im Wasser sein müssen, wenn sie starten. Hier erlauben sie es, weil es besser aussieht von den Schiffen aus.«

»Ja«, sage ich und wundere mich, wieso sie mir das erzählt. Nicht einmal der eigenbrötlerischste Einzelgänger könnte in

Seahaven leben, ohne mehr über das Freitauchen zu erfahren, als er wissen will. Man entkommt dem sozusagen nicht.

Eine weitere, überaus geheiligte Tradition dieses Sports ist zum Beispiel, keine Unterwasseraufnahmen zu machen. Die Zuschauer können nur die Uhr und das Seil anstarren und raten, was in der Tiefe wohl gerade geschieht. Die Begründung dafür ist, dass die Sportler ja ohne Geräte tauchen, also wäre es nicht richtig, sie über Geräte zu beobachten.

Eine Minute.

Zwei Minuten.

Drei.

Dann, endlich, stößt Evas Hand mit einer Plakette aus dem Wasser. Applaus. Auch Brenshaw applaudiert, wenn auch mit gequältem Lächeln. Eva ist die erste echte Konkurrenz für ihn.

An dritter Stelle taucht Bud Harvey Woods. Von ihm sagt man, er tauche am liebsten mit einer Harpune in der Hand, und sein auffälligstes Merkmal ist, dass er Wimpern hat, um die ihn alle Mädchen beneiden. Seine Leistungen sind heute nicht berauschend; er ist wieder oben, noch ehe die erste Minute um ist, und erntet mehr Spott als Applaus.

Und dann, endlich, ist die Reihe an Jon Brenshaw.

Ihn begleitet frenetischer Beifall schon bis zur Planke. Der Schiedsrichter nickt ihm zu. Alle feuern ihn an, sogar Eva Coyle, der klar ist, dass sie trotz allem keine Chance hat gegen ihn. Brenshaw wird doppelt so lange unter Wasser bleiben wie sie und er wird die tiefste Plakette mit hochbringen.

Brenshaw nutzt die zwei Minuten bis auf die letzte Sekunde aus, dann verschwindet er im Meer wie ein Torpedo.

Pigrit neben mir gibt ein verächtliches »Hmpf!« von sich.

Diesmal ist von der allgemeinen Anspannung, die die ersten Tauchgänge begleitet hat, nichts zu spüren. Man hört Gelächter, jede Minute, die verstreicht, wird mit Applaus bedacht.

Bis auf einmal – die Uhr zeigt drei Minuten und zehn Sekunden – der Schiedsrichter eilig die Direktorin herbeiwinkt. Er deutet ins Wasser unmittelbar vor der Plattform, und ich kann sehen, wie die Van Steen blass wird.

Was man sieht, ist ein kleines, sehr grelles rotes Licht, das rasch aus der Tiefe emporsteigt.

Ich richte mich auf. »Da ist etwas passiert«, sage ich halblaut.

18

Die Uhr zeigt 3:27, als der Schiedsrichter nach dem Mikrofon greift. »Achtung, Sanitätsboot!«, erklingt seine Stimme überlaut aus allen Lautsprechern. »Wir haben einen Zwischenfall. Bitte sofort die Taucher nach unten!«

Die Gestalten an Bord des Schiffs mit dem Rotkreuzzeichen erstarren. Was ist los? Wieso schauen sie einander an, anstatt sich in Bewegung zu setzen? Mir läuft ein Schauder über den Rücken.

»Oh, verdammt«, höre ich Pigrit neben mir murmeln. »Diese Idioten.«

»Was?«, frage ich. »Was meinst du damit?«

Jemand vom Sanitätsboot ruft etwas herüber. Dann jault der Motor auf und das Boot rast davon in Richtung Seahaven, mit Höchstgeschwindigkeit, die Wellenkämme schneidend wie ein springender Stein.

Die Uhr zeigt 3:43.

»Die haben irgendwas vergessen«, sagt Pigrit. »Die Taucheranzüge wahrscheinlich.«

Das rote Licht, das nach oben gekommen ist, stammt von Brenshaws Alarmknopf. Jeder Freitaucher muss so einen Knopf am Hals tragen, wenn er absteigt. Das Gerät ist klein und auftriebsneutral, solange alles in Ordnung ist, aber sobald es medizinische Werte misst, die auf akute Gefahr hindeuten, löst es sich ab, bläst sich auf und schießt rasend schnell an die Oberfläche.

Ein paar der anderen Freitaucher springen ins Wasser, um Brenshaw zu helfen. Der Alarmknopf treibt als langsam verglimmender roter Ball auf den Wellen; niemand beachtet ihn mehr.

Gerüchte breiten sich aus wie eine ansteckende Krankheit. Es sind nicht die Taucheranzüge, die die Sanitätsgruppe vergessen hat, sondern die Pressluftflaschen. Die stehen alle noch in der Ladestation am Hafen.

Die Uhr zeigt 4:04.

Brenshaws Bestzeit liegt irgendwo bei sechseinhalb Minuten.

Bis zum Hafen dauert es mit dem schnellsten Boot wenigstens zehn Minuten. Und dann sind die Flaschen noch nicht abgestöpselt, noch nicht verladen und das Boot noch nicht zurück.

Keine Chance, dass sie Brenshaw auf diese Weise retten. Keine.

Ich merke, dass ich unwillkürlich die Luft angehalten habe. Sie werden ihn doch trotzdem rechtzeitig herausholen, oder? Dutzende Schiffe sind um uns herum, mit Hunderten von Leuten an Bord, die in ihrer Freizeit oder beruflich tauchen – bestimmt hat irgendeiner eine Tauchausrüstung bei sich?

Die Uhr zeigt 4:19. Allmählich wäre es gut, wenn jemand mit einer Pressluftflasche auf dem Rücken und einer Tauchermaske auf dem Gesicht ins Wasser spränge. Wirklich gut wäre das.

Es hält niemanden mehr auf den Sitzen. Die Leute stehen, gucken, diskutieren aufgeregt. Der vordere Teil der Plattform bevölkert sich. Herr Brenshaw steht da, kreidebleich. Seine Frau ringt die Hände. Herr Thawte redet erregt auf die Direktorin ein, krebsrot im Gesicht und aufgebracht. Ich kriege nicht mit, was er sagt, aber er deutet in Richtung des Motorbootes, das man immer noch in der Ferne davonfahren sieht, und kann es mir denken. Die Sanitätsgruppe wird den 4. Dezember 2151 als schwarzen Tag in Erinnerung behalten, das steht fest.

Und die Uhr zeigt 4:31.

Keine Taucher. Keine Flaschen. Dafür kommen die ersten Freitaucher hoch, japsend, und erklären, dass Brenshaw zu weit unten sei und dass sie so weit nicht hinabkommen.

Wirre Gedanken schießen mir durch den Kopf. Daran, wie ich bei dem teuren Friseur gesessen habe. Daran, wie ich meine Wimpern getuscht habe. Daran, wie ich aus dem Auto gestiegen bin und alle mich bewundert haben. Daran, dass ich jetzt endlich dazugehöre, endlich, dass ein neues Leben beginnt, eines, das so ist, wie ich es mir immer vorgestellt habe, ein besseres Leben, ein Leben, in dem auch ich glücklich sein darf ...

Die Uhr zeigt 4:52. Ich packe Pigrit an der Hand. »Komm«, sage ich und ziehe ihn mit mir.

»Was denn?«, ruft er, aber er ist zu überrascht, um sich zu wehren. Ich zerre ihn hinter mir her, die Mitteltreppe hinab und zur Seite und dann hinter die Tribüne, wo niemand mehr ist, nicht einmal mehr die Leute aus der Bar: Alle sind sie vorne und bangen um Brenshaws Leben.

»Saha!«, stößt Pigrit hervor, als ich ihn loslasse. »Das bringt doch nichts. Du kannst ihn auch nicht mehr retten.«

»Aber ich kann es versuchen.«

»Du deckst bloß dein Geheimnis auf, für nichts und wieder nichts.«

»Ich muss mir morgen früh noch ins Gesicht schauen können«, sage ich, drücke ihm meinen Sonnenhut in die Hand und drehe ihm den Rücken zu. »Mach mir das Kleid auf. Schnell.«

Er denkt nicht daran. »Saha – die werden dich anklagen wegen Verstoßes gegen die Zonenregeln. Die werden dich *rauswerfen!* Und das alles für einen Kerl, dem es scheißegal war, ob du im Fischbecken ertrinkst?«

Ich drehe mich wieder um, schaue ihm in die Augen. »Der Plan«, sage ich, »sieht folgendermaßen aus: Du wartest hier mit dem Kleid. Ein Handtuch könntest du besorgen, in der Küche sind bestimmt welche. Ich gehe runter und beatme ihn, bis die Taucher eintreffen. Dann verdrück ich mich, komm hierher zurück, zieh mich wieder an und tu, als sei nichts gewesen.«

Meine Frisur wird im Eimer sein. Und mein Make-up. Aber Make-up kann man abwischen, das wird in all der Aufregung nicht auffallen. Und ich habe die Tube mit dem Gel in der Tasche.

Es wird klappen. Es *muss* klappen.

Nur schnell gehen muss es jetzt.

»Das wird dir noch leidtun«, prophezeit Pigrit und öffnet mir endlich den Reißverschluss. Ich lasse das Kleid herabfallen, trete heraus, hebe es auf und reiche es ihm. Ich bin nackt bis auf den Slip, aber Pigrit ist höflich genug, so zu tun, als bemerke er es nicht.

»Ich *muss* das tun«, sage ich.

»Ja, klar«, erwidert er und presst mein schönes rotes Kleid an sich. »Beeil dich.«

Das tue ich. Ich schwinge mich unter der Stange des Geländers durch und gleite ins Wasser.

Ich versinke, reiße den Mund weit auf und habe einen schrecklichen Moment lang Angst, ich könnte die Gabe verloren haben, könnte sie eingetauscht haben gegen eine hübsche Frisur, ein rotes Kleid und ein paar anerkennende Blicke.

Doch es funktioniert noch. Natürlich funktioniert es. Ich atme das Wasser ein, kühl und wohltuend schießt es in meine Brust, erfüllt mich und lässt mich sofort tiefer sinken. Es schmeckt schlecht, nach dem Methan der Motoren, die die Plattform antreiben, aber das ist nur eine Irritation, die ich wahrnehme und gleich wieder vergesse.

Ich tauche, tauche so schnell wie noch nie. Ich unterquere die Plattform, halte Ausschau nach dem Drahtseil, das in die Tiefe führt, zu Brenshaw, dem nur noch Augenblicke bleiben, bestenfalls.

Da ist es: ein dünner schwarzer Strich vor unergründlichem, konturlosem Blau. Ein Taucher strebt gerade hektisch aufwärts, eine schwarze Silhouette nur, ich erkenne nicht, wer es ist, aber er wirkt hilflos, verzweifelt, und er bemerkt mich nicht.

Er ist der letzte Taucher, der versucht hat, zu Brenshaw hinabzugelangen. Während er die silbern wogende Wasseroberfläche durchstößt, gleite ich mit raschen Schwimmbewegungen auf das Drahtseil zu und folge ihm in die Tiefe.

Es geht hinab, hinab, hinab. So tief bin ich noch nie unter Wasser gewesen. Ich stoße abwärts in bodenloses, immer dunkler werdendes Blau. Und noch tiefer. Mir ist, als könnte ich den steigenden Wasserdruck spüren, und vielleicht kann ich das ja auch. Aber davon darf ich mich jetzt nicht aufhalten lassen.

Eine Felswand taucht neben mir auf, umrisshaft, bewachsen von trüben Korallen. Fische glotzen mich an.

Je tiefer ich komme, desto mehr schwindet das Blau, verdunkelt sich zu schwarz-grauen Konturen. Und dann, endlich, sehe ich einen menschlichen Körper, der reglos im Wasser hängt. Brenshaw!

Irgendetwas hat sich um sein linkes Bein geschlungen, etwas, von dem ich nicht erkennen kann, was es ist. Brenshaw muss wohl nach dem Seil gegriffen haben in dem Versuch, sich freizukämpfen, aber mit dem Bewusstsein hat er auch seinen Halt verloren; seine Arme schweben hilflos ausgebreitet im Dunkel.

Ich gleite auf ihn zu und erzeuge währenddessen Luft in meiner Brust – ein Vorgang, der mich sofort wieder nach oben zieht. Ich muss mich am Drahtseil festhalten, um nicht abgetrieben zu werden. Die letzten paar Meter sind die schwersten; die Luft in meiner Brust fühlt sich an wie ein Fremdkörper, und es drängt mich, sie loszuwerden.

Dann endlich schwebe ich neben ihm. Was jetzt? Mund-zu-Mund-Beatmung. Das haben wir in einem Erste-Hilfe-Kurs gelernt, vor schrecklich vielen Jahren. Ich weiß nicht, ob das auch unter Wasser funktioniert; das werde ich einfach ausprobieren müssen. Ich packe Brenshaws Kopf, wie man es uns beigebracht hat, und biege ihn sanft nach hinten. Überdehnen nennt man das, glaube ich.

Als ich seine Nase zuhalten will, bekomme ich die Klammern zu fassen, die die Freitaucher benutzen. Ich habe keine Ahnung, wie man die löst, also lasse ich sie, wo sie sind, presse meinen Mund auf seine kalten, starren, leblosen Lippen und blase alle Luft, die ich habe, in einem sanften, aber unnachgiebigen Strom in ihn hinein.

Er zuckt leicht. Mir fällt ein, nach seiner Halsschlagader zu tasten: Tatsächlich, da pocht etwas. Er lebt noch.

Ich lasse ihn los und fasse, während ich erneut Luft in mir erzeuge, nach unten, versuche herauszufinden, was das ist, das ihn festhält. Vielleicht kann ich ihn ja losmachen? Das wäre die beste Lösung von allen.

Das, was sein linkes Bein umschlingt, ist eine Art klebriges Netz. Ich habe nicht den Hauch einer Ahnung, worum es sich handeln könnte oder woher es stammt. Ich merke nur, dass es Widerstand leistet, als ich daran zerre. Ich ziehe mich tiefer hinab, reiße mit aller Kraft, aber nichts rührt sich.

Ich gebe es auf, gleite wieder zu Brenshaws Gesicht hinauf, um ihn weiter zu beatmen. Das kann ich auf jeden Fall machen, bis die Taucher kommen.

Als ich meinen Mund erneut auf seine Lippen presse, erwacht er mit einem Ruck, der mich vor Schreck zusammenzucken lässt. Ehe ich reagieren kann, umschlingen mich seine Arme, drücken mich an ihn, und er saugt an meinem Atem wie ein Verzweifelter, jiepend und hektisch – ich komme kaum nach damit, so viel Luft zu erzeugen, wie er verlangt.

Dann schlägt er die Augen auf, schaut in meine, die direkt vor ihm sind, und ich kann grenzenloses Erstaunen in seinem Blick lesen. Er sieht mich, aber er begreift nicht, was hier passiert.

Vielleicht denkt er, er träumt. Doch er hält mich weiter fest. Nicht eine Sekunde lang lässt seine verzweifelte Umklammerung nach, nicht einen Augenblick sein Verlangen nach Atemluft.

Ich wehre mich nicht. Warum sollte ich auch. Ich lasse ihn durch meine Kiemen atmen, ich atme für uns beide, es geht, es geht gut.

So hängen wir gemeinsam in der lichtlosen Tiefe, über dem Abgrund des Progress-Grabens, in einer innigen Umarmung. Meine nackte Brust ruht an seine gepresst und wir harren aus in einem endlosen Kuss, der für Jon Brenshaw das Leben bedeutet.

Und für mich? Ich weiß es nicht. Ich ahne nur, dass mein Plan nicht funktionieren wird.

Irgendwann scheint die Zeit stehen zu bleiben, die Welt zu verschwinden, uns zu vergessen, so wie wir die Welt vergessen. Irgendwann bin ich mir nicht mehr sicher, ob es die Welt je wirklich gegeben hat, ob ich nicht schon immer hier war, in diesen Armen, die mich umklammern.

Inzwischen zittern sie nicht mehr. Aber in ihrer Kraft ist immer noch Panik spürbar, die nackte Verzweiflung von jemand, der nicht ertrinken will.

Und das wird er nicht, solange ich bei ihm bin. Solange mein Mund auf seinem liegt, sein Atem durch meinen Körper geht. Meine Brust arbeitet, arbeitet gegen den Druck seiner Arme, aber das versteht er, dass ich das Wasser atmen muss, dass ich atmen muss für zwei.

Obwohl ... versteht er es wirklich? Ich weiß es nicht. Er scheint wach zu sein und ist es doch irgendwie nicht ganz. So wie auch ich irgendwie nicht mehr ganz wach bin. Je länger es dauert, desto mehr verschwimmen die Grenzen zwischen unseren Körpern, weiß ich nicht mehr, wo ich aufhöre und er anfängt.

Ich vergesse auch, wer das eigentlich ist, den ich da beatme. Ich muss es mir vorsagen: Es ist Jon Brenshaw. Cariljas Lover.

Brenshaw, der keinen Finger gerührt hat, um *mich* zu retten, als ich ins Fischbecken vor Thawte Hall gefallen bin.

Aber je länger ich an diesem Jungen klebe, Haut an Haut, Atemzug um Atemzug, meine Lippen auf den seinen, desto weniger kann ich ihn dafür verabscheuen. Nein, eigentlich kann ich ihn überhaupt nicht mehr verabscheuen. Sein Leben ist in meinen Händen, sein Atem in meinem Körper, wie könnte ich ihn da verabscheuen?

Die Zeit hat aufgehört zu vergehen. Wir werden für immer so bleiben, Atemzug um Atemzug, umgeben von kühler, konturloser Dunkelheit, miteinander verschmolzen bis in alle Ewigkeit.

Doch dann, plötzlich, passiert etwas. Lichter tauchen über uns auf. Geräusche von Atemgeräten nähern sich. Ehe ich mich aus unserer Trance gelöst habe, sind schwarze Gestalten in Ultraprenanzügen um uns herum, tasten uns Scheinwerfer ab, starren uns hinter schimmernden Tauchermasken Augen fassungslos an.

Erschrecken durchfährt mich heiß wie ein Stromstoß. Sie dürfen mich doch nicht sehen! Ich will mich losmachen, stemme mich gegen Brenshaws Brustkorb, aber er lässt mich nicht los, umklammert mich panisch mit einer Kraft, gegen die ich nicht ankomme.

Die Taucher gleiten unter uns, befassen sich mit dem Zeug, das sich um Brenshaws Bein gewickelt hat und ihn festhält. Ich höre metallische Geräusche, ein Knacken, Krachen, Sägen. Dann ein Ruck – er ist frei! Es geht aufwärts!

Doch Brenshaw lässt mich immer noch nicht los. Er hechelt jetzt geradezu, ich komme kaum nach mit dem Atmen. Die Taucher packen uns, ziehen uns mit sich hinauf.

Und es gibt kein Entkommen.

Es wird immer heller. Schwarz wird zu Blau und das Blau wird immer lichter, heller, durchsichtiger. Die silbern schimmernde Decke der Wasseroberfläche kommt unaufhaltsam näher. Und immer noch hält Brenshaw mich umklammert, immer noch atmet er durch mich hindurch ...

Dann stoßen wir hinauf, ins helle Licht der Sonne. Man hievt uns aus dem Wasser, auf die Plattform, löst Brenshaws Arme von mir und fängt ihn, der daraufhin zu Boden sinkt, auf. Leute in weißen Kitteln beugen sich über ihn, keine Ahnung, wo die herkommen, Koffer mit dem Rotkreuzsymbol werden aufgeklappt, rasche Anweisungen gegeben ...

Und ich stehe da, mitten auf der Plattform, nackt und nass, alle Augen und alle Kameras auf mich gerichtet. Alle starren sie mich an, mich, das Monster aus dem Meer. Ich schlinge die Arme um mich, um meine Brüste zu bedecken und meine Kiemen, aber meine Hände sind nicht groß genug dafür.

Ich zittere. Ich bin selbst noch nicht ganz bei mir, das Umstellen von Wasseratmung ging zu abrupt, und nun wird mir schwindlig von der dünnen Luft, die meine Lungen nicht richtig auszufüllen scheint. Ich sehe alles um mich herum nur schemenhaft, sehe nur Konturen, Gestalten, Gesichter in allen Farben, die mich anstarren, anstarren, anstarren, egal, was ich mache.

Dann endlich legt mir jemand eine Decke um, in die ich mich hüllen kann. Aber es rettet mich nicht mehr, dass ich mich verberge, mein Geheimnis ist enthüllt.

19

Ich stehe mitten in einem Chaos, das mich in diesem Moment komplett überfordert. Überall laufen Polizisten herum – woher kommen die auf einmal? Einer von ihnen tritt neben mich, ein großer, muskulöser Mann mit einem Schnauzbart, und packt mich am Oberarm.

Was mich überhaupt erst auf die Idee bringt, dass ich ja eigentlich auch gleich wieder hätte über Bord springen und fliehen können.

Zu spät.

Brenshaw liegt immer noch auf dem Boden, keine zehn Schritte von mir entfernt. Er ist von so vielen Sanitätern und anderen Leuten umringt, dass ich ihn nicht mehr sehe. Hektik herrscht, Injektionspistolen werden aus Sanitätskoffern geholt und gefüllt, alle reden durcheinander und hantieren irgendwie an ihm herum ...

Er ist doch noch am Leben, oder?

Da sind seine Eltern, kreidebleich im Gesicht. Bestimmt waren sie schon überzeugt, er sei tot. Und nun ...

Wenigstens habe ich es versucht.

Das Fest ist in Auflösung begriffen. Überall setzen Schiffe Segel, wenden mit knallender Fock und ziehen davon in Richtung Seahaven. Auf der Tribüne werden Gläser und Teller eingesammelt. Kaum jemand sitzt noch an seinem Platz, alle stehen und diskutieren. Irgendwie kommt es mir vor, als sei das alles meine Schuld. Ist es nicht, oder? Ich wollte nur ... ich wollte nur, dass Brenshaw nicht ertrinkt. Nur das.

Wie aus dem Nichts steht auf einmal Carilja vor mir, so dicht, dass ich das Gefühl habe, ihre Spucke auf meinem Gesicht zu spüren, als sie mich angiftet: »Hab ich also recht gehabt! Ich hab immer gewusst, dass du nicht nach Seahaven gehörst – du *Missgeburt!*«

Ihr Angriff kommt mir so absurd vor, dass ich überhaupt nichts empfinde, noch nicht einmal Widerwillen. Der Polizist, der mich festhält, tut so, als höre er nichts. »Immerhin habe ich deinem Lover das Leben gerettet«, sage ich schwach.

»Phh!«, macht sie. Wieder diese Spucketröpfchen. »Bild dir bloß nichts ein. Lover gibt's wie Sand am Meer.«

Ich starre sie nur an, kann nicht glauben, dass sie das wirklich gesagt hat. Dann ist auf einmal ihr Vater da, packt sie und reißt sie von mir weg. Ich sehe zu, wie er in einer Ecke der Plattform wütend auf sie einredet und sie dabei ab und zu schüttelt.

Ihr wird nichts passieren. Nichts Ernsthaftes jedenfalls. Sie ist sein Augapfel, seine Thronerbin, seine Nachfolgerin. Egal, was geschieht, ihr Studienplatz in Betriebswirtschaft an der Universität von Melbourne ist ihr sicher.

Ein langer Blick ihres Vaters streift mich, der auch nicht gerade Wohlwollen ausstrahlt. Wer weiß, vielleicht schimpft er ja nur mit ihr, weil sie sich mit einer wie mir überhaupt abgibt.

Pigrit taucht auf, mein Kleid in Händen und ein Handtuch über der Schulter. Er mustert meinen Bewacher kurz und meint dann: »Blöd gelaufen, was?«

Ich nicke und erzähle, *wie* es gelaufen ist. Dass Brenshaw mich einfach nicht mehr losgelassen hat.

»Ein Arsch«, ist Pigrits Urteil. »Hab ich dir ja gesagt.«

»Deine Carilja ist aber auch ein Herzchen«, erwidere ich.

Er schaut in ihre Richtung. Sein Gesicht nimmt einen gequälten Ausdruck an. »Ja«, sagt er. »Ich hab's mitgekriegt.«

Es ist seltsam, doch zum ersten Mal kann ich Pigrit verstehen. Wenn er Carilja anschaut, muss er etwas Ähnliches empfinden wie ich, wenn ich daran zurückdenke, wie es war, von Brenshaws starken Armen umschlungen zu werden. Seine Kraft zu spüren. Die Vitalität, die von ihm ausging. Seinen Lebenswillen.

Obwohl ich Brenshaw eigentlich nicht leiden kann, habe ich mit ihm größere Nähe erlebt als mit sonst irgendjemandem.

Verrückt.

Jetzt wird Brenshaw auf eine Trage gelegt, soll offenbar so auf das Sanitätsboot gebracht werden. An seinen Beinen kleben Reste von dem Netz, aus dem man ihn geschnitten hat. Ich kann sehen, dass er sich bewegt; es sieht sogar aus, als käme ihm das alles übertrieben vor und als wolle er lieber aufstehen, aber mehrere Hände halten ihn zurück.

Das Polizeiboot manövriert sich dichter an das Drahtseil heran. Taucher sind im Wasser, geben Handzeichen. Eine Winde wird herabgelassen, gleich darauf etwas an Bord gehievt, ein Gerät mit einem zerrissenen Netz daran.

Ein Mann redet mit dem Polizisten, der mich immer noch festhält. Ob das Sabotage gewesen sei, will er wissen, worauf der

Polizist meint: »Wieso sollte jemand ein *Fest* sabotieren wollen? Nein, das ist wahrscheinlich eher Wilderei.«

»Wilderei?«

»Sicher. Es gibt eine Menge Leute, die hinter Fischen her sind, die anderswo ausgestorben, bei uns dagegen geschützt sind.«

»Das müssen aber große Fische sein. Das war ein großes Netz.«

»Bei so etwas ist die Maschengröße wichtig, nicht, wie groß das Netz ist«, erklärt mein Bewacher.

Jemand kommt auf mich zu – Doktor Walsh. Er mustert mich aus Augen, die er zu schmalen Schlitzen zusammengekniffen hat.

»Ich glaube«, sagt er mit einem hässlichen Unterton in der Stimme, »jetzt gibt es keine Ausreden mehr. Jetzt ist eine genaue medizinische Untersuchung unausweichlich.«

Ich starre ihn an, weiß nicht, was ich sagen soll. Unwillkürlich bin ich bei seinen Worten zusammengezuckt und sofort hat der Polizist seinen Griff um meinen linken Oberarm verstärkt.

»Jon Brenshaw hat ausgesagt, du hättest ihn unter Wasser beatmet«, fährt Doktor Walsh fort.

»Ist das verboten?«, erwidere ich, pampiger, als vermutlich klug ist.

»Das nicht«, räumt er ein. »Aber gentechnische Manipulationen, die sind verboten in dieser Zone.«

In diesem Augenblick fällt ein Schatten auf uns beide: Pigrits Vater, der wie aus dem Boden gewachsen dasteht, groß wie ein Berg.

»Heißt das«, fragt er mit kalter Stimme, »Saha soll dafür bestraft werden, dass sie diesem Jungen das Leben gerettet hat?«

Doktor Walsh zieht den Kopf ein. »Darum geht es nicht. Es geht um die Prinzipien des Neotraditionalismus.«

»Ah«, sagt Professor Bonner in einem Ton, als habe er etwas ungemein Interessantes entdeckt. »Ja, die Prinzipien. Die kennt jeder. Aber wer kennt schon die Präambel der Prinzipien? Kennen Sie sie, Doktor Walsh?«

Der Arzt wirft einen bösen Blick zu ihm hinauf. »Was wollen Sie damit sagen?«

»Wenn Sie die Präambel kennen würden, wüssten Sie, dass die zentrale Aussage darin die ist, dass Prinzipien den Menschen dienen müssen, nicht umgekehrt.«

Doktor Walsh reckt trotzig das Kinn. »Darüber«, erklärt er, »wird der Stadtrat zu entscheiden haben. Beziehungsweise in letzter Instanz der Zonenrat.«

Professor Bonner lächelt grimmig. »Genau. Und dem Urteil dieser Gremien wollen wir doch nicht vorgreifen, oder?«

Einen Augenblick lang weiß Doktor Walsh nicht, was er sagen soll. Dann knurrt er: »Machen Sie sich da mal keine übertriebenen Hoffnungen. Gerade Sie nicht, als Historiker.«

Damit wendet er sich ab, begleitet die Gruppe, die Brenshaw hinüber auf das Sanitätsboot schafft.

Ich sehe Pigrits Vater an. »Was meint er damit, ›Sie als Historiker‹?«

Professor Bonner schaut auf mich herab, in seinem Blick liegt tiefe Sorge. »Er meint damit«, sagt er leise, »dass bislang noch jeder Fall von unerlaubter gentechnischer Manipulation zu einer Verbannung aus den neotraditionalistischen Zonen geführt hat.«

Es wird eine schreckliche Woche.

Ich darf nach Hause, immerhin. Aber es ist die Polizei, die mich dorthin bringt, zum Entsetzen von Tante Mildred und unter den neugierigen Augen der gesamten Nachbarschaft. Und ich bekomme eine elektronische Fußfessel samt der Auflage, das Haus nicht zu verlassen.

Das Fest ist gelaufen, die Katastrophe perfekt. Unglaublich, dass ich mich noch ein paar Stunden zuvor fast wie ein Star gefühlt habe, mir sicher war, dass meine Zeit als »Fischgesicht« nun ein Ende gefunden hätte!

Tante Mildred verbringt mehr oder weniger den gesamten Sonntag damit, vor Verzweiflung die Hände zu ringen. Immer wieder schütteln sie regelrechte Weinkrämpfe, die dazu führen, dass sie unartikulierte, grauenhaft klingende Laute ausstößt. So habe ich sie noch nie erlebt. Entsprechend niedergeschlagen bin ich.

Niedergeschlagen, aber zugleich so wütend, dass mir schier die Augäpfel platzen. Hätte ich Brenshaw etwa lieber ertrinken lassen sollen? War das mein Fehler? Wenn, dann können sie mir alle gestohlen bleiben, die noblen Hüter der neotraditionalistischen Werte.

Und hab ich vielleicht darum gebeten, genetisch manipuliert zu werden?

Gegen Abend lässt das Händeringen und Heulen endlich nach. Wir beginnen, Pläne zu schmieden. Tante Mildred holt ihre Tafel, ruft Landkarten auf, fragt Zuzugsbestimmungen ab. Natürlich findet sie nichts heraus, was wir nicht schon wüssten: Metropolen nehmen jeden (deswegen heißen sie ja *freie Zonen),* sind aber teure Pflaster. In Konzerngebieten lebt es sich billiger, dafür muss man eine Million Regeln befolgen. Die religiösen Zonen wollen, dass man ihrer Religion angehört. Und so weiter und so fort.

Doch es tut gut, sich Alternativen zu überlegen.

Am Montagmorgen parkt ein Polizeiauto vor unserem Haus, mit zwei Polizisten, die sich nicht von der Stelle rühren, bis sie nachmittags von zwei anderen Polizisten abgelöst werden. Die sich auch nicht von der Stelle rühren.

Wir verstehen nicht, was das soll. Das Wochenende über hat meine Fußfessel gereicht, mich an der Flucht zu hindern, also wozu der zusätzliche Aufwand? Und wieso haben sie so große Angst, dass ich fliehen könnte, wenn Verbannung ohnehin die Strafe ist, die mich erwartet?

Das alles frage ich mich, bis ich irgendwann die Autos bemerke, die immer wieder durch die Siedlung kurven. Autos, in denen Männer sitzen, deren Gesichter man nicht erkennen kann. Autos, die auffallend langsam rollen, so, als warteten ihre Insassen auf eine Gelegenheit.

Eine Gelegenheit ... wozu? Das will ich, glaube ich, gar nicht wissen.

Mir dämmert, dass die Polizisten womöglich dazu da sein könnten, uns zu *beschützen*. Ein Gedanke, der mir Gänsehaut macht.

Am liebsten würde ich tatsächlich einfach gehen. Ich bin immer noch wütend und fühle mich ungerecht behandelt. Wenn ich nicht zu den Prinzipien des Neotraditionalismus passe, wenn mich sogar Bürger dieser ach so edlen Stadt belauern, dann zur

Hölle mit diesen Prinzipien und dieser Stadt! Dann halt woandershin, freiwillig – irgendwo auf dieser Welt wird ja wohl ein Platz zu finden sein, an den ich hingehöre!

Aber ich brauche bloß Tante Mildred anzuschauen, um zu wissen, dass das nicht der Ausweg sein kann. Ich kann sie nicht allein lassen, will es auch nicht. Und ich will sie auch nicht zum Weggehen zwingen.

Also werde ich das böse Spiel mitspielen, alles über mich ergehen lassen und hoffen, dass der Rat ein Einsehen hat.

Am späten Nachmittag besucht mich Pigrit, eine willkommene Abwechslung. Das Erste, was er berichtet, ist, dass die Leute, die für das Fest verantwortlich sind, jetzt ziemlich Stress haben. Offenbar wird schon seit Jahren kritisiert, dass die Sicherheitsmaßnahmen nicht ausreichen, vor allem, was das Freitauchen betrifft.

Als ich ihm von den Autos und den Männern erzähle, meint er: »Ach was, das sind sicher nur Journalisten.«

»Journalisten?«, stutze ich.

Worauf Pigrit erzählt, dass die Aufnahme, wie Brenshaw und ich aus dem Wasser gehievt werden, inzwischen die Runde um den Globus macht. Und dass jetzt jede Menge Journalisten anreisen, die mich interviewen wollen.

»Das Dumme ist, dass die meisten Journalisten Kommunikationsimplantate haben«, fügt er grinsend hinzu. »Die sind bei uns aber nun mal verboten. Also weist man sie an der Zonengrenze ab. Und die, die sich durchmogeln, haben trotzdem Pech, weil die Polizei keine Interviews erlaubt, solange die Ermittlungen laufen.«

Besagte Ermittlungen, hat er erfahren, drehen sich im Moment vor allem um die Frage, was das für ein Netz war, in dem sich Brenshaw verfangen hat.

»Es war ein Fangnetz«, erzählt Pigrit. »So richtig gemein mit Annäherungssensor, selbstentfaltend und in den ersten Sekunden hochgradig klebend. Angeblich haben sie in der Klinik zwei Stunden gebraucht, um die Reste von Brenshaws Beinen zu entfernen, und man hat ihm an ein paar Stellen Kunsthaut einpflanzen müssen. Solche Netzfallen benutzt man, um große Meerestiere lebend zu fangen. Haie. Delfine. Wale. Und die Taucher der Polizei haben rings um das Wrack noch jede Menge weiterer Fallen gefunden.«

»Wer macht denn so etwas?«, wundere ich mich.

»Das«, meint Pigrit, »ist derzeit die spannendste Frage.«

»Jemand, der das Fest sabotieren wollte, vielleicht?«

Pigrit bläst die Backen auf. »Phh. Da würden mir auf Anhieb ein Dutzend bessere Möglichkeiten einfallen. Allein, was man an der Plattform alles unauffällig kaputt machen könnte –«

Mein Hirn rotiert. »Dann war es ein Anschlag. Von jemand, der Brenshaws Vater erpressen will.«

»Vielleicht. Wo die Freitaucher runtergehen werden, das konnte man wissen; schließlich gibt's praktisch nur die eine Stelle auf dem Schelf. Auch dass Brenshaw tiefer kommt als alle anderen, war von vornherein klar.« Er hebt die Brauen. »Bloß – wozu dann die übrigen Fallen? Rings um das Wrack? Mehr als ein Dutzend sollen es sein.«

»Ein Ablenkungsmanöver.« Eine Erinnerung durchzuckt mich. »Pigrit – die Taucher, die wir gesehen haben! Meinst du, *die* haben die Fallen installiert? Du hast gedacht, es sind Netze, um beim Fest gasgefüllte Ballons aus dem Wasser steigen zu lassen.«

»Das habe ich mir auch schon überlegt«, sagt Pigrit und verzieht das Gesicht. »Gruseliger Gedanke, oder?«

»Hast du das der Polizei erzählt?«

Er schüttelt den Kopf. »Das hab ich noch niemandem erzählt.«

»Aber vielleicht ist es wichtig?«

»Es war *ausgemacht,* niemandem etwas davon zu erzählen.« Er presst kurz die Lippen aufeinander, dann sagt er: »Wenn die Polizei nicht weiterkommen sollte, kann ich es ihnen ja immer noch sagen.«

Ich mustere ihn und habe plötzlich das Gefühl, sehen zu können, dass er sich da etwas einredet. Dass er sich vormacht, er sei jemand, der Geheimnisse eisern hütet. Während er in Wirklichkeit einfach nur Angst hat, dass es unangenehme Folgen für ihn haben könnte, wenn sich herausstellt, dass er von meiner genetischen Veränderung gewusst, es aber nicht gemeldet hat.

»Na ja«, meint er mit schiefem Grinsen, »auf jeden Fall scheint es zwischen Brenshaw und Carilja aus zu sein. Er hat wohl mitgekriegt, was sie zu dir gesagt hat.« Er grinst noch schiefer. Es sieht geradezu verzweifelt aus. »Mit anderen Worten, meine Chancen sind gestiegen. So hat alles sein Gutes.«

Ich betrachte ihn und muss daran denken, wie es war, Haut an Haut an Brenshaw gepresst zu verharren, mit ihm verbunden durch einen gemeinsamen Atem. Die bloße Erinnerung genügt, mich insgeheim erschauern zu lassen. Seither kann ich verstehen, warum sich Pigrit von einem so starken und atemraubend schönen Mädchen wie Carilja angezogen fühlt.

Ich lehne mich zurück, schaue nach Tante Mildred. Sie ist in der Küche, klappert mit den Töpfen für das Abendessen. Pigrit und ich sind unter uns.

»Pigrit«, sage ich, »du machst dir da was vor.«

Er nickt eifrig. »Ja, ich weiß. Ich weiß es ja. Aber es ist nun mal, wie es ist. Was soll ich machen?«

»Keine Ahnung. Da fragst du die Falsche.«

Er nickt wieder, seufzt.

Und dann kehrt auf einmal ein Moment der Stille ein, einer von diesen Augenblicken, in denen man weiß, man sagt jetzt besser nichts. Einer von diesen Augenblicken, in denen etwas *passiert*.

»Weißt du, was komisch ist?«, meint Pigrit schließlich, aber auf eine Weise, dass ich mir nicht sicher bin, ob er zu mir spricht oder nicht eher zu sich selbst. »Als ich das von Carilja und Brenshaw gehört habe, da habe ich ... na ja, sagen wir, eine zehntel Unit lang geglaubt, dass es wirklich was werden könnte mit Carilja und mir. Ich meine, *wirklich*.«

Ich starre ihn an, verziehe das Gesicht.

»Und weißt du, was?«, fährt er fort. »Das hat mir fast Angst gemacht.«

»Angst?«

»Ja.« Er beginnt, sich die Brust zu reiben, geistesabwesend. »Und seither denke ich, vielleicht mache ich mir tatsächlich was vor.«

Ich nicke. »Sag ich doch. Carilja wird nie im Leben –«

»Ja. Klar«, unterbricht er mich. »Das ist das, was ich mich frage. Ob ich mich nicht genau deswegen in sie verliebt habe. *Weil* sie so unerreichbar ist.«

Ich runzle die Stirn. »Hä?«

»Solange ich mir einrede, dass sie die Eine und Einzige ist, dass ich nur sie will oder keine – was in der Praxis so viel heißt wie: keine –, solange halt ich mir das ganze Thema bequem vom Hals. Verstehst du?«

»Was für ein Thema?«

Er hebt die Hände, lässt sie fallen. »Na, was für ein Thema wohl? Liebe. Küssen. Händchenhalten. Sex. All das.«

»Ach so.« So habe ich das noch nie betrachtet. Aber womöglich hat er gar nicht so unrecht. Geht es mir selbst nicht auch so? Ich habe schon ab und zu davon geträumt, einen Lover zu haben, die richtig große Liebe am besten – und gleichzeitig war mir die Vorstellung immer irgendwie unheimlich.

Pigrit richtet sich auf, dehnt die Schultern, als müsse er etwas abschütteln. »Na ja. Gut. Da mache ich mir überflüssige Sorgen, würde ich sagen.«

»Hmm.« Ich räuspere mich. »Ich weiß nicht.«

»Was?«

»Vielleicht solltest du mal in die Apotheke gehen. Solange noch Ferien sind.«

»In die –?« Pigrit reißt die Augen auf, braucht eine Weile, ehe er kapiert. »Susanna?«

Ich nicke.

Er fängt wieder an, sich die Brust zu reiben. »Das ist nicht dein Ernst.«

Ich lehne mich zurück, kann aber nicht verhindern, dass mir ein Lächeln aufs Gesicht schlüpft. »Kein weiterer Kommentar«, erkläre ich.

»Hm.« Ich sehe seine Augen leuchten, und erst in dem Moment fällt mir auf, dass Susanna und Carilja optisch durchaus gewisse Ähnlichkeit haben: der große Busen, die blonden Haare ... Nur dass Susanna nett ist und Carilja ein Kotzbrocken.

Eine Weile sagt keiner von uns etwas. Eine ziemliche Weile. Mit jedem anderen hätte es sich unangenehm angefühlt, aber nicht mit Pigrit.

Ich mustere ihn und stelle mir vor, dass wir eines Tages steinalt sein werden und immer noch Freunde. In diesem Augenblick gibt es nichts, was ich mir mehr wünsche.

Der medizinischen Untersuchung entkomme ich nun natürlich nicht mehr. Am Mittwoch holt mich ein Wagen der Polizei ab und bringt mich ins Hospital von Seahaven. Dort erwarten mich neben Doktor Walsh die Chefärztin, Doktor Muharra, außerdem eine Meeresbiologin aus Cooktown, deren Namen ich mir nicht merken kann, und der Gentechnik-Gutachter des Zonenrats, dessen Namen ich mir nicht merken *will*. Es ist sowieso ein Allerweltsname, Miller oder Meyers oder so.

Die vier Ärzte nehmen mich unter die Lupe: Sie untersuchen, vermessen und fotografieren meine Augen, Ohren und meine Haut, durchleuchten mich von Kopf bis Fuß, röntgen mich, stecken mich stundenlang in ihren Tomografen. Sie zapfen mir Blut ab und Lymphe, analysieren meinen Atem, interessieren sich für meinen Urin und meinen Schweiß. Sie schnallen mir Messgeräte um, mit denen ich im Kellerschwimmbad des Hospitals untertauchen muss, während sie anhand von Kurven und Messwerten verfolgen, was passiert, wenn ich unter Wasser atme.

Das Schwimmbecken dient normalerweise der Krankengymnastik, und das Wasser darin beißt mir in der Kehle, weil es stark gechlort ist und weil es kein Salzwasser ist. Das ist so ziemlich das Einzige, was ich selbst an Erkenntnissen gewinne in all den Torturen: dass ich Meerwasser besser atmen kann als Süßwasser.

Und die ganze Zeit weichen mir zwei bullige Polizistinnen nicht von der Seite, damit ich erst gar nicht auf die Idee komme, mich zu sträuben.

So vergeht der Mittwoch, der mir vorkommt wie der längste Tag meines Lebens.

Am Abend ruft mich Frau Blankenship an und erzählt, dass sie versucht hat, mich zu besuchen, dass die Polizisten sie aber nicht durchgelassen haben. Sie fragt, wie es mir geht, und sie sieht dabei aus, als interessiere sie das tatsächlich. Es tut gut zu wissen, dass ihr Wohlwollen nichts mit meinen Genen zu tun hatte, und so erzähle ich von den Untersuchungen. Ein bisschen. Als sie blass wird vor Entsetzen, höre ich lieber auf. Was kann sie schon tun?

Hinterher, weil ich die Tafel ohnehin in der Hand habe, wage ich es und schaue mir eine Nachrichtensendung an, zu der mir Pigrit einen Link geschickt hat. Zu meinem Erstaunen ist es ein kurzes Statement von, ausgerechnet, Herrn Alvarez! So düster und knurrig wie immer schaut er den Reporter an, der ihn interviewt, und erklärt: »Ich kann nichts Schlechtes über Saha Leeds sagen. Sie ist eine gute Schülerin; ein ordentliches Mädchen, das nie irgendwelche Scherereien gemacht hat. Und ohne sie wäre der Junge ertrunken, nicht wahr? *Darüber* sollte man reden, wenn Sie mich fragen.«

Ich schaue es mir zweimal an, weil ich es nicht glauben kann. Ausgerechnet von Herrn Alvarez in Schutz genommen zu werden, ist irgendwie ... surreal.

Es folgen der Donnerstag und der Freitag, weitere Untersuchungen, weitere längste Tage meines Lebens. Inzwischen haben sie eine komplette Analyse meines Genoms vorliegen, eine ungeheuer große Karte, die sie auf einer enormen Tafel studieren. Ich muss mit ansehen, wie sie sich darüberbeugen, wie der Gentechnik-Gutachter hier und da Kringel um gewisse Passagen zeichnet und Dinge sagt wie: »Da. Das war vor hundert Jahren eine patentierte Gensequenz.«

Es ist eine Tortur, und als sie am Freitagnachmittag endlich vorüber ist, bin ich restlos erschöpft. Am Freitag kommt mich Pigrit besuchen und erzählt, dass in der Stadt finstere Gestalten unterwegs seien, die er noch nie vorher in der Zone gesehen habe. Ich nicke nur und sage ihm, dass ich hundemüde bin und dringend schlafen muss, am besten drei Jahre lang am Stück.

20

Daraus wird natürlich nichts, denn am Samstagvormittag um halb elf ist die Anhörung vor dem Stadtrat, bei der ich sowohl Gegenstand als auch Mittelpunkt bin.

Der Stadtrat tagt im Rathaus. An der Stirnseite des Saals prangt das gewaltige, verschnörkelte Emblem der neotraditionalistischen Zonen, flankiert von der Fahne Seahavens und der Equilibry-Region. Darunter, an einem Tisch aus schwerem schwarzem Holz, der so breit ist wie der Saal, thronen die Männer und Frauen des Rates. Sie tragen dunkle Roben und blicken ernst, teilweise angewidert drein.

Rechter Hand sitzen die Zuschauer, dicht gedrängt hinter einer hölzernen Barrikade und bewacht von uniformierten Ordnern. Schulklassen, die einer Ratssitzung beiwohnen, erzählt man immer, das öffentliche Interesse an dem, was hier geschieht, sei beklagenswert gering und die Zahl der Besucher dürfe ruhig höher sein: Solche Sorgen hat man heute nicht. Heute ist der Zuschauerbereich bis auf den letzten Platz besetzt.

Der Rest des Saales, ein Areal so groß wie ein Tennisplatz, ist leer – leer bis auf einen Stuhl in der Mitte, auf dem ich sitze. Nach meiner Ankunft habe ich mich umziehen müssen. Ich trage nun ein weißes Flügelhemd, um den Ratsmitgliedern bei Bedarf meine Kiemen präsentieren zu können, außerdem Slipper, damit jeder die Fußfessel sehen kann. Nur meine knielange Hose hat man mir gelassen.

So sitze ich da, spüre die neugierigen Blicke auf mir und fühle mich grässlich, während Doktor Walsh den Stadträten vorträgt, was sie bei den medizinischen Untersuchungen herausgefunden haben. Wie ein eitler Gockel kommt er mir vor, wie er da in seinem weißen Anzug auf und ab stolziert. Er spricht über meine *duofunktionale Lunge,* als habe er sie höchstpersönlich erfunden. Erklärt, wie meine Lungenbläschen den Sauerstoff aus der Luft gewinnen und meine Kiemen aus dem Wasser. Dass ich über eine *diaphragmatische Membran* verfüge, mit deren Hilfe ich willentlich einen Luftvorrat in meinem Brustkorb erzeugen kann, entweder zur Steuerung meines Auftriebs oder um sie an jemanden abzugeben.

Er erklärt auch, dass es genau das war, was ich bei Jon Brenshaw getan habe. Aber bei ihm klingt es, als sei es etwas Verwerfliches, ja, geradezu Ekliges. Dass ich ihm damit das Leben gerettet habe, muss man sich echt dazudenken, und ich habe meine Zweifel, dass das viele der Zuhörer tun. Ich muss mich selbst anstrengen, es nicht zu vergessen.

Doch das genügt Doktor Walsh nicht. Im Gegenteil, er fängt gerade erst an. Er erklärt den Räten und den staunenden Zuhörern im Saal, dass meine Knochen dichter seien als normale menschliche Knochen und dass meine Organe keinerlei Lufteinschlüsse aufweisen. Dass neben meinem Trommelfell ein Ausgleichskanal existiere, durch den Wasser in den Bereich dahinter strömen könne, sodass keine Gefahr bestehe, dass es bei erhöhtem Wasserdruck platze. Vermutlich, fährt er fort, könne ich ohne Probleme große Tiefen erreichen, Tiefen, die selbst für Taucher mit modernster Technik nur schwer oder gar nicht erreichbar seien. Mein Körper sei so gebaut, dass sich seine sämtlichen Hohlräume mit Wasser füllen könnten, wodurch ich jedem Wasserdruck standhielte. Und weil ich keine Luft atme, sondern den Sauerstoff direkt aus dem Wasser entnähme, träte das Problem der Stickstoffanreicherung im Gewebe, die Presslufttauchern zu schaffen macht, gar nicht erst auf.

Es klingt, als wolle er mich meistbietend verkaufen.

Man habe bei mir keinen Würgereflex festgestellt, wenn ich Wasser einatme, fährt er wichtigtuerisch fort. Meine Haut sei völlig unempfindlich gegen Salzwasser, mein Körper unempfindlich gegen Kälte. Überdies sei mein Sehvermögen anders als das normaler Menschen, denn ich besäße zehnmal mehr Zäpfchen auf meiner Netzhaut und könne deswegen in der Dunkelheit besser sehen als jeder andere. (Was übrigens stimmt; ich brauche nachts nie Licht zu machen, wenn ich mal rausmuss. Ich sehe dann zwar alles nur schwarz-weiß, aber um sich zu orientieren, genügt das ja. Ich habe bisher nur gedacht, das sei normal.)

»Mit anderen Worten«, kommt er schließlich zum Fazit seiner Darlegungen, »Saha Leeds ist ein vollkommener Fischmensch, eine geglückte, lebensfähige Chimäre. Eine Seejungfrau sozusagen. Eine Nixe, nur ohne den Fischschwanz.«

Ich sehe, wie die Journalisten, die es doch noch über die Grenze geschafft haben und nun zusammengepfercht in einer Ecke des Zuschauerbereichs sitzen, sich über ihre Tafeln beugen. Sie haben mich bereits fotografiert, als ich hereingeführt worden bin, nun bekommen sie auch die Schlagzeile dazu: *Saha L., die Seejungfrau von Seahaven. Die Nixe, die sich jahrelang als Mensch getarnt hat.*

Und das alles, weil ich einem hochnäsigen Millionärssohn das Leben gerettet habe. Am liebsten würde ich ihnen auf ihren hundertfünfzig Jahre alten Parkettfußboden kotzen, auf den sie hier so stolz sind.

»Eine Chimäre«, fährt Doktor Walsh mit Donnerstimme fort, »wie sie nur durch gezielte gentechnische Eingriffe auf hohem Niveau hergestellt werden kann. Wohlgemerkt – wir reden nicht von der simplen Reparatur eines Gens, wie wir es, obgleich es streng genommen gegen unsere Prinzipien verstößt, bisweilen tolerieren. Wir reden auch nicht vom Einbau eines einzelnen Fremdgens, wie es in den freien Zonen gern und zu fragwürdigen Zwecken praktiziert wird. Nein, das, womit wir es hier zu tun haben, ist die gezielte Erzeugung einer neuen *Spezies* durch den Einsatz von Techniken, die weltweit seit Generationen geächtet sind!«

Ratsmitglied James Thawte rutscht schon die ganze Zeit auf seinem Stuhl hin und her, als könne er es kaum ertragen, in einem Raum mit einem so widerwärtigen Wesen wie mir zu sein. Nun erhebt er sich ruckartig. »Ich fordere«, ruft er in den Saal, »die sofortige und rigorose Verbannung. Die neotraditionalistischen Zonen wurden nicht zuletzt geschaffen, um derartige Monstrositäten von uns und unseren Kindern fernzuhalten.« Der Blick seiner eisgrauen Augen trifft mich. Als ob es irgendeinen Zweifel daran geben könnte, wen er hier für eine Monstrosität hält. »Also kann es darüber im Grunde keine Diskussion geben. Verbannung, so schnell wie möglich!«

Ich sinke in mich zusammen. Ich kenne die Prinzipien des Neotraditionalismus gut genug, um zu wissen, dass er recht hat. Gut, dass Tante Mildred schon einen kompletten Tag durchgeweint und durchgestöhnt hat. Vielleicht heißt das, dass es sie doch nicht umbringen wird, wenn wir Seahaven verlassen müssen.

In diesem Moment ertönt eine tiefe, mächtige Stimme, eine Stimme, die den Saal ohne jeden Verstärker mühelos füllt. Es ist die Stimme von Professor Bonner und sie sagt: »Nicht so schnell!«

Alles hebt die Köpfe und schaut zu der gewaltigen Gestalt hin, die sich im Zuschauerraum erhoben hat. Niemand hält den Professor auf, als er nach vorne zur Barrikade schreitet, die Schranke hochklappt und den freien Bereich des Saals betritt.

»Nicht so schnell«, wiederholt er, und nun klingt er nicht mehr wie die Stimme Gottes, sondern fast, als handele es sich hier um ein freundliches Plauderstündchen unter Freunden. »Ich würde gern, wenn der Rat es mir gestattet, ein wenig die historischen Hintergründe beleuchten, die den Regeln und Prinzipien des Neotraditionalismus zugrunde liegen. Ich glaube, dass eine solche Betrachtung der Findung eines gerechten Beschlusses dienlich sein könnte – eines Beschlusses, der auch vor dem kritischen Urteil künftiger Generationen bestehen wird.«

James Thawte steht noch immer, funkelt den Professor wütend an. Doch der Bürgermeister nickt nach einem kurzen Blick in die Runde und sagt: »Fahren Sie fort, Professor. Bitte.«

Pigrits Vater neigt dankend den Kopf. Dann beginnt er zu dozieren, als befände er sich in einem Hörsaal. »Es gilt zunächst festzuhalten, dass der Neotraditionalismus nicht *grundsätzlich* gegen genetische Eingriffe ist«, sagt er. »Sie werden in einem gewissen, durchaus traditionellen Maß praktiziert. Zum Beispiel gewinnt man mithilfe von Bakterien bestimmte Wirkstoffe, vor allem für medizinische Zwecke. Man baut einige Pflanzen an, die gentechnisch modifiziert wurden, weil sie anders die Folgen der klimatischen Veränderungen im letzten Jahrhundert nicht überstanden hätten. Der Neotraditionalismus erlaubt sogar genetische Eingriffe am Menschen, etwa, wenn es um die Beseitigung von Erbkrankheiten geht, bei denen es genügt, wenige Gene auszutauschen.«

Alle hören ihm gebannt zu. Herr Thawte hat sich wieder hingesetzt, schaut aber nach jedem Satz demonstrativ auf seine Uhr, damit nicht unbemerkt bleibt, dass er das hier für Zeitverschwendung hält.

»Sie dürften gehört haben«, wirft Doktor Walsh gereizt ein, »wie ich vor ein paar Minuten gesagt habe, dass es sich hier eben gerade *nicht* um einen solchen Fall handelt!«

»Ja, das habe ich gehört«, erwidert Pigrits Vater. »Das war ja der Anlass, mich in diese Debatte einzumischen.« Er wendet sich dem Publikum zu. »Wenn wir die Geschichte der Prinzipien betrachten, dann sehen wir, dass die Regeln zum Umgang mit der Gentechnik von Gründer James Lehman stammen. Befasst man sich mit dessen Leben näher – was Historiker wie ich bisweilen tun –, erkennt man, dass er sie unter dem Eindruck des Schicksals von Peter Wilcox formuliert hat, das seinerzeit die Menschen weltweit bewegt hat.« Er blickt sich um. »Sagt dieser Name jemandem etwas?«

Schweigen. Dann sagt eine Stadträtin: »War das nicht dieser Pianist mit den sechs Fingern?«

»Der Pianist mit den sechs Fingern. Ganz genau. Danke.« Professor Bonner nimmt seine Wanderung durch den Saal wieder auf. »Peter Wilcox, geboren im Jahre 2037, war sogar der *erste* Pianist mit sechs Fingern an jeder Hand – sechs Finger, die alle voll funktionsfähig waren! Damals eine Sensation, in einer an sensationellen Ereignissen bekanntlich nicht gerade armen Zeit. Peter Wilcox war ein Wunderkind, das sein erstes Konzert mit fünf Jahren gab. Das erste von Hunderten, die stets ausverkauft waren. Die bedeutendsten Komponisten seiner Zeit überboten sich darin, Stücke zu komponieren, die möglichst spektakulären Gebrauch von seinen sechs Fingern machten. Weil seine Musikalität ebenfalls gentechnisch optimiert worden war, war er imstande, sie auch alle zu spielen. Bis er sich eines Tages, im Jahr 2059, im Alter von zweiundzwanzig Jahren, seine zusätzlichen Finger mit einem Metzgerbeil abtrennte, zusammen mit dem zugehörigen Teil der Hand, und an den dadurch geschaffenen Wunden verblutete, in der Einsamkeit eines Hotelzimmers in Los Angeles.«

Geschockte Stille. Mir ist, als hätte ich von dieser Geschichte schon einmal gehört, aber es hat sie noch nie jemand so dramatisch erzählt.

»Was nach seinem Tod über sein Schicksal bekannt wurde, erregte fast noch mehr Aufsehen als sein spektakuläres Leben. Er war mit Ruhm und Ehre überhäuft worden, hatte sich vor Verehrern und Verehrerinnen kaum retten können. Doch nun erfuhr man, welch enorme Anstrengungen seine Eltern unternommen und wie viel Geld sie ausgegeben hatten, um den perfekten Pianisten zu erschaffen. Man erfuhr, wie der durch Gentechnik geschaffene Knabe von Kindesbeinen an gefördert, ausgebildet, ja, gedrillt worden war, um all das zu erwerben, was einem Gene allein nicht zu geben vermögen. Man erfuhr die Geschichte eines jungen Mannes, der sein Leben lang unter ungeheurem Druck gestanden, der immer in der Angst gelebt hatte, die in ihn gesetzten Erwartungen nicht zu erfüllen. Bis er alldem in jener Kurzschlusshandlung ein Ende setzte. Sein Abschiedsbrief bestand nur aus einem Satz: ›Es war nicht *mein* Leben‹.«

Professor Bonner hält inne. Es ist so still im Saal, dass man eine Fischgräte fallen hören würde. Doch man hört nur das quietschende Geräusch seiner Schuhe, als er sich zu den Stadträten umdreht und sagt: »Gründer James Lehman wollte künftige Kinder vor einem ähnlichen Schicksal bewahren. Er wollte verhindern, dass jemals wieder Eltern ihre Kinder mit dem Mittel gentechnischer Manipulationen in die Form ihrer eigenen Wünsche und Erwartungen pressen. *Daher* das Verbot beliebiger gentechnischer Veränderungen am Menschen. Das heißt«, fährt er fort und klingt auf einmal wie ein Strafverteidiger beim Plädoyer, »die entsprechenden Regeln zielen auf die *Eltern* – nicht auf die betroffenen Kinder!«

Er lässt das wirken, ehe er fortfährt: »Im Gegenteil. Lesen Sie die neotraditionalistischen Prinzipien genau. Sie fordern nämlich gerade für genetisch Benachteiligte Toleranz und Mitgefühl. Alles andere wäre auch unlogisch, da wir umfassende pränatale Gentests verbieten. Sie wissen, was man in Konzerngebieten macht, wenn bei einem Embryo Kurzsichtigkeit festgestellt wird oder eine Neigung zu Diabetes: Solche Embryos werden abgetrieben. Und nicht nur das – man verpflichtet die Eltern, von da an Kinder nur noch auf dem Wege künstlicher Befruchtung und Genoptimierung zu zeugen. Wir dagegen lassen sie auf die Welt kommen. Wir operieren ihre Augen mit Laser oder geben ihnen Insulin und leben damit, dass nicht alle unsere Mitmenschen genetisch optimal ausgestattet sind. Das ist die Grundsatzentscheidung des Neotraditionalismus.«

Er hebt den Finger. »Mit anderen Worten«, fährt er donnernd fort, »wenn Sie dieses Mädchen verbannen, für etwas, das ihr ganz offensichtlich *angetan* worden ist, dann folgen Sie nicht den neotraditionalistischen Prinzipien! Vielmehr *verstoßen* Sie dagegen.«

Seine Ansprache hat Eindruck gemacht. Ich habe eine Gänsehaut, und ich habe das Gefühl, ich bin nicht die Einzige.

Der Bürgermeister bedankt sich mit hörbar belegter Stimme. Anschließend ziehen sich die Stadträte zu internen Gesprächen und zur Beschlussfassung zurück.

Es dauert. Lange. Ich halte das insgeheim für ein gutes Zeichen, denn im besten Fall heißt es, dass nicht alle so denken wie Mister Thawte. Aber warum muss ich die ganze Zeit auf diesem unbequemen Stuhl sitzen bleiben?

Ein paar Zuschauer gehen, aber die meisten bleiben und warten. Ich höre sie flüstern, hüsteln und mit den Füßen scharren. Die Journalisten tippen eifrig auf ihren Tafeln oder diktieren leise hinein, ein Gebrabbel in verschiedenen Sprachen. Man fotografiert mich immer aufs Neue. Ich bin sicher, dass ich auf jedem einzelnen Bild schrecklich aussehen werde.

Der erste Stadtrat, der wieder zum Vorschein kommt, ist Mister Thawte. Ich höre ihn mit jemandem flüstern, verstehe Satzfetzen wie »mein Votum steht ... unverrückbar, was soll ich da noch groß diskutieren?« – »ärgerlich, dass es ausgerechnet heute ist. Wir müssen los ...« – »das Konzert in der Carpentaria Hall ... Carmen García Díaz als Violinsolistin, meine Frau fiebert seit Monaten darauf hin ...«. Dann geht er, für seine Verhältnisse erstaunlich unauffällig.

Ein, zwei Ewigkeiten später defiliert der restliche Stadtrat zurück in den Saal. Alle nehmen ihre Plätze hinter dem mächtigen Pult ein, ehe der Bürgermeister verkündet, dass man zu keinem eindeutigen Urteil gelangt sei. »Wir haben beschlossen«, fährt er fort, »dass wir in diesem Fall nicht zuständig sind. Wir übergeben die Angelegenheit daher an den Zonenrat.«

Das ist zumindest ein Aufschub. Der Zonenrat tagt dieses Jahr wohl nicht mehr und nächstes Jahr nicht gleich. Nicht mehr in den Sommerferien jedenfalls.

»Der Hausarrest für Saha Leeds«, verfügt der Bürgermeister weiter, »ist hiermit aufgehoben. Man nehme ihr die Fußfessel ab.«

Pigrit und sein Vater bringen mich nach Hause, wo Tante Mildred aufgeregt wartet. Sie hat die Verhandlung über das Stadtnetz verfolgt, mehr schlecht als recht, weil das Programm, das gesprochene Sprache automatisch in Gebärdenzeichen umsetzt, nicht sehr zuverlässig funktioniert. Aber dass ich erst mal frei bin, das hat sie mitgekriegt, und sie ist ganz aufgelöst vor Freude, als wir ankommen.

Immerhin, eine Gnadenfrist, meint sie, als ich sie darauf hinweise, dass das alles nur vorläufig ist. *Bis der Zonenrat entscheidet, kann noch viel passieren.*

Das Polizeiauto vor dem Haus ist auch nicht mehr da. Das beunruhigt mich, weil ich die anderen Autos, die uns belagert haben, nicht vergessen habe.

Aber im Moment zumindest ist keines davon zu sehen, also sage ich nichts.

Tante Mildred hat Kaffee gemacht. Von irgendwoher zaubert sie einen Kuchen herbei, um die Gäste zu bewirten. Professor Bonner ist darüber hocherfreut, so sehr, dass er sogar zur Gebärdensprache greift, um *Danke* zu sagen und *Es schmeckt hervorragend.* Obwohl seine Gebärden ungelenk und ungeübt sind, ist Tante Mildred hellauf begeistert, dass er sich die Mühe macht.

»Ich habe ein Buch darüber gelesen«, gesteht der Professor, während er sich ein zweites Stück Kuchen geben lässt. »Und ich wollte das schon immer einmal probieren. Es sieht für euch bestimmt schrecklich ungeschickt aus, oder?«

Ja, signalisiere ich ihm, was ihn zum Lachen bringt.

Dann diskutieren wir die Situation. Ich erzähle vom Tagebuch meiner Mutter, ihren Briefen an meine Tante, in der sie ihre Begegnung mit einem Fischmenschen schildert. Der offensichtlich mein Vater gewesen sein muss. Das Buch, in dem es um den Fall Yeong-mo Kim und seine Fischmenschen geht, hat Professor Bonner inzwischen gelesen. Er glaubt, dass die Sache sich vermutlich genau so zugetragen hat, wie es meine Mutter beschreibt.

»Das mit den Briefen hätte ich gerne vor dieser Anhörung

gewusst«, meint er mit leichtem Tadel in der Stimme. Doch dann zuckt er mit den Schultern. »Obwohl – ich hätte diese Geschichte wahrscheinlich trotzdem nicht erwähnt. Das wäre zu starker Tobak gewesen.«

Ich nicke, auch wenn ich keine Ahnung habe, was *Tobak* sein soll.

»Aber es ist gut, wenn wir noch etwas in der Hinterhand haben für die Verhandlung vor dem Zonenrat«, fährt er fort. »Am meisten verspreche ich mir von dem Argument, dass nicht *du* genetisch manipuliert worden bist, sondern einer deiner Vorfahren. Es gibt nämlich keine Regel, wonach man die Erbanlagen, die man von seinen Eltern bekommt, nicht behalten dürfte.«

Ich muss ziemlich skeptisch dreinblicken, denn er sagt: »Ja, ich gebe zu, das klingt spitzfindig. Aber solche Spitzfindigkeiten sind in derartigen Prozessen oft entscheidend.«

Als ich das für Tante Mildred übersetze, hellt sich ihr Gesicht auf. *Ja, genau,* meint sie. *Du hast nichts Böses getan, und deine Mutter auch nicht. Das muss doch irgendetwas gelten!*

Sie wendet sich an Professor Bonner. *Nehmen Sie noch ein Stück?*

Er blinzelt, bis er ihre Gesten verstanden hat, dann nickt er und signalisiert: *Aber ... nur noch ... eins.*

Ich schaue bestimmt immer noch skeptisch drein. Nicht weil ich an Professor Bonners Einschätzung zweifle, nein. Doch dass man mich und mein Recht, hier zu sein, vor dem Zonenrat verteidigen muss ... dass man mich im besten Fall eben *dulden* wird ... das finde ich gerade ausgesprochen deprimierend.

In diesem Moment klingelt es an der Tür. Ich stehe ganz automatisch auf, weil es immer meine Aufgabe ist zu öffnen, wenn es klingelt. Deswegen bin ich an der Tür, ehe ich darüber nachgedacht habe, ob es sinnvoll ist, das auch jetzt zu tun.

Vielleicht eher nicht, denke ich, aber ich denke es zu spät, denn ich habe die Tür schon aufgerissen.

Und vor mir steht ...

Brenshaw.

»Hallo, Saha«, sagt Brenshaw.

Es ist wie ein Schock, ihn so plötzlich vor mir stehen zu sehen. Er kommt mir größer vor – *noch* größer –, als ich ihn in Erinnerung habe. Brenshaw, der Auslöser für das alles hier. Der Junge, der dabei war, als sie mich ins Wasser geschmissen haben. Der Junge, der mich hätte ertrinken lassen. Der Junge, den ich *nicht* ertrinken lassen wollte.

Verrückt. Da steht er vor mir, frisch, rosig, gut aussehend und vor Kraft strotzend, und ich kriege kein Wort heraus.

»Ich, ähm ...« Er mustert mich. Kann es sein, dass er *genauso* unsicher ist wie ich? »Ich hab mich noch nicht bei dir bedankt. Dass du mich gerettet hast und ... na ja. Ich wollte schon eher kommen, aber die haben mich bis heute dabehalten. Im Hospital, meine ich. Sie haben alles Mögliche an mir untersucht, ich hab gedacht, das hört überhaupt nicht mehr auf. Na, und du hast ja auch Stress gehabt ...«

Ich nicke hilflos. »Kann man so sagen.«

Er reckt das Kinn, späht an mir vorbei ins Haus. »Ach so – störe ich gerade? Ihr habt Besuch. Ich kann auch ein andermal –«

»Schon in Ordnung«, sage ich rasch. Ich will nicht, dass er ein andermal wiederkommt. Ich würde bis dahin nur die ganze Zeit wie auf glühenden Kohlen sitzen. »Das ... das ist schon in Ordnung.«

»Ich habe gedacht«, schlägt er vor, »wir könnten vielleicht ein paar Minuten spazieren gehen und ein bisschen reden. Wenn du magst.«

»Ja«, sage ich sofort. Ich mag. Ich mag sogar sehr. Keine Ahnung, warum.

Ich schaffe es, den Blick von ihm zu lösen, und sehe, dass er mit seinem Swisher gekommen ist. Der steht noch eingeschaltet am Straßenrand, was man daran sieht, dass die Lenksäule leicht wackelt, während das Gerät unmerklich vor und zurück ruckelt, um das Gleichgewicht zu bewahren. Der Gedanke durchzuckt mich, ihm vorzuschlagen, damit woandershin zu fahren. Die Vorstellung, mich zu ihm auf den Swisher zu stellen, die Arme um ihn zu schlingen und wieder seinen großen, kraftvollen Körper zu spüren, macht mich ganz schwindelig.

Aber stattdessen sage ich: »Ich geb nur schnell Bescheid.«

»Gut«, meint er.

Ich lasse ihn stehen, lehne die Tür an. Tante Mildred kommt gerade in die Küche, um Kaffee zu holen. Ich erkläre ihr rasch, was los ist: dass Brenshaw vor der Tür steht und ein paar Schritte mit mir gehen will, um mit mir zu reden.

Sie reißt die Augen auf. *Ja, tu das,* erwidert sie hastig. *Wenn die Brenshaws ein Wort für uns einlegen, wird vielleicht doch noch alles gut.*

Sag du es den anderen, bitte ich, weil ich nicht will, dass Pigrit und sein Vater schon gehen, und vor allem nicht deswegen. *Sie sollen bleiben. Ich bin so schnell wie möglich wieder da.*

Ja, ja, meint Tante Mildred und schnappt sich ihre Tafel, ihr Hilfsmittel, wenn sie sich verständlich machen muss. *Geh nur. Ich mach das schon.*

Während sie mit Tafel und Kaffeekanne im Wohnzimmer verschwindet, schlüpfe ich hastig in meine Schuhe und sause zurück zur Tür. Brenshaw steht noch da, lächelt flüchtig, als ich wieder auftauche, und eine Sekunde lang habe ich das Gefühl, dass irgendwas an dem, was ich hier tue, nicht richtig ist. Aber ich schiebe das Gefühl beiseite und sage: »Alles klar. Gehen wir.«

Drei Schritte die hölzernen Treppenstufen hinab, vier Schritte bis zum Gehsteig. Brenshaw und ich. Zwischen uns nur zehn Zentimeter Luft. Aus den Augenwinkeln sehe ich ein paar Gardinen sich bewegen, neugierige Nachbarsaugen, die sich fragen, was hier los ist.

Dasselbe frage ich mich auch. Einen Moment lang fühle ich mich, als hätte ich wieder mein rotes Kleid an. Statt der unscheinbaren, ausgeleierten Sachen, die ich tatsächlich anhabe.

Es gibt mir einen Stich, an meinen Auftritt zurückzudenken. Eine Woche ist das erst her. Unglaublich.

»Ich glaube, ich sollte meinen Swisher lieber abschalten«, meint Brenshaw. »Sonst ist nachher die Batterie leer.«

»Ja, klar«, antworte ich, was ich ausgesprochen einfallslos von mir finde, aber irgendwas muss ich schließlich sagen.

Ich sehe ihm zu. Sein Swisher ist eins von den Modellen, die nicht unbedingt eine Halterung brauchen, sondern zwei Stützstäbe ausfahren können. Das ist mit einem Handgriff erledigt.

Dann gehen wir los.

Schweigen. Schritt um Schritt, und keiner von uns sagt ein Wort.

Ich würde ja, aber mein Kopf ist völlig leer.

Und dann, endlich, sagt Brenshaw etwas, nämlich: »Ich hab wirklich gedacht, es ist aus.«

Im ersten Moment denke ich, er redet von seiner Beziehung zu Carilja, und frage mich, wozu er mir das erzählt und was er eigentlich hier will. Doch er fährt fort: »Beim Tauchen, meine ich. Was heißt *gedacht* ...? *Gedacht* ist das falsche Wort. *Panik* trifft es eher. Man überlegt zwar ab und zu, was man macht, wenn es schiefgehen sollte, aber im Ernstfall hilft einem das auch nicht ...«

Ich nicke, seltsam erleichtert und obwohl ich mir nicht sicher bin, ob ich diese Art Gefühl wirklich nachvollziehen kann. »Verstehe.«

»Bloß ... dass dann so etwas passieren würde ... das hatte ich echt nicht erwartet.« Wieder dieser schräge, neugierige Blick. Bei dem mir ganz heiß und kalt wird. »Darf ich dich was fragen?«

Ich schlucke. »Klar.«

»Würdest du mit mir auf den Silvesterball gehen?«

WOMM. So muss es sich anfühlen, wenn man einen dicken Sandsack vor die Brust geschmettert bekommt. Ich habe mit allem Möglichen gerechnet, mit Fragen zu meinen diversen medizinischen Abartigkeiten vor allem ... aber nicht *damit*.

Der Silvesterball? Ich? Mit ... *Brenshaw?*

Der Silvesterball ist der alljährliche Höhepunkt des gesellschaftlichen Lebens in Seahaven. Alles, was Rang und Namen hat, trifft sich am Abend des 31. Dezember im Princess Charlotte

Club, um ins neue Jahr hineinzufeiern. Und selbstverständlich habe ich noch nie an diesem Ball teilgenommen. Ich habe noch nicht einmal darüber nachgedacht, weil man, wenn man in der Siedlung wohnt und weder Rang noch Namen hat, davon ungefähr so weit entfernt ist wie der Südpol vom Nordpol.

Davon gehört habe ich natürlich. Das kann man auch kaum verhindern, denn alles, was auf diesem Ball passiert, ist in den ersten Wochen des neuen Jahres Gesprächsthema Nummer eins in der Stadt. Von daher weiß ich, dass sich das Fest regelmäßig im Lauf der Nacht hinaus unter den warmen, sternenklaren Nachthimmel verlagert, an den nächtlichen Stadtstrand, dass getrunken wird, bis die Vorräte der Bar erschöpft sind, und dass kein Fest vergeht, ohne dass man hinterher von Seitensprüngen munkelt, die sich ereignet haben sollen, meistens irgendwo an eben diesem nächtlichen Strand.

»Äh ... auf den Silvesterball?«, wiederhole ich fassungslos.

»Das mit Carilja und mir ist aus«, sagt Brenshaw rasch. »Ich schätze, das hast du mitgekriegt.«

»Ja«, sage ich schwach. »Habe ich.«

Nach allen Regeln der Logik hätte ich jetzt hin und weg und das glücklichste Mädchen von Seahaven sein müssen. Stattdessen ist mir, als habe mir jemand einen Eimer kalten Wassers über den Kopf geleert.

Was soll das hier werden? Ich mustere ihn von der Seite. Die körperliche Anziehungskraft ist immer noch da, aber auf einmal fühlt sie sich nicht mehr verlockend an, sondern wie eine Falle.

»Jon«, sage ich langsam, »du bist damals einfach mit den

anderen weggegangen. Ihr habt mich ins Fischbecken geworfen, ich bin untergegangen und dann habt ihr mich im Stich gelassen. Alle. Du auch.«

Er schluckt schwer, ohne mich anzusehen, nickt beklommen. »Ja. Das stimmt leider.«

»Warum hast du das getan?«

»Ich ...« Er hebt hilflos die Schultern. »Irgendwie habe ich in dem Moment geglaubt, was Carilja gesagt hat. Dass es niemanden in Seahaven gibt, der nicht schwimmen kann. Und dass du uns was vormachst.«

»Aha.« Das mag stimmen oder auch nicht, ich weiß es nicht. Alles, was ich weiß, ist, dass Brenshaw zwar bis jetzt eine Menge geredet hat, nur – um Entschuldigung gebeten hat er nicht. Oder gesagt, dass es ihm leidtut. Dass es ihm wenigstens *inzwischen* leidtut.

Doch, ich bin wirklich sehr ernüchtert.

»Jon«, sage ich und fühle mich wie betäubt dabei, »ich will nicht, dass du mich zum Silvesterball einlädst, nur weil du dich verpflichtet fühlst oder ein schlechtes Gewissen hast.« *Oder weil du mit mir, dem Fischmädchen, angeben willst,* schießt mir noch durch den Kopf, aber das bringe ich nicht über die Lippen.

»Aber ich *bin* dir verpflichtet«, erwidert er ganz erstaunt. »Du hast mir das Leben gerettet!«

»Ja, schon. Aber ich habe dir nicht das Leben gerettet, weil ich dich so nett finde, sondern weil ich es *konnte*. Und weil ich nicht mit der Schuld leben wollte, es nicht zu tun.« Ich wäre gern dieses Gefühl von Betäubung los. »Ich hätte *jeden* gerettet, der in dieser Lage gewesen wäre.«

»Hmm, na ja«, meint er. »Ich dachte, meine Einladung würde dich ein bisschen mehr freuen –«

Ich schaue ihn an. Er wirkt fast beleidigt.

Das ist der Moment, in dem ich rotsehe. In dem das Gefühl von Betäubung verfliegt.

»Ach ja?«, fahre ich ihn an. »Hast du das gedacht? Hast du gedacht, wenn der große Jon Brenshaw ein Mädchen einlädt – sich herablässt, eine wie mich einzuladen, mich, das komische Fischgesicht –, dann sollte ich gefälligst laut Hurra schreien?«

Er zuckt richtig zurück. »Was?«, stößt er hervor. »Was hab ich denn gesagt?«

»Überleg lieber mal, was du *nicht* gesagt hast. Du hast nicht gesagt, dass es dir leidtut. Du hast nicht gesagt, dass du es bedauerst. Du hast nichts gesagt, was auch nur entfernt so geklungen hat wie ›entschuldige bitte‹.«

Brenshaw schnappt nach Luft wie ein Fisch auf dem Trockenen. »Aber –«

Ich kann mich nicht mehr bremsen. Das, was gerade in mir hochkocht, fühlt sich an wie ein Unterwasservulkan. »Und du willst mir was von Panik erzählen? Du? *Ich* erzähl dir mal was von Panik. Die hab ich nämlich gehabt, an jedem einzelnen Schultag, seit ich in Seahaven lebe, jedes einzelne Mal, wenn ich an diesem verdammten Fischbecken vorbeimusste, vor dieser verdammten Thawte Hall, die auf dem Schulgelände so überflüssig ist wie ein Pickel auf der Nase. Die da nur steht, weil sich der Großvater deiner tollen Freundin ein Denkmal setzen wollte. Und in dieses Fischbecken habt ihr mich reingeworfen! Und seid einfach abgehauen. Und wenn ich nicht zufällig Kiemen hätte, wäre ich seit einem Monat tot! Und du seit einer Woche! Also komm mir nicht und erzähl mir was von Panik!«

Nein, ich ohrfeige ihn nicht. Das nicht. Aber ich lasse ihn stehen, drehe mich um und gehe. Gehe, während mir das Blut in den Ohren pocht. Gehe, während mich selbst die Panik packt. Dass ich jetzt alles verdorben, dass ich mich um Kopf und Kragen geredet habe. Dass mir jetzt niemand mehr beistehen wird, nie wieder. Weil ich mich mit der Familie Brenshaw angelegt habe, der zweitreichsten, zweitwichtigsten Familie von Seahaven, und egal wie gut meine Gründe gewesen sein mögen, das wird man mir nicht verzeihen, nie.

Aber jetzt ist es schon passiert, jetzt gibt es keinen Weg mehr zurück, also gehe ich weiter, sehe nichts mehr vor Wut und Panik und Angst und Verzweiflung, vor lauter Gefühlslava, die in mir explodiert ist. Ich sehe nur noch die Pflastersteine vor meinen Füßen und das dürre Gras, das in den Ritzen dazwischen wächst.

Und den Schatten, der sich vor mich schiebt.

Ein Schatten? Ich schaue auf, blinzle. Da ist ein Auto und zwei Männer, die gerade ausgestiegen sind. Einer von ihnen packt mich am Arm und sagt: »Kein Laut. Dann passiert dir auch nichts.«

21

Kein Laut? Ich höre die Worte, aber sie erreichen mich nicht. Der Schrei, den ich von mir gebe, bricht ganz von selbst aus mir heraus, und er ist die Summe aller Wut, aller Enttäuschung, aller Verzweiflung, die sich in dieser schrecklichen Woche in mir aufgestaut hat: ein Schrei, der mir schier die Kehle sprengt. Ein Schrei, um Stadtmauern einstürzen zu lassen.

Gleichzeitig reiße ich mich los. Vielleicht hat mein Schrei den Mann so erschreckt, vielleicht bin ich stärker, als er vermutet hat – ich komme frei, kann mich herumwerfen – Doch da hat mich schon der andere geschnappt, am anderen Arm, hält mich so fest wie ein Schraubstock, zieht mich mit sich, auf das Auto zu. Ich schreie wieder oder immer noch, strample, wehre mich, werfe den Kopf hin und her, als er versucht, mir die Hand auf den Mund zu pressen ...

Und dann ist da auf einmal noch ein Schatten. Ein Schatten mit Fäusten, die durch die Luft wirbeln. Brenshaw! Er hämmert dem Kerl, der mich hält, eine rein, dass es nur so kracht. Erst jetzt sehe ich so etwas wie Gesichter, ein gelbliches Rattengesicht der eine, eine fahle Durchschnittsvisage der andere, der erste, der jetzt etwas aus der Tasche zieht, das, wenn mich nicht alle Filme belogen haben, eine Narko-Pistole sein muss.

»Lauf!«, höre ich jemanden rufen. Brenshaw, der den anderen immer noch mit seinen Fäusten traktiert. Aber ich laufe nicht, sondern hole mit dem Fuß aus und kicke dem Durchschnittsgesicht gegen das Knie oder das Schienbein oder vielleicht auch zwischen die Beine, ich weiß es nicht. Jedenfalls, er klappt zusammen und die Pistole mit dem dicken, keulenförmigen Ende fällt klappernd auf die Straße und rutscht unter das Auto.

Brenshaws Gegner stolpert auch, sinkt gegen den Kotflügel des Wagens, sieht ziemlich lädiert aus. Aber sie haben Waffen und wir nicht, deswegen packe ich Brenshaw am Hemd und rufe: »Komm! Weg hier!« Und dann rennen wir.

Im Laufen erwische ich seine Hand, ziehe ihn hinter mir her, auf die nächste Lücke zwischen den Häusern zu. Dies ist meine Siedlung, ich kenne jeden, der hier wohnt, und jedes Schlupfloch. Dies hier ist der Garten der Familie Ayers. Kent Ayers fährt den Müllwagen, auch samstags, zum Glück, denn andernfalls würde er uns auch noch jagen, so rücksichtslos, wie wir über seinen sorgsam gepflegten Rasen trampeln und uns durch seine geliebten Hecken quetschen.

»Wohin?«, keucht Brenshaw im Laufen.

»Ins Naturschutzgebiet«, gebe ich zurück. Es gibt keinen anderen Fluchtweg. Es führt nur eine einzige Straße in die Siedlung, alles andere sind Zäune und unpassierbares Gebüsch.

Doch als wir auf der anderen Seite wieder auf die Straße gelangen, quietschen Reifen, hält erneut ein Auto vor uns, ein knallroter Sportwagen, der mir bekannt vorkommt.

»Steve?!«, höre ich Brenshaw verblüfft.

Es ist tatsächlich sein Bruder, der sich herübergebeugt hat, die Tür aufstößt und uns zuruft: »Schnell! Rein mit euch!«

Wir folgen seiner Aufforderung, ohne nachzudenken, quetschen uns neben ihn auf die Vorderbank, und noch während Jon die Tür zuzieht, tritt Steve das Pedal bis zum Anschlag durch. Der Motor sirrt in höchsten Tönen auf, so durchdringend, dass es einem in den Zähnen wehtut, aber Hauptsache, das Auto fährt los. Und das tut es, mehr noch, es schießt los wie eine Rakete.

Immer noch atemlos sehen wir im Vorbeifahren, dass uns die Männer nicht weit gefolgt sind: Der Nachbar, der immer an seinem kaputten Auto bastelt, ist auf einmal da, sein erwachsener Sohn und noch ein dritter Mann. Alle drei schwingen sie irgendwelche schweren Werkzeuge und treiben die zwei Gestalten, die mich angegriffen haben, vor sich her.

»Was hat das zu bedeuten?«, keuche ich. »Wer sind die?«

»Gleich«, sagt Steve. »Erst mal weg hier.«

Ja, es ist ein Angeberauto. Aber es ist auch tatsächlich schnell. Ich habe nicht gewusst, wie beruhigend ein schnelles Auto sein kann.

Aber erst einmal streiten sich die beiden Brüder.

»Was um alles in der Welt *machst* du hier?«, regt sich Steve auf, während er sämtliche Geschwindigkeitsbeschränkungen missachtet. »Ich dachte, du bist im Hospital bei deiner Untersuchung?«

»Ja, du meine Güte«, verteidigt sich Jon aufgebracht, »ich war eben früher fertig und da habe ich gedacht –«

»Gedacht? Oje. Wenn du schon mal denkst ...!«

Jon dreht sich ruckartig auf dem Sitz herum. »Mein Swisher!«, fällt ihm ein. »Der steht noch bei Saha.«

»Da steht er gut, mach dir keine Sorgen«, erwidert Steve und zwingt den Wagen in eine enge Kurve. Ein entgegenkommender Lieferwagen muss abrupt bremsen, ich sehe den Fahrer noch wütend die Faust schütteln, dann sind wir schon vorbei.

»Woher hast du überhaupt gewusst, dass ich hier bin?«, wundert sich Jon.

»Hab ich nicht«, sagt Steve und nickt in meine Richtung. Ich sitze so dicht neben ihm, dass mich sein langes Haar streift. »Ich bin wegen ihr hier.«

»Hä?«, mache ich. »Darf ich bitte endlich mal erfahren, was eigentlich los ist?«

»Ja«, wirft Jon ein. »Würde mich auch interessieren.«

Steve bewegt den Unterkiefer eine Weile hin und her, als würde er etwas kauen oder darauf warten, dass Worte dabei entstehen. Er ist einen halben Kopf größer als Jon und hat noch breitere Schultern als dieser, sieht allerdings bei Weitem nicht so gut aus.

»Also, die Kurzfassung«, sagt er schließlich. »Ich sollte Saha retten. Und weil du gerade da warst, hab ich dich eben auch gleich gerettet.«

Jon gibt einen ungläubigen Kiekser von sich. »Gerettet? Und wovor?«

»Hast du doch gesehen.«

»Ja, die Männer. Klar. Und wer sind die?«

Steve stößt einen abgrundtiefen Seufzer aus. »Das ist eine lange Geschichte. Wir sind davon ausgegangen, dass die Polizei immer noch auf Posten ist. Das war eigentlich so vereinbart. Als wir dann erfahren haben, dass sie nicht mehr da sind, bin ich sofort los.«

»Ich versteh kein Wort«, sage ich.
Er nickt. »Unsere Mutter wird es dir erklären.«
»Unsere *Mutter?*«, wiederholt Jon fassungslos.
»Und dir auch«, fügt Steve hinzu.

Steve umrundet das Stadtzentrum und biegt in die schmale Straße ein, die zur Spitze des Goldbergs führt. Das Anwesen der Brenshaws ist das vorletzte; die schneeweißen Gittertore davor öffnen sich von selbst, als wir herankommen, und schließen sich hinter uns wieder.

Wie es hier aussieht, weiß jeder, schließlich ist der Goldberg von überallher gut einsehbar: Palmen, Rasen, helle Kieswege und so weiter. Aber es ist doch etwas anderes, das alles aus der Nähe zu sehen. Die prächtigen, dichten Palmwedel. Der Kies, den jemand frisch geharkt haben muss. Der gepflegte Rasen, der unwirklich grün wirkt für die Jahreszeit.

Wir halten vor dem Eingang. Die Reifen knirschen auf dem Kies. Noch während wir aussteigen, tritt Frau Brenshaw aus dem Haus und kommt uns entgegen.

Die Mutter von Steve und Jon ist Mitglied im Taucherclub von Seahaven und aktive Taucherin. Entsprechend oft sieht man sie am Hafen, auf Booten oder bei irgendwelchen Veranstaltungen, wo sie Preise überreicht. Sie ist eine so kleine Frau, dass man sich wundert, wie so jemand zwei solche Brocken von Söhnen in die Welt setzen konnte, und sie bewegt sich immer sehr würdevoll. Auch jetzt, als sie auf mich zutritt, mich bei den Händen fasst und sagt: »Endlich. Endlich kann ich dir danken, dass du meinen Sohn gerettet hast.«

Ich schaue ihr in die mandelförmigen Augen, die ihre koreanische Abstammung verraten, und entdecke Tränen darin. Ich weiß nicht, was ich sagen soll. Ich bin noch ganz durcheinander von dem, was gerade passiert ist, und das hier ist mir jetzt entsetzlich peinlich. Tränenreiche Dankesworte sind so ungefähr das Letzte, was ich gewollt habe.

»Du hast dich damit in große Gefahr gebracht, mein Kind«, fährt Frau Brenshaw fort. »In größere Gefahr, als du ahnen konntest.«

»Sie meinen die Männer?« Ich blicke allmählich überhaupt nicht mehr durch.

»Die Männer?«, fragt sie zurück und sieht fragend zu Steve hinüber, ohne mich loszulassen.

»Zwei«, sagt er. »Wollten sie entführen.«

»Oh nein.«

»Ich bin gerade noch rechtzeitig gekommen.«

Gerade noch rechtzeitig? Fast zu spät, würde ich sagen. Steve scheint genau die gleiche Art wie sein Bruder zu haben, sich die Dinge so zurechtzuerklären, dass er gut dabei wegkommt.

Ich befreie mich aus Frau Brenshaws Händen. »Was ist mit meiner Tante? Und ... wir haben Besuch. Ich ... Kann ich bitte ganz schnell zu Hause anrufen?«

Sie sieht mich an, deutet dann in Richtung des Eingangs. »Ja ..., natürlich. Komm. Steve, du wirst wahrscheinlich noch einmal –«

»Alles klar«, sagt er. »Ich bleib gleich beim Wagen.«

Wir gehen auf die Villa zu, von der Tante Mildred so oft geschwärmt hat und die ich nun zum ersten Mal aus der Nähe sehe. Unwillkürlich betrachte ich sie unter dem Aspekt der Sicherheit: Sie ist groß, doch sie besteht vorwiegend aus Glas und Holz. Sie sieht beim besten Willen nicht aus wie eine Festung. Ich entdecke auch nirgends Wachleute. Wieso sollte ich ausgerechnet hier sicher sein? Und vor was oder wem überhaupt?

»Ich würde gern verstehen, was eigentlich los ist«, erkläre ich Frau Brenshaw, die nicht von meiner Seite weicht, so als rechne sie damit, dass ich jeden Augenblick umkippen könnte.

Sie holt tief Luft, ehe sie antwortet, und sie wirkt dabei, als fürchte sie sich selbst. Nicht besonders beruhigend. »Jetzt rufst du erst einmal deine Tante an«, sagt sie. »Sie soll ein paar Sachen einpacken, für sich und für dich. Steve wird sie abholen und hierher bringen. Und dann sehen wir weiter. Und ja«, fügt sie hinzu, meine Hand tätschelnd, »du sollst alles erfahren.«

So eine Villa hat natürlich nicht einfach eine Tür, sondern ein wuchtiges Portal. Es führt in eine Halle, die ein Kunstwerk aus Marmor und geschnitztem Holz ist. Eine Lichtkuppel überspannt einen Innengarten aus Kakteen und Orchideen in allen Farben. Entlang der Wände steht asiatische Kunst aller Art – Schnitzereien, Porzellan, Skulpturen, antike Möbel.

Von dort aus geleitet mich Frau Brenshaw in einen Salon, der so groß ist wie ein Tennisplatz. Ungefähr ein Dutzend grüner Sofas mit goldenen Troddeln umringen einen gewaltigen Teetisch. Auf eines davon komplimentiert sie mich, deutet auf die milchig schimmernde Glasplatte, die in einen Rahmen aus edel gemasertem Holz eingelassen ist, und sagt: »Das ist ein Holo-Tisch. Warte.«

Sie schiebt ein Tablett mit einer silbern glänzenden Teekanne und Tassen beiseite, und tatsächlich, da ist ein Menüsymbol auf dem Glas. Ich tippe zweimal darauf, wähle aus der Wolke von dreidimensionalen Symbolen, die vor mir aufsteigt, das Telefon und rufe zu Hause an.

Tante Mildred ist völlig aufgelöst. *Du bist es! Ich hab dich schreien hören ...* Sie hält in den Bewegungen inne, sieht an mir vorbei. *Wo bist du? Bei ... Brenshaws?*

Ja, antworte ich hastig. *Und du musst auch herkommen. So schnell wie möglich.*

Da nimmt ihr jemand die Tafel aus der Hand und das ebenfalls höchst beunruhigt wirkende Gesicht von Professor Bonner taucht vor mir auf. »Saha!«, dröhnt seine Stimme durch den Salon. »Wir haben Schreie gehört und uns große Sorgen um dich gemacht. Was ist los?«

Ich erkläre es ihm, so gut ich kann: dass mich zwei Männer entführen wollten, dass Jon Brenshaw mir zu Hilfe gekommen ist und dass sein Bruder Steve uns mit dem Auto in Sicherheit gebracht hat. Und dass es wohl eine Erklärung für all das geben soll, dass ich aber selbst noch keine Ahnung habe, welche.

»Das ist ja allerhand«, meint er. Dann schaut er an mir vorbei, sieht Frau Brenshaw an, die hinter mir steht. »Verehrte Frau Brenshaw«, sagt er dröhnend, »ich muss Sie bitten zu akzeptieren, dass ich Frau Leeds in dieser Situation nicht allein lassen werde. Ihre freundliche Erlaubnis vorausgesetzt, fahren wir gemeinsam zu Ihnen.«

»Ja, natürlich«, sagt Frau Brenshaw sofort und, so kommt es mir vor, fast ein wenig erleichtert. »Herzlich gern. Ich ... ich kann alles erklären.«

»Gut«, sagt Pigrits Vater argwöhnisch. »Auf diese Erklärung bin ich sehr gespannt.«

Frau Brenshaw gibt Steve Bescheid, dass er nun doch nicht fahren muss, dann ruft sie eine Bedienstete in einer weißen Schürze und weist sie an, mehr Tassen zu bringen. »Es kommen noch zwei Gäste.«

»Drei«, werfe ich ein. »Pigrit Bonner kommt sicher auch mit.«

»Gut, also drei.«

»Sehr wohl, *Mylady*«, sagt die Frau in der weißen Schürze.

Gerade als sie geht, kommt Steve herein. Er schließt die Tür hinter ihr und sagt: »Georges ist zurück.«

»Mit wie viel Leuten?«, will seine Mutter wissen.

»Fünf.« Er setzt sich nicht zu uns, sondern bleibt bei einem der Fenster, von dem aus man die Zufahrt im Blick hat. »Haruki, John, Ian, Wang und Dimitrios.«

»Gut.« Frau Brenshaw wendet sich an mich. »Das sind Leute aus unserer Firma. Aus der Sicherheitsabteilung. Für alle Fälle.«

Ich nicke und versuche, mich etwas sicherer zu fühlen, aber so richtig will es mir nicht gelingen. »Ich wüsste wirklich gerne, was eigentlich los ist«, sage ich.

»Ja«, sagt sie. »Eine Frage: Ist es wirklich wahr, was Doktor Walsh heute in der Anhörung gesagt hat? Dass du unter Wasser genauso gut atmen kannst wie über Wasser?«

»Ja. Glaube ich zumindest. Länger als ein paar Stunden war ich noch nicht unter Wasser.«

Sie hebt die Augenbrauen. »Ein paar Stunden ...! Weißt du,

dass du nach allem, was wir wissen, der einzige Mensch bist, der das kann?«

Ich zucke mit den Achseln. Das wird vermutlich so sein. Es ist ja der Witz bei Abnormitäten, dass sie selten sind.

»Ich mache mir entsetzliche Vorwürfe, dass wir nicht eher reagiert haben«, fährt Frau Brenshaw betrübt fort. »Aber stell dir vor, Frau Van Steen hat uns *nichts* von dem Vorfall am Fischbecken gesagt. Und mein Sohn natürlich auch nicht.«

Sie bedenkt Jon mit einem finsteren Blick, der ihn dazu bringt, in sich zusammenzusinken.

»Tatsächlich habe ich erst letzten Samstag davon erfahren. Und ich war so aufgebracht darüber, wie schäbig sich Jon verhalten hat, dass ich gar nicht daran gedacht habe ...« Sie sieht mich an. »Kann es sein, dass du es bis dahin selbst nicht gewusst hast? Dass du unter Wasser atmen kannst, meine ich.«

Ich nicke.

»Lass mich raten – du hast deinen Vater nie gekannt?«

»Nein.«

»Weißt du irgendetwas über ihn?«

Ich zögere. »Meine Mutter hat ein paar Briefe hinterlassen und ein Tagebuch ...«

»Hat sie darin«, fragt Frau Brenshaw weiter, »womöglich erwähnt, dass dein Vater ein Mann war, der aus dem Ozean gekommen ist und es nur kurze Zeit an Land ausgehalten hat?«

»Ja«, gebe ich verblüfft zu.

Frau Brenshaw schaut auf die Uhr, dann in Richtung Tür. »Es dauert wohl noch eine Weile, bis deine Tante und Professor Bonner hier sind ... Egal. Erzähl ich es eben zweimal.« Sie räuspert sich. »Also, die Vorgeschichte ist folgende: Vor etwa hundertzwanzig Jahren hat ein koreanischer Wissenschaftler namens Yeong-mo Kim künstlich eine Menschenart geschaffen, die unter Wasser atmen und leben kann. Sie sollte nach seiner Vorstellung den Meeresboden besiedeln und dort neuen Lebensraum erschließen. Es waren verbotene Experimente, aber es ist ihm gelungen, sie fast zwanzig Jahre lang geheim zu halten. Als man ihm auf die Spur kam, gab es schon mindestens fünf Dutzend Männer und Frauen, die im Wasser lebten. Kim gelang es, sie freizusetzen, ehe die Polizei eintraf und seinen Arbeiten ein Ende bereitete.«

Ich hebe die Hand, um ihren Redestrom zu unterbrechen. »Das weiß ich inzwischen. Professor Bonner besitzt ein Buch darüber.«

»*Der Fall Yeong-mo Kim.*«

»Ja.«

Sie hebt erstaunt die Brauen. »Das Buch gibt es nur auf Koreanisch.«

»Pigrits Großvater hat es übersetzt.«

»Verstehe«, sagt sie. »Dann weißt du, wie der *Homo submarinus* entstanden ist. Aber du weißt nicht, was danach geschah.«

»Was denn?«

Sie faltet die Hände. »Die ersten Submarines waren junge, unerfahrene, hilflose Wesen. Sie hätten in der Wildnis der Tiefsee nicht überlebt, wenn es nicht von Anfang an eine geheime Gruppe von Helfern gegeben hätte, die sie unterstützt hat. Eine Gruppe, die die Submarines mit Medikamenten, Werkzeugen und anderem versorgt und Hinweise auf ihre Existenz und ihre Aufenthaltsorte nach Kräften vertuscht hat. Eine Gruppe, die es heute noch gibt«, sagt sie. »Uns.«

Jon fährt hoch, als habe ihn etwas gestochen. »Was?«, ruft er aus, schaut von seiner Mutter zu seinem Bruder, der mitleidig in seine Richtung nickt. »Und wieso weiß ich nichts davon?«

»Wir mussten es vor dir geheim halten«, erklärt ihm seine Mutter. Sie seufzt. »Tut mir leid, dass du es so erfährst. Steve haben wir eingeweiht, als er sechzehn wurde. Aber das ging bei dir nicht.«

Jon ist völlig, völlig fassungslos. »Und warum nicht?«

»Weil du mit Carilja zusammen warst. Du hättest dich verplappern können. Und es hätte unabsehbare Folgen gehabt, wenn Cariljas Vater von uns erfahren hätte.«

»Cariljas Vater ...?«, echot Jon, dem schier die Augen aus den Höhlen fallen.

In diesem Moment sagt Steve, der immer wieder aus dem Fenster gespäht hat: »Sie kommen.«

22

Die Ankunft von Tante Mildred, Pigrit und dessen Vater bringt erst einmal wieder Unruhe mit sich. Worte wie »Gästezimmer« fallen, Tassen und Teller werden umhergeschoben, Sitzplätze ausgesucht, Kaffee wird eingeschenkt. Meine Tante hat einen Koffer dabei, den sie nicht aus der Hand gibt, als die Frau in der weißen Schürze ihn ihr abnehmen will. Ich muss eingreifen, ihr hastig erklären, worum es geht, sie beruhigen.

»Die Ereignisse haben mich etwas überrollt, offen gestanden«, erklärt Frau Brenshaw mehrmals und auch, dass ihr Mann gerade in Brisbane sei. »Ausgerechnet heute. Dabei sind diese Dinge ... alles, was mit Sicherheit zu tun hat ... eigentlich sein Gebiet.« Sie lächelt hoffnungsvoll. »Aber er ist bereits auf dem Rückweg. Morgen früh sollte er wieder da sein. Spätestens.«

Pigrit lässt sich neben mich aufs Polster fallen. »Abenteuerlich, das alles, oder?«, meint er. »Und die Typen haben echt versucht, dich ins Auto zu zerren?«

Ich nicke. Mir läuft es kalt über den Rücken, wenn ich an den Moment zurückdenke. »Journalisten waren das jedenfalls nicht«, sage ich.

Frau Brenshaw sieht noch kleiner aus, als sie ohnehin ist, wie sie da neben der gewaltigen Gestalt von Professor Bonner auf dem Sofa sitzt. Sie erzählt noch einmal, was sie mir gerade eben erklärt hat. »Einer meiner Vorfahren«, fährt sie fort, »war ein Mitarbeiter Kims. Als die Submarines aus dem Unterwassergehege getrieben wurden, war ihm klar, dass sie in der freien Wildnis keine Chance hatten. Er hat sich mit vier Gleichgesinnten zusammengetan, um ihnen zu helfen. Die Gruppe gab sich den Namen *Gipiui Chingu* – das ist Koreanisch und heißt so viel wie *Freunde der Tiefe*. Und so nennen wir uns heute noch. Inzwischen sind wir eine Organisation mit mehreren Tausend Mitgliedern, zum größten Teil in Korea, Indonesien und den Philippinen, in dem Gebiet, in dem die Submarines bisher hauptsächlich gelebt haben. Und in meiner Familie ist es sozusagen Tradition, dabei zu sein.«

Professor Bonner gibt sich wenig Mühe, seine Skepsis zu verbergen. »Entschuldigen Sie meine offenen Worte, Frau Brenshaw, aber Ihr Sohn Jon ist, soweit ich weiß, zwar schon durch allerlei aufgefallen, nicht jedoch unbedingt als Lebensretter.«

Sie nickt mit einem schmerzlichen Zug um den Mund. »Da haben Sie leider recht. Jon hat allerdings erst vorhin von unserer Organisation erfahren.«

»Ah ja? Warum das, wenn ich fragen darf?«

»Wegen seiner Beziehung zu Carilja Thawte.« So wie sie den Namen ausspricht, ahnt man, dass Carilja kein allzu gern gesehener Gast im Hause Brenshaw war. »Es war zu riskant, ihn einzuweihen. James Thawte sind alle gentechnischen Manipulationen verhasst, das haben Sie bei der Anhörung ja gemerkt.«

»Und Sie? Ihnen sind gentechnische Manipulationen nicht verhasst?«

Frau Brenshaw schaut einen Augenblick nachdenklich ins Leere. Die Frage trifft sie, das merkt man. »Ich heiße nicht gut, was Yeong-mo Kim gemacht hat«, sagt sie ernst. »Ich denke sogar, es war falsch. Wir Menschen sollten nicht an unserem Gencode herumspielen, und ganz bestimmt nicht derart risikofreudig und radikal, wie Kim es getan hat. Aber wenn wir es doch tun – selbst wenn es, wie in diesem Fall, nur einer von uns ist –, dann tragen wir auch die Verantwortung für das, was dabei entsteht. Die Submarines sind unsere Abkömmlinge. Sie sind *Kinder* der Menschheit. Und wie alle Kinder haben sie, da sie nun einmal existieren, das Recht auf ein menschenwürdiges Leben. Das ist es, wozu wir ihnen verhelfen wollen.«

Jon schaut finster drein. Pigrit hat die Stirn in Falten gelegt, als gefalle ihm das alles überhaupt nicht. Ich übersetze, was ich höre, geistesabwesend in Gebärdensprache, damit Tante Mildred mitkriegt, worum es geht.

Dabei habe ich das Gefühl, dass ich das selbst nicht mal wirklich begreife.

»Und warum diese Vorsicht?«, will Pigrits Vater wissen. »Wie hätte James Thawte Ihnen oder Ihrer Organisation denn schaden können?«

»Mein Mann hat, wie Sie wissen, geschäftlich viel mit *Thawte Industries* zu tun«, erklärt Frau Brenshaw. »Auf diesem Weg hat er von einer Organisation erfahren, die einige der Konzerne, die Rohstoffe auf dem Meeresboden ausbeuten, gegründet haben. Es ist eine geheime Organisation, so geheim wie die unsere. Nur hat sie, soweit wir wissen, das genau entgegengesetzte Ziel: nämlich, die Submarines zu jagen und zu töten.«

»Und warum das?«

»Um zu verhindern, dass sie auf die Idee kommen, Besitzrechte am Meeresboden geltend zu machen.«

»Das heißt, die Konzerne wissen von der Existenz der Submarines?«

»Ja. Wir tun, was wir können, trotzdem sickern immer wieder entsprechende Informationen durch. Außerdem sind diese Firmen ja vor Ort, überwachen die Minen auf dem Grund des Meeres mit modernster Technik. Ich nehme an, ab und zu werden Submarines von den Überwachungsgeräten erfasst.« Frau Brenshaw faltet die Hände. »Überlegen Sie, um welche immensen Investitionen es hier geht. Unsummen. Diese *Jäger*, wie wir sie nennen, sollen die wirtschaftlichen Interessen der Konzerne schützen. Um jeden Preis.«

Mir ist, als sei es ein paar Grad kälter geworden in diesem Raum voller grüner Sofas. »Und die sind jetzt hinter mir her?«, frage ich entsetzt.

»Davon gehen wir aus«, sagt Frau Brenshaw und schaut mich ernst an.

»Um *was* mit mir zu machen? Mich zu töten?«

Sie nickt. »Ich fürchte, ja, mein Kind. Das war es, was ich vorhin meinte, als ich gesagt habe, dass du nicht ahnen konntest, in welche Gefahr du dich gebracht hast. Die Jäger fürchten dich ganz besonders, denn du bist der erste Mensch, der zwischen beiden Welten hin und her wechseln kann.«

Ich habe aufgehört, für Tante Mildred zu übersetzen. Ich schaue Professor Bonner an, Pigrit, die beiden Brenshaw-Jungs und fühle mich so hilflos wie noch nie. »Aber ... aber wie soll das weitergehen?«, frage ich. »Wir können uns doch nicht ewig hier bei Ihnen verstecken!«

Eine Frage, die mir durch den Kopf schießt, behalte ich für mich: Was, wenn diese Jäger einfach das Grundstück stürmen? Was werden fünf Sicherheitsleute dagegen ausrichten? Darüber will ich lieber nicht so genau nachdenken. Mein Magen flattert auch so schon vor Angst.

Dass Frau Brenshaw ausgesprochen ratlos wirkt, hilft nicht wirklich weiter. »Wie gesagt, mein Mann ist nach Brisbane gefahren, um mit anderen Helfern zu sprechen und nach Auswegen zu suchen«, sagt sie vage. »Wir müssen Schritt für Schritt vorgehen. Im Moment bist du in Sicherheit. Alles Weitere wird sich irgendwie, irgendwann finden.«

Pigrit explodiert. Ich hatte schon die ganze Zeit das Gefühl, dass eine schwarze Zorneswolke über ihm dichter und dichter geworden ist, und nun platzt alles aus ihm heraus. »Verdammt noch mal!«, faucht er. »Das wäre dir alles erspart geblieben, wenn du den Kerl einfach hättest ertrinken lassen! Und jetzt? Jetzt ist *er* gerettet, dafür bist *du* in Lebensgefahr. Das ist doch superungerecht!«

Frau Brenshaw schaut Pigrit erschrocken an. Ich bin auch geschockt, dabei kenne ich Pigrits Art eigentlich. Sein Vater hebt nur die Augenbrauen, und nur ein kleines bisschen. Er ist am meisten von uns allen daran gewöhnt, dass Pigrit die Dinge gern beim Namen nennt.

Jon kratzt sich verlegen an der Brust. »Da hat er nicht ganz unrecht«, meint er betreten und vermeidet es, irgendjemanden anzublicken.

Ich schaue Pigrit an und sage: »Dafür ist mir erspart geblieben, dass ich mir mein Leben lang sagen muss, ich hätte ihn retten können und habe es nicht getan.«

»Na toll«, erwidert Pigrit finster. »Das wird aber mal was nützen, wenn diese Typen hier aufkreuzen.«

»Der springende Punkt ist ein ganz anderer«, mischt sich sein Vater ein. »Nämlich der, dass es in dem Moment, in dem Saha sich entschlossen hat, ins Wasser zu springen, *unmöglich* gewesen wäre, die Konsequenzen dieses Schrittes wirklich zu überblicken. Im Grunde dasselbe Problem wie mit den Genexperimenten von Doktor Yeong-mo Kim: Auch die hatten Konsequenzen, die er nicht vorausgesehen hat.«

Er wendet sich wieder Frau Brenshaw zu, und ich habe das Gefühl, er will die Peinlichkeit des Augenblicks überspielen, indem er betont interessiert fragt: »Ihre Organisation ... was macht die eigentlich konkret?«

Sie lächelt dankbar. »Unser wichtigstes Ziel ist, dafür zu sorgen, dass die Submarines in Ruhe gelassen werden. Dazu ist es oft nötig, Fischer, Seeleute oder Taucher zu bestechen, damit sie nichts von zufälligen Begegnungen mit ihnen erzählen. So wollen wir verhindern, dass ihnen die Jäger auf die Spur kommen.«

»Es gibt also solche Begegnungen?«

»Ja, natürlich. Es werden sogar immer mehr. Die Submarines vermehren sich. Wir schätzen, dass jede Submarine-Frau im Schnitt wenigstens fünf Kinder hat.«

»Da Sie so etwas wissen, heißt das, dass Sie auch Kontakt zu den Submarines selbst haben?«

Frau Brenshaw wiegt den Kopf. »Soweit sie darauf eingehen.

Sie sind scheu und sehr skeptisch gegenüber uns Luftatmern. Aber wenn wir mitbekommen, dass sie Hunger leiden, versorgen wir sie mit Lebensmitteln – die nehmen sie dann doch gern. Wir versuchen es auch immer wieder mit Medikamenten, bloß ist da das Problem, dass bei ihnen nicht alle Mittel so wirken wie bei uns. Und wir statten sie mit Werkzeugen aus. Die Submarines können kein Metall herstellen, weil sie kein Feuer haben. Feuer kennen sie nur in Form von unterseeischen Vulkanen, und deren Umgebung ist meistens zu giftig, als dass man sich längere Zeit dort aufhalten könnte.« Sie lächelt. »Am beliebtesten machen wir uns allerdings mit billigen, bunten Schmuckperlen, die sich die Frauen gern ins Haar flechten.«

Professor Bonner nickt, als verstünde sich das von selbst. »Darf ich aus der Tatsache, dass Sie hier leben, schließen, dass vor der Küste von Seahaven Submarines zu finden sind?«

Sie schüttelt den Kopf. »Ich gehöre nicht zu denen, die aktiv den Kontakt mit den Submarines suchen; mein Beitrag ist eher finanzieller und organisatorischer Natur. Ich lebe hier, weil mein Mann hier seine Firma betreibt. Allerdings stimmt Ihre Vermutung; vor Kurzem scheint sich ein Stamm irgendwo vor der Küste niedergelassen zu haben.«

»Wie merkt man so etwas?«, will Pigrits Vater wissen.

»Normalerweise anhand von Sonaraufzeichnungen«, erklärt sie. »Aber in diesem Fall war es das Wrack.«

»Das Wrack?«, wiederholt Pigrit verblüfft.

Sie mustert ihn, offenbar unschlüssig, ob sie ihm böse sein soll wegen seines Ausbruchs vorhin. Dann sagt sie: »Die Submarines sind immer auf der Suche nach Metall, um daraus

Messer, Speerspitzen und andere Dinge zu machen. Gesunkene Schiffe sind eine Quelle für sie. Deswegen beobachten wir alle bekannten Wracks, legen Päckchen mit Dingen ab, von denen wir wissen, dass sie sie gerne haben ... nun, und eines Tages waren diese Päckchen verschwunden.« Sie deutet auf Steve. »In diesem Fall war er es. Er hat die Päckchen deponiert und überwacht.«

Steve nickt, wirkt halb stolz, halb verlegen. »Monatelang nichts, dann haben fünf auf einmal gefehlt«, erzählt er. »Damit war die Sache klar.«

»Und dann? Legen Sie größere Päckchen an diese Stellen? Mit Lebensmitteln, zum Beispiel?«

»Ja, genau.«

»Treffen Sie die Submarines bei alldem überhaupt?«

»Selten. Sie halten sich lieber von uns fern. Wir jagen ihnen Angst ein mit unseren glitzernden Brillen und dem Geräusch der Atemregler. Meistens nehmen sie nur, was wir ihnen mitbringen, und ergreifen so schnell wie möglich wieder die Flucht.«

Ich muss an Schwimmt-schnell denken, der mich offensichtlich zuerst für seinesgleichen gehalten hat. Ja, natürlich – er ist bestimmt nicht allein gewesen. Der Gedanke, dass eine ganze Gruppe irgendwo da draußen beim Great Barrier Riff lebt, leuchtet mir völlig ein. Ich schaue verstohlen auf meine Hände hinab, betrachte die dünnen weißen Linien, die Überbleibsel meiner Schwimmhäute, und muss daran denken, wie entsetzt der Unterwassermann war, als er sie gesehen hat.

Nein, das werde ich nicht erzählen. Noch nicht. Ich bin noch nicht so weit.

Ich werfe Pigrit einen Blick zu. Er ahnt bestimmt, woran ich denke, aber er behält für sich, was er weiß.

Sein Vater reibt sich nachdenklich das Kinn. »Das alles haben Sie bisher gemacht, ohne dass Außenstehende etwas davon gemerkt haben. Doch dann hatte Ihr Sohn diesen Unfall. Und Saha hat ihm das Leben gerettet – glücklicherweise, aber eben auch äußerst spektakulär. Dadurch hat sie nicht nur die Aufmerksamkeit der Öffentlichkeit, sondern auch die besagter Jäger auf Seahaven gelenkt. Und nun befürchten Sie, dass diese Jäger Sie und Ihre Aktivitäten entdecken. Habe ich das so weit richtig verstanden?«

Frau Brenshaw wechselt einen Blick mit ihrem Sohn Steve. »Nicht ganz«, sagt sie. »Der Punkt ist – es war kein Unfall.«

Der Ton, in dem sie das sagt, lässt mir den Atem stocken. Ich höre Pigrit neben mir ächzen. Und Jon reckt den Kopf. »Nicht?«, fragt er.

»Doch«, sagt sein älterer Bruder. »Doch, in gewissem Sinne war es schon ein Unfall. Das Netz, das dich erwischt hat, stammt aus einer hochmodernen Falle für Großtiere. Ich hab mit den Polizeitauchern gesprochen; einer hat mir gesagt, sie wissen noch nicht einmal, wer diese Geräte überhaupt herstellt. Im freien Handel sind sie jedenfalls nirgends auf der Welt zu kriegen. Vierundzwanzig davon waren rings um das Wrack angebracht. Eine hat ausgelöst, als du getaucht bist. Aber als die Polizcitaucher die Dinger geborgen haben, war noch eine Falle dabei, die ebenfalls ausgelöst hat – bloß war an der kein Netz mehr zu finden.«

Jon starrt ihn verwirrt an. »Und was heißt das?«

»Dass jemand das Netz geholt hat – mitsamt der Beute«, sagt Steve. »Wir glauben, dass die Jäger die Fallen aufgestellt haben. Und dass sie einen Submarine gefangen haben.«

»Einen ... Submarine?«, wiederholt Jon.
»Irgendwann letzte Woche.«
Mir läuft es kalt über den Rücken. Was letzten Samstag nur eine Erinnerung war, die ich vergessen wollte, ist auf einmal wieder real. Menschen, die gezüchtet wurden, um im Meer leben zu können. Von denen ich abstamme. Der Submarine, von dem die Brenshaws gerade reden, könnte ein Verwandter von mir sein. Ein Halbbruder. Eine Halbschwester.

Es könnte sogar mein *Vater* sein!

»Wer immer die Fallen installiert hat«, erklärt Frau Brenshaw Pigrits Vater, der wissen will, mit welcher Sicherheit man sagen kann, dass die Jäger dahinterstecken, »kann nicht aus Seahaven stammen. Sonst hätte er gewusst, wie wichtig die Felsspalte für das Fest ist, und nicht ausgerechnet dort –«

Sie unterbricht sich, weil die Tür geöffnet wird und die Bedienstete von vorhin hereinschaut. »Entschuldigen Sie, *Mylady*. Ich weiß, dass Sie nicht gestört werden wollten, aber da ist eine Frau –«

Steve hebt die Hand. »Sie soll reinkommen«, ruft er. »Auf die warte ich schon die ganze Zeit.«

»In Ordnung«, sagt die Bedienstete. Der Kopf verschwindet, die Tür bleibt offen.

Frau Brenshaw sieht ihren ältesten Sohn argwöhnisch an. »Was hat das zu bedeuten? Du hast nicht etwa vor –?«

»Doch«, erwidert Steve. »Ich werde nicht warten, bis Dad zurück ist.«

Wir hören Schritte, die die Eingangshalle durchqueren, dann betritt eine andere Frau den Salon. Sie ist klein und stämmig, hat eine spitze Nase und kurz geschnittene, rötlich schimmernde Haare. Ich habe sie noch nie gesehen.

Tante Mildred dagegen sehr wohl. Als sie die Frau erblickt, fährt sie auf und signalisiert mit weit ausholenden Gebärden: *Was machen Sie denn hier?*

Ein paar geschüttelte Hände später habe ich begriffen, dass es sich bei der Frau um Nora McKinney handelt, die neueste Kundin meiner Tante. Ihre Go-spielende, die Gebärdensprache beherrschende Freundin.

Ich war genauso überrascht wie Sie, das können Sie mir glauben, sagt Nora zu meiner Tante. *Als ich das mit Ihrer Nichte erfahren habe ... Unglaublich.*

Dann setzt sie sich, und nachdem ihr Frau Brenshaw kurz erklärt hat, was wir schon wissen, erzählt sie: »Es ist natürlich kein Zufall, dass ich nach Seahaven gezogen bin. Ich habe mich um die freie Stelle als Hafenmeisterin beworben, als feststand, dass sich ein Schwarm Submarines in der Equilibry Bay niedergelassen hat. In solchen Fällen versuchen wir immer, unsere Leute in Posten zu bringen, über die wir rechtzeitig an Informationen kommen.«

»Es ist also alles nur Tarnung?«, fragt Professor Bonner.

»Sagen wir, ein Vorwand. Ich bin eigentlich Taucherin, und was die Organisation anbelangt, gehöre ich zur Kontaktdivision. Deswegen habe ich auch die Gebärdensprache gelernt. Die

Submarines verständigen sich hauptsächlich auf diese Weise.«
Sie seufzt. »Wobei Gebärdensprache schwierig ist, wenn man einen Taucheranzug trägt. Wenn sie mehr als ein paar Worte mit uns wechseln, ist das schon ein Erfolg.«

»Hinzu kommt, dass die Jäger genauso aussehen«, ergänzt Frau Brenshaw. »Und die bringen ihnen keine Geschenke – die *töten* sie.«

Nora nickt. »Ja. Aber diesmal haben sie nicht getötet. Das lässt hoffen.«

»Worauf?«, fragt Professor Bonner.

»Dass der Submarine noch lebt«, sagt Nora.

»Und wir ihn befreien können«, wirft Steve unternehmungslustig ein.

»Das will ich überhört haben«, mahnt seine Mutter. »Mit diesen Leuten ist nicht zu spaßen.«

»Ich hab auch nicht vor, mit ihnen zu spaßen«, erwidert Steve. Dann wendet er sich an Nora. »Hast du den Schlüssel?«

Sie zieht etwas aus der Tasche. »Man braucht keinen Schlüssel, nur den Zugangscode für das Schloss am Zaun. An den vorderen Türen hängen Vorhängeschlösser, zu denen die Schlüssel schon vor Jahren verloren gegangen sind; die müsste man aufsägen. Aber die hintere Tür wird nur von einem Draht zugehalten.«

Jetzt erkenne ich, was sie ihm da reicht: ein Stück Verpackungskarton, auf das etwas gekritzelt ist. Der Zugangscode vermutlich.

Steve liest die Ziffern ab. »51 12 03.« Er stutzt. »Das ist das Datum von gestern!«

Nora nickt. »Genau. Das hält irgendjemand in der Stadtverwaltung offenbar für eine schlaue Idee. Aber pass auf, du musst es spätestens beim zweiten Mal richtig eingegeben haben, sonst wird Alarm ausgelöst.«

»Steve!«, empört sich seine Mutter. »Was um alles in der Welt hast du vor?«

Professor Bonner hebt die Hand. »Ja, bitte«, sagt er. »Klären Sie uns auf. Wovon ist gerade die Rede?«

Steve wedelt mit dem Kartonstück. »Das ist der Zugang zur alten Fischzuchthalle. Ich werde nachschauen, ob sie den Submarine in einem der Becken dort gefangen halten.«

»Auf keinen Fall!«, ruft Frau Brenshaw aus. »Das ist viel zu gefährlich!«

»Ich nehm Haruki und Ian mit. Die passen schon auf mich auf.« Er grinst verwegen. »Die offizielle Begründung ist, dass wir nachsehen wollen, ob sich die alte Halle als Partyraum eignet. Das erzählen wir, falls man uns erwischt. Was nicht passieren wird.«

Pigrits Vater hebt seine Hand noch höher. »Und was, wenn ich fragen darf, bringt Sie auf die Idee, dass der Submarine dort sein könnte?«

Steve wirkt ungeduldig. »Es gibt dort jede Menge Meerwasserbecken, um die sich niemand mehr kümmert, seit man die Zucht in die Offshore-Farmen vor Cooktown verlagert hat. Und die Halle hat einen Unterwasserzugang. Das heißt, Taucher könnten einen gefangenen Submarine dort hineinbringen, ohne dass es jemand mitbekommt.«

Professor Bonner runzelt die Stirn. »Diese Leute werden ihren

Gefangenen doch sicher so schnell wie möglich von hier fortgebracht haben?«

»Vielleicht«, meint Nora. »Vielleicht aber auch nicht. Vor vier Wochen hat die Polizei bei uns im Hafen drei Schmuggler verhaftet. Daraufhin hat man die Überwachung der Küste verstärkt; das ist in solchen Fällen Routine. Gut möglich, dass das die Pläne der Jäger gestört hat. Ich habe jedenfalls die Aufzeichnungen aller Schiffsbewegungen und aller Überwachungskameras im Hafen gesichtet. Und nichts gefunden, was sich als geheimer Abtransport interpretieren ließe.«

»Das wollte ich nur hören«, sagt Steve, steckt das Kartonstück ein und holt stattdessen ein Gerät aus der Tasche, das er sich ans Ohr klemmt.

»Eine Ohrkamera?«, fragt seine Mutter mit großen Augen. »Was soll das jetzt?«

»Damit könnt ihr von hier aus zuschauen, wie wir reingehen. Und gleich die Polizei verständigen, wenn wir den Submarine finden.« Er deutet auf den Tisch. »Ich hab den Schlüssel für den Stream im Hausnetz hinterlegt. Unter *Partyraum*.«

Frau Brenshaw scheint das Vorhaben ihres ältesten Sohnes weniger zu befremden als der Umstand, dass er eine Ohrkamera besitzt, einen Apparat, der in neotraditionalistischen Zonen ungern gesehen wird. »Ist das denn auch sicher?«

»Ja«, sagt Steve. »Mach dir keine Sorgen.«

Damit geht er.

23

Ich lausche seinen Schritten nach, wie sie die Halle durchqueren, und habe ein ungutes Gefühl; ich kann nur nicht greifen, weswegen. Das Geräusch des zufallenden Portals klingt in meinen Ohren schrecklich unwiderruflich. Durch das geöffnete Fenster höre ich, wie er jemanden ruft und wie gleich darauf drei Autotüren zuschlagen. Dann knirschen Räder über den Kies, entfernen sich.

Und alles, was ich denken kann, ist: Ich sollte dabei sein.

»Beherrscht Steve die Gebärdensprache?«, frage ich niemand Bestimmtes.

Nora greift nach ihrer Kaffeetasse, stellt sie klappernd wieder ab. »Nein. Aber ich hätte nicht mitgehen können. Das wäre zu riskant gewesen.«

Ich stelle mir vor, wie es sein mag, in einem uralten, dunklen Fischzuchtbecken gefangen zu sein. Zu warten, nicht zu wissen, was mit einem geschehen wird. Und dann von drei Männern aufgespürt zu werden, mit denen ich nicht reden kann.

Ich, denke ich. *Ich hätte mitgehen sollen.*

Frau Brenshaw schenkt Pigrits Vater Kaffee nach und fragt dabei: »Wie kann eine Ohrkamera sicher sein? Die sendet doch, oder? Und Sender kann man anpeilen.«

Professor Bonner nickt. »Schon. Aber das ist anders als bei Tafeln oder Kommunikatoren. Ohrkameras sind niemandem zugeordnet. Man kauft sie anonym. Alles, was man beim Peilen erhält, ist eine Position und eine Kennnummer. Und in Seahaven halten sich derzeit immer noch viele Besucher von außerhalb auf, da dürfte eine weitere Ohrkamera nicht auffallen.«

»Aber er überträgt doch hierher, zu uns –?«

»Nein, das tut er nicht. Eine Ohrkamera überträgt nur ins Netz. Von dort kann theoretisch jeder den Video-Stream abfragen. Was allerdings nur sinnvoll ist, wenn man den zugehörigen Key besitzt, denn der Stream ist natürlich verschlüsselt.«

Das scheint Frau Brenshaw zu beruhigen. Sie beugt sich über die gläserne Tischplatte, tippt auf eines der Menüsymbole, sucht in der Auswahl herum. »Hier. *Partyraum*«, sagt sie. »Das muss es sein, oder?«

Sie wartet keine Antwort ab, sondern aktiviert den Empfang. Ein Hologramm entsteht über dem Tisch – doch es bleibt leer.

»Sie haben einen klugen Sohn«, meint Professor Bonner. »Er denkt daran, die Ohrkamera erst einzuschalten, wenn er weit weg ist von uns.«

Frau Brenshaw seufzt und lässt die Hände schicksalsergeben in den Schoß sinken. »Dass mein Mann ausgerechnet heute nicht da ist ... Ihn anzurufen, ist aber tatsächlich unsicher, oder? Das ist so eine Regel bei uns in der Organisation. Keine Telefonate und keine Briefe, wenn es um die Submarines geht.«

»Eine sehr sinnvolle Regel«, meint Professor Bonner und wendet sich seinem Kaffee zu. Dabei fällt sein Blick auf mich. »Saha«, sagt er. »Was ist mit dir? Du bist so ... hmm, so still?«

In demselben Moment, in dem er das sagt, fällt mir auf, dass ich total verkrümmt dasitze, so als wollte ich hinter der Sofalehne in Deckung gehen. Ich richte mich auf, drücke die Schultern nach hinten.

»Ich musste nur an etwas denken«, sage ich. Es war nur der Schreck, sage ich mir. Der Schock, überfallen worden zu sein. »Dass ich einen Submarine getroffen habe.«

Alle Blicke richten sich auf mich.

»Tatsächlich?«, fragt Frau Brenshaw.

»Ja«, sage ich. »Es war am letzten Schultag. Ziemlich weit draußen. Er nannte sich *Schwimmt-schnell*.«

Frau Brenshaw und Nora McKinney reißen die Augen auf, beide gleichzeitig. In einer anderen Situation hätte es lustig gewirkt. »Er hat dir seinen Namen gesagt?«, staunt Nora.

»Ja«, sage ich. »Er war ... nett.« Tatsächlich, wird mir klar, ist er der erste Mensch, der je *Hallo, schönes Mädchen* zu mir gesagt hat. »Aber als ich ihm erklärt habe, dass ich von über dem Wasser komme, ist er abgehauen wie der Blitz.«

Sie wechseln bedeutsame Blicke, dann meint Nora: »Saha – das ist unglaublich. Damit hast du in einer einzigen Begegnung engeren Kontakt zu den Submarines bekommen als wir in Jahren. Du könntest eine wertvolle Botschafterin sein, weißt du das?«

Ich grinse nur schief. Was soll ich darauf auch sagen? Im Augenblick habe ich echt andere Probleme.

In diesem Moment springt die Übertragung an. »Also, es geht los«, hören wir Steves Stimme überlaut, während im Holo wilde Bewegungen sichtbar werden. Wir sehen, was Steve sieht: den ausgebleichten Steinweg entlang des Hafenareals, trockenes Gebüsch, den Maschendrahtzaun rings um die Fischzuchthalle und immer mal wieder das hintere Hafenbecken.

Jon stellt das Holo so ein, dass wir von allen Seiten dasselbe sehen. Steve und die anderen reden nicht viel, man hört ihn vor allem keuchen. Immer wieder geht sein Blick in die Runde, vergewissert er sich, dass sie niemand beobachtet.

»Warte«, sagt jemand. Ein flaches Gesicht mit japanischen Gesichtszügen taucht auf. Das muss dieser Haruki sein, den er erwähnt hat. Er hält angespannt nach irgendetwas Ausschau, dann lächelt er. »Alles klar. Sie sind vorbei.«

Wer ist vorbei? Das erfahren wir nicht.

Die ruckeligen Bilder sind außerdem gewöhnungsbedürftig.

»Hinter der Mauer runter«, sagt Steve. Wieder wildes Gewackel, vertrocknetes Gras, Steine. Dann der Zaun, eine Tür, ein Codeschloss. Wir sehen, wie Steve das Papierstück mit der Nummer herauszieht. »Fünf, eins«, sagt er und tippt auf die entsprechenden Tasten. »Eins, zwei. Null, drei.«

Das Schloss summt kurz, gibt die Gittertür frei. »Nach hinten«, zischt Steve.

Die Ziegelmauern der Halle kommen näher, huschen vorbei. Immer wieder geht der Blick nach unten. Alte Steinplatten, vielfach geborsten, und in den Ritzen wächst das Gras kniehoch. Steve trägt etwas in der Hand, eine Taschenlampe.

Die hintere Tür ist aus Stahl, der Lack längst abgeblättert, das Metall tiefbraun vom Rost. Genau wie Nora gesagt hat, ist sie nur durch ein Stück Draht gesichert, das man durch zwei nachträglich aufgeschweißte Ösen geschlungen hat. Steve nestelt den Draht auf.

»Da kommt schon wieder jemand«, sagt eine andere Stimme. Ian demnach.

Für einen Moment zuckt der Blick herum, über Mauern, Böschungen, die Rückseite der Hafenanlagen, ein vorbeifahrender Lastwagen. Ein Gesicht. Ian hat rotblonde Locken, einen Kinnbart und einen Sonnenbrand auf der Nase. »Gleich«, sagt Steve. Dann hat er den Draht draußen, kann die Tür aufziehen. Dahinter herrscht völlige Dunkelheit. Sie schalten ihre Lampen ein, gehen hinein, ziehen die Tür wieder hinter sich zu.

»Leise jetzt«, hören wir Steve flüstern. Wie geisterhafte Finger tasten die Lichtstrahlen den Boden, die Wände und die Decken ab.

Pigrit beugt sich zu mir herüber. »Was ist, wenn jemand den Submarine bewacht?«, raunt er mir zu.

Ich atme heftig ein. »Sei lieber still«, raune ich zurück. »Das hätte dir auch eher einfallen können.«

Das Videobild passt sich allmählich an die geringere Helligkeit an. »Also, der Eingangsbereich ist schon mal ziemlich gut«, hören wir Haruki sagen. »Hier könnte die Garderobe hin. Da vorne die Kasse ... ich seh das schon vor mir.«

»Auf jeden Fall eine absolut durchgeknallte Location«, meint Ian.

»Jaja«, sagt Steve ungeduldig. »Gehen wir erst mal weiter.«

Pigrits Vater räuspert sich. »Deute ich das richtig, dass die beiden nicht eingeweiht sind? Sie scheinen wirklich zu glauben, dass die Aktion dazu dient, die Eignung der Halle als Partyort zu prüfen.«

Frau Brenshaw nickt. »Haruki und Ian gehören nicht zur Organisation, das stimmt.«

»Aber«, fügt Nora hinzu, »wir werden sie einweihen müssen, wenn sie den Submarine finden.«

»Wenn«, sagt Frau Brenshaw.

Im Holo bewegt sich wieder alles, ein schroffes Zucken von Hell und Dunkel. Es geht eine Treppe hinunter, deren Geländer teilweise weggerostet ist. Türen. Gänge. Und dann eine Halle, riesig, mit einem Steg in der Mitte und großen schwarzen Quadraten rechts und links davon.

»Nicht ganz einfach, hier zu tanzen«, meint Haruki.

Steve bewegt sich auf das erste der Becken zu. »Lasst uns nachsehen, was drin ist.«

»Na, was wohl? Meerwasser«, hört man Ian sagen.

Die Lichtkegel tasten die Kanten des Bassins ab, tauchen hinein, stoßen nur auf Beton und auf Wasser. Steve leuchtet alle Ecken jedes Beckens aus, ehe er zum nächsten weitergeht.

»Sag ich doch. Meerwasser. Oh, Überraschung – hier auch. Und hier ... noch mehr Wasser«, lästert Ian, der Steves Besichtigung offenbar herzlich überflüssig findet.

Steve lässt sich nicht beirren. Er schreitet alle Becken ab, leuchtet jedes aus – und jedes ist leer.

»Hmm«, sagt er halblaut, eine Mitteilung, die wohl eher für uns bestimmt ist als für seine Begleiter. »Hier ist nichts.«

»Was hast du denn erwartet? Fische?« Harukis Stimme hallt in dem großen Raum. »Mann, was willst du eigentlich? Party machen oder Fische grillen?«

»Gehen wir nach unten«, meint Steve.

Wieder Bewegung. Ich muss zwischendurch meinen Blick abwenden, weil alles so wackelt. Ein düsterer Ort. Man hört Schritte hallen, das Quietschen einer metallenen Tür, Rufe, die nicht zu verstehen sind, Gelächter. Lichtkegel huschen über

Stromleitungen, tote Displays, Lampen ohne Leuchtröhren darin.

Party? Das Wort erinnert mich an irgendetwas, ich weiß nur nicht, an was.

»Korrigieren Sie mich, wenn ich falschliege«, meint Professor Bonner, »aber müsste ein Becken, in dem man einen Submarine gefangen hält, nicht irgendwie gesichert sein? Mit einem Gitter, zum Beispiel?«

»Ich habe mir gleich gedacht, dass er in der großen Halle nichts findet«, sagt Nora. »Aber im Kellergeschoss sind die Bassins für die Krustentiere. Die sollten mit Drahtgittern verschlossen sein, weil die Tiere sonst abgehauen wären.«

Wir verfolgen gebannt, wie Steve und die anderen eine weitere Treppe hinabsteigen. Es geht an feuchten Wänden entlang, auf denen seltsame Dinge wachsen. Durchgänge werfen bedrohlich wirkende Schatten. Treppenstufen bröckeln, Leitungen hängen lose herab, in einer Mauer fehlen Ziegel.

»Na, ich weiß nicht«, lästert Ian. »Einmal die Soundanlage richtig aufgedreht, und der Bau stürzt ein, oder?«

»Weiter«, sagt Steve. »Wir schauen uns einfach alles an und überlegen nachher.«

Wieder ein großer Raum. Ein paar Metallträger sind heruntergebrochen. Und wieder dunkle Rechtecke am Boden.

Und über jedem ein Gitter, in der Tat.

Wir beugen uns gespannt nach vorn, als hätten wir es so abgesprochen. Steve geht die Bassins ab, kniet bei jedem nieder, leuchtet zwischen den Gitterstäben hindurch. Der Boden ist nass und schleimig, die Gitter sind vom Rost zerfressen. Eines zerfällt ihm unter den Händen, als er sich daraufstützen will; er kann sich gerade noch woanders festhalten.

»Unbrauchbar, wenn ihr mich fragt«, sagt Ian. »Viel zu gefährlich.«

Steve gibt nur einen unbestimmten Brummlaut von sich, untersucht jedes einzelne Becken genau.

Doch irgendwann leuchtet er in das letzte davon und auch darin befindet sich nur klares Wasser.

»Nichts«, hören wir ihn leise sagen. »Sie sind alle leer.«

»Mist.« Nora sinkt gegen die Sofalehne. Man merkt ihr die Enttäuschung an. »Das heißt, die Jäger haben den Submarine doch irgendwie fortgeschafft.«

»Was veranlasst Sie zu dieser Schlussfolgerung?«, fragt Pigrits Vater.

»Wo kann man einen Submarine gefangen halten? Man braucht ein Becken mit Meerwasser, anders geht es nicht«, erklärt Nora. »Und die Meerwasserbecken in der alten Fischzuchthalle sind die einzigen weit und breit.«

Ehe ich nachdenken kann, ob es klug ist, das zu erwähnen, sage ich: »Nein, sind sie nicht.«

»Was?« Jetzt schauen alle wieder mich an.

»Thawtes«, erkläre ich. »Die haben ein Meerwasseraquarium im Keller.« Ich wende mich an Tante Mildred, die gelangweilt dasitzt und sich damit abgefunden hat, dass sie wieder einmal nichts mitkriegt vom Gespräch der anderen. *Oder? Stimmt doch? Du hast neulich bei Thawtes ein Meerwasseraquarium geputzt?*

Sie nickt ahnungslos. *Ja. Hab ich dir ja erzählt. Ein riesiges Ding.*

»Nein«, sagt Frau Brenshaw fünf Minuten später zum bestimmt zwanzigsten Mal. »Auf *gar* keinen Fall.«

Jon steht da, einen schmalen messingfarbenen Stift in der Hand, den Schlüssel zu Cariljas Zimmer. »Aber die sind nicht da. Die sind auf dem Konzert in Carpentaria. Das planen die schon seit einem halben Jahr. Frau Thawte ist ein Fan der Díaz, das weißt du doch. Sie hat tagelang herumtelefoniert, um in ihrem Lieblingshotel die Suite zu kriegen. Vor Montag kommen die nicht zurück. Garantiert nicht.«

Seine Mutter schüttelt entschieden den Kopf. »Das spielt keine Rolle. Thawtes sind unsere Nachbarn. Auf keinen Fall wirst du in ihrer Abwesenheit deren Haus durchstöbern. Auf gar keinen Fall. Erst recht nicht jetzt, da du nicht mehr mit Carilja zusammen bist.«

»Das merkt doch niemand. Ich gehe einfach kurz rüber und schaue nach«, meint Jon. »Das ist eine Angelegenheit von zehn Minuten. Und dann wissen wir Bescheid.«

»Es wäre Hausfriedensbruch«, gibt Professor Bonner zu bedenken. »Da du deine Beziehung zu Carilja beendet hast, wäre es deine Pflicht gewesen, ihr den Schlüssel zurückzugeben.«

»Wollte ich eigentlich auch machen.« Jon hüstelt. »Aber ich war ja im Krankenhaus, als sie mich besucht hat und ich es ihr gesagt habe. Dass es aus ist. Da hatte ich den Schlüssel natürlich nicht dabei.«

»Das ändert nichts am Sachverhalt«, erklärt Professor Bonner. »Zudem wage ich zu behaupten, dass du sowieso nichts finden würdest. Selbst wenn es so ist, wie deine Mutter vermutet, und James Thawte mit den Jägern zusammenarbeitet, wäre es idiotisch von ihm, den gefangenen Submarine bei sich zu Hause zu verstecken. Damit würde er sich nur belasten. Das Risiko geht so jemand nicht ein.«

»Oder er tut es gerade deshalb«, meint Pigrit. »Weil er sich sagt, dass das alle denken und deswegen nie jemand bei ihm suchen wird.«

Sein Vater wirft ihm einen halb verweisenden, halb entsagungsvollen Blick zu. Bestimmt diskutieren die beiden oft in diesem Stil, jede Wette.

Ich räuspere mich. »Ich habe ein Gespräch mitgekriegt«, sage ich. »Einige Mädchen aus meiner Klasse haben erzählt, dass um das Gründungsfest herum eine Party geplant war, und zwar in dem Keller mit dem Aquarium. Bloß ist diese Party abgesagt worden und niemand wusste genau, warum. Angeblich hat Cariljas Vater den Raum gebraucht, hieß es.«

»Ja«, bestätigt Jon. »Ich hab das nur am Rande verfolgt, weil ich mit dem Training ausgelastet war. Aber es stimmt, Carilja hat was von einer Party gesagt. Und dann hat sie alles abgeblasen.«

Frau Brenshaw mustert ihren Sohn böse. »Das kann tausend Gründe haben. Vielleicht hat Carilja sich mit jemandem verkracht. Oder Herr Thawte wollte einfach keine ausschweifende Party in seinem Haus.«

»Ha!«, macht Jon. »Das wäre das erste Mal.«

»Kennst du diesen Raum mit dem Aquarium?«, will Nora wissen.

Jon schüttelt den Kopf. »Ich weiß, dass da Bauarbeiten waren, klar. Aber ich hab mir weiter nichts dabei gedacht. Ich meine, mal ehrlich – Thawtes lassen doch ständig irgendwas umbauen, anbauen, reparieren ... Das muss man ausblenden, wenn man dort ist. Sonst dreht man durch.«

»Interessant ist allerdings die Frage, wozu jemand einen Raum mit einem Meerwasseraquarium sonst brauchen könnte, wenn nicht, um darin zu feiern«, meint Pigrits Vater. »Mir fällt da nichts ein.«

Jon zuckt mit den Schultern. »Wozu braucht er einen Hubschrauberlandeplatz? Wozu ein zweites Gästehaus, obwohl schon das erste noch nie voll belegt war? Thawtes bauen einfach gern, Punkt.«

»Ich sage trotzdem Nein«, beharrt ihre Mutter.

Ich sehe, wie Jon in sich zusammensinkt und die Schultern hängen lässt. Er betrachtet den Schlüssel in seiner Hand, steckt ihn wieder in die Tasche. »War nur eine Idee«, murmelt er.

Ich merke, wie Aufruhr in mir hochblubbert. »Ich gehe«, erkläre ich entschieden und strecke die Hand aus. »Gib mir den Schlüssel und erklär mir, wohin ich muss, dann gehe ich und schaue nach.«

Sie starren mich alle ganz verdutzt an.

»Das halte ich für keine gute Idee«, sagt Pigrits Vater.

Ich widerstehe seinem missbilligenden Blick. »Wieso? Ich will nur, dass wir Bescheid wissen. Und ich meine, hallo? Die wollen mich sowieso verbannen. Oder umbringen. Da kommt es auf einen Hausfriedensbruch auch nicht mehr an.«

»Aber nicht ausgerechnet du!«, meint Nora. »Das ist viel zu gefährlich.«

»Allerdings«, pflichtet ihr Professor Bonner bei. »Saha, du musst hier niemandem etwas beweisen.«

»Ich will auch niemandem etwas beweisen«, erwidere ich. »Ich will nur nicht eine Chance verpassen, jemanden zu finden, der vielleicht meinen Vater kennt.«

Das macht sie alle sprachlos. Pigrits Vater sieht aus, als wolle er noch etwas sagen, aber dann schließt er den Mund wieder.

Ich halte die Hand immer noch ausgestreckt. »Jon. Wie sieht es aus? Wohin muss ich?«

Jon mustert mich, schüttelt den Kopf. »Quatsch. Was soll ich dir das lange erklären? Wir gehen einfach zusammen.«

Professor Bonner gibt ein unwilliges Knurren von sich. »Das verdoppelt das Risiko nur. Meines Wissens wird das Thawte-Anwesen ständig von Wachleuten beschützt. Auch wenn Thawtes nicht da sind. Vermutlich sogar *vor allem* dann.«

»Ja, schon«, sagt Jon. »Aber die sitzen nur im Wachhaus an der Zufahrt und machen nachts Rundgänge am Ufer. Herr Thawte legt großen Wert auf seine Privatsphäre, deswegen dürfen sie das Haus nicht betreten. Nicht, solange kein Alarm ausgelöst wird.«

»Wenn die ganze Familie außer Haus ist, ist das vielleicht anders.«

»Ist es nicht. Ich bin mal rüber, als alle in Melbourne waren. Keine Wachleute im Haus.« Als er den skeptischen Blick seiner Mutter bemerkt, fügt er erklärend hinzu: »Ich hab eine Überraschung für Cariljas Geburtstag vorbereitet, deshalb.«

»Mag ja sein«, sagt der Professor und hebt mahnend den Finger. »Aber wenn ich einen Submarine im Keller gefangen hielte, würde ich zumindest darüber nachdenken, die Regeln zu ändern.«

Das ist der Moment, in dem Pigrit aufsteht und erklärt: »Ich gehe auch mit. Sechs Augen sehen mehr als vier.«
Worauf sein Vater den mahnenden Zeigefinger sinken lässt und seufzt: »Also gut. Ich geb's auf. Dann geht halt. Und beeilt euch. Und tut uns einen Gefallen«, fügt er hinzu, »lasst euch nicht erwischen.«

Ich erkläre Tante Mildred noch schnell, was wir beschlossen haben, und da ich die Bedenken der anderen beiseitelasse, nickt sie nur mit großen Augen. So brechen wir auf, Jon, Pigrit und ich.

Wir verlassen das Haus über die hintere Terrasse, von der aus man einen atemberaubenden Blick über den Großen Strand und das West Cap hat, und folgen Jon in Richtung der Tennisplätze. Es ist schon später, als mir klar war; die Sonne steht bereits tief über dem Horizont.

Als wir an den Tennisplätzen sind, hören wir hinter uns noch einmal die Tür und schnelle Schritte: Es ist Nora, die uns nacheilt. »Es ist vielleicht doch besser, wenn jemand von der Organisation mitkommt«, erklärt sie, als sie uns erreicht hat, leicht außer Atem. »Nur für den Fall der Fälle.«

Jon zuckt mit den Schultern. »Von mir aus.«

»Wir finden bestimmt sowieso nur einen leeren Keller«, meint Pigrit.

Und ich sage: »Gehen wir endlich weiter.« Gut möglich, dass ich ungeduldig klinge.

Der Weg führt zu einem Wäldchen aus Büschen und windschiefen Bäumen, das genau der Grenze folgt, die das Grundstuck der Brenshaws von dem der Thawtes trennt. Wie sinnvoll diese Bepflanzung ist, begreife ich, als wir den Zaun erreichen, den die Pflanzen verbergen: Er ist hoch und so hässlich wie der eines Gefängnisses, ausgestattet mit Wachsensoren, an denen blaue Lämpchen bedrohlich leuchten, und Abschirmungen, die leise knistern.

»Boah«, raunt mir Pigrit zu. »Ich müsste ja kotzen, wenn ich so wohnen würde.«

Ich nicke nur. Lohnt es sich, reich zu sein, wenn man sich dafür in einer Art Privatgefängnis verschanzen muss?

Wir folgen einem Pfad, der dicht am Zaun entlang hinab zum Meer führt. Jon mustert Nora von der Seite. »Ich dachte immer, Sie sind einfach eine Freundin meiner Mutter«, sagt er zu ihr.

»Oh, das bin ich auch«, meint sie. »Wir haben uns beim Tauchen kennengelernt. Dass wir beide in der Organisation sind, haben wir erst viel später herausgefunden.«

Kurz bevor wir das Wasser erreichen, bleibt Jon stehen und erklärt: »Hier unten sind die Sensoren nur Attrappen. Echte Sensoren würden nämlich bei jeder größeren Welle Alarm schlagen.«

Damit hakt er einen Teil des Zauns auf und schiebt ihn beiseite.

Die Öffnung ist schmal, aber es reicht. Jedenfalls kommen wir drüben an, ohne dass Alarmsirenen aufheulen.

»Wir müssen eine Weile dicht am Wasser bleiben«, sagt Jon.

Wir folgen seinen Schritten so genau wie möglich. Über uns kommt die gewaltige Villa der Thawtes in Sicht, ein wahrer Palast aus Glas, Stahl und aufwendig gemauerten Natursteinen. Jon weist auf einen eher kleinen Seitenflügel und erklärt: »Das da. Das gehört Carilja.«

Interessant. So also wohnt die Prinzessin von Seahaven. Standesgemäß, das muss man zugeben.

Eine hölzerne Treppe, von Palmen überdacht und halb hinter Gebüsch versteckt, führt von dem Gebäude zum Meer herab, zu einer Terrasse, die auf Pfählen im Wasser steht. Ein Sonnensegel ist darübergespannt, ein Steg ragt ein Stück hinaus: Cariljas Privatstrand. Hier könnte sie also ungestört ihre nahtlose Bräune pflegen. Interessant, dass sie sich meistens doch lieber an den Stadtstrand legt, wo man sie auch sieht.

»Ein anlegendes Boot löst sofort Alarm aus«, erklärt Jon. »Die Plattform wird überwacht. Die Treppe aber nicht.«

Er flüstert auf einmal, weswegen wir uns bemühen, ebenfalls leise zu sein. Wir folgen ihm, als er mit einem Schritt über ein niedriges Gewächs hinweg auf die hölzernen Stufen tritt.

Wir steigen hinauf. Die Treppe ist so angelegt, dass man das Festland von hier aus nicht sieht und folglich auch uns nicht vom Festland aus. Oben angekommen schiebt Jon den Schlüssel ins Schloss – und es funktioniert: Die Tür springt mit einem kaum hörbaren Klicken auf.

Behutsam treten wir über die Schwelle, Jon voran. Ein fremder Geruch empfängt uns. Die Räume liegen im Halbdunkel der einbrechenden Dämmerung, leer, still und verlassen. Ich rieche einen Hauch von Cariljas Parfüm und würde am liebsten wieder umdrehen.

Unheimlich, in ihren privaten Bereich einzudringen. Und anständig ist es auch nicht, das muss ich zugeben. Trotzdem schaue ich mich neugierig um. Im Wohnzimmer glimmt eine gigantische Medienwand im Stand-by vor sich hin. Daneben steht eine Tür offen, in ihr Schlafzimmer, wie es aussieht. Ich sehe zu meiner Verblüffung ein Regal mit Hunderten von Plüschtieren, die meinen Blick traurig zu erwidern scheinen.

Im Flur hängt dafür ein riesiges Poster mit einer erotischen Szene. Insbesondere der muskelbepackte Mann ist in einer Weise abgebildet, die fast nichts mehr der Fantasie überlässt.

»Hmm«, höre ich Pigrit leise brummen. Irgendwie scheint ihn der Anblick der Gemächer seiner Angebeteten zu ernüchtern.

Jon öffnet eine Tür. »Hier geht es rüber ins Haus«, sagt er. Er klingt, als sei es ihm auch unangenehm, uns hierher geführt zu haben.

Hinter der Tür liegt ein gläserner Gang, der ins Haupthaus führt, das noch größer, noch leerer, noch unheimlicher wirkt. Wir machen kein Licht, die Taschenlampe, die wir dabeihaben, muss genügen.

Jon geht voran. Er kennt sich aus, warnt uns immer wieder. »Vorsicht, da steht eine Skulptur, ziemlich empfindlich«, sagt er einmal und ein andermal: »Hier entlang. Nicht über den Teppich, auf dem sieht man Fußspuren ewig.«

»Das ist ja alles riesig«, flüstert Nora. »Mal eben alle zum Essen rufen, kann man hier vergessen, oder?«

»Für so etwas gibt es eine Sprechanlage«, meint Jon trocken.

Wir erreichen endlich das Treppenhaus. Es geht abwärts, hinab ins zweite Untergeschoss. Obwohl wir versuchen, leise zu sein, hallen unsere Schritte. Unheimlich der Gedanke, dass etwa hundert Meter weiter zwei bewaffnete Wachleute sitzen und nur darauf warten, dass irgendetwas passiert.

»Hier kenne ich mich nicht mehr aus«, gesteht Jon, als wir unten angelangt sind. Ein paar marmorierte Blattpflanzen wachsen im Licht einer Tageslichtlampe. »Eine dieser Türen müsste es sein.«

Er öffnet die erste, diejenige, die am neuesten aussieht. Aber dahinter stehen nur Geräte, an denen Hunderte von Signallampen blinken: offenbar der Haus-Server. Das hat man, wenn man ein solches Anwesen besitzt. Bei uns in der Siedlung muss ein einziger Server für alle reichen, was nicht ohne gelegentliche Engpässe und Ausfälle geht.

»Also, die war's schon mal nicht«, murmelt Jon und öffnet die nächste Tür. Wir blicken in einen weitläufigen Fitnessraum mit einer bombastischen Fensterfront aufs Meer hinaus.

»Nicht schlecht«, kommentiert Nora. »Besser als das Fitness-Center in der Harmony Road.«

»Hier war ich noch nie«, sagt Jon. Er wirkt selbst ganz verblüfft. »Ich glaube nicht, dass irgendjemand aus der Familie den Raum benutzt.« Er sieht sich um, versucht, sich zu orientieren. »Aber wenn da das Meer ist, dann müsste das Aquarium ... hmm. Andere Richtung.«

Er schließt die Tür, dreht sich um und öffnet die gegenüberliegende Tür. Dahinter liegt ein Flur, von dem weitere Türen abgehen und an dessen Ende eine Stahltür wartet, die frisch poliert aussieht.

»Das muss es sein«, sagt Jon. Er marschiert entschlossen darauf zu, packt den Griff und zieht die Tür schwungvoll auf.

Dahinter ist es dunkel. Man hört und spürt sofort, dass man einen enormen Raum betritt. Einen Saal. Eine Halle. Das Licht der Taschenlampe versickert regelrecht in der Schwärze.

Und man hört Wasser gluckern!

»Ich glaube«, meint Nora leise, »jetzt müssen wir es doch riskieren und Licht machen.«

Jon bewegt sich seitwärts, ich höre, wie seine Hand über den Putz tastet. »Ja, hier sollte irgendwo ein Schalter –«

Dann hat er ihn gefunden. Halo-Strahler flammen auf, tauchen alles in gnadenlose Helligkeit.

Es ist ein riesiger, asymmetrischer Saal, dessen Wände grau und weiß gestrichen und ansonsten kahl sind. Tische stehen herum und darauf seltsame Apparate, aber das nehme ich nur aus den Augenwinkeln wahr, weil mein Blick einzig der gewaltigen Glasscheibe gilt, die quer durch den Raum geht. Das Aquarium. Es ist mit Wasser gefüllt, ein Käfig steht darin und in diesem Käfig schwebt ein Mann. Ein Submarine.

Ich erkenne ihn sofort. Es ist *Schwimmt-schnell*.

Schwimmt-schnell erkennt mich ebenfalls sofort. *Du!*, gestikuliert er. *Du gehörst zu denen!*

Nein, erwidere ich. *Wir wollen dir helfen.*

Nora McKinney hat meine Konversation mit dem Submarine mitbekommen. »Du kennst ihn?«, fragt sie.

Ich nicke. »Ja. Das ist Schwimmt-schnell. Der, den ich getroffen habe. Weit draußen.«

Er hat ein gitterförmiges Muster von Narben auf dem Bauch und an den Armen von dem Netz, mit dem sie ihn gefangen haben. Auch sonst sieht er nicht besonders gesund aus. Und er wirkt verzweifelt. Seinen Lendenschurz trägt er noch, aber die diversen Beutel an seinem Gürtel hat man ihm abgenommen. Und seinen Speer natürlich auch.

»Wahnsinn«, sagt Jon.

»Also doch«, sagt Pigrit.

Ich löse den Blick von Schwimmt-schnell, sehe mich um, suche nach irgendetwas, das mir sagt, dass ich das hier nicht nur träume. Alles wirkt seltsam irreal. Dieses riesige Aquarium, das auf einem hüfthohen Sockel steht und oben von einer Galerie aus grauem Stahl umgeben ist, so, als sei es ursprünglich als Schau-Schwimmbad geplant gewesen: Von oben kann man hineinspringen, und unten verfolgen die Zuschauer mit einem Drink in der Hand, was die Schwimmer unter Wasser anstellen. An der Seite führt eine Wendeltreppe mit Stufen aus Metallgitter zur Galerie hinauf, an deren Geländer ein paar Scheinwerfer hängen, rote, gelbe und grüne: Hier war tatsächlich mal eine Party geplant!

Ich mustere den Rest des Raums. Das da drüben, das sieht aus wie eine Bartheke, die noch nicht vollständig eingerichtet ist. Aber die übrige Einrichtung gibt mir Rätsel auf. Jede Menge Tische, auf denen seltsame Apparate stehen. Pigrit wandert sie gerade ab, studiert die Beschriftungen und Bedienelemente aus der Nähe. Das einzige Gerät, das ich identifizieren kann, ist eine Musikanlage mit riesig großen Lautsprecherboxen.

Schwimmt-schnell starrt mich unverwandt an. Für die anderen hat er nur flüchtige Blicke übrig. *Wie machst du das?*, will er wissen. *Wie kannst du Luft so lange atmen?*

Was soll ich darauf antworten? *Mein Vater war einer von euch,* erkläre ich.

Seine Augen weiten sich. Hat er am Ende auch etwas gegen Mischlinge? Er gleitet ein Stück zurück, bis er mit dem Rücken an die hinteren Gitterstäbe des Käfigs stößt.

Du hast mich vor dem Hai gerettet, füge ich hinzu. *Jetzt versuche ich, dich zu retten.*

»Ein Hai?«, fragt Nora verblüfft.

Ich verziehe das Gesicht. »Erzählen Sie bloß meiner Tante nichts davon.«

Jon starrt immer noch Schwimmt-schnell an, wirkt wie hypnotisiert. »Was machen wir denn jetzt?«, murmelt er.

»Ihn da rausholen«, sage ich. »Und zurück ins Meer bringen.«

Nora legt die Hand auf eine Hosentasche. »Ich hätte meinen Kommunikator nicht drüben lassen sollen. Das ist jetzt echt ein Problem. Einer von uns muss zurückgehen und Bescheid geben. Und dann ...« Sie hält inne, schüttelt den Kopf. »Das kriegen wir nicht hin. Ausgeschlossen.«

»Wieso nicht?«, frage ich.

»Weil wir nicht genug Leute sind. Und nicht die richtigen. Die sind noch unterwegs, kommen erst mit Jons Vater ...« Sie deutet auf den Käfig. »Das Ding da – wie sollen wir das aufkriegen? Siehst du den unteren Rand? Die Gitter sind ringsum verschweißt. Kein Deckel, keine Tür. Das heißt, der Käfig ist auf dieser Platte da aufgesetzt. Der massive Klotz an der Seite muss das Schloss sein, mit dem er auf dem Boden verriegelt ist.«

»Dann rufen wir eben die Polizei.«

»Das würde ich lieber nur im äußersten Notfall tun. Wenn man die Polizei einschaltet, ist es hinterher immer ein unglaubliches Problem, dafür zu sorgen, dass nichts über die Submarines durchsickert ...« Sie reibt sich den Hals, starrt Schwimmt-schnell an. Sie wirkt beunruhigend ratlos.

Keiner von uns macht Anstalten, sich tatsächlich in Bewegung zu setzen und zurück zu Brenshaws zu gehen. Pigrit scheint nicht mal zugehört zu haben, die Geräte auf den Tischen interessieren ihn allem Anschein nach mehr als der Submarine.

»Wie hat man ihn überhaupt hereingebracht?«, murmelt Nora und sieht sich um. »Die meisten halten es ein paar Minuten an der Luft aus, aber trotzdem ... das riesige Grundstück ...«

»Thawtes haben einen Unterwasserzugang zum Haus«, wirft Jon ein. Er deutet nach kurzem Überlegen in die Richtung, aus der wir gekommen sind. »Irgendwo dort hinten. Eine Art Grotte, ziemlich genau an der Spitze der Landzunge.«

Schwimmt-schnell rüttelt an den Gitterstäben. *Wieso tut ihr nichts?*, fragt er. *Holt mich endlich heraus. Ich hasse dieses ... Metall.*

Geduld, antworte ich und frage: »Können wir den Käfig nicht irgendwie aufsägen?«

Niemand sagt etwas. Ich schaue Nora an, aber die macht nur große Augen. »So viel habe ich noch nie einen von ihnen reden sehen«, stößt sie hervor. Endlich blinzelt sie, wendet sich mir mit sichtlicher Mühe zu. »Aufsägen? Dazu bräuchten wir Unterwasserwerkzeug. Wo sollen wir das um die Zeit herkriegen?«

Jon räuspert sich. »Wir könnten das Wasser ablassen, bis das obere Käfiggitter freiliegt. Dann könnten wir die Stäbe mit einem normalen Trennschleifer durchsägen.« Er schaut mich an. »Raymond und ich haben so was Ähnliches mal gemacht. Als hinten im Hafen dieses Boot aus Neuseeland gesunken ist und es darum ging, die Radarbox zu bergen. Wir haben gewartet, bis das Wasser tief genug stand, und – *ssst.*«

Ich habe keine Ahnung, wovon er redet. Aber mir ist klar, dass ich eine Menge nicht mitgekriegt habe von dem, was in Seahaven passiert.

Nora überlegt. »Das gäbe Funkenflug ohne Ende. Gut, den würde das verbleibende Wasser abfangen. Bloß – wo willst du um die Zeit einen Trennschleifer herkriegen?«

»Das ist kein Problem. Ein Anruf bei Bridget und ich hab so ein Ding«, meint Jon. Ich vermute, er redet von Bridget Whitaker, der die Werkzeug- und Eisenwarenhandlung in der Welcome Street gehört.

»Gut, angenommen, wir machen es so.« Nora knabbert nervös an einem Daumennagel. »Dann bleibt immer noch das Problem, dass das verdammt laut wird und lange dauert.«

Jon zuckt mit den Schultern. »Na und? Wir haben die ganze Nacht Zeit.«

»Das ist die Frage. Ob wir das haben. Ob die Wachposten wirklich nichts merken, wenn wir hier stundenlang zugange sind.« Noras Blick richtet sich auf ein knubbeliges Gerät von der Größe eines Rucksacks, das an dem der Wendeltreppe gegenüberliegenden Ende des Aquariums angebracht ist. Es ist mit zwei Rohrleitungen verbunden, einer, die ins Becken führt, und einer, die im Boden verschwindet. »Oh nein«, stößt sie hervor. »Ist das etwa die einzige Pumpe? Damit dauert es ja Stunden, genug Wasser abzupumpen.«

Jon schaut umher. »Scheint so. Ich sehe jedenfalls keine andere Leitung.«

»Na toll.« Nora tritt einen Schritt zurück, stemmt die Hände in die Hüften und mustert die ganze Anlage grimmig. »Kann mir mal bitte jemand sagen, *wozu* euer famoser Nachbar das alles gebaut hat?« Sie schüttelt fassungslos den Kopf. »Überlegt mal, wie aufwendig es ist, einen so riesigen Raum mitten in den Fels zu graben! Das dauert. Das kostet. Dann dieses Aquarium. Diese kolossale Glasscheibe! Kein Zugang hier ist groß genug, als dass sie hindurchpassen würde. Also muss es sich um Gussglas handeln. Gussglas, das dreißigmal so viel kostet wie normales. Und er hat einen Submarine fangen lassen.« Sie dreht sich ratlos um sich selbst. »Wozu? Wozu das alles? Nur um auf einer Party eine nie da gewesene Attraktion präsentieren zu können?«

Jon hebt die Augenbrauen. »Stimmt. Gute Frage. Hab ich noch gar nicht drüber nachgedacht.«

»Ja«, sage ich. Ich auch nicht. »Seltsam.«

Das ist der Moment, in dem sich Pigrit zu Wort meldet. »Ich glaub, ich weiß es«, erklärt er. »Ich weiß, was das hier soll.«

Wir wenden uns ihm alle zu, schauen ihn verdutzt an.

Pigrit zeigt auf die Tische mit den Geräten. »Das ist eine Sequenzieranlage. Das da drüben ein Protein-Flüssigkeits-Chromatograf. Das daneben eine Kompaktzentrifuge und ein Schüttelinkubator. An der Wand stehen –«

»Das sagt mir alles nichts«, unterbricht ihn Nora.

»Mir schon«, sage ich ahnungsvoll.

Pigrit nickt. »Das sind Geräte, die man für gentechnische Verfahren benötigt. Wir befinden uns in einem geheimen Bio-Labor!«

»Was?«, ruft Jon aus. »Das ergibt doch keinen Sinn.«

Pigrit straft Jon Brenshaw mit einem Blick tiefster Verachtung. »Als Australier *könnte* man wissen, dass bis vor hundert

Jahren auf diesem Kontinent massenhaft giftige, gefährliche Tiere gelebt haben – Spinnen, Schlangen, Quallen, giftige Fische und so weiter«, sagt er scharf. »Nach den Energiekriegen hat man nur die meisten davon ausgerottet. Und zwar durch speziell gezüchtete Krankheitserreger, die mittels der damaligen Gentechnik so konstruiert wurden, dass sie nur die unerwünschten Spezies befallen haben.« Er weist auf die Laborgeräte. »Ich wette, das ist genau das, was die hier vorhaben: ein Virus zu züchten, das die Submarines ausrottet.« Er zeigt auf Schwimmt-schnell. »Und an ihm wollen sie ausprobieren, ob es funktioniert!«

Einen Herzschlag lang stehen wir wie erstarrt. Ich glaube, keiner von uns bezweifelt, was Pigrit sagt. Es liegt so auf der Hand; wir haben es nur nicht gesehen.

»Das heißt, James Thawte arbeitet tatsächlich mit den Jägern zusammen«, stellt Nora McKinney tonlos fest.

Pigrit hebt die Augenbrauen. »Ich dachte, das sei klar?«

In diesem Moment lässt uns ein unerwartetes, ja geradezu absurdes Geräusch herumfahren. Es kommt von oben: Jemand klatscht langsam und anhaltend Beifall.

Es ist niemand anders als James Thawte. Er wird von zwei bewaffneten Männern begleitet und hat den Raum durch eine Tür auf der Galerie betreten. Gelassen weiterklatschend umrundet er den Rand des Wasserbeckens und tritt an das umlaufende Geländer. Er weidet sich sichtlich an dem Entsetzen auf unseren Gesichtern.

Dann legt er die Hände auf die Brüstung, schaut auf uns herab und sagt: »Glückwunsch, junger Mann. Das war klug überlegt.«

Er spitzt die Lippen verächtlich. »Aber *wirklich* klug wäre es gewesen, erst gar nicht hierherzukommen.«

Und da taucht auch noch Carilja auf. Sie stellt sich neben ihn, blickt höhnisch auf uns herunter und sagt: »Ja, Dad. Mach sie fertig.«

24

*V*ergesst es«, sagt Thawte, als er sieht, wie Jon in Richtung der Stahltüre blickt, durch die wir gekommen sind. »Die unteren Türen sind inzwischen selbstverständlich verriegelt.«

Die Situation scheint ihm zu gefallen: wie er da steht, hoch über uns auf der Galerie rings um den Rand des Meerwasserbeckens, und uns völlig unter Kontrolle hat. Jetzt erkenne ich seine beiden Begleiter: Es sind die Männer, die versucht haben, mich zu verschleppen, Rattengesicht und die Durchschnittsvisage. Nur halten sie diesmal keine Narko-Pistolen in Händen, sondern große, gefährlich aussehende Handfeuerwaffen. Der eine bewacht den engen Aufgang der Wendeltreppe, der andere zielt auf uns herunter.

»Tja, Jon, du wunderst dich, dass ich hier bin«, stellt Thawte mit höhnischem Amüsement fest. »Statt in der Carpentaria Music Hall, nicht wahr? Nun, meine Frau ist dort. Sie hätte sich den Auftritt der Díaz um keinen Preis der Welt entgehen lassen. Aber mich hat auf dem Weg nach Carpentaria ein Vertrauter aus der Stadtverwaltung angerufen, dass jemand den Code zur alten Fischzuchthalle wissen wollte. Das fand ich äußerst seltsam. Seit über einem Jahr hat kein Mensch mehr seinen Fuß in diese Ruine gesetzt, noch nicht einmal der Baubeauftragte des Zonenrats, dessen Job es eigentlich wäre. Und nun plötzlich interessiert sich jemand dafür?« Er deutet auf das Bassin, auf dessen Boden Schwimmt-schnell hinter Gittern schwebt. »Nur ein paar Tage, nachdem wir dieses ... *Wesen* da in einem der alten Becken zwischenlagern mussten, bis der Käfig hier installiert war? Da habe ich es vorgezogen, umzukehren und nach dem Rechten zu sehen.«

Er schaut Nora an. »Tja, Frau McKinney. Unser Verdacht, dass Sie zu den Freunden dieser Missgeburten gehören, hat sich damit bestätigt. Es hat sich gelohnt, Sie überwachen zu lassen.«

Nora sagt nichts. In ihren Augen steht helles Entsetzen.

»Und dir, Jon«, fährt Thawte fort, »muss ich leider sagen, dass dir Carilja – unwissentlich – nicht die Wahrheit über die Sensoren am Ufer gesagt hat. Es sind keine Attrappen.«

Carilja grinst. Es ist ein höhnisches Grinsen, aber einen Moment lang wirkt es, als sei ihr darunter peinlich, dass ihr Vater über all ihre geheimen Besuche Bescheid gewusst hat.

»Und natürlich wird auch dieser Raum hier überwacht«, fährt Thawte mit einer umfassenden Geste fort. »Wir haben jeden eurer Schritte verfolgt, jedes Wort gehört.«

Nora schnaubt zornig. »Und Sie haben das tatsächlich vor? Einen Genozid an den Submarines?«

»Tz, tz«, macht Thawte gönnerhaft. »Genozid. Das ist so ein hässliches Wort.« Er legt die Stirn in kummervolle Falten. »Aber manchmal muss man hässliche Dinge tun, um noch hässlichere Entwicklungen zu vermeiden.« Er deutet wieder auf Schwimmtschnell hinab. »Diese Missgeburten vermehren sich wie die Schmeißfliegen. Vor hundertzwanzig Jahren waren es nur ein paar Dutzend, heute sind es über zehntausend. In weiteren hundert Jahren dürfte ihre Zahl in die Millionen gehen. Es ist absehbar, dass sie uns eines Tages die Erde streitig machen werden.«

»Sie leben unter Wasser, wir über Wasser«, erwidert Nora. »Worüber sollten wir mit ihnen streiten?«

Thawte lacht kurz und humorlos auf. »Zum Beispiel über die Bodenschätze auf dem Meeresgrund, in deren Abbau wir ungeheure Mittel investiert haben? Bodenschätze und Energiequellen, die wir *brauchen*. Ohne die unsere Zivilisation aufhören würde zu funktionieren. Und wenn etwas nicht einzusehen ist, dann, warum die von uns aufwendig erschlossenen Ressourcen eines Tages diesen Homunkuli zufallen sollten, diesen widernatürlichen Kunstmenschen, die ein verrückter Professor aus einer Laune heraus in die Welt gesetzt hat.«

»Es sind Menschen«, protestiert Nora. »Also haben sie die gleichen Rechte wie wir.«

»Bla, bla, bla«, macht Thawte erbittert. »Sie reden genau wie die Leute, die im Weltrat sitzen und über die Verteilung der Territorien zu befinden haben. Wohlmeinend, ohne Rücksicht auf Verluste. Kann man sich ja leisten, wenn man zu denen gehört, die es als Letzte treffen würde, wenn die Menschheit – die *wahre* Menschheit – ins Elend stürzt.«

Nora schüttelt den Kopf. »Das ist Unsinn. Der Weltrat entscheidet so etwas doch nicht nach Gutdünken, sondern nach anerkannten und bewährten Regeln –«

»Das spielt keine Rolle«, unterbricht Thawte sie. »Egal was der Weltrat sagt, wenn die Fischmenschen eines Tages zahlreich genug geworden sind, dann werden sie sich einfach nehmen, was sie wollen. Es wird zum Krieg kommen, verstehen Sie? Zu einem Krieg, in dem wir die schlechteren Karten haben, weil er auf *deren* Schlachtfeld geführt werden wird.« Er reckt den Hals.

»Ja, wir verfolgen einen Plan, den man hässlich nennen mag. Aber er ist eine Reaktion auf die hässlichen Wesen, die Yeongmo Kim auf uns losgelassen hat. Das war ein Fehler und wir werden diesen Fehler korrigieren. Wir beabsichtigen, das Problem der Subs zu lösen, ehe es uns gefährlich werden kann. Einer muss es tun und das werden wir sein. Wir werden es heimlich tun und wir erwarten keinen Dank. Wir tun es, weil es unsere Pflicht den kommenden Generationen gegenüber ist – den kommenden Generationen *richtiger* Menschen, versteht sich.«

»Damit kommen Sie nicht durch«, erwidert Nora. »Wenn das bekannt wird, wird sich die öffentliche Empörung gegen alle Konzerne richten, die Sie und Ihre Jäger unterstützt haben.«

Thawte lächelt herablassend. »Die öffentliche Empörung, ach ja. Was glauben Sie, warum wir es so machen? Hier, auf privatem Grund? Ich bin ein Einzeltäter. Irregeleitet. Tragisch. Sie kennen das. Sollte jemals etwas von dem, was wir hier tun, an die Öffentlichkeit dringen, können sich unsere Partner einfach davon distanzieren.« Er schüttelt den Kopf. »Aber dazu wird es nicht kommen. Alle Wissenschaftler, die an dem Projekt arbeiten, sind Leute, die ich lange kenne und persönlich ausgesucht habe. Nächste Woche treffen die ersten von ihnen ein, Gäste des Hauses Thawte. Und dann werden wir uns an die Arbeit machen.«

Er schaut Pigrit an. »Zum Glück – das würde deinen Vater als Historiker sicherlich interessieren – ist das technische Knowhow aus der Zeit, als man die australische Tierwelt bereinigt hat, nämlich nicht verloren gegangen. Es lag nur unter Verschluss, in alten Archiven, aus denen wir es geborgen haben.« Er nimmt die

Hände vom Geländer, reibt sie zufrieden. »In spätestens einem Jahr dürfte das Virus, das nur den *Homo submarinus* befällt, einsatzbereit sein. Und dann wird es kein weiteres Jahr dauern, bis auch der letzte Fischmensch tot ist. Bis sie alle tot sind, tot und vergessen.«

Ich spüre, wie eine ungeheure Wut in mir aufwallt, eine Wut, von der ich bis jetzt nicht gewusst habe, dass sie in mir ist und wie stark sie sein kann. »Und ich?«, schreie ich zu dem hageren, grauhaarigen Mann hinauf. »Mein Vater war ein Submarine. Ich trage sein Erbgut in mir. Heißt das, dass ich dann auch sterben werde?«

Er bedenkt mich mit einem hochmütigen Blick. »Man würde so etwas Kollateralschaden nennen.« Er macht eine wegwerfende Handbewegung, als sei das erstens völlig logisch und zweitens völlig irrelevant. »Nur ist es überflüssig, dass du dir darüber Sorgen machst. Weil selbstverständlich keiner von euch diese Nacht überleben wird.«

Mir ist, als könnte ich in diesem Augenblick heftige Gefühle durch den Raum wogen spüren, Gefühle, so stark wie Wellen bei Sturm.

Da ist Entsetzen – Jon, der zu Carilja hinaufschaut und fleht: »Cari! Sag doch was!«

Und sie sagt tatsächlich was, nämlich: »Niemand macht mit Carilja Thawte einfach Schluss. Niemand.«

Da ist Verzweiflung – Nora McKinney, deren schmerzlicher Blick sich auf Schwimmt-schnell in seinem Käfig richtet, sich vermutlich den bevorstehenden Tod seiner Spezies ausmalend.

Da ist Lähmung – Pigrit, der den Kopf zwischen die Schultern gezogen hat und ganz grau aussieht. Ich kann sehen, wie seine Lippen zittern.

Und ich? Ich spüre all das auch, aber da ist immer noch meine Wut. Sie brodelt in mir auf wie ein Vulkan und sie spült einen Gedanken mit empor, eine Idee, blitzartig, verrückt, verzweifelt, vollkommen aussichtslos.

Doch ich halte mich nicht damit auf, lange darüber nachzudenken, *wie* aussichtslos diese Idee ist, sondern schreie: »Sie haben etwas übersehen!«

Keine Ahnung, warum, aber mein Schrei ist der, der alles andere durchdringt, alle anderen dazu bringt, mich fragend anzuschauen.

»Wie bitte?«, fragt Thawte irritiert.

»Sie haben etwas übersehen«, wiederhole ich, während das Blut in meinen Adern zu kochen scheint.

Er neigt den Kopf zur Seite. »Ah ja? Und was, wenn ich fragen darf?«

»Ich zeig es Ihnen«, rufe ich aus und stürme zur Wendeltreppe, schraube mich die Metallgitterstufen hoch, *klonk-klonk-klonk*, überlaut klingen meine Schritte in der gespenstischen, angespannten Stille, die auf einmal herrscht.

Rattengesicht am oberen Ende der Treppe will sich mir in den Weg stellen, aber Thawte befiehlt gönnerhaft: »Lass sie durch.«

Ich trete vor ihn hin, angespannt bis in die Haarwurzeln.

»Und?«, fragt Thawte.

Ich hebe die Hand, deute auf die Szenerie, die sich von hier oben bietet: die blassen Gesichter, die zur Galerie heraufschauen, die Tische mit all den Laborgeräten, die kahlen Wände. »Da! Was sehen Sie?«

Er schaut in die Richtung, in die ich zeige. »Was soll ich sehen? Nichts.«

Das Ganze ist natürlich nur ein Ablenkungsmanöver. Aber er ist zu sehr von sich eingenommen, als dass er mit der Möglichkeit rechnen würde, irgendjemand – und schon gar nicht eine hässliche, sechzehnjährige Missgeburt – könnte ihn hereinlegen.

Carilja ist mir aus dem Weg gegangen, als ich auf ihren Vater zumarschiert bin. Abwartend steht sie jetzt in der Nähe des Beckenrandes und schaut demonstrativ in eine ganz andere Richtung. Folglich hat sie keine Chance, mir auszuweichen, als ich sie anspringe, mit einem Satz, in dem all meine Wut und all meine Kraft liegt, sie packe und mit mir reiße, hinein in das Meerwasserbecken. Als sie anfängt, sich zu wehren, habe ich sie bereits unter Wasser gezogen, und wie Pigrit schon einmal festgestellt hat, bin ich ziemlich stark. Sie kommt nicht gegen mich an.

Ich atme das Wasser ein, während ich sie weiter in die Tiefe zerre, auf den Käfig zu. Carilja strampelt, schlägt um sich, verliert Luft in großen hellsilbernen Blasen. Sie merkt, dass sie beginnt zu ertrinken.

Schwimmt-schnell schwebt in der Mitte seines Käfigs, schaut mich mit großen Augen an. Ich drücke die sich immer schwächer sträubende Carilja mit einer Hand gegen die Gitterstäbe und signalisiere ihm mit der anderen: *Halt sie fest!*

Willst du, dass sie stirbt?, fragt er.

Sie wird nicht sterben. Halt sie einfach.

Ein Schlag mit seinen Schwimmflossenhänden bringt ihn heran. Er packt Carilja mit festem Griff.

Lass sie nicht los, schärfe ich ihm ein. *Wenn du sie loslässt und sie entkommt, sterben wir alle.*

Er nickt. In seinem Blick lese ich Zweifel und Unverständnis, doch darauf kann ich jetzt keine Rücksicht nehmen. Ich erzeuge Luft in mir und beuge mich über Carilja, die inzwischen das Bewusstsein verloren hat.

Das ist jetzt der eklige Teil: Ich muss sie quasi *küssen*. Es kostet mich Überwindung, meine Lippen auf die ihren zu legen, aber ich tue es einfach und presse Luft in sie hinein.

Sie kommt zu sich, beginnt sofort zu strampeln, die Augen weit aufgerissen, als sie mich unmittelbar vor sich sieht. Sie reißt den Kopf weg, lässt die Luft blubbernd entweichen.

Diese Frau weiß einfach nicht, was gut für sie ist.

Ich packe sie erneut, presse meine Lippen wieder auf die ihren und beatme sie noch einmal. Dann drücke ich ihr den Mund zu in der Hoffnung, dass sie begreift, dass sie mit diesem Luftvorrat eine Weile auskommen muss.

Ich lasse sie los und schaue mich um. Man hat einen guten Überblick über den Raum von hier aus. Sie stehen alle noch da, wo sie gestanden haben, Nora McKinney ganz vorn.

Sag ihm, er soll die Polizei rufen, erkläre ich ihr in Gebärdensprache. *Oder Carilja stirbt.*

Ich sehe zu, wie Nora meine Botschaft weitergibt. Thawte erwidert irgendetwas, Nora antwortet, aber ich kann hier im Becken nichts hören.

Das Wasser riecht stickig, abgestanden. In einer Ecke arbeitet eine Sauerstoff-Sprudelanlage, aber sie scheint zu schwach ausgelegt zu sein, jedenfalls fällt es mir schwer zu atmen.

Doch das liegt vielleicht gar nicht am Wasser. Ich schaue an mir herab. Mein T-Shirt klebt mir klatschnass am Körper und behindert meine Kiemen. Kein Wunder, dass ich kurzatmig werde. Ich packe es und zerre es mir über den Kopf.

Jetzt, da meine Kiemen freiliegen, riecht das Wasser immer noch abgestanden, aber ich kann wieder atmen. Ich beuge mich zu Carilja hinab, die es kaum noch aushält, und beatme sie erneut. Dann erkläre ich Nora: *Sag ihm, er soll sich beeilen. Ewig kann ich das nicht machen.*

Sie diskutieren. Ich schaue hinauf. Die Wasseroberfläche ist wirbelndes Silber, doch die Galerie ist so hell erleuchtet, dass ich zumindest zuckende Umrisse sehe. Es sieht so aus, als rede Thawte mit einem seiner Männer und als schüttle der den Kopf. Vielleicht begreift er, dass er, wenn er auf Schwimmt-schnell oder mich zu schießen versucht, nur zu leicht auch Carilja treffen kann.

Sie japst wieder. Als ich sie beatme, spüre ich plötzlich einen jähen, scharfen Schmerz an meiner Unterlippe: Sie hat mich gebissen! Ich zucke zurück, einen metallischen Geschmack im Mund. Blutschlieren treiben zwischen ihrem und meinem Gesicht.

Ich presse meine Lippen zusammen, betaste die Stelle. So ein Biest! Aber bitte, soll sie sehen, wie sie ohne mich zurechtkommt!

Mein Blick fällt auf Nora, die hastige Gebärden macht. *Einer zieht sich aus,* warnt sie mich.

Ich drehe mich um, schaue nach oben. Die Wasseroberfläche ist unruhig und verzerrt alles, doch ich kann mit viel Fantasie erkennen, dass einer der Männer tatsächlich dabei ist, sich auszuziehen. Thawte hat ihm wohl den Befehl gegeben, mir nachzutauchen und seine Tochter zu befreien.

Ich winke Nora. *Sag ihnen, wenn der Mann ins Becken steigt, werde ich mit ihm kämpfen. Und er wird mich nicht schnell genug besiegen, um Carilja zu retten.*

Während Nora diese Drohung an Thawte weitergibt, lässt Carilja dicke Luftblasen entweichen und beginnt, panisch zu strampeln. Hätte man gar nicht besser choreografieren können. Ich sehe, wie der Mann oben innehält, und Nora gibt mir durch: *Er wird nicht tauchen.*

Ich beuge mich wieder über Carilja. Diesmal halte ich ihr den Mund zu, biege ihr den Kopf nach hinten und beatme sie durch die Nase, ungefähr so, wie wir es im Erste-Hilfe-Kurs gelernt haben.

Es ist eindeutig die bessere Methode, stelle ich fest. Erstens, weil ich Carilja auf die Weise nicht küssen muss, und zweitens, weil sie so auf natürlichere Weise atmen kann, was sie auch gierig tut.

Ein dumpfer, ohrenbetäubender Schlag lässt mich herumfahren. Was ist jetzt schon wieder?

Noch einer. Und noch einer. Es ist Thawte, der zusammen mit Rattengesicht in den Saal heruntergekommen ist und diesen mit seiner Waffe auf das Glas am anderen Ende des Beckens schießen lässt.

Mir wird mulmig, als ich begreife, was das soll. Er will das Becken zerstören! Ohne Wasser keine Gefahr für seine kostbare Tochter, hat er sich wohl überlegt, und das ist gar nicht so dumm gedacht: Wenn die Glaswand zerspringt und sich das Wasser darin gleichmäßig im Raum verteilt, wird es höchstens noch kniehoch stehen, und damit werde ich kein Druckmittel mehr gegen ihn haben.

Dass Schwimmt-schnell ohne Wasser ersticken wird, nimmt er natürlich in Kauf, und dass das herausbrechende Wasser gefährliche Glassplitter mit sich tragen wird, scheint ihn auch nicht zu kümmern.

Mit welcher Drohung kann ich ihn jetzt noch stoppen? Mir fällt keine ein.

Aber sein Plan funktioniert nicht. Die Glaswand verfärbt sich nur milchig weiß an den Stellen, an denen die Kugeln sie treffen, mehr geschieht nicht. Dafür sehe ich, wie sie draußen ruckartig die Hände über die Köpfe heben und in Deckung gehen: Offenbar prallen die Kugeln ab und schwirren als Querschläger durch den Raum. Unmittelbar hinter Jon geht ein Gerät mit gläsernen Kolben und Röhren zu Bruch.

Schließlich sieht Thawte es ein und das Geballer hört auf. Ich beatme Carilja wieder, die sich allmählich daran zu gewöhnen scheint. Sie betrachtet mich dabei mit einem tückischen Glitzern in den Augen.

Schwimmt-schnell betrachtet mich ebenfalls, aber in seinen Augen steht nur Verwunderung und Nichtverstehen. Er hat bestimmt jede Menge Fragen zu dem, was gerade vor sich geht, aber keine Hand frei, um sie zu stellen.

Wieder ein neuartiges Geräusch, ein helles Surren diesmal. Es klingt unheilvoll, aber was ist es?

Ich lasse Carilja los, schaue Nora fragend an.

Er lässt das Wasser abpumpen, erklärt sie.

Verrückt. Hat sie nicht gesagt, es würde Stunden dauern, genügend Wasser abzupumpen, um auch nur den oberen Rand des Käfigs freizulegen? Das muss Thawte doch klar sein!

Sag ihm, trage ich Nora auf, *solange die Pumpe läuft, kriegt Carilja keine Luft von mir.*

Sie sagt es ihm, aber er reagiert nicht. Er steht fünf Schritte von ihr entfernt, mit verschränkten Armen, und starrt mich einfach nur an.

Also starre ich zurück.

Carilja beginnt neben mir zu strampeln, zu japsen, sich zu wehren gegen die Atemnot. Erste Luftblasen entweichen. In ihren Augen glitzert nichts mehr tückisch, da ist nur noch nackte Panik.

Ich rühre mich nicht. Thawte auch nicht. Er will meine Entschlossenheit testen.

Das kann er haben. Zumal seine Tochter und ich ohnehin noch eine Rechnung in Sachen Ertrinken offen haben.

Cariljas Bewegungen werden schwächer. Thawte starrt mich immer noch an.

Und ich starre immer noch zurück.

Endlich gibt er einen Befehl und die Pumpe verstummt. Sofort beuge ich mich wieder über Carilja, presse ihr Luft in die Nase, hole sie aus ihrem beginnenden Dämmerschlaf zurück. Sie bäumt sich auf, atmet gierig ein – es fühlt sich an, als wolle sie mir die Lunge aus dem Leib saugen. Das war knapp. Ich habe ihr das Leben gerettet, das ihr Vater riskiert hat, aber als sie die

Augen wieder aufschlägt und mich ansieht, weiß ich, dass wir in diesem Leben keine Freundinnen mehr werden.

Ich lasse sie los und schaue auf, weil ich das alarmierende Gefühl habe, dass sich etwas verändert hat, während ich mit ihr beschäftigt war.

Doch was ich sehe, ist kein Anlass zur Beunruhigung, jedenfalls nicht für mich. Jon hat Thawte überwältigt, hat ihm den Arm auf den Rücken gedreht und hält ihm ein großes, scharfes Stück des zersplitterten Glasrohres an die Kehle. Rattengesicht legt gerade vorsichtig seine Waffe auf den Boden und hebt die Arme. Und Nora tritt vor Thawte hin und zupft ihm dessen Kommunikator aus der Brusttasche.

Es scheint danach noch ewig zu dauern, bis die Polizei endlich auftaucht. Die Stahltüre unten kriegen sie nicht auf, aber Jon geht durch die Türe auf der Galerie und kehrt mit den Polizisten zurück; er kennt sich im Haus ja von allen am besten aus.

Meine Lungen und Kiemen brennen schon von der Anstrengung, für Carilja Luft zu erzeugen, trotzdem warte ich, bis man ihrem Vater Handschellen angelegt hat, ehe ich zu Schwimmt-schnell sage: *Du kannst sie jetzt loslassen.*

Carilja zögert keine Sekunde. Sie stößt sich sofort ab, taucht auf und wird oben von jemandem in Uniform in Empfang genommen. Eine Polizistin, meine ich, aber genau kann ich es nicht erkennen, dazu ist das Wasser zu aufgewirbelt.

Was hat das alles zu bedeuten?, will Schwimmt-schnell wissen.

Wie erkläre ich ihm das? Ich deute auf Thawte, der mit auf den

Rücken gefesselten Händen dasteht, bewacht von einem grimmigen Polizisten mit blauen Tätowierungen am Hals. *Dieser Mann hat befohlen, dich zu fangen,* behaupte ich, obwohl ich in Wirklichkeit nicht weiß, ob das stimmt. Aber ich schätze, allzu weit liege ich nicht daneben. *Er will herausfinden, wie er euch alle töten kann.*

Warum will er uns töten?

Weil er den Meeresgrund nicht mit euch teilen will.

Schwimmt-schnell schüttelt verwundert den Kopf. *Der Meeresgrund ist unermesslich weit. Es gibt keinen Grund, darum zu streiten.*

Das hat man vom trockenen Teil der Erde auch einmal gedacht, aber das werde ich ihm ein andermal erklären müssen. An einem ruhigeren Tag.

Und was wird jetzt geschehen?, fragt er.

Ich rüttele an den Gitterstäben zwischen uns. *Wir suchen den Schlüssel, um deinen Käfig zu öffnen. Und dann bringen wir dich zurück ins Meer. Wie lange kannst du an der Luft bleiben?*

Schwimmt-schnell verzieht das Gesicht. *Nicht sehr lange.* Er nennt eine Maßeinheit, die mir nichts sagt. *Aber ich werde mich beeilen.* Er sieht mich forschend an. *Du kannst Luft und Wasser gleichermaßen atmen?*

Ja, sage ich.

Dann, fährt er fort und neigt den Kopf, *bist du die Mittlerin zwischen den Welten, die uns prophezeit ist. Du solltest mit mir kommen.*

Es durchrieselt mich kalt, als mir klar wird, dass ich vermutlich gerade meinen Platz im Leben gefunden habe.

Ich weiß nur noch nicht, ob er mir gefällt.

Ich will meinen Vater suchen, sage ich. *Er ist einer von euch.*

Schwimmt-schnell legt die Hand auf sein Herz. *Ich werde dir helfen, ihn zu finden.*

Es wird Zeit, aufzutauchen und mit den anderen zu reden. Ich verspreche Schwimmt-schnell, dass ich zurückkommen werde, dann steige ich mit raschen Bewegungen zur Oberfläche hinauf.

Als ich mich am Beckenrand hochhieve, wird James Thawte gerade von zwei Polizisten die Wendeltreppe hochgebracht. Er sieht, wie mir das Wasser aus der Nase und den Kiemen läuft – und wendet sich angewidert ab.

Blödmann.

Pigrit taucht auf. Er hat seine Jacke ausgezogen, hält sie mir hin, damit ich hineinschlüpfen kann und nicht halb nackt herumstehen muss.

»Das war gut«, erklärt er mit immer noch etwas zittriger Stimme. »Das war so verdammt ... *richtig.*«

25

So geht Cariljas dringlicher Wunsch, mich im neuen Schuljahr nicht mehr sehen zu müssen, doch noch in Erfüllung – wenn auch anders, als sie sich das gedacht hat.

Schon in der darauffolgenden Woche tagt nämlich der Zonenrat in außerordentlicher Sitzung. Das Thema hat sich allerdings geändert; nicht mehr Saha Leeds steht auf der Tagesordnung, sondern James Thawte. Der Rat stellt mit großer Einhelligkeit fest, dass Thawte die Prinzipien des Neotraditionalismus so gravierend verletzt hat, dass er damit gegen den Vertrag verstoßen hat, in den jeder einwilligen muss, der in eine neotraditionalistische Zone übersiedeln will oder darin volljährig wird.

Die unvermeidliche Konsequenz: James Thawte wird aus der Zone verbannt.

Seine Familie dürfte natürlich bleiben, aber ... und ich war nicht traurig, das zu hören ... sie verlässt Seahaven ebenfalls.

Carilja kriegt eben immer, was sie will.

Bei dieser Gelegenheit erfahren wir, dass die Gründer ganz schön schlau waren, was die Feinheiten des Bürgervertrags anbelangt. Dieser regelt nämlich für einen Fall wie diesen, dass Thawte seine Firma zurücklassen muss. Herr Brenshaw hat sich bereit erklärt, die Geschäfte von *Thawte Industries* vorübergehend zu leiten, bis eine andere Lösung gefunden wird.

Also: Verbannung. Davor wird sich Thawte allerdings noch

vor Gericht für zahlreiche Vergehen verantworten müssen – Freiheitsberaubung, Nötigung, Gewaltandrohung und dergleichen mehr. Die Polizei hat eine eindrucksvolle Liste aufgestellt. Man geht davon aus, dass James Thawte erst ein paar Jahre im Gefängnis verbringen wird, ehe er sich mit dem Kleingedruckten in den Bürgerverträgen anderer Zonen zu befassen braucht.

Zehn Tage später ist es so weit.

Es ist kurz vor Weihnachten, die Sonne knallt von einem wolkenlosen Himmel auf Seahaven herab und das Meer leuchtet in märchenhaftem Blau, als wir am Hafen ankommen. Nora fährt uns, Tante Mildred und mich.

Ich habe gedacht, Tante Mildred wird untröstlich sein über meinen Entschluss, aber großer Irrtum: Sie hat mich im Gegenteil darin bestärkt. Ich müsse meinen Weg gehen, meine Mutter wäre stolz auf mich und so. Sie ist sogar mitgekommen, als ich mir diesen dreieckigen Rucksack aus ParaSynth gekauft habe und noch ein paar andere Sachen, die ich brauchen werde.

Ich glaube, sie ist irgendwie auch stolz auf mich.

Und mit Nora hat sie jetzt ja eine Freundin, mit der sie reden kann.

Wir gehen zur Mole hinunter. Pigrit und Susanna sitzen bereits da und warten. Die beiden sind ein hübsches Paar, das muss man sagen.

»Wir haben ihn schon gesichtet«, erklärt Pigrit statt einer Begrüßung.

Wir wenden uns dem Ozean zu. Susanna zeigt auf eine Stelle, keine zwanzig Meter von der Mole entfernt. »Da.«

Ja. Da ist ein Schatten im Wasser, der gemächlich Kreise zieht. Wie verabredet.

Das war meine größte Sorge: dass wir aneinander vorbeireden könnten, sobald es um Zeit- und Ortsangaben geht. Ich bin erleichtert, dass das geklappt hat.

Als ich den Blick hebe, sehe ich Jon Brenshaw. Er steht oben an der Hafenstraße, unweit der Treppe, die ich an jenem Tag in meinem roten Kleid herabgestiegen bin. Meinem schönen roten Kleid.

Er hebt die Hand. Ich winke kurz zurück, dann nehme ich den Rucksack ab und reiche ihn Nora.

»Du bist also wild entschlossen«, stellt sie fest.

»Ja«, sage ich.

Sie umarmen mich alle noch einmal, sogar Susanna. Pigrit meint: »Ich finde es doof, dass du gehst, und gleichzeitig finde ich es super. Verrückt, oder?«

»Geht mir genauso«, gestehe ich. Zu Susanna sage ich: »Pass gut auf ihn auf, wenn du keinen Ärger mit mir kriegen willst.«

Sie verspricht es lächelnd.

Schließlich streife ich mein Kleid ab, gebe es Tante Mildred. Nun trage ich nur noch das Bikini-Unterteil, das mich seit meinem ersten Kontakt mit der Unterwasserwelt begleitet. Ich setze den Rucksack wieder auf, zupfe die Riemen zurecht, sodass sie meine Kiemen nicht behindern.

Schwimmt-schnell streckt den Kopf aus dem Wasser, sieht mich, winkt. Ich winke zurück.

Dann gibt es nichts mehr zu sagen. Ich nehme Anlauf und springe.

*Mehr von Andreas Eschbach
auf den folgenden Seiten ...*

Andreas Eschbach

BLACK*OUT

Christopher ist auf der Flucht. Gemeinsam mit der gleichaltrigen Serenity ist er unterwegs in der Wüste Nevadas. Irgendwo dort draußen muss Serenitys Vater leben, der Visionär und Vordenker Jeremiah Jones, der sämtlicher Technik abgeschworen hat, nachdem er erkennen musste, welche Gefahren die weltweite Vernetzung mit sich bringen kann. Doch eine Flucht vor der Technik – ist das heute überhaupt möglich? Serenity ahnt bald, auf was und vor allem auf wen sie sich eingelassen hat. Denn der schwer durchschaubare Christopher ist nicht irgendjemand. Christopher hat einst den berühmtesten Hack der Geschichte getätigt. Und nun ist er im Besitz eines Geheimnisses, das dramatischer nicht sein könnte: Die Tage der Menschheit, wie wir sie kennen, sind gezählt.

Arena

Als Hörbuch bei Arena audio
Auch als E-Book erhältlich

464 Seiten • Klappenbroschur
ISBN 978-3-401-50505-3
www.arena-verlag.de

Andreas Eschbach

HIDE*OUT

Hunderttausende Menschen, die im Gleichtakt denken, handeln, fühlen: Das ist die Kohärenz, die größte Bedrohung der Menschheit. Nur der 17-jährige Christopher, einst der berühmteste Hacker der Welt, wagt es, den Kampf mit dieser gigantischen Macht aufzunehmen. Als die Gruppe um den Visionär Jeremiah Jones auffliegt, bei der Christopher Zuflucht gesucht hat, können er und Jones' Tochter Serenity in letzter Sekunde fliehen. Doch dann stellt Christopher zu seinem Entsetzen fest, dass er es mit einem ganz besonderen Gegner zu tun hat – einem Feind in seinem eigenen Kopf ...

Als Hörbuch bei Arena audio
Auch als E-Book erhältlich

456 Seiten • Klappenbroschur
ISBN 978-3-401-50506-0
www.arena-verlag.de

Andreas Eschbach

TIME*OUT

Christopher und Serenity sind im Hide Out zum Nichtstun verdammt. Während die Kohärenz ihre Fäden immer dichter spinnt, verlieren sie jeden Mut. Doch dann hat Christopher eine Idee, wo die Schwachstelle des globalen Netzwerkes Lifehook liegen könnte. Gemeinsam mit Serenity macht er sich auf, um das Unmögliche zu wagen.

Arena

Als Hörbuch bei Arena audio
Auch als E-Book erhältlich

528 Seiten • Klappenbroschur
ISBN 978-3-401-50507-7
www.arena-verlag.de

Andreas Eschbach

Perfect Copy
Die zweite Schöpfung

Ein kubanischer Wissenschaftler hat zugegeben, vor 16 Jahren zusammen mit einem deutschen Mediziner einen Menschen geklont zu haben. Nun sucht alle Welt nach dem Klon. Und der Vater des 16-jährigen Wolfgang kannte den Kubaner. Als eine große Boulevardzeitung mit Wolfgangs Foto und der Schlagzeile »Ist er der deutsche Klon?« auf der Titelseite erscheint, bricht die Hölle los ...

Auch als E-Book erhältlich

248 Seiten • Arena Taschenbuch
ISBN 978-3-401-50316-5
www.arena-verlag.de

Andreas Eschbach

Die seltene Gabe

Lampen zerspringen, Züge bleiben liegen, Dinge schweben durch den Raum ... und daneben steht ein Junge, dessen starrer Blick diese unheimlichen Vorgänge lenkt. Armand ist ein Telekinet. Einer der besten. Doch diese seltene Gabe hat ihre Schattenseiten. Das Militär will, dass er seine parapsychologischen Kräfte als Killer einsetzt. Armand bleibt nur die Flucht – die ihn zu Marie und in ein neues Leben führt ...

Auch als E-Book erhältlich

248 Seiten • Arena Taschenbuch
ISBN 978-3-401-50371-4
www.arena-verlag.de

Andreas Eschbach

Das ferne Leuchten
Das Marsprojekt (1)
978-3-401-05749-1

Die blauen Türme
Das Marsprojekt (2)
978-3-401-05770-5

Die gläsernen Höhlen
Das Marsprojekt (3)
978-3-401-05867-2

Die steinernen Schatten
Das Marsprojekt (4)
978-3-401-06060-6

Die schlafenden Hüter
Das Marsprojekt (5)
978-3-401-06061-3

Arena

www.arena-verlag.de